AF236671

J. J. PLISK

DIE VERDAMMNIS DER EWIGKEIT

Roman

Inhalt

Impressum

Covergestaltung und Digitalisierung: J. J. Plisk
http://www.janplisk.de
Mail: j.j.plisk@web.de

Dieses Buch ist auch als E-Book erhältlich.

Bibliografische Information der Deutschen Nationalbibliothek:
Die Deutsche Nationalbibliothek verzeichnet diese
Publikation in der Deutschen Nationalbibliografie;
detaillierte bibliografische Daten sind im Internet über
http://dnb.d-nb.de abrufbar.

© 2020 J. J. Plisk

2. Auflage

Herstellung und Verlag:
BoD – Books on Demand, Norderstedt

ISBN: 978-3-7528-3906-7

☆☆☆☆☆

***

Die Vergangenheit und Zukunft verflochten in der Zeit
Die Verdammnis des Vergessens das Leid der Seelen heilt

Auf ewig verflucht zu finden und Trennung widerfahren
Stets aufs Neue zu suchen, wer wir sind und wer wir waren

Dem Schicksal auf ewig zu trotzen und sich endlos quälen
Unzählige Wandel vollziehen und Wanderung der Seelen

In Hoffnung den Kreislauf des Lebens endlich zu brechen
Und sich nicht mehr des Messers Spitze ins Herz zu stechen

Doch manchmal der Wille schwindet und der Glaube fällt
Für jeden Einzelnen, der sich dem eigen' Schicksal stellt

Zu hoffen bleibt nur, dass der Tag mal kommen wolle
An dem man erwacht und endlich los wird seine Rolle

Um die Ketten zu sprengen und sich nicht mehr binden
Und allem zu Trotz seine wahre Bestimmung finden

***

I.

Der alte Mann

Dunkelheit, nichts als undurchdringliche, tiefschwarze Dunkelheit und tödliche Kälte. Das machte ihm jedoch gar nichts aus, das Einzige, was sein Bewusstsein wahrnahm, war die Geschwindigkeit, mit der er sich vorwärts bewegte. Angst verspürte er keine, weil er genau wusste, was er tat und wohin seine Reise zielte. Zeit und Entfernung spielten für ihn keine Rolle. Er befand sich im tiefsten Weltall, irgendwo zwischen den Galaxien. Das Tempo, mit dem er nach vorne schnellte, ließ für ihn die Zeit fast stehenbleiben. Es war ihm sehr wohl bewusst, dass er nicht alleine unterwegs war und dass sich die anderen ebenfalls auf der Suche befanden, auch nach ihm. Er hatte jedoch den Vorteil, dass er sich tarnen konnte, um nicht entdeckt zu werden, wenn er dies beabsichtigte. Nicht viele hatten diese Fähigkeit erwerben können. Er war mehr oder weniger eine Ausnahme, doch gerade diese Eigenschaft hatte er wirkungsvoll zu nutzen gelernt. Wie lange er bereits auf diese Weise das All durchstreifte, hätte er nicht sagen können, weil er sein Dasein nicht nach der Zeit bestimmte. Dennoch spürte er gerade, dass er seinem Ziel langsam näherkam. Die pechschwarze Finsternis fing langsam an zu schwinden. Es war zuerst nur ein Hauch von einem helleren Spot in der weiten Ferne, den er vernahm und der nicht mehr so dunkel zu sein schien, wie das unendliche Weltall um ihn herum. Nur ein Schatten, der für ein menschliches Auge nicht wahrzunehmen wäre, für ihn jedoch ein eindeutiges Zeichen, dass sich seine Reise dem Ende näherte. Bald würden die ersten Sterne erscheinen und die absolute Dunkelheit, die ihn bislang umgab, verdrängen, was ihn irgendwie erfreute. Gefühle waren für ihn bis vor Kurzem etwas völlig Unbekanntes gewesen. Damit musste er noch zurechtkommen. Er verspürte eine leichte Aufregung, sein Bewusstseinszustand veränderte sich auf eine Weise, die ihm noch vollkommen fremd gewesen war. Diese Veränderungen seiner eigenen Substanz erschienen in der letzten Zeit immer häufiger. Er würde lernen müssen, damit umzugehen. Das war auch einer der Gründe gewesen, warum er sich auch auf die Suche begeben hatte. Wie viele Galaxien und Sonnensysteme hatte er bereits durchforstet und erkundet, erfolglos und vergebens. Zwischendurch hatte er sogar ans Aufgeben gedacht. Etwas, ein bislang unbekannter Drang, hatte ihn jedoch vorangetrieben und diese Gefühlsregung, die er immer wieder verspürte, zwang ihn stets weiterzumachen. Außerdem musste er schneller sein als die anderen, das war enorm wichtig. Und dieses Mal hatte er ein unverkennbares Gefühl, dass es sich endlich um den richtigen Ort handelte, hier würde er fündig werden. Er konnte sich diese Sinnesempfindung nicht erklären, doch er war sich sicher, dass er diesmal richtiglag, dass seine Suche sich dem Ende näherte, dass…

Der alte Mann, der auf einer schäbigen Bank mitten in einer kleinen Parkanlage saß, wachte ruckartig auf. Es dauerte eine Weile, bis ihm wieder bewusst wurde, wo er sich gerade befand. In der Nähe spielten auf einem Spielplatz ein paar Kinder, deren Tätigkeit von ihren Müttern sorglos verfolgt wurde. Es war Spätherbst und die Bäume um ihn herum hatten ihr buntes Laub größtenteils bereits verloren. Sie standen still und majestätisch um ihn herum und ihre verflochtenen Äste ragten kahl und traurig in den wolkenlosen Himmel hinauf. Die Nachmittagssonne schien zwar ungehindert auf den alten Mann nieder, die Wärme blieb dennoch aus. Klirrende makellose Kälte, die ihn an seinen seltsamen Traum erinnerte. Trotzdem erwachte er völlig verschwitzt. Seine Kopfschmerzen meldeten sich abermals, stärker denn je. In dem Augenblick beachtete er sie jedoch gar nicht, sondern versuchte er, sich zu besinnen und einen klaren Gedanken zu fassen. Es war nicht das erste Mal gewesen, dass ihn solche Träume heimgesucht hatten. In der letzten Zeit kamen sie immer öfter, meistens jedoch kurz vor dem Aufwachen, wo man am intensivsten träumte. Heute war es das erste Mal gewesen, dass er in seine Traumwelt auch tagsüber eingetaucht war. Und noch nie war der Traum so klar und so real gewesen. Als ob es seine eigenen Erinnerungen gewesen wären und niemals zuvor hatte er so umfassend geträumt. Meistens waren es nur Bruchstücke gewesen, die Dunkelheit, die unvorstellbare Kälte des Weltalls, die unglaubliche Geschwindigkeit, mit der er sich fortbewegte. Seine Empfindungen, alles um ihn herum, waren dabei stets so greifbar und wahrhaftig, dass er jedes Mal einige Zeit gebraucht hatte, um aufzuwachen und sich der Gegenwart zu stellen.

Allmählich gelang es ihm, diesen fremdartigen Traum zu verscheuchen und sich der Realität zuzuwenden. Es wurde ihm wieder bewusst, warum er sich überhaupt gerade um diese Zeit in dem Stadtpark befand. Er schaute in Richtung der tobenden Kinder. Sie schrien, hüpften und jagten fröhlich hintereinander her. Doch er beachtete sie gar nicht, sondern richtete seinen Blick auf die Frau, die alleine auf einer der Parkbänke am Spielplatz saß und die spielenden Kinder im Auge behielt. Sie war nicht mehr ganz jung, dennoch war sie immer noch wunderhübsch. So empfand es wenigstens der alte Mann. Sie besaß eine Art zeitlose Schönheit, der das Alter nichts anhaben konnte. Insbesondere ihr nachdenklicher Blick mit einem Hauch von Trauer und ihre grünblauen Augen stachen unverkennbar aus ihrem schmalen Gesicht mit hohen Wangenknochen hervor, umrandet von schulterlangem, dunkelbraunem Haar. Während sie ihre kleine Tochter, die sich auf dem Spielplatz befand, betrachtete, umspielte ein leichtes Lächeln ihre sinnlichen Lippen. Die anderen meist jungen Mütter unterhielten sich gesellig miteinander und verfolgen die Tätigkeit ihrer Kinder lediglich hin und wieder, um sich zu vergewissern, dass nichts passiert war. Nicht jedoch diese hübsche Frau. Sie saß abseits der anderen, allein, ihre Hände in den Schoß gelegt, wo sie ein aufgeschlagenes Buch hielt. Sie las jedoch nicht viel darin, sondern beobachtete die meiste Zeit die Aktivität ihrer Tochter. Auch das kleine Mädchen spielte nicht mit den anderen Kindern, sondern saß alleine im Sandkasten und baute völlig konzentriert eine Sandburg. Immer wieder schaute sie jedoch zu ihrer Mom auf und lächelte sie an. Und diese Frau erwiderte jedes Mal mit glücklicher Miene das Lächeln.

Der alte Mann betrachtete sie eine Weile unauffällig. Er wollte auf keinen Fall, dass sie herausfand, wie er sie anstarrte. Andererseits, warum sollte sie überhaupt Verdacht schöpfen? Für sie war er nur ein Greis, der sich im Park an der Sonne seine Knochen aufwärmte, wie so viele andere alte Menschen. Hier, an diesem abgelegenen Ort, war es zu Gewohnheit geworden, dass sich die hiesigen Rentner bei schönem Wetter in dieser städtischen Parkanlage oder in den umliegenden Cafés und gemütlichen Restaurants zu einer kleinen Plauderei zusammenfanden. Er mied jedoch seine Gleichaltrigen, so gut es ihm nur möglich war und an dem meist nichtssagenden Geschwätz hatte er sich nie beteiligt. In diesem Park und gerade um diese Zeit befand er sich nur ihretwegen. Sie war der alleinige Grund gewesen, in diese unbedeutende Kleinstadt zu ziehen.

Hin und wieder hatten sich ihre Wege bereits gekreuzt, weil er in das gleiche Viertel und durch Zufall auch in die gleiche Straße wie sie eingezogen war. Sie hatte ihn sogar einige Male angelächelt, als sie sich auf dem Gehweg ab und an begegnet waren. Einmal war ihre kleine Tochter, ohne hinzusehen, vor ihr die Straße entlanggelaufen und direkt mit ihm zusammengestoßen. Ihre Mutter hatte sich sofort entschuldigt und die Tochter dafür umgehend gescholten. Der alte Mann hatte es jedoch nur mit der Hand abgewinkt und das kleine Mädchen sogar freundlich angelächelt und angezwinkert. Den direkten Augenkontakt mit dieser bezaubernden Frau versuchte er jedoch immer zu vermeiden. Er war sich nicht sicher, ob sie ihn nicht hätte wiedererkennen können. Das wollte er auf keinen Fall. Er sehnte sich nur danach, in ihrer Reichweite zu sein. Er wusste selbst nicht warum. Ihre Nähe beruhigte ihn irgendwie, sie brachte ihm Frieden. Als ob sie eine Art Aura ausstrahlen würde, die ihn in ihren Bann zog, als ob er sein Leben lang nach ihr gesucht hätte. Bislang hatte sie ihn glücklicherweise nicht erkannt. Wie auch, er hatte lange, zerzauste, schneeweiße Haare und einen weißen Vollbart.

Dazu sah er deutlich älter aus, als es tatsächlich der Fall war. Außerdem waren bereits mehr als zwanzig Jahre vergangen, seitdem sie sich das letzte Mal begegnet waren, miteinander gesprochen hatten.

Es ist bereits so lange her und dennoch als ob es erst gestern gewesen wäre, dachte er sich oft schwermütig. Für ihn war es eine lange Reise gewesen, die er hinter sich gebracht hatte und hier würde sie nun auch enden. Viel Zeit blieb ihm nicht mehr, das war ihm deutlich bewusst. Seine Schmerzen tauchten des Öfteren auf und wurden immer heftiger. Die gängigen schmerzlindernden Medikamente halfen nicht mehr und zudem versuchte er deren Einnahme so weit wie möglich hinauszuzögern. Sobald er in einem Krankenhaus landen würde, wäre es vorbei, er käme dort lebend nicht mehr heraus. Und er würde sie dann auch nie wiedersehen.

Jedes Mal, nachdem die Anfälle wieder abgeklungen waren, sagte er sich deshalb immer und immer wieder, *noch ein paar Tage, vielleicht einige Wochen, so lange, so lange ich es noch aushalten kann.*

Am schlimmsten waren die Kopfschmerzen. Sie kamen unerwartet und waren oft so stark, dass er in der letzten Zeit hin und wieder sogar kurzzeitig sein Bewusstsein verlor.

Es ist unfair, wie das Leben mit einem so spielt, dachte er sich verbissen. Er war sein Leben lang unterwegs gewesen, rastlos, immer auf der Suche. *Suche nach was?* fragte er sich jetzt oft. Auf seinen stetigen Reisen war er nirgendwo lange geblieben, um sesshaft zu werden. Ein einziges Mal war er verheiratet gewesen, kinderlos und die Ehe hatte nicht lange gehalten. Die Schuld hatte, wie so oft, bei ihm gelegen und er war einfach weitergezogen, wie immer. Die Flucht nach vorn war immer sein Motto gewesen. Wegzulaufen war immer einfacher und bequemer als sich den Problemen zu stellen, dem Leben die Stirn zu bieten.

Und dann, vor etwa einem Jahr, nachdem er immer häufiger unter starken Kopfschmerzen gelitten hatte, hatte er schließlich einen Arzt aufgesucht. Die Diagnose fiel niederschmetternd aus. Er hatte einen Hirntumor im fortgeschrittenen Stadium und dessen Lage war so ungünstig, dass ein chirurgischer Eingriff ausgeschlossen war und es für ihn im Grunde keine Heilungschancen mehr gab. Dazu fing der Tumor bereits an zu streuen, so dass, auch wenn es gelingen würde, die Krebsgeschwulst erfolgreich herauszuschneiden, es nicht wirklich helfen würde.

Nachdem er das erste Mal von seiner aussichtslosen Lage erfahren hatte, hatte er zuerst Trost im Alkohol gesucht. Wochenlang war er betrunken gewesen, war durch die Nachtbars gezogen, bis er schließlich irgendwo am Straßenrand, zusammengeschlagen und ausgeraubt, mit einem riesigen Kater und unzähligen blauen Flecken aufgewacht war.

Die Ärzte hatten ihm trotz seinem ausweglosen Zustand einige Behandlungsmöglichkeiten angeboten, die er zwar zögerlich, dennoch zuerst angenommen hatte. Ein ganzes Jahr lang hatte er alles Mögliche über sich ergehen lassen, angefangen mit Chemotherapie, dann Strahlentherapie, adjuvante Therapie und schließlich sogar mit Hilfe einiger neuen molekularbiologischen Heilverfahren. Nichts hatte jedoch geholfen. Am Ende war er so erschöpft und ausgemergelt gewesen, dass er einfach nur noch sterben wollte. Es waren ihm auch weitere alternative Behandlungsmöglichkeiten angeboten worden, die er jedoch dankend doch entschieden abgelehnt hatte. Danach hatte er sich zurückgezogen, um wieder zur Vernunft zu kommen und um sich zu erholen. Er hatte langsam begriffen, dass sich seine Reise auf dieser Welt dem Ende näherte, sein baldiger Tod unvermeidbar war und er ihn schließlich akzeptieren musste. Die Zeit der Erholung hatte er genutzt, um über sich und sein Leben gründlich nachzudenken. Darüber, warum er stets so rastlos gewesen war, warum er nirgendwo lange hatte verweilen können.

Was ist es, wonach ich mich so sehne, wieso ich mich nie zur Ruhe setzen kann? fragte er sich oft. *Geld? Macht? Anerkennung? Liebe?*

Er wusste es nicht. Während seiner langen Grübeleien erinnerte er sich an vieles, was er erlebt hatte, an die vielen Menschen, die er gekannt hatte, und auch an Frauen, denen er in seinem Leben begegnet war.

Und plötzlich, wie aus heiterem Himmel, kam ihm auch die längst verdrängte Erinnerung an die eine Frau, die ihm in seinem Leben wahrhaftig etwas bedeutet hatte. Er hatte geglaubt viele Frauen zu lieben, mit denen er zusammen gewesen war, doch im Nachhinein stellte er fest, dass es nur Begierde und Leidenschaft gewesen waren. Ein Gefühl, das nach einiger Zeit wieder verflogen war. Doch diese eine Frau hatte er nie richtig vergessen können. Das Interessanteste dabei war, dass er mit ihr nie wirklich etwas gehabt hatte. Sie war nur seine Kollegin gewesen, eine junge Praktikantin, die er eingearbeitet hatte, und die ihm damals bei seiner eigenen Arbeit helfen sollte. Erst als sie fortgegangen war, wieder zurück an die Universität, war ihm im Nachhinein bewusst geworden, wieviel sie ihm tatsächlich bedeutet hatte. Sie war anders als alle anderen Frauen, denen er bis dahin begegnet war. Sie schien ihm etwas Besonderes zu sein, ihr Verhalten, wie sie sprach, wie sie lächelte, wie sie sich bewegte, wie sie einen ansah, einfach alles.

Damals hatte er als Fachberater in Sachen Zulassung neuer Medikamente bei einem großen Pharmaunternehmen gearbeitet. Er fand sie zwar gleich bei der ersten Begegnung, als man sie ihm als neue Praktikantin vorgestellt hatte, die ein Jahr lang Erfahrung bei der Firma sammeln wollte, attraktiv und anziehend, hatte aber keine Absichten gehegt, mit ihr etwas anzufangen. Er hatte sich bereits mit ein paar Kolleginnen eingelassen und es hatte ihm meist mehr Ärger eingebracht, als es das Vergnügen überhaupt wert gewesen war. Sie war damals etwa um die zwanzig Jahre alt und somit deutlich jünger als er. Mit der Zeit, als er sie jedoch besser kennengelernt hatte, hatte er festgestellt, dass er in seinem Leben noch nie so einer Frau begegnet war. Und das hatte sich bis zum heutigen Tage nicht geändert. Im Nachhinein, als er darüber nachdachte, fand er, dass es mit ihr eine sehr schöne Zeit gewesen war. Wann immer sie sich in seiner Nähe befand, hatte er einfach seine Sorgen vergessen, es hatte nur ihn und sie gegeben. Es war ihm jedoch alles erst danach richtig klar geworden und auch die Tatsache, dass er sich in sie verliebt hatte. Sie hatte großes Vertrauen in ihn gehabt und hatte ihn auch für seine Kenntnisse und sein Wissen bewundert. Das hatte sie selbst gesagt, als sie ihr Praktikum beendet hatte. Sie hatte ihm sogar angeboten, sie könnten weiterhin in Kontakt bleiben und sich regelmäßig treffen. Das hätte sie sehr gefreut. Er hatte aber alles vermasselt. Während der Abschiedsfeier hatte er wieder einmal zu viel getrunken und seine wahre Natur war dadurch abermals zum Vorschein gekommen. Er war nie ein guter Mensch gewesen. Doch das, was er getan hatte ..., was er ihr angetan hatte, das war unverzeihlich.

Nein ich will nicht einmal daran denken!

Er rannte weg, zog durch die Bars und trank bis zur Bewusstlosigkeit und erwachte am nächsten Tag mit einem schrecklichen Kater in einem fremden Bett mit einer fremden Frau, an deren Namen er sich nicht einmal erinnern konnte. Die Praktikantin hatte trotz allem versucht, ihn zu kontaktieren. Er schämte sich jedoch für das, was er getan hatte, und mied fortan jeglichen Kontakt mit ihr. Kurz danach hatte er seinen Job gekündigt und war weitergezogen, genauso wie bereits so oft zuvor. Er war einfach geflüchtet und seitdem hatte er keine Ruhe mehr gefunden.

Als er erfahren hatte, dass er bald sterben würde, und sich an diese besondere Frau erinnerte, überfiel ihn in dem Augenblick eine unstillbare Sehnsucht nach ihr und ihrem Wesen. Er wollte erfahren, wie es ihr ging, was sie tat, wo sie lebte. Er beabsichtigte damit auch, seine schändliche Tat irgendwie wiedergutzumachen. Es dauerte eine Weile, bis er sie gefunden hatte, und jetzt war er da, in diesem kleinen Kaff, irgendwo am Rande der Welt. Dennoch war er glücklich, ihre Nähe hatte ihn wieder ins Gleichgewicht gebracht und mehr wollte er ja gar nicht, mehr brauchte er gar nicht mehr. Als er in ihre Nähe eingezogen war, hätte er sie am liebsten direkt angesprochen und ihr die Wahrheit gesagt, doch er traute sich nicht. Er hatte Angst, dass sie ihm nicht verziehen hatte und dass sie ihn abweisen würde. Deshalb hatte er sich am Ende lieber für die Rolle eines stillen Zuschauers und Beobachters entschieden.

Wie er nach und nach erfahren hatte, hatte sie es in ihrem Leben nicht gerade leicht gehabt. Als sie damals miteinander gearbeitet hatten, war sie gerade frisch verliebt gewesen. Dieser junge Mann hatte sie jedoch mit einer anderen Frau hintergangen und ihre empfindliche Seele hatte sehr lange gebraucht, um darüber hinwegzukommen. Als sie schließlich jemanden anderen kennengelernt hatte, war sie bereits in mittlerem Alter, doch ihr Glück währte nicht lange. Das gleiche Schicksal hatte sie ereilt, wie zuvor. Das Einzige, was ihr am Ende blieb, war ihre Tochter. Es hatte danach einen heftigen Streit um das Sorgerecht gegeben. Das war auch der Grund, warum sie in diese kleine Stadt gezogen war, um so weit wie möglich von ihrem Exmann entfernt zu sein, dort, wo er sie nicht finden würde. Der alte Mann konnte nicht verstehen, wie jemand so eine besondere Frau überhaupt betrügen könnte, es war für ihn einfach unbegreiflich und unvorstellbar.

II.

Die Weihnachtsfeier

»Glaubst du wirklich, dass wir uns wiedersehen werden?«, fragte sie zögerlich.

Er betrachtete sie eine Weile mit einem traurigen Gesichtsausdruck aus nächster Nähe, dann fuhr er mit seinen Fingern leicht über ihre Wange. Er wusste, dass er fort musste, sonst würde er verhaftet und eingesperrt, vielleicht sogar getötet werden. Alles in ihm sträubte sich dagegen, weil er sie nicht verlassen wollte. Es war ihm bewusst, dass, wenn er bleiben würde, er sie dadurch ebenfalls in Gefahr bringen könnte.

Sie erwiderte seinen Blick, ohne zu blinzeln. »Davon bin ich überzeugt«, antwortete sie schließlich leise, senkte kurz ihre Augen und fügte zuversichtlich hinzu, »in diesem oder im nächsten Leben«.

Er lächelte vor sich hin. Das wäre schön, wirklich schön, dachte er sich, wenn er nur daran glauben könnte, so wie sie. Sie hatten sehr oft darüber diskutiert, sich deswegen ab und an sogar gestritten. Sie selbst war immer davon überzeugt, dass es eine Art Seelenwanderung gab, dass in jedem Körper eine Seele hauste, die nach dem Tod einfach in einem anderen Körper wiedergeboren werden würde. Er war dagegen ein *bodenständiger Mensch, der sich nur selten der Träumerei hingab. Er brauchte für alles Beweise, etwas, was er anfassen konnte. Für das, was sie ihm jedoch erzählte und woran sie glaubte, gab es keine. Es war deshalb schwer für ihn, an so etwas zu denken oder sich so etwas überhaupt vorzustellen.*

Er hob plötzlich seine Hand und fuhr mit der Handfläche sanft über ihre langen dunklen Haare, dann küsste er sie schnell auf den Mund und, bevor sie darauf reagieren konnte, drehte er sich um und eilte davon, ohne sich ein einziges Mal umzudrehen. Er konnte nicht. Wenn er nur ein wenig gezögert, ein einziges Mal zurückgeblickt hätte, wäre er nicht in der Lage gewesen, sie zu verlassen. Ein ungutes Gefühl nistete sich in seiner Magengrube ein, als er sich nach und nach entfernte. Er würde sie nie vergessen, dass war ihm sehr wohl bewusst. Es blieb ihm nur die Hoffnung, dass er sie wiedersehen würde, irgendwann einmal. Nein! Er war sich vollkommen sicher, eines Tages würde er zurückkommen und er würde sie wiederfinden. Er würde nach ihr suchen, egal wie lange es dauern sollte.

Ihre traurigen Augen, voller Tränen, begleiteten ihn, bis seine Gestalt in der kalten und regnerischen Nacht völlig verschwand und sein Schatten mit der Dunkelheit unverkennbar verschmolz.

Der alte Mann wachte verschwitzt in seinem Bett auf. Es war erst kurz nach Mitternacht. Erneut brauchte er eine geraume Zeit, bis er realisierte, dass er sich in seiner kleinen Wohnung befand. Auch wenn der Traum nur kurz gedauert hatte, war er so real gewesen, dass es ihm unheimlich schwerfiel, loszulassen. Als ob es ein kurzer Abschnitt seines eigenen Lebens gewesen wäre. Er konnte sich noch deutlich an die Nacht erinnern, als er mit dieser jungen Frau vor der Haustür gestanden hatte. Ein kleines schäbiges Haus am Rande der Straße. Die Nacht war mondlos gewesen, düster und es war bitterkalt. Er erzitterte, als er diese Erinnerung vor seinem inneren Auge wieder durchlebte. Sogar den typischen Geruch des späten Herbsts konnte er immer noch klar wahrnehmen. Das Erlebnis in seinem Traum ereignete sich fast um die gleiche Jahreszeit wie jetzt. Und sie, eine zierliche dunkelhaarige Frau mit goldbraunen Augen. Sie kam ihm bekannt vor, ihre Gesichtszüge, wie sie ihn ansah, ihr durchdringender Blick.

Ich kenne sie, aber woher? schoss ihm durch den Kopf. Darauf hatte er jedoch keine Antwort. Eins wusste er dennoch mit Sicherheit, diese Nacht würde er nicht mehr einschlafen können.

Eine Weile wälzte er sich noch im Bett, dann entschied er sich schließlich aufzustehen. Als er sich aufsetzte, bekam er einen Schwindelanfall und musste sich mit den Händen auf die Matratze stützen, um nicht zusammenzusacken. Er atmete einige Male tief durch und versuchte sich zu entspannen. Es dauerte eine Weile, dann, nach und nach, wurden seine Kopfschmerzen wieder erträglicher. Vorsichtig richtete er sich auf, ließ jedoch seinen Kopf immer noch hängen und blieb eine Zeitlang sitzen. Er wagte noch nicht aufzustehen, weil er befürchtete, dass die Kopfschmerzen wiederkehren und er zu Boden stürzen würde. Auf diese Weise hatte er sich bereits einige Male verletzt, hatte an Knien und Ellbogen zahlreiche Schürfwunden und jede Menge blauer Flecken am ganzen Körper, weil er immer wieder gegen verschiedene Gegenstände, Tische, Stühle, Schränke, Wand oder Tür gestoßen war. Glücklicherweise hatte er sich jedoch bislang noch nicht ernsthaft verletzt. Dies könnte jedoch jederzeit passieren und wenn er im Krankenhaus landen würde, käme er da nie wieder heraus. Davor fürchtete er sich am meisten. Das würde bedeuten, dass er sie nie wiedersehen würde und dafür war er noch nicht bereit. Er wollte sich ja bei ihr noch entschuldigen und sie um Verzeihung bitten. Diese Absicht, bevor er die Welt endgültig verlässt, hatte er noch nicht zustande gebracht, dafür fehlte ihm immer noch der Mut.

Er fasste deshalb den Entschluss, seine Medikamente wieder zu nehmen. Bislang hatte er die Einnahme gemieden, solange er in der Lage gewesen war, die Schmerzen auszuhalten, weil sie sein Bewusstsein vernebelten und das Träumen verhinderten. Das wollte er aber nicht. Diese seltsamen Träume waren sein jetziges Leben, das einzige Leben, das er noch hatte. Sie waren so lebendig, so real und so gefühlsreich, dass er stets eine Zeitlang brauchte, sich wieder auf die Gegenwart einzustellen. Sein Geist wehrte sich selbst dagegen. Die Realität war trostlos, fad, schmerzhaft und endlich, es blieb ihm nicht mehr viel Zeit. Seine luziden Träume waren dagegen ein anderes Leben, andere Zeiten, er war wieder jung, stark und gesund. Auch wenn der Traum in Wirklichkeit vermutlich nur einige Stunden, vielleicht sogar nur Minuten während der Nacht dauerte, waren es für ihn in seiner Traumwelt Tage oder sogar Jahre gewesen. Es schien ihm ab und an, als ob er sogar ein ganzes Leben in diesem Traum durchlebt hätte, mit allen seinen Höhen und Tiefen. Einige Ereignisse träumte er sogar des Öfteren und es schien ihm hin und wieder, als ob einige der Träume aus verschiedenen Abschnitten des gleichen Lebens entstammten.

Als er über seine Träume nachdachte, fiel ihm dabei etwas ein und er musste vor sich hin lächeln. Es handelte sich um eine lebhafte Erinnerung an die Frau und ihre Tochter, die er im Park beobachtet hatte. Es lag bereits über zwanzig Jahre zurück. Als jedoch dieses besondere Ereignis vor seinem inneren Auge abermals erschien, kam es ihm vor, als ob das alles erst vor einigen Tagen geschehen wäre. Er schloss seine Augen und sein Gesicht entspannte sich langsam. Das leichte schmerzverzerrte Lächeln umspielte weiterhin seine Lippen.

Sie hätte ihm vermutlich ohne Weiteres erklären können, was seine Träume bedeuteten, doch er hatte damals nicht daran geglaubt. Als er sich jedoch an das, was sie ihm damals zu erklären versucht hatte, wieder erinnerte, kam es ihm nicht mehr so verkehrt und unrealistisch vor.

Vielleicht hat sie recht gehabt? dachte er sich dabei. *Dann wäre auch mein baldiges Dahinscheiden für mich viel einfacher. Wer weiß?*

***

Es hatte damals gerade eine Weihnachtsfeier gegeben, organisiert von der Firma, bei der er arbeitete, in einer kleinen gemütlichen Bar. Sie saßen beide, er und die junge Frau, an einem kleinen Tisch, abseits der Feierlichkeiten. Er beobachtete sie eindringlich und lächelte dabei vor sich hin. Sie absolvierte bei ihm ein Praktikum und ihre Zeit war neigte sich dem Ende zu. Ihr Gesicht war nur durch das Licht einer Kerze, die in der Mitte zwischen ihnen stand, beleuchtet. Das Flattern der Flamme warf Schatten auf ihr hübsches Gesicht, Schatten, die sich ständig bewegten und fortlaufend ihre Ausdrucksweise in einem unendlichen Spiel einer besonderen Schönheit veränderten. Ihre Haut war weiß wie Alabaster und ihr Gesicht schien wie aus Marmor gemeißelt. *Ein wahrer Meister vollbrachte hier eine makellose Arbeit,* dachte er sich dabei. Sie schaute ihm die ganze Zeit in die Augen, als sie es ihm zu erklären versuchte. Er erwiderte ihren Blick. Auch wenn er gewollt hätte, hätte er nicht wegsehen können. Er war irgendwie in diesem Augenblick ihrem Zauber verfallen. Und allerlei Gedanken über die gemeinsame Zeit, die sie in der Firma verbracht hatten, gingen durch seinen Kopf.

Als er sie auf diese Weise betrachtete, kam ihm plötzlich eine seltsame Erkenntnis in den Sinn. Es schien ihm, als ob er sie bereits seit einer Ewigkeit gekannt hätte, von früher. Alles an ihr schien ihm vertraut zu sein. Das war jedoch unmöglich. Sie war noch sehr jung, eine Studentin im Praktikum, er dagegen doppelt so alt und sie waren sich erst vor Kurzem das erste Mal begegnet, als sie bei ihm als Praktikantin angefangen hatte.

Wieso verstehen wir uns dann so gut? fragte er sich selbst. *Es trennen uns ja Welten. Doch kenne ich dich irgendwoher.* Diesen Gedanken konnte er einfach nicht loswerden. Er lächelte leicht vor sich hin. *Mein Gehirn spielt mir nur einen Streich, mehr nicht.*

»Und du glaubst es wirklich?«, fragte er nachdenklich.

»Natürlich«, war ihre vollkommen überzeugte Antwort, »es muss einfach so sein.«

Wenn ich es nur so wie du glauben könnte, wäre für mich vieles deutlich einfacher, dachte er sich dabei. »In diesem Fall habe ich eine Frage dazu.«

Er lehnte sich noch ein Stück weiter nach vorn und stütze sich dabei auf seine Ellbogen. Ihr Gesicht befand sich nur wenige Zentimeter von seinem entfernt. Sie wich jedoch nicht zurück, sondern beobachtete ihn aufmerksam und wartete geduldig seine Antwort ab.

»Wenn es tatsächlich so wäre, wie du es mir gerade erzählt hast, wie vereinbarst du es dann mit der ständig steigenden Anzahl der Menschen auf unserem Planeten? Am Anfang waren wir nur ein paar Hunderttausend, jetzt sind wir bereits sieben Milliarden. Woher kommen diese zusätzlichen Seelen? Soll es aus deiner Sicht eine 'Halle der Seelen' geben, wie in der Bibel beschrieben?«

Er machte eine kleine Pause, um seine Gedanken zu ordnen und fuhr fort. »Ich glaube nämlich nicht an einen Gott, nicht so, wie es in der Bibel steht. Ich bin überzeugt, dass es etwas gibt, etwas, das ... über uns steht ...«, er überlegte, wie er es am besten ausdrücken konnte, »... vielleicht eine Art höheres Bewusstsein. Aber dass neue Seelen aus dem Nichts entstehen, einfach so, um den Körper eines neugeborenen Menschen zu füllen, das glaube ich nicht.«

Sie lächelte nachdenklich und überlegte eine Zeitlang, bevor sie weiterhin versuchte, seine Bedenken auszuräumen. »Ich glaube auch nicht, dass neue Seelen einfach so ohne Weiteres entstehen können. Vielleicht ab und an, aber nicht für jedes einzelne Neugeborene. Du vergisst jedoch, dass wir sicherlich nicht der einzige Planet mit menschlichen Wesen im Universum sind. Es gibt auch andere Planeten, einige sind vielleicht gerade oder bereits vor einiger Zeit zu Grunde gegangen. Durch Naturkatastrophen oder sie haben sich selbst vernichtet. Diese Seelen werden wieder frei und wandern fortan im Weltall umher, um erneut eine geeignete Hülle zu finden, bis sie schließlich einen anderen mit menschlichen oder menschenähnlichen Wesen bewohnten Planeten entdecken. Einige der Seelen sind vermutlich bereits seit einer Ewigkeit hier und warten auf eine neue Hülle.«

Er dachte darüber nach. *Es wäre wirklich schön, wenn es tatsächlich so wäre.*

Um es zu glauben, dafür war er jedoch ein zu großer Realist. Er konnte sich einfach nicht vorstellen, dass es Seelen gab, die herumschwirrten und geduldig warteten, bis ein neuer Mensch geboren wurde. Auch diese Seelen müssten irgendwie entstanden sein. *Wie und woraus?* Und es existierte kein einziger überzeugender Beweis über solche Seelenwanderungen, Wiedergeburt oder auch Reinkarnation genannt, eine Vorstellung, dass die Seele oder das Bewusstsein sich nach dem Tod erneut in einem anderen Wesen manifestierte. Es gab immer wieder Berichte, dass sich angeblich einige Leute an frühere Leben erinnern konnten, meist jedoch von denen, die eine todesnahe Erfahrung oder eine schwere Erkrankung durchlitten hatten. Es kam ihm selbst häufig vor, als ob er eine Art Déjà-vu erfahren oder als ob er bestimmte Ereignisse erneut durchleben würde. Zum Beispiel, dass er dieser hübschen jungen Frau, die ihm gerade gegenübersaß, in einem früheren Leben schon einmal bereits begegnet war? Er lächelte nur amüsiert vor sich hin.

Er versuchte lieber das Thema zu wechseln.

»Es ist auf jeden Fall ein interessanter Gedanke«, äußerte er sich bedacht, »was wieder einmal beweist, dass du etwas Besonderes bist. Das habe ich dir in der letzten Zeit bereits einige Male gesagt. Du bist eine attraktive Frau, ehrlich und anständig. Du versuchst auch immer jedem entgegenzukommen und allem auf deine Weise gerecht zu werden.«

Er beobachtete sie eine Weile still und lächelte nachdenklich, bevor er hinzufügte. »Insbesondere bezüglich deiner Ehrlichkeit, wäre es eindeutig zu deinem Vorteil, nicht jedem gleich die volle Wahrheit zu offenbaren. Damit machst du dir nur Feinde und die meisten Vorgesetzten sehen es nicht gern, wenn sie jemand kritisiert.«

Plötzlich überkam ihn das Bedürfnis, sie zu berühren, ihre Hand oder ihre Wange, seine Finger in ihre dunkelbraune Haarpracht zu tauchen. Er musste sich zusammenreißen, um es nicht zu tun. Vielleicht hätte sie sogar nichts dagegen gehabt, er traute sich aber nicht.

Diese Zurückhaltung seinerseits überraschte ihn und brachte ihn gleichzeitig aus der Fassung. Früher hätte er sich nie irgendwelche Gedanken darüber gemacht und hätte es einfach getan, ob es angebracht gewesen wäre oder nicht, das war ihm sowieso meistens egal gewesen. Frauen waren da, um sie zu erobern und wer seine Gelegenheit nicht nutzte, war selbst schuld. Das war immer sein Leitspruch. Ob passend oder nicht, kümmerte ihn nicht im Geringsten.

»Ich hoffe, dass du mit der Zeit lernst, die Wahrheit ab und an auch nur für dich zu behalten, sonst wird dein Leben nicht gerade einfach sein.«

Plötzlich fiel ihm noch etwas zu der Seelenwanderung, über die sie gesprochen hatte, ein und er lächelte breit, als er diesen Gedanken zur Sprache brachte.

»Ich glaube, dass du in deinen früheren Leben, falls es sie wirklich gab«, fügte er noch hinzu, weil er selbst nicht daran glaubte, »entweder eine Prinzessin, eine hohe Priesterin, Königin oder etwas Ähnliches gewesen

wärest, was ich mir aufgrund deiner besonderen Schönheit und Anmut sehr gut vorstellen kann. Und wenn du
im Mittelalter gelebt hättest, hätte man dich vermutlich
als eine Hexe verurteilt und auf dem Scheiterhaufen verbrannt.«

Sie lächelte ihm nur mit einem nachdenklichen Gesichtsausdruck entgegen, äußerte sich jedoch nicht zu
seinen Anmerkungen. Ihre Augen glänzten dabei auf
eine besondere Art. Auch er schwieg eine Weile. Dabei
blickte er ihr weiterhin in die Augen, überlegte kurz und
sprach anschließend weiter.

»Ich dagegen, falls es die Reinkarnation, über die du
gesprochen hast und an die du zu glauben scheinst, tatsächlich geben sollte, war sicherlich immer ein Sklave,
ein Schwerstarbeiter, ein Bauer oder vielleicht ein Krieger oder Diener. Ich habe stets gelitten, wurde gefoltert
oder getötet. Ich bin bestimmt nicht derjenige, der je als
König gelebt hat. Dazu bin ich einfach nicht der Typ.
Macht und Geld haben mich nie besonders interessiert
und dazu bin ich ein Einzelgänger, auch wenn ich durch-
aus ab und an die Gesellschaft einer schönen...«, er führte
den Satz nicht zu Ende, sondern widmete sich lieber weiter dem angesprochenen Thema. Sie sollte nichts darüber
erfahren, dass er sie irgendwie lieb gewonnen hatte.

Und wozu sollte es auch gut sein? fragte er sich selbst.
Sie ist sowieso bald fort und er hegte nicht die Absicht,
mit ihr etwas anzufangen.

»Wie ich bereits gesagt habe, dich dagegen ...«, plötzlich, ohne nachzudenken, schoss seine Hand unwillkür-
lich nach oben, um ihr Gesicht zu berühren, ihre Haare
zu streichen. Im allerletzten Moment konnte er sich noch
beherrschen. *Was soll das Ganze?* herrschte er sich in

Gedanken selbst entsetzt an. Sie waren nicht alleine hier. Er zog die Hand widerwillig zurück, griff nach seinem Weinglas und spielte damit einen Moment lang, indem er es in den Fingern drehte, um sich wieder zu fassen. Dabei betrachtete er verlegen die Tischplatte vor ihm.

Sie bemerkte seine gehobene Hand und auch sein seltsames Verhalten danach, zog sich jedoch nicht zurück, sondern lächelte leicht amüsiert vor sich hin und betrachtete ihn weiterhin auf eine besondere Weise, ohne ein einziges Mal wegzusehen, was ihn noch zusätzlich verunsicherte.

Sie waren beide so intensiv in das Gespräch vertieft, dass sie die ganze Welt um sich herum vergessen hatten. Beide verfielen in Schweigen. Er mied vorsichtshalber den Augenkontakt, um keinen Fehler zu begehen, nicht bei dieser Frau. Dafür war sie ihm zu wichtig. In seinem Leben hatte er bereits genug Unfug angerichtet, insbesondere was Frauen betraf. Er fixierte eine Zeitlang die flatternde Flamme der Kerze auf dem Tisch, um sich zu konzentrieren, bevor er schließlich seine Überlegungen weiter ausführten konnte.

»Auf der anderen Seite würde deine Vorstellung, dass es auch Seelen aus einer anderen Welt gibt, zu dir sehr gut passen. Du bist anders als die meisten, anders als alle, denen ich bislang begegnet bin. Vielleicht kam deine Seele tatsächlich aus einer fremden Welt, wo Ehrlichkeit, Liebe und Zuvorkommen an erster Stelle stehen. Vielleicht bis du sogar dazu auserkoren, anderen Wesen den richtigen Weg zu weisen.«

Er schaute ihr wieder in die Augen. »Du könntest nach deinem Studium bei uns als Pharmaberaterin für Zulassungen anfangen. Mit Menschen kannst du sehr gut umgehen und du gewinnst leicht deren Vertrauen. Hast du darüber bereits nachgedacht?«

Dieses Mal senkte sie ihren Blick und trank leicht verlegen einen Schluck Wein aus ihrem Glas, bevor sie sich dazu äußerte. »Vielleicht, ich weiß es noch nicht. Ich habe mir über meine Zukunft nach dem Studium noch keine Gedanken gemacht. Ich weiß noch nicht genau, was ich mit meinem Leben anfangen werde. Ich ...«

»Wenn du dich noch nicht entschlossen hast, solltest du es dir überlegen. Ich könnte für dich ein Wort einlegen, das wäre für mich kein Problem«, unterbrach er sie, »und als Praktikantin hast du dich sicherlich bereits gut bewährt.«

»Ja …, vielleicht ..., ich weiß noch nicht …«, sagte sie nach kurzer Überlegung, »… aber auf jeden Fall war die Zeit, die ich mit dir hier verbracht habe, wichtig für mich, um zu lernen und zu erkennen, wer ich bin und was ich mit meinem Leben anfangen soll. Vielleicht war unsere Begegnung nicht zufällig, sondern unsere Bestimmung, um meinen eigenen Weg zu finden«.

Ihre Antwort hat ihn überrascht. »Vielleicht«, antwortete er nach einer Weile zögerlich.

Und genauso wie ich dein Leben geprägt haben soll, hast du längst meines geprägt. Unbewusst, doch du hast mich bereits verändert, ohne, dass du etwas davon weißt. Durch dich bin ich ein besserer Mensch geworden.

Diese Worte schwirrten jedoch nur in seinem Kopf herum, laut auszusprechen wagte er sie nicht. Er wünschte sich, dass sie weiterhin bliebe, doch ihr Praktikum näherte sich unweigerlich dem Ende zu. Sie hatte bereits selbst um eine Verlängerung gebeten, die er ihr mit Freude gewährt hatte.

Sie unterhielten sich noch rege eine Weile auf diese Weise, bis sie schließlich von anderen Mitarbeitern der Firma, die sich ebenfalls auf der Weihnachtsfeier befanden, unterbrochen wurden.

Schade eigentlich, dachte er bedauernd, *über so ein Thema könnte ich mit dir bis in alle Ewigkeit ein Gespräch führen.*

Einige der Kollegen, die sich zu ihnen gesellten, unter anderem auch Lydia, mit der er eine kurze Affäre gehabt hatte, waren bereits angetrunken und hatten dazu noch ein paar provokante und obszöne Bemerkungen.

»Ihr seht wie ein richtig verliebtes Pärchen aus, wie zwei Turteltäubchen«, äußerte sich einer seiner engeren Kollegen mit leicht stotternder Stimme. Er sprach noch weiter, seine Zunge war jedoch durch den Überschuss an Alkohol bereits schwer geworden, somit konnte man nicht alles verstehen, was er sagen wollte. Vieles davon ergab auch überhaupt keinen Sinn. Noch schlimmer war Lydia, die ihm nie verziehen hatte, dass er die Beziehung nach kurzer Zeit abgebrochen hatte, und es weiter auf die Spitze trieb. Sie beugte sich mit zusammengekniffenen Augen zu ihm vor, so dass ihr Gesicht nur wenige Zentimeter von seinem entfernt war. Ihr Atem roch süßlich nach Früchten und Alkohol.

»Und wie ist sie so?«, fragte sie ihn anstachelnd, »besser als ich? Jünger und hübscher ist sie allemal, oder?«, sie drehte ihren Kopf und schaute die junge Frau gegenüber herausfordernd an.

Seine Praktikantin erwiderte ihren Blick jedoch nicht, sondern starrte nur verdutzt die Tischplatte vor sich an. Ihre Wangen fingen an zu glühen. Es war ihr offensichtlich peinlich und von Lydia auch völlig unangebracht. Dennoch fand er sie in dem Augenblick durch ihre Verlegenheit und die roten Wangen noch attraktiver und anziehender als je zuvor.

So etwas wollte er aber nicht. Er hegte keine Absichten, sie in Verlegenheit zu bringen. Vielleicht sollte er sie von hier wegbringen, sie zu einem Drink einladen oder zum Essen.

Ob sie zustimmen würde?

Erneut traute er sich nicht zu fragen. Seine Unentschlossenheit in dieser Hinsicht, die für ihn bislang etwas Unbekanntes gewesen war, brachte ihn erneut durcheinander.

Aus seiner Unentschlossenheit und der peinlichen Situation wurden sie schließlich unerwartet gerettet. Es folgten glücklicherweise einige Ansprachen der Abteilungsleiter, womit die angetrunkenen Kollegen, zusammen mit Lydia, wieder zu ihren Plätzen zurückkehrten. An diesem Abend hatten sie dennoch keine Privatsphäre mehr gehabt. Er selbst war gezwungen, sich zwischendurch mit anderen Kollegen zu unterhalten, so dass er sich nicht mehr zu ihr gesellen konnte. Die ganze Zeit schaute er jedoch immer wieder zu ihr hinüber und sie schien genauso oft in seine Richtung zu sehen. Ihre Blicke begegneten sich häufig und jedes Mal lächelte sie ihm dabei leicht zu. Es war jedoch ein trauriges Lächeln. So kam es ihm wenigstens vor.

Schließlich verlor er sie für eine Zeitlang aus den Augen und konnte sie dann nirgendwo mehr finden.

Vermutlich ist sie bereits gegangen, dachte er.

Ein Gefühl der Enttäuschung stieg in ihm auf und er spürte seltsamerweise einen stechenden Schmerz in der

Brust, was ihn selbst überraschte. Er machte sich sofort zur Bar auf. So etwas hatte er oft durchgezogen, um seinen Kummer, seine Sorgen, zu ertränken und zu vergessen. Solange sie bei ihm gewesen war oder in seiner Nähe, hatte er sich immer zurückhalten können. Sie hatte in ihm immer das Gute geweckt. Trotz dem Verdruss musste er vor sich hin lächeln, als er sich ihr liebliches Gesicht vor seinem inneren Auge vorstellte. Jetzt aber, nachdem sie die Weihnachtsfeier bereits verlassen hatte, fand er keinen Grund mehr, sich zu mäßigen.

Warum hat sie sich nicht von mir verabschiedet? fragte er sich leicht verbittert. *Und warum sollte sie auch?* antwortete er sich gleich selbst. Sie war nur eine Kollegin, so wie viele andere hier. Es wurde ihm langsam bewusst, dass er sich in sie womöglich verliebt hatte.

Verdammt! schoss ihm in dem Augenblick durch den Kopf. Damit hatte er nicht gerechnet. Seine Gefühle waren in diesem Falle jedoch seine eigene Sache. Sie würde es nie erfahren.

Als er zur Bar vorgedrungen war, bestellte er gleich einen Doppelten. Bevor der Barkeeper den Drink brachte, gesellte sich plötzlich Lydia zu ihm und umarmte ihn kurz, bevor sie sich auf dem Hocker gleich neben ihm niederließ.

»Wo ist deine hübsche Praktikantin?«, fragte sie beschwipst. »Hat sie dich verlassen? Genauso, wie du mich? Jetzt weißt du wenigstens, wie sich das anfühlt!«

Ihren unsicheren Bewegungen nach zu beurteilen, war sie bereits ganz schön betrunken. Es hatte sich damals auf eine ähnliche Weise zugetragen, als er und Lydia, stark unter Alkoholeinfluss auf einem internen Firmentreffen auswärts, das erste Mal miteinander geschlafen hatten. Sie war an ihm interessiert und hatte geglaubt, es könnte mehr werden. Er wollte jedoch gar keine feste Beziehung und noch dazu nicht mit einer Kollegin. So etwas hätte nur Probleme bereitet und er liebte es, ein einfaches und unbekümmertes Leben zu führen.

Gerade, als er tief Atem holte, um Lydia zurechtzuweisen, legte ihm jemand die Hand auf die Schulter. Diese Berührung war leicht und zurückhaltend, doch sie durchfuhr ihn wie ein elektrischer Schlag. Noch bevor er sich umdrehte, wusste er, wer hinter ihm stand. Dennoch war er sichtlich überrascht. Seine Praktikantin stand leicht verlegen vor ihm und schaute ihn aus nächster Nähe mit gesenktem Kopf von unter ihren langen Wimpern an.

»Entschuldige, ich wollte dich nicht stören, ich wollte mich nur verabschieden. Es ist schon spät und ich möchte gerne nach Hause.«

Sie lächelte dabei auf ihre besondere zurückhaltende Weise. Er war wie versteinert. Es freute ihn unheimlich, dass sie die Feier nicht eher verließ, bevor sie sich von ihm verabschiedet hatte. Dennoch fehlten ihm plötzlich die Worte.

»In Ordnung«, sagte er fast stotternd nach einer Weile. »Wir sehen uns dann am Montag in der Arbeit.«

Sie nickte nur, machte noch einen kleinen Schritt in seine Richtung und hob die Arme. David starrte sie leicht verwirrt an. Sie wurde rot und ließ ihre Arme wieder sinken.

»Dann bis Montag«, sagte sie leise und drehte sich um.

Erst dann begriff er und hätte sich am liebsten geohrfeigt. Sie hatte ihn zum Abschied umarmen wollen und er hatte es nicht verstanden!

»Sofia?«, rief er ihr nach. Sie wandte sich überrascht wieder um.

»Ja?«

»Ich …«, plötzlich wusste er nicht, was er sagen sollte, für eine Umarmung war es bereits zu spät. Dann fiel ihm doch noch etwas ein. »Ich ..., ich kann dich nach Hause begleiten. Ich …«.

Sie lächelte erfreut, dann schaute sie jedoch zu seiner Linken, wo sie Lydia neugierig, mit hochgezogenen Augenbrauen, beobachtete und ihren Kopf herausfordernd an seine Schulter lehnte.

»Nein, danke. Ich komme schon zurecht, amüsiere dich nur weiter.«

Dann drehte sie sich um und verließ mit gesenktem Kopf die Weihnachtsfeier.

***

Der alte Mann saß immer noch auf seinem Bett, in seinen Schläfen pochte es inzwischen gewaltig. Dennoch hatte ihn diese Erinnerung seine Schmerzen für eine Weile vergessen lassen. Seitdem er seine luziden Träume hatte, wurden auch seine Erinnerungen an das Vergangene deutlich intensiver und lebendiger, als ob er das alles erneut durchlebt hätte, wie gerade jetzt.

Warum habe ich sie damals nicht nach Hause begleitet? fragte er sich mit deutlichen Vorwürfen. Nachdem sie das Fest verlassen hatte, hatte er sich damals wieder einmal richtig gehen lassen und war doch noch mit Lydia im Bett gelandet, was er danach ungemein bereut hatte.

Das war einer der weiteren Gründe gewesen, warum er, nachdem seine Praktikantin, Sofia, ihre Arbeit beendet hatte, die Firma verließ. Er hätte sie umarmen und darauf bestehen sollen, sie zu begleiten. Im Nachhinein war er sich fast sicher, dass sie nichts dagegen gehabt hätte, dass sie sich sogar darüber gefreut hätte.

Jetzt ist es bereits zu spät, dachte er sich bitter. Jede Entscheidung, die man trifft, ist immer endgültig und nichts kann rückgängig gemacht werden, ganz egal, wie sehr man es sich auch wünscht. Deshalb sollte jeder einzelne Entschluss, den man einmal gefasst hat, sorgfältig überlegt werden.

Aber wer sind wir? Wir sind nur Menschen, unvollkommen und armselig. Wir machen Fehler, um aus ihnen zu lernen, um wieder neue Fehler machen zu können und so geht es immer weiter. Ein ewiger Zyklus aus eigenen Fehlentscheidungen und Versagen. Somit ist unser Leben voller Höhen und Tiefen, es ist unser Los, unsere Bestimmung, die wir stets mit uns tragen, dachte sich der alte Mann trostlos und stand schließlich auf, um seine Medikamente zu nehmen.

III.

Der Sklave
und
die Auserwählte

Er zitterte vor Angst als man ihn zum Altar hinauf-
schleppte. Auch wenn er sich dagegen wehrte, konnte er
dennoch nichts ausrichten. E wollte nicht sterben, er war
noch jung und voller Pläne. Es gab noch so viel, was er
gerne tun würde, zum Beispiel eine nette Frau kennen-
lernen und eine Familie gründen. Er hatte noch nie in seinem Leben bei einem Weib gelegen. Er würde gerne wissen, wie es sich anfühlte, geküsst zu werden, die Haut
einer Frau zu berühren, ihre Haare zu streicheln. So etwas würde er jedoch nicht mehr erleben. In einem einzigen Moment, der über sein Schicksal unausweichlich
entschieden hatte, war alles vorbei.

Es war einfach nicht fair, strebte sich verzweifelt sein
Bewusstsein dagegen.

Als die Eindringlinge gekommen waren, mitten in der Nacht, war das ganze Dorf völlig überrascht aus dem Schlaf herausgerissen worden. Niemand hatte mit einem Überfall gerechnet. Es hatte auch keine Anzeichen einer bevorstehenden Invasion gegeben. Die Wilden hatten sich lautlos angeschlichen und erst als sie sich in nächster Nähe befanden, stießen sie ihre furchteinflößenden Kriegsschreie aus und griffen an. Sie waren in jede einzelne Hütte eingedrungen und hatten die Menschen im Schlaf wahllos niedergemetzelt.

Sie hatten seine Eltern, seinen älteren Bruder, der versucht hatte, gegen sie anzukämpfen, und sogar seine kleine Schwester getötet. Er war der Einzige aus seiner Familie, seiner Sippe, gewesen, der überlebt hatte. Mit seinem Tod würde seine gesamte Blutlinie aussterben. Nach dem brutalen Überfall wurden alle Dorfeinwohner, die sich noch am Leben befanden, zusammengetrieben. Diejenigen, die stark genug waren, um als Sklaven zu arbeiten, wurden mit rauen Seilen aneinandergebunden, die Schwachen und Verletzten wurden gnadenlos abgeschlachtet. Es war für ihn unbeschreiblich und ungemein furchtbar, sich das Gemetzel anzusehen.

Er kannte sie alle persönlich, jeden einzelnen von ihnen. Und jetzt wurden sie, einer nach dem anderen ausnahmslos, Kinder und alte Menschen eingeschlossen, die den beschwerlichen Transport durch den Dschungel nicht überleben würden, grausam und kaltblütig ermordet. Meist mit einer Steinkeule oder einer Axt aus vulkanischem Gesteinsglas. Auch wenn er die ganze Zeit zugesehen hatte, konnte er es irgendwie dennoch nicht glauben. Es fühlte sich wie ein schrecklicher Alptraum an, aus dem er jede Sekunde aufwachen müsste. Egal wie er es jedoch versucht hatte, war er nicht erwacht. Es war die trostlose Realität, in der er sich gerade befand, und das Schlachten der Dorfeinwohner wurde brutal fortgesetzt. Er wollte sich wenigstens abwenden, schaffte es aber nicht. Er stand einfach nur da, wie angewurzelt, wie eine versteinerte Statue und schaute völlig erstarrt und gebannt zu. Nein, er war nicht gestanden, er hatte auf dem festgestampften Lehmboden auf dem Sammelplatz des Dorfes gekniet, umgeben von den wilden Kriegern, die sie überwachten.

Als das Schlachten endlich beendet war, wurden die restlichen Gefangenen auf die Beine hochgerissen und die beschwerliche Reise durch den Dschungel ging los. Er konnte sich im Nachhinein nur bruchstückhaft an den Sklaventransport erinnern. Er bewegte sich wie in Trance, von Sonnenaufgang bis Sonnenuntergang wurden sie fortgeschleppt, ohne Gnade oder ohne zwischendurch anzuhalten. Die fremden Krieger schienen unglaubliche Ausdauer zu haben und trieben die Sklaven unnachgiebig vor sich her. Wer nicht mithalten konnte, wurde zurückgelassen, meist wurden diesen Personen jedoch zuvor Beine und Arme gebrochen. Auf diese Weise in der Wildnis ausgesetzt, waren solche Leute eine leichte Beute für die Raubtiere. Es war ihm schlichtweg unbegreiflich, wie dieses kriegerische Volk so brutal und unbarmherzig sein konnte. Die neu gefangenen Sklaven waren für sie offensichtlich weniger wert als Tiere. Er wusste nicht, wie lange der Transport dauerte. Er zählte nicht die Tage und auch nicht die Nächte. Tagsüber schleppte er sich mit den anderen mühsam weiter, wie eine Marionette, ohne eigenen Willen. Nachts fiel er in eine Art traumlose Bewusstlosigkeit, ohne jegliches

Zeitgefühl, bis er am nächsten Morgen wieder aus dem Schlaf gerissen wurde, um weiterzumarschieren.

Eines Tages lichtete sich endlich der Dschungel und der junge Sklave erblickte schließlich sein Ziel, die Stadt der Eroberer. Es verschlug ihm regelrecht den Atem. Er war in der Wildnis aufgewachsen, hatte nur sein Dorf und einige Siedlungen in der unmittelbaren Nähe mit einigen duzend Hütten gekannt, die aus Lehm und Bambusblättern errichtet worden waren.

Das, was sich nun seinen Augen bot, war eine andere Welt, als ob er plötzlich in einen Traum eingetaucht wäre. Die ganze Ebene, die sich vor ihm in die Weite erstreckte, wohin er auch blickte, bestand aus verschiedenen Gebäuden, eigenartigen Konstruktionen und Baukomplexen. Die größeren prunkvolleren Häuser in der Nähe des Zentrums waren aus Kalkstein um eine riesige Pyramide in der Mitte der Stadt erbaut, die gewöhnlichen Häuser weiter von der Pyramide entfernt, am Stadtrand, waren mit Holzpfählen und Lehm und einem Dach aus Stroh errichtet. Der Pyramidentempel war das imposanteste Bauwerk, das er je in seinem Leben zu Gesicht bekommen hatte. Der Gipfel der Pyramide ragte soweit hoch in den Himmel, dass dort sicherlich nur Priester wohnten, die einen direkten Kontakt mit den Göttern haben mussten. So eine große Anzahl an Menschen auf einem Haufen hatte er ebenfalls noch nie gesehen. Es war für ihn bis dahin schlichtweg unvorstellbar gewesen, dass es überhaupt so viele Menschen überhaupt geben konnte.

Viel Zeit für die Bewunderung der Stadt war ihm jedoch nicht geblieben, sie wurden gleich weitergeschleppt, nicht in Richtung der Pyramide, sondern in einen der Außenbezirke mit niedrigen gewöhnlichen Häusern, wo Sklaven untergebracht und gehalten wurden. Es wurden ihnen endlich die Fesseln abgenommen und anschließend wurden sie in einen mittelgroßen dunklen Raum ohne Fenster hineingepfercht, getrennt von den Frauen, die meist als Sklavinnen an reiche Stadtbewohner verkauft werden sollten. Es gab nur wenig Platz für so viele Menschen, so dass sie sogar ihre Beine übereinanderlegen mussten, wenn sie sich ausruhen wollten.

Gleich am nächsten Tag früh am Morgen wurden sie aufgeweckt, in einen kleinen Innenhof hinausgetrieben und in einer Reihe aufgestellt. Die Stärksten und die Ansehnlichsten wurden ausgesondert, vermutlich zum Verkauf, um viel Gewinn zu erbringen. Er gehörte nicht dazu. Seine Statur war zierlich, er war mittelgroß und nicht sehr auffällig. Die Restlichen, ihn mitgezählt, dienten als Sklavenarbeiter. Einige wurden den freien Bauern zugeteilt und arbeiteten fortan auf den Feldern rings um die Stadt, er und ein paar andere wurden in den Steinbruch geschickt, später arbeitete er dann an verschiedenen öffentlichen Baustellen.

Die Arbeit als Sklave war insbesondere für jemanden, der in der freien Natur aufgewachsen war, unerträglich. Die Sklaven hatten keine Rechte und waren weniger Wert als die Haustiere der Stadtbewohner. Jeden Tag starben die Leute um ihn herum wie die Fliegen, durch Erschöpfung, Krankheit oder Schwäche. Einige hatten versucht zu fliehen, es war jedoch bislang niemandem gelungen. Für die Kriegerkaste stellten diese Ereignisse sogar eine willkommene Abwechslung dar, eine Art Sport. Sie ließen den Entflohenen sogar Vorsprung und dann wurden sie gejagt. Der Tod der Flüchtigen war meist lang und grausam. Er selbst dachte so oft daran aufzugeben, doch schaffte er es irgendwie immer wieder aufzustehen und weiterzumachen, in der Hoffnung, dass ihm vielleicht eines Tages doch die Flucht gelänge. Jedoch nicht aus Verzweiflung, sondern gut geplant und vorbereitet. Und er war nicht allein. Eine kleine Gruppe junger Sklaven, der er ebenfalls angehörte, hatte sich zusammengetan, um einen vernünftigen Fluchtplan auszuarbeiten. Bald sollte es so weit sein.

Dann aber spielte das Schicksal gegen ihn eine weitere Karte aus, dieses Mal einen Trumpf.

Und auf einmal war alles vorbei!

Man hatte ihn für die Opfergaben verurteilt. Und nur deswegen, weil er ihr hatte helfen wollen. Aber das war verboten. Niemandem war es erlaubt, die Auserwählte anzusehen oder anzufassen, insbesondere keinem der Sklaven. Alles geschah rein zufällig. Er hatte sich hochgearbeitet und war der Schwerstarbeit im Steinbruch entkommen, weil er geschickt mit den Händen war. Man hatte ihn einem Bautrupp zugeteilt, wo er viel mit Holz und Lehm arbeiten musste. Die letzte Baustelle, an der er gerade gearbeitet hatte, war für einen reichen Priester gewesen, ein wunderschönes und aufwendiges Kalksteingebäude mit vielen Verzierungen und ausgefallenen Besonderheiten.

Er hatte bereits seit einigen Wochen auf diesem Bauplatz gearbeitet, als eines Tages eine Prozession erschienen war, begleitet von unzähligen Soldaten, der Garde und den hohen Priestern. Die Sklaven waren gezwungen worden und waren bereits daran gewohnt, wenn ein solch gewichtiges Gefolge erschien, sich auf den Boden niederzuwerfen und sich nach vorne zu beugen, bis ihre Stirn den Dreck der Straße berührte. In dieser Position mussten sie so lange verharren, bis die Prozession vorbeigezogen war. Wenn jemand den Kopf nur ein wenig emporhob, wurde er sofort geschlagen, getreten oder sogar abgeführt. Diese Person wurde nie wieder gesehen.

Als der schicksalshafte Festzug erschienen war, befand er sich, wie es der Zufall so wollte, ganz vorne am Straßenrand. Um welche wichtige Person es sich dabei handelte, wurde immer laut angekündigt. Priester oder Diener gingen immer der Prozession voraus und riefen laut heraus, um den Herrn oder die Herrin anzukünden, die Menschen zu warnen und die Straße zu räumen:

»Aus dem Weg, aus dem Weg, der ehrenwerte ... schreitet durch die Straßen! Begrüßt den ehrenwerten ..., erweist die Ehre dem rechtschaffenen ...«.

Dieses Mal riefen jedoch die Priester, die dem Festzug vorausliefen: »Geht aus dem Weg, räumt den Platz für die Auserwählte! Erweist der Auserwählten die gebührende Ehre! Auf die Knie, ihr Unwürdigen!«

Und alle Sklaven und nicht nur die, sondern diesmal alle Menschen, die sich zu der Zeit auf der Straße befanden, warfen sich ausnahmslos auf den Boden. Die Auserwählte war die höchste Priesterin des Ordens. Sie war diejenige, die in einem unmittelbaren Kontakt mit der Gottheit stand. Ob dies tatsächlich der Wahrheit entsprach, wusste niemand, doch jeder Mensch glaubte fest daran. Man erzählte sich, sie sei unglaublich schön und so anmutig, dass sie nur der Gottheit selbst abstammen konnte. Es ging sogar das Gerücht herum, dass jeder, der sie nur ansähe, durch ihre Schönheit in ihren Bann gezogen und verrückt würde.

Sie wurde in einer prachtvollen verschleierten Sänfte von vier jungen muskulären Sklaven getragen und gerade in dem Augenblick, als sie die Sänfte direkt in seiner Nähe befand, stolperte plötzlich einer der Männer auf der unebenen Straße und viel auf ein Knie. Die Sänfte neigte sich dabei gefährlich zur Seite. Gleich kam einer der Soldaten der Garde hergelaufen und half die Sänfte wieder ins Gleichgewicht zu bringen. Dabei hatte er den Sklaven hart ins Gesicht geschlagen. Der Seitenschleier der Sänfte wurde in dem Augenblick zur Seite geschoben und eine verhüllte weibliche Gestalt kam zum Vorschein. Als sie das Tumult bemerkte, versuchte sie aus der Sänfte herunterzusteigen. Dabei ist sie jedoch gestolpert und fast hätte sie zu Boden gestürzt.

Er beobachtete das ganze Geschehen aus dem Augenwinkel heraus. Gerade in dem Augenblick, als die Auserwählte das Gleichgewicht verlor, sprang er ohne Nachzudenken hoch, um sie aufzufangen. Als er ihren Arm ergriff, um sie zu stützen, löste sich ihr Schleier ein wenig zur Seite und er erblickte ihr Gesicht.

Es verschlug ihm regelrecht den Atem. *All die Gerüchte sind tatsächlich wahr!* schoss ihm durch den Kopf. Er hatte in seinem Leben noch nie so eine wunderschöne Frau gesehen. *Zweifellos eine Göttin!* Ihre Haut war glatt und dunkel und ähnelte einem reinen und einwandfreien Bernstein. Ihre Gesichtszüge waren fein und regelmäßig, wie aus einem makellosen Edelstein gemeißelt. Und ihre Augen, schwarz wie die Nacht und so tief, dass er sich in dem Augenblick in ihnen verlor. Es waren jedoch sanfte Augen, voller Güte und Aufmerksamkeit. Sie lächelte ihm freundlich und mit Dank zu, als er sie auffing und ihr hoch half. Es geschah alles blitzschnell, im Bruchteil einer Sekunde, dann fiel der Schleier wieder zurück.

Er stand nur da, erstarrt und sprachlos, wie versteinert. Es kam ihm alles wie ein Traum vor. Alles hatte sich so schnell abgespielt, dass er einige Zeit brauchte, um es überhaupt zu verarbeiten. Bevor sich jedoch seine Gedanken geordnet hatten und er sich wieder fangen konnte, kam bereits die Garde angerannt. Sie rissen ihn sofort von ihr weg und warfen ihn brutal zu Boden. Wenn die Auserwählte nicht eingeschritten wäre, hätten sie ihn sicherlich auf der Stelle zu Tode geprügelt. Das hatte sie zwar verhindert, seinen Tod hatte sie dennoch nicht abwenden können. Er war in dem Augenblick verdammt gewesen, als er ihr Gesicht erblickt hatte.

Das war es jedoch Wert, er hatte eine lebende Göttin gesehen! schoss ihm lediglich in dem Moment durch den Kopf, ohne auf die Konsequenzen zu denken.

Ein stechender Schmerz in den Armen, die an den Handgelenken mit einem rauen Seil fest verschnürt waren, riss ihn plötzlich aus seinen Gedanken. Er wurde gerade über einen blanken Stein hochgezogen und gewendet, die Arme hinter dem Kopf gehalten, die Beine nach unten gedrückt. Ein unvorstellbarer Schreck durchzog ihn in dem gleichen Augenblick.

Er lag mit seinem Rücken auf dem Altar!

Der Priester, verhüllt in einer Maske des Sonnengottes, beugte sich langsam über ihn und hob feierlich sein Messer in die Höhe.

Einen Augenblick später empfand er einen unbeschreiblichen Schmerz in der Brust und schrie, so laut er nur konnte. Mit Entsetzen, kurz bevor er sein Bewusstsein verlor und sich in das Schattenreich begab, erblicke er sein eigenes Herz, immer noch pochend, in der ausgestreckten Hand des hohen Priesters ...

***

Der alte Mann starrte, voller Schreck und mit schmerzverzerrtem Gesicht, die Decke über ihn an. Der Raum war dunkel und er brauchte eine geraume Weile, um die Wirklichkeit um ihn herum in vollem Umfang wieder wahrzunehmen. Dann fasste er sich vorsichtig an die Brust. Er spürte fast ungeschwächt den unerträglichen Schmerz in seinem Brustkorb, als ihm das Herz herausgerissen worden war.

Es war unglaublich, so lebendig, so real!

Er konnte immer noch nicht ganz fassen, dass er am Leben war. Die Schmerzen in seiner Brust ließen zwar allmählich nach, doch die Erinnerungen an die Erlebnisse in seinem Traum waren geblieben. Er war immer noch ein junger Mann, der aus einem kleinen Dorf im Dschungel kam. Er konnte sich sogar an seine Kindheit in seiner Traumwelt erinnern, an seine Eltern, seine Geschwister, einfach an alles. Und auch an das Massaker, als die wilden Krieger gekommen waren. Es war so entsetzlich, zusehen zu müssen, wie seine Freunde, Bekannte, Eltern und Geschwister vor seinen Augen auf so grausame Weise abgeschlachtet wurden. Seine Augen füllten sich mit Tränen. Eine tiefe Traurigkeit erfasste ihn und hielt ihn fest im Griff.

Er lag in seinem Bett und das Leben in diesem seltsamen Traum lief vor seinem inneren Auge erneut vorbei, Erinnerungen an das längst Vergangene. Die Zeit verstrich, es dämmerte allmählich und die Nacht übergab das Zepter der Macht an den Tag, der langsam die Flügel des Lichts ausbreitete und die Dunkelheit vertrieb.

Es war das erste Mal gewesen, dass er fast ein ganzes Leben geträumt hatte. War es tatsächlich nur ein Traum? Oder waren es Erinnerungen an ein anderes Leben, so wie die junge Frau aus seiner Vergangenheit davon überzeugt war? Er glaubte immer noch nicht richtig daran, doch die Träume der letzten Wochen und Monate hatten ihn zum Grübeln gebracht. *Möglicherweise hat das alles mit meinem Tumor im Kopf zu tun*, überlegte er bedächtig. *Oder könnten es einfach nur Halluzinationen sein? Wahnvorstellungen?* Andererseits schlief er ja und es fühlte sich auch wie ein Traum an, wenigstens am Anfang. Wenn er solche Visionen während des Tages gesehen hätte, oder Personen und Geschehnisse, die es nicht gab? Aber das war es nicht. Diese fremdartigen Erlebnisse besuchten ihn nur, wenn er schlief, und einige davon wiederholten sich sogar.

Als er über seine seltsamen Träume weiter nachdachte, kam es ihm vor, als ob sie etwas gemeinsam gehabt hätten. *Aber was?* Das wusste er in dem Augenblick noch nicht zu ergründen.

IV.

Das Traumgespinste

Wegen den immer häufiger auftretenden luziden Träumen entschied sich schließlich der alte Mann einen Arzt aufzusuchen. Nicht jedoch den, der ihn bereits wegen dem Tumor behandelte, sondern zu einem anderen Spezialisten, einem Psychologen, der ihm vor einiger Zeit von seinem Hausarzt empfohlen worden war und der sich fachlich insbesondere mit menschlicher Psyche im Zusammenhang mit Alpträumen beschäftigte. Das Gespräch war für ihn jedoch wenig sinnvoll. Der Arzt behandelte ihn schlicht wie einen Geisteskranken.

»Erzählen Sie mir bitte von Ihren Alpträumen«, fing der Psychiater gleich mit einer professionell ruhigen Stimme an, die ihm gar nicht behagte.

»Ich habe aber keine Alpträume«, korrigierte er ihn umgehend, »es sind nur seltsame Träume, die sehr echt erscheinen, als ob ich sie tatsächlich erlebt hätte.«

Der Arzt lächelte ihm nur verständnisvoll zu. »Solche Träume, insbesondere Alpträume, kommen einem sehr real vor. Das ist ganz normal.«

Auf diese Weise verlief das ganze Gespräch. Am Ende

hatte er die Sprechstunde sogar vorzeitig abgebrochen, er fühlte sich dabei gar nicht wohl. Auch seine Andeutung, ob es vielleicht etwas mit seinem Gehirntumor zu tun haben könne, hatte der Psychologe nicht beantwortet, nicht einmal in Betracht gezogen. Er könne es zwar nicht ausschließen, hatte er behauptet, glaube jedoch nicht daran. Für Alpträume gäbe es meist psychische Ursachen, äußerte er sich lediglich dazu. Alle Aussagen des Arztes waren meist zweideutig gewesen, mit stätigen Andeutungen an seinen Geistesszustand. Völlig lustlos und frustriert verließ er schließlich die Praxis.

Die nächsten Tage besuchte er noch einen Spezialisten auf dem Gebiet der Neurologie, der sich mit Träumen auskannte, und verbrachte sogar eine Nacht im Schlaflabor. Am Kopf wurden ihm Elektroden angebracht, um seine Gehirnaktivitäten messen zu können. Der alte Mann befürchtete, nicht einschlafen zu können, aber diese Angst war unbegründet gewesen. Die Elektroden waren fast nicht zu spüren und erlaubten uneingeschränkte Bewegung, so dass man sich im Schlaf ungestört drehen und wenden konnte. Er hatte jedoch bedenken, dass er nicht den richtigen Traum haben und dass der Arzt nichts entdecken würde. Dieses Mal wurde er jedoch ausnahmsweise mit Glück beschert und hatte tatsächlich einen seiner luziden Träume. Nicht zwar gerade den, indem er ein anderes Leben gelebt hatte, abermals hatte er jedoch für eine kurze Zeit den kalten und gefühllosen Weltraum um sich herum wahrnehmen können.

***

Wie bereits einige Male zuvor bewegte er sich durch den leeren Raum mit einer ungeheuren Geschwindigkeit und näherte sich gerade einer neuen Galaxis, die eine Scheibenform besaß. Er war auf der Suche, auf der Suche nach jemandem und er spürte, dass er sich seinem Ziel unaufhaltsam näherte. Die Form dieser Galaxis kam ihm irgendwie bekannt vor und am Ende erkannte er sie schließlich. Nur dass sie noch nie jemand von dieser Stelle aus, von außerhalb der Galaxis, bislang gesehen hatte. *Wie auch? Wer könnte unsere Milchstraße von außerhalb betrachten?* Er hatte zwar keinen Beweis dafür, aber irgendwie war er sich sicher, dass es sich dabei um unsere Galaxie, die Milchstraße, handelte. Er war sich sogar des genauen Zieles sicher, wonach er in der Milchstraße suchte, welchen Sonnensystem und auch welchen Planeten er ansteuerte. Das schreckte ihn irgendwie gleichermaßen auf und beunruhigte ihn gleichzeitig.

***

Er erwachte wieder einmal ganz verschwitzt. Es war bereits kurz vor der Dämmerung und es war ihm sofort klar, dass er wieder einmal nicht mehr einschlafen würde. Dennoch hatte er wenigstens einige Stunden schlafen können. Trotz seiner Neugier blieb er liegen, in seinen Gedanken versunken, und wartete gespannt auf den Morgen, um die Ergebnisse zu erfahren.

»Und, haben Sie gut geschlafen?«, fragte der Arzt, nachdem ihm die Elektroden entfernt worden waren, er sich wieder angezogen und den Besprechungsraum betreten hatte.

Der alte Mann überlegte kurz, was er erwidern sollte, schließlich antwortete er nur unbestimmt. »Ich habe ein paar Stunden schlafen können, auch wenn ich zuerst nicht daran geglaubt habe.«

Der Arzt nickte nur und winkte ihm zu, hereinzukommen. »Setzen Sie sich« und er zeigte an den Stuhl gegenüber seinem Schreibtisch, »ich bin gerade dabei, mir Ihre Ergebnisse anzusehen.«

Der ältere Herr mit kurz geschnittenen, größtenteils bereits ergrauten Haaren, kantigem Gesicht und stechenden, stahlblauen Augen, betrachtete dabei aufmerksam einige Verlaufsgraphen auf dem Monitor. Er selbst nahm auf dem ausgewiesenen Stuhl Platz und schaute ebenfalls neugierig auf die sonderbaren Bilder, die auf dem schräg gestellten Bildschirm dargestellt waren, der so positioniert war, dass beide, Arzt und Patient, die Daten ansehen konnten.

Der Schlafspezialist betrachtete eine Weile die ersten Verlaufskurven, dann schaute er kurz zu ihm hinüber und wieder auf den Monitor. Er hob anschließend seine Hand und zeigte mit dem Zeigefinger auf das erste Diagramm, um es zu beschreiben.

»Das ist das sogenannte Elektroenzephalogramm, die grafische Darstellung Ihrer Gehirnaktivität während des Schlafes«.

Er zeigte dann auf die einzelnen Verläufe. »Sehen Sie hier? Das sind die Betawellen. Man sieht, dass Sie zwar um 22 Uhr ins Bett gegangen sind, aber erst gegen 23 Uhr haben Sie sich ausreichend beruhigt, um schlafen zu können. Ihre Betawellen sind nämlich, wie Sie sehen, in die

Alphawellen übergegangen, was einem Zustand der Entspannung entspricht.«

Sein Finger bewegte sich weiter. »Um 23 Uhr 30 erschienen die ersten Thetawellen, Sie sind eingeschlafen. Das ist das erste und zweite Stadium des Schlafes, ein leichter Schlafzustand, der bei Ihnen sehr flach ausfällt. Und hier kommen die sogenannten Deltawellen, das Stadium des Tiefschlafs. Und hier…«, der Arzt deutete erneut mit dem Finger auf dem Monitor an, »… kommt die sogenannte REM-Phase. Das ist die Zeit, in der man gewöhnlich träumt.«

Der Arzt betrachtete eine Weile die REM-Phase und ging dann zu einer anderen Kurve über. »Sie sagten, dass Sie Probleme mit dem Schlaf haben?«, fragte er nachdenklich.

»Nein, nicht mit dem Schlafen, sondern mit den Träumen, sie sind fast unnatürlich real«, berichtigte er den Arzt bedächtig.

»Ja, stimmt, das haben Sie behauptet«, vermerkte der ältere Mann nachdenklich, schaute wieder kurz zu David hinüber und dann schwenkte sein Blick zurück zum Monitor.

»Sehen Sie hier?«, und der Arzt zeigte auf ein weiteres Diagramm. Das ist der zweite Schlafzyklus. Und hier der Dritte. Sie wiederholen sich etwa alle 90 bis 100 Minuten. Alles sieht ganz normal aus, die Kurvenverläufe, die Wellen, die Amplituden. Es fällt alles, wie bereits gesagt, ein wenig flach aus. Das bedeutet, dass Ihr Schlaf nicht so erholsam ist, wie Sie es sich vielleicht wünschen würden. Sonst sehe ich hier aber keine auffälligen Unregelmäßigkeiten, auch nicht was die REM-Phase betrifft, ich meine die Zeit des Träumens, hier kann ich ebenfalls nichts Außergewöhnliches entdecken. Und hier ist der vierte Zyklus, auch hier ist …«.

Der Arzt verstummte plötzlich und starrte, wie gebannt, ungläubig und fassungslos den Monitor an. Der alte Mann schaute zuerst verwundert zu dem Arzt hinüber und dann wieder auf den Monitor. Auch wenn er kein Experte war, wurde ihm bewusst, dass hier etwas nicht stimmte. In einem Bereich des vierten Schlafzyklus, gab es ungewöhnliche Ausreißer des Diagramms.

Weil der Traumspezialist immer noch nicht geantwortet hatte, hakte er schließlich nach. »Herr Doktor, was ist? Stimmt etwas nicht?«

Erst jetzt warf ihm der ältere Mann verdutzt einen kurzen Blick zu. Dann wanderten seine Augen wieder zum Bildschirm mit den Schlafdiagrammen hinüber.

»Es ist sehr ungewöhnlich«, sagte er schließlich mit zusammengezogenen Augenbrauen. »So etwas habe ich in meinem Leben noch nie gesehen. Es ist wirklich sehr außergewöhnlich«

Er deutete auf den Diagrammbereich mit den großen Ausschlägen hin. »Das ist die Schlafphase Ihres letzten Schlafzyklus. Sie dauerte etwa vier Minuten und während dieser Zeit zeigte ihr Gehirn ungewöhnlich hohe Signalschwankungen. Solche Hirnaktivität habe ich bei keinem einzigen Menschen noch nie zuvor beobachtet.«

Der Arzt verstummte und dachte eine Weile nach. Schließlich drehte er sich von dem Monitor weg, lehnte sich in seinem Sessel zurück und richtete seine volle Aufmerksamkeit auf seinen Patienten. Er betrachtete ihn schweigend eine Zeitlang mit zusammengekniffenen Augen, dann äußerte er sich bedacht.

»Ich kann dazu zum jetzigen Zeitpunkt leider nicht viel sagen. Wie ich bereits erwähnt habe, ist Ihre Gehirnaktivität in der REM-Phase Ihres letzten Schlafzyklus außerordentlich hoch. Haben Sie da etwas geträumt? Können Sie sich an den Traum erinnern?«

Der alte Mann dachte eine Weile nach, bevor er zu einer Antwort ansetzte. Er hatte dem Arzt nichts von seinem Gehirntumor erzählt, weil er ihn nicht beeinflussen wollte. Früher oder später würde er es ihm jedoch offenbaren müssen.

»Ich …«, er überlegte, was er antworten sollte. Hatte es überhaupt Sinn, ihm über den Weltraum, den er in seinem luziden Traum gesehen hatte, zu erzählen? Das wäre jedoch unlogisch. David ging es insbesondere um die Träume, in denen er andere Leben geträumt hatte. Es musste jedoch während des letzten Schlafzyklus gewesen sein, weil er gleich danach aufgewacht war.

Deshalb wollte er sich zuerst nicht festlegen, noch nicht. »… ich kann mich nicht richtig erinnern, vielleicht ein paar Bruchstücke, die jedoch keinen Sinn ergeben. Es war aber auf jeden Fall kurz bevor ich aufgewacht bin …, glaube ich wenigstens.«

Der Arzt nickte nachdenklich. »Na gut. Sie sind ein sehr interessanter Fall. Ich würde mit Ihnen gerne noch ein paar weitere Tests laufen lassen. Ich möchte sehr gern herausfinden, welche Gehirnareale für diese hohe Aktivität verantwortlich sind. Dafür würde ich gerne mit Ihnen eine sogenannte funktionelle Kernspintomographie durchführen. Damit kann man eine topographische Karte der Gehirnaktivität erstellen. Wären Sie einverstanden?«

Der alte Mann hatte nichts zu verlieren und stimmte zu. »Herr Doktor, ich muss Ihnen jedoch noch etwas gestehen, was ich vorher nicht erwähnt habe. Ich leide nämlich seit einiger Zeit an einen Hirntumor.«

Er machte eine Pause und wurde leicht Unbehagen. »Ich wollte es Ihnen nicht vorenthalten …, ich weiß nicht, ob es damit etwas zu tun haben könnte … Ich bin ja kein Spezialist.«

Der Traumspezialist nickte einige Male in Zustimmung. »Das könnte selbstverständlich der Grund sein. Dennoch brauchen wir dafür die Kernspintomographie, um zu sehen, ob der Tumor mit der erhöhten Aktivität Ihres Gehirns während des Schlafes tatsächlich verantwortlich ist.«

Dann fügte er noch hinzu. »Können Sie mir von Ihrem behandelnden Arzt die Befunde über ihren Gehirntumor zukommen lassen?«

David nickte kurz, »Das mache ich gern, Herr Doktor« und dann fragte er neugierig. »Wie sollen wir jetzt weiter vorgehen?«

Er war selbst gespannt, was dabei herauskommen würde.

»Machen Sie mit der Empfangsschwester einen Termin für den Kernspintomographen aus«.

Der Arzt stand anschließend auf und reichte ihm die Hand. Das Gespräch war damit beendet. Der seltsame Patient erhob sich ebenfalls, schüttelte sie und begab sich Richtung Tür. Bevor er jedoch das Büro verlassen hatte, fiel ihm noch etwas ein.

»Herr Doktor?«

»Ja?«

»Was, wenn ich gerade nicht den seltsamen Traum träumen werde, wenn Sie diese K … spin … Ding durchführen?«

Der Neurologe lächelte nur amüsiert vor sich hin. »Sie meinen die Kernspintomographie?« Der Patient lächelte nur verlegen. »Das kann selbstverständlich passieren«, fuhr der Arzt fort und überlegte kurz. »Wir machen es so. Vereinbaren Sie einfach gleich drei Termine. So gehen wir auf Nummer sicher.«

Völlig in seine Gedanken vertieft, schleppte sich der alte Man die Straße entlang. Langsam näherte er sich dem Eingang seines Hauses. Er war bereits zwei Mal bei dem Traumspezialisten gewesen, jedes Mal vergeblich. Das erste Mal hatte er gar nicht richtig einschlafen können. Auch wenn er spezielle Schutzkopfhörer anhatte, die gegen das Brummen des Kernspintomographen helfen sollten, war es extrem schwierig, sich in dieser engen Röhre zu entspannen und zu schlafen. Erst zu Ende der drei Stunden, die er dort verbracht hatte, war er kurz eingenickt. Er hatte jedoch keinen der seltsamen Träume gehabt und wie er erwartet hatte, konnte der Arzt auch nichts Ungewöhnliches entdecken. Das zweite Mal war es ihm zwar gelungen, richtig einzuschlafen, dennoch besuchten ihn die ersehnten luziden Träume abermals nicht. Er konnte sie nicht einfach erzwingen. Sie kamen und gingen, wie sie wollten, ohne dass er sie auf irgendeine Weise beeinflussen konnte. Der Arzt untersuchte wenigstens die Schnittbilder seines Gehirns in Bezug auf den Einfluss des Tumors, der noch weiter an Größe zugenommen hatte, entdeckte jedoch keine erhöhte Hirnaktivität, die im Zusammenhang mit seinen Träumen stehen würde.

Noch das letzte Mal, dachte er sich dabei. Und wenn seine besonderen Träume wieder nicht auftauchen sollten, dann war es halt so. Ein positiver Befund würde ihm destotrotz nicht weiterhelfen. Der Arzt empfahl ihm ebenfalls, die Klinik aufzusuchen und sich erneut behandeln zu lassen. Das hatte er jedoch bereits vor langer Zeit getan und die Chancen, dass weitere Behandlungen ihm Erfolg bescherten, waren winzig klein. Er wollte diese Torturen, die er das letzte Jahr durchgemacht hatte, nicht noch einmal wiederholen. Wenn er sterben sollte, dann bei vollem Bewusstsein, nicht durch die Chemotherapeutika und Strahlentherapie geschwächt und benebelt. Er wollte die letzten Tage, die ihm auf dieser Welt noch blieben, mit allen Sinnen auskosten. Erst in der letzten Zeit hatte er wahrgenommen, wie schnell die Zeit verging. Er beobachtete die Menschen, die um ihn herum zu ihren Bestimmungsorten eilten, ohne sich umzudrehen, ohne wenigstens für eine Sekunde inne zu halten und das eigentliche Leben wahrzunehmen. Er war genauso wie sie gewesen.

Das Leben ist nur ein Wimperschlag, hatte er irgendwo gelesen. Und genauso war es auch bei ihm, bevor er sich dessen richtig bewusst geworden war, war das Leben vorbei.

Und dann? Er wusste es nicht. Er dachte in der letzten Zeit des Öfteren darüber nach. *Was kommt danach?*

Er glaubte nicht an Gott, auch wenn er es versuchte, war er dafür zu bodenständig, ein zu großer Realist, um sich selbst überzeugen zu können, es gäbe ein Gott. Er hatte kürzlich sogar einen alten Priester in der Kirche aufgesucht, die sich in der Nähe seiner Wohnung befand. Der Geistliche war ein überzeugter Gläubiger und von

Gottes Existenz hundertprozentig überzeugt. Sie hatten lange über die Frage des Glaubens diskutiert, dennoch wurde er nicht überzeugt.

Was kommt dann nach meinem Ableben? fragte er sich weiterhin. *Die ewige Dunkelheit, die ewige Vergessenheit? Wird man zu Staub und die Erde wird sich einfach weiterdrehen?*

Der andere Gedanke jedoch, die Seelenwanderung an die die besondere junge Frau aus seiner Vergangenheit glaubte, ließ ihn in der letzten Zeit nicht mehr los. Am Anfang hatte er sicherlich nicht daran geglaubt. Doch als ihn diese seltsamen Träume heimsuchten, wo er ein ganz anders Leben gelebt hatte, mit solch einer Intensität, als ob es seine eigenen Erinnerungen gewesen wären, fing er langsam an darüber ernsthaft nachzudenken.

Es wäre wenigstens etwas, sagte er sich, *besser als das große ewige Nichts, das ihn sonst erwarten würde.* Davon hatte er die größte Angst, dass es nach seinem Tod nichts mehr geben würde.

In diesen trostlosen Gedanken vertieft, näherte er sich langsam seinem Haus. Er hatte bereits zwei oder drei Mal anhalten und tief durchatmen müssen, weil sich seine Kopfschmerzen immer heftiger meldeten und er nicht auf der Straße das Bewusstsein verlieren wollte. Das war ihm tatsächlich bereits einige Male passiert. Einmal hatte er sich das Knie und den Ellbogen so stark angestoßen, dass er immer noch blaue Flecken hatte und fortan stumpfe Schmerzen fühlte, wenn er die betroffenen Stellen bloß anrührte.

Und gerade in dem Augenblick, als er sich zur Eingangstür des Hauses wandte, wo sich seine Wohnung befand, erfuhr er plötzlich einen heftigen Stoß von der

Seite in sein Bein. Er versuchte das Gleichgewicht wieder zu erlangen. Stechender Schmerz schoss ihm durch den Kopf und die Welt fing an sich zu drehen, immer und immer schneller. Der alte Mann fand keinen Halt mehr und verlor das Gleichgewicht. Er versuchte nach etwas zu greifen, um seinen Fall abzufangen. Vergeblich und er stürzte schwer zu Boden. Den Aufprall spürte er fast gar nicht, verglichen mit dem überlauten Hämmern in seinen Schläfen und dem Druck, den er in dem Augenblick im Kopf spürte, war es rein gar nichts. Er dachte in dem Moment, dass sein Schädel den Druck sicherlich nicht mehr aushalten könne und platzen würde. Er schrie kurz auf und dann umfasste ihn die Dunkelheit. Sein Bewusstsein konnte die Schmerzen schließlich nicht mehr ertragen und verabschiedete sich.

Er wusste nicht, wie lange er bewusstlos auf dem Boden gelegen hatte, er konnte sich zuerst nicht einmal erinnern, was genau passiert war. Als die Schmerzen ein wenig nachließen, kehrte sein Verstand wieder zurück. Langsam lichtete sich die Schwärze um ihn herum und er hörte eine liebliche Stimme, die zu ihm sprach.

Ich kenne diese Stimme, dachte er sich dabei. Er war immer noch nicht ganz bei Sinnen, mit einem Fuß in der Realität, mit dem anderen in seiner Traumwelt.

Das ist doch die Priesterin, schoss ihm durch den Kopf und ein geistiges Bild der Göttin in dem weißen Prachtgewand, die er vor dem Sturz bewahrt hatte, begleitet von den hohen Priestern und unzähligen Soldaten, erschien abermals vor seinem inneren Auge.

Du bist mein Schicksal, meine Erlösung und meine Verdammnis, kam ihm dabei in den Sinn. Er machte langsam die Augen auf. Überraschenderweise war es nicht die

Priesterin, die besorgt zu ihm sprach, dennoch eine wunderschöne Frau mit großen blaugrünen Augen und langen dunkelbraunen Haaren, die mit ein paar grauen Strähnen durchzogen waren. Dieser Umstand verlieh ihrer Schönheit eine besondere Note. Er kannte doch diese Frau.

»Sof ...«, *verdammt, fast hättest du dich verraten, du Dummkopf,* tadelte er sich gleich selbst und fing an zu husten, um es zu überspielen.

»Es tut mir furchtbar leid«, sagte die angenehme, gleichzeitig jedoch auch besorgte Stimme. »Ich habe bereits den Krankenwagen gerufen. Bleiben Sie einfach liegen, die Ärzte sind bald da.«

Sie hielt seine Hand in ihrer und mit der anderen strich sie leicht über sein Haar. Es fühlte sich gut an. Es war lange her, dass ihn eine Frau berührt hatte. Sie betrachtete ihn sorgenvoll mit einem traurigen Gesichtsausdruck, als sie fortfuhr. »Ich muss mich erneut entschuldigen, meine Tochter hat Sie übersehen. Sie hat nicht richtig hingeschaut und Sie direkt angerempelt.«

Dann schaute sie zur Seite und eine kleine Falte bildete sich zwischen ihren hübschen Augenbrauen. »Und wir sprechen uns noch, junge Dame! Schau, was du angerichtet hast!«

Eine kindliche Stimme, die kurz vor dem Weinen stand, antwortete leise. »Ich wollte das nicht, Mom, ich habe den alten Herrn nicht gesehen. Ehrlich.«

»Du musst einfach besser aufpassen, wo du hinläufst«, ertönte weiterhin im strengen Ton die Stimme ihrer Mutter.

Der alte Mann überlegte fieberhaft. Er durfte sich nicht verraten. »Frau...?«, er hatte die Frage absichtlich so gestellt, um sie zum Vorstellen zu veranlassen.

Sofia schaute ihn an. »Entschuldigen Sie, mein Name ist Sofia Weiß und das ist meine Tochter Elinor« und sie zeigte mit dem Kinn in Richtung des siebenjährigen Mädchens.

»Ich werde selbstverständlich für alles aufkommen, falls Sie nicht ausreichend krankenversichert sind«, ergänzte sie mit zuversichtlicher Stimme.

David sammelte sich wieder, es ging ihm langsam besser, er spürte nur einen stummen Schmerz in der rechten Seite und dumpfes Pochen in seinem Schädel. Dennoch konnte er wieder klar denken.

»Frau Weiß«, sagte er mit ruhiger Stimme, »es ist alles in Ordnung. Ihre Tochter kann nichts dafür. Ich habe nicht aufgepasst und bin ihr in den Weg gelaufen.«

Er versuchte zu lächeln. Ob es ihm gelungen war oder ob sich sein Gesicht nur zu einer komischen Grimasse verzogen hatte, konnte er nicht beurteilen. Auf jeden Fall lächelte Sofia zurück. Es war ein sehr schönes Lächeln. Ein Lächeln, das er bei ihr bereits vor über zwanzig Jahren gemocht hatte. Ihre Augen erstrahlten dabei immer in einem besonderen Glanz.

»Sie müssen meine Tochter nicht in Schutz nehmen«, sagte sie immer noch lächelnd.

»Das tue ich auch nicht. Sie und ihre Tochter sind etwas Besonderes«, äußerte sich er, ohne nachzudenken. In dem gleichen Augenblick bemerkte er, dass er übertrieben hatte. Er sah, wie sie ihn verwundert anblickte und ihre Augenbrauen zusammen sich zogen. »Was? Was meinen Sie?«

»Frau Weiß«, versuchte er seine Aussage abzumildern, »ich kenne Sie vom Sehen. Sie wohnen doch zwei oder drei Häuser weiter, nicht wahr?«

Ihr Gesichtsausdruck schien immer noch verwirrt.

Verdammt! schoss ihm durch den Kopf und er fuhr fort. »Ich gehe oft in den Park spazieren und ich habe Sie dort des Öfteren mit ihrer Tochter gesehen. Man sieht, dass Sie eine sehr enge und liebevolle Beziehung zueinander haben. Und ich bemerkte auch, dass ihre Tochter ein braves und gehorsames Mädchen ist. Jetzt weiß ich wenigstens, wie Sie heißen.«

David versuchte, sich aufzusetzen. Er bemerkte, dass sich Sofias Gesichtszüge langsam wieder entspannten. Sie half ihm dabei.

»Geht es Ihnen wirklich gut? Sie sind wie ein Baum umgefallen.«

»Ja, es geht wieder«, antwortete er bedacht. »Wissen Sie, ich bin ein alter Mann und habe seit einiger Zeit immer wieder Schwindelanfälle. Deshalb bin ich auch so schwer gestürzt. Das alles hat mit Ihrer Tochter gar nichts zu tun, glauben Sie mir. So etwas passiert mir nicht das erste Mal.«

Ein leichtes Lächeln umspielte Sofias Lippen, als sie ihn eine Weile eindringlich betrachtete. Schließlich sagte sie nur. »Danke.«

»Nichts zu danken, es ist ja nichts geschehen« und er erwiderte das Lächeln. Anschließend versuchte er aufzustehen, es gelang ihm jedoch nicht und er wäre fast wieder gestürzt, wenn Sofia ihm nicht unter die Arme gegriffen hätte. Er setzte sich schwerfällig auf die Stufen, die zu dem Haus führten, wo er wohnte.

Diesmal dauern die Nachwirkungen des Schwindelgefühls deutlich länger als sonst, dachte er sich dabei.

Sofia stand über ihm und beobachtete ihn nachdenklich. Plötzlich stellte sie eine Frage, die ihn unvorbereitet traf und ganz aus der Fassung brachte. »Kennen wir uns nicht von irgendwoher?«

Der alte Man schaute zu ihr hoch und wusste zuerst nicht, was er erwidern sollte. Bevor er sich eine plausible Antwort überlegen konnte, ertönten glücklicherweise die Sirenen des Krankenwagens, die ihm eine weitere Befragung ersparten. Auch wenn er behauptet hatte, es ginge ihm wieder gut, wurde er trotzdem ins Krankenhaus mitgenommen. Weil er sich jedoch weigerte, ausführliche Tests durchführen zu lassen, wurde er vom diensthabenden Arzt nur oberflächlich untersucht, ob er sich keine Knochenbrüche zugezogen hatte. Er musste anschließend unterschreiben, dass er auf weitere Untersuchungen verzichtete. Das tat er auch bereitwillig, weil er nicht wollte, dass sie über sein Krebsleiden erführen. Er fürchtete, dass, wenn der Tumor bereits zu weit fortgeschritten war, sie ihn aus dem Krankenhaus nicht mehr freilassen würden. Er hatte sich nur ein paar weitere blaue Flecken zugezogen und die Rippen angestoßen. Mehr war es nicht und seine Kopfschmerzen waren wieder verträglich geworden.

Die nächsten Tage, jedes Mal, wenn Sofia und ihre Tochter den alten Mann begegneten, begrüßten sie ihn fortan freundlich. Sie hatte sich noch einmal entschuldigt, aber er winkte es nur ab, es sei alles in Ordnung. Er freute sich sogar über diesen unglücklichen Zufall. Auf diese Weise war er Sofia unerwartet deutlich näher gekommen, als er sich es je hätte erträumen können. Er fand heraus, um welche Uhrzeit sie mit Elinor gewöhnlich in die Schule ging und wann sie wieder zurückkamen. Anschließend sorgte er dafür, dass sie sich regelmäßig begegneten, aber nicht viel zu oft, so dass es wiederum nicht zu offensichtlich wäre.

Während des dritten Besuchs bei dem Traumspezialisten hatte er tatsächlich Glück und ein kurzer luzider Traum suchte ihn endlich heim, in dem er in einer Kutsche saß, die auf einer unebenen Straße fuhr, er wurde stets hin und her geschaukelt, der Wagen ratterte und hüpfte über den holprigen Weg. Der Traum dauerte nicht lange, trotzdem hatte David das Gefühl, als ob er sich wirklich in dieser Kutsche befand. Und tatsächlich konnte der Arzt für einige Sekunden die erhöhte Gehirnaktivität aufzeichnen. Die Ergebnisse zeigten, dass diese erhöhte Aktivität in dem Traumbereich des Gehirns zu erkennen war, aber es waren gleichzeitig auch andere Regionen betroffen, die für das Sehen und Hören verantwortlich sind. Alle diese Bereiche befanden sich in der Nähe des Tumors. Der Arzt hatte deswegen Bedenken und empfahl, die Geschwulst solle unbedingt und zeitnah chirurgisch entfernt werden. Der alte Mann erzählte ihm, was er zwischenzeitlich alles durchgemacht hatte und dass die Ärzte bereits mehr oder weniger aufgegeben hatten. Der Spezialist wollte es jedoch nicht glauben und bot ihm an, er würde ihn gerne noch weiteruntersuchen. Er äußerte sich dabei vorsichtig, er wolle sich nicht gleich festlegen und sagte nur unbestimmt, dass er sich das noch überlegen und sich die nächsten Tage melden würde. Er wusste jedoch bereits in demselben Augenblick, dass er das nicht tun würde. Er spürte in seinem Inneren, dass es mit ihm langsam zu Ende ging. Er musste jetzt fast ununterbrochen die Schmerzmittel einnehmen, ohne sie könnte er den Tag gar nicht mehr überstehen.

Die einzige Freude bereiteten ihm die kurzen Begegnungen mit Sofia und Elinor. Ihr Lächeln, ihr trauriger Blick, wie sie sich um ihre Tochter kümmerte, einfach ihr ganzes Wesen. David kam es vor, als ob von ihr eine Aura ausstrahlen würde, die im Stande war, seine Schmerzen zu lindern und seine Depressionen wenigstens zeitweilig zu verdrängen. Sie war das einzige Heilmittel, das David tatsächlich half.

Einige Wochen später ging er am frühen Nachmittag wieder einmal spazieren. Er wusste, dass Sofia mit ihrer Tochter bald aus der Schule kommen würde, und er hatte sie bereits seit einiger Zeit nicht mehr gesehen. Als ob sie ihre Gewohnheiten geändert hätte. Er besuchte jetzt mit Absicht nicht mehr den städtischen Park, weil sie ihn bereits kannte. Er konnte sie dort nicht mehr unbemerkt beobachten. Dieses Mal hatte er jedoch Glück, gerade, als er zurückkehren wollte, bemerkte er, wie sich ihm Sofia und Elinor näherten. Als sich ihre Wege kreuzten, hielt sie gerade ihr Mobiltelefon ans Ohr. Sie wirkte sehr ernst, mit einem fast verzweifelten Gesichtsausdruck, als sie gerade etwas am Telefon zu erklären versuchte. Auf seine freundliche Begrüßung nickte sie nur, versuchte dennoch zu lächeln, was ihr jedoch nicht ganz gelang. Ihre Tochter begrüßte ihn jedoch mit einem breiten Lächeln und strahlenden Augen. Bereits einige Male zuvor, wenn sie sich begegnet waren, hatte er ihr ab und an etwas Süßes gegeben, das er stets bei sich trug. Er blieb stehen, holte diesmal aus seiner Manteltasche einen großen Lutscher heraus, um ihn Elinor zu geben. Als er zu Sofia hinüberblickte, war ihr besorgtes Gesicht deutlich zu erkennen.

»Ich kann jetzt aber nicht, kann es nicht bis morgen warten? ... Ja, ich verstehe ... Nein ... Ich könnte gleich morgen früh, ... Ja ... aber ich habe gerade niemanden, der auf meine Tochter aufpasst ... Alleine? ... Wie stellen Sie sich das vor? ... Nein, das kann ich nicht ... Ja, ich verstehe schon ... ich werde mir etwas überlegen ... Auf Wiederhören.«

Sie seufzte laut und stecke das Mobiltelefon, völlig in Gedanken, in ihre Tasche. Eine tiefe Falte zeichnete sich zwischen ihren Augenbrauen. David merkte, wie sie sehr intensiv nachdachte, um eine Lösung zu finden. Dabei betrachtete sie ihre Tochter eindringlich.

Es war offensichtlich und David verstand sofort, worum es ging. Sie musste vermutlich kurzfristig in die Arbeit und hatte niemanden, der auf ihre Tochter aufpassen konnte. Er witterte seine Gelegenheit und ergriff sie auch unverzüglich.

»Frau Weiß?«

»Ja?«, fragte sie immer noch in Gedanken.

»Ich habe einen Teil Ihres Gesprächs am Telefon mitbekommen. Tut mir leid, dass ich mitgehört habe, aber ..., falls Sie jemanden brauchen, der kurzfristig auf Ihre Tochter aufpassen soll, ich stehe Ihnen gerne zur Verfügung.«

Weil er einen leicht verwirrten Ausdruck auf ihrem Gesicht erkannte, erklärte er sich gleich weiter. »Sie haben sich sorgenvoll um mich gekümmert, als ich vor einiger Zeit umgefallen bin und ich möchte mich dafür einfach nur revanchieren.«

Er lächelte ihr dabei zuversichtlich zu.

»Ich habe nur meine Pflicht getan, Sie schulden mir nichts«, erklang ihre eindeutige Antwort. »Und dazu kennen wir uns ja gar nicht. Ich weiß nicht einmal Ihren Namen«, fügte sie immer noch abweisend hinzu.

»Da haben Sie recht. Das sollten wir berichtigen.«

Er streckte seine Hand aus und stellte sich vor. »Mein Name ist Da …«, er zögerte. Falls hätte er sich verraten. Dass er David heißt, wollte er zu dieser Zeit nicht preisgeben. Er konnte ihr seinen wahren Namen nicht nennen, noch nicht. Er war damals ein richtiges Arschloch gewesen und hatte sich auch entsprechend verhalten. Diese Person war er jedoch nicht mehr. Er wollte es hinter sich lassen. »... Da ..., Davidoff, Liam Davidoff«.

Sofia nahm zögerlich seine Hand entgegen, drückte sie leicht und zog sie gleich wieder zurück. Sie hatte eine unglaublich schlanke Hand und lange Finger, entging ihm dabei nicht.

»Danke, dennoch …«.

David unterbrach sie schnell. »Ich wohne gleich hier gegenüber, im dritten Stock« und er zeigte an den Eingang zu seinem Haus und zu dem Fenster, das sich in der dritten Reihe seitlich über dem Eingangsbereich befand, »nicht einmal hundert Meter von Ihrem Haus entfernt. Ich wohne alleine, Ihre Tochter kann gerne bei mir auf Sie warten.«

Das war nicht gut, schoss ihm sofort durch den Kopf, als er den letzten Satz ausgesprochen hatte und bemerkte, wie sich ihre Augen erweiterten. Sie vertraute niemandem und Elinor mit ihm in seiner Wohnung alleine zu lassen, würde sie nie erlauben. David nickte nur verständnisvoll.

»Ich verstehe«, sagte er bedacht, bevor sie zum Antworten ansetzen konnte, »ich bin ein Fremder und Sie haben Angst um Ihre Tochter. Das brauchen Sie aber nicht.

Ich bin ein alter kranker Mann. Schauen Sie« und er hob seinen Gehstock, »ich brauche sogar einen Stock beim Gehen. Ich bin nicht gefährlich.«

Sofia betrachtete ihn nachdenklich, immer noch nicht überzeugt. Deshalb schlug David noch eine alternative Lösung vor. »Schauen Sie, wir können es so machen. In der Nähe befindet sich ja der Park, wo Ihre Tochter gerne spielt und wo ich sie bereits einige Male, bevor wir uns kennengelernt haben, gesehen habe. Ich kann sie dort mitnehmen und auf dem Spielplatz auf Sie warten. Es ist in der Öffentlichkeit, Ihrer Tochter wird nichts geschehen«, beendete er seine Erklärung. »Es hängt selbstverständlich von Ihnen ab, es ist nur ein Angebot von meiner Seite aus. Ich habe sowieso nichts zu tun. Mir würde es nur Freude bereiten, eine willkommene Abwechslung in meinem sonst trostlosen Alltag. Die Entscheidung liegt bei Ihnen.« Er schaute sie mit hochgezogenen Augenbrauen an und wartete ihre Antwort ab.

Sofia schwankte, immer noch unentschieden. Auf der einen Seite würde es ihr sehr helfen, weil sie gerade niemanden hatte, der auf Elinor aufpassen könnte und sie wollte sie nicht alleine zu Hause lassen. Auf der anderen Seite kannte sie diesen alten Mann gar nicht. Auch wenn sie ihn sympathisch fand und er sie an jemanden erinnerte. Sie wusste jedoch nicht an wen. Seltsamerweise fühlte sie sich irgendwie zu ihm hingezogen, was sie ein wenig verblüffte, ihr Herz sagte ihr, dass sie ihm vertrauen konnte.

Vertraue auf dein Herz, schoss ihr dabei durch den Kopf.

»Ich weiß nicht«, sagte sie schließlich. »Ich …, ich will Sie damit nicht belästigen, ich …«.

David unterbrach sie mit einem breiten Lächeln. »Dann ist alles klar« und er drehte sich zu ihrer Tochter. »Was sagst du?«, fragte er, »glaubst du, du könntest mir zeigen, wie man eine Sandburg baut? Ich habe es nämlich ganz vergessen.« Er zwinkerte ihr dabei zu und fügte noch hinzu. »Und außerdem gibt es auf dem Weg zum Spielplatz im Park einen Spielzeugladen, wo wir uns etwas besorgen müssen, um eine schöne Burg zu bauen. Hilfst du mir das richtige Werkzeug dafür auszusuchen? Ich kenne mich nämlich gar nicht aus.«

David sah, wie die Augen von Elinor aufleuchteten. Sie schaute mit großen Augen ihre Mutter an. »Mom, es macht mir nichts aus. Wir werden auf dich auf dem Spielplatz warten. Ich zeige dem …«, sie überlegte eine Weile, wie sie David bezeichnen sollte und er kam ihr entgegen.

»… dem alten Opa?«

Elinor lächelte und wiederholte verlegen, »… alten Opa, wie man eine richtige Sandburg baut.«

Sofia beobachtete ihre Tochter eine Weile unschlüssig, schließlich nickte sie zustimmend.

»Na gut. Du wirst dich aber vorbildlich verhalten, verstanden?«

Elinor stimmte nur mit einem Kopfnicken zu, machte einige Schritte zu David, bis sie neben ihm stand und legte ihre kleine Hand, ohne zu zögern, in seine. »Mache ich, Mom, keine Angst.«

Sofia schaute sie den Bruchteil einer Sekunde verblüfft an. Elinor war wie sie, mehr zurückhaltend und nicht sehr offen zu fremden Menschen. Aber vielleicht verspürte ihre Tochter diesem Mann gegenüber das gleiche Vertrauen, das Sofia auch in ihrem Herzen empfand.

»Ich werde mich beeilen, ich verspreche es.« Sie streichelte ihre Tochter übers Haar und schaute anschließend
David für einen Moment tief in die Augen.

»Vielen Dank«, sagte sie mit leiser Stimme, drehte
sich um und eilte davon.

»So«, David wandte sich Elinor zu, »wir gehen jetzt in
den Park. Du musst mit mir aber Geduld haben, ich bin
ein wenig langsam.« Dann fügte er noch hinzu. »Und
weißt du was, du kannst mich einfach Liam nennen, einverstanden? Und ich nenne dich Elinor. Elinor ist ein sehr
schöner Name.«

Sie nickte nur, warf ihm einen strahlenden Blick zu
und zog ihn Richtung Park.

***

David stand am Fenster seiner kleinen Wohnung und
beobachtete nachdenklich die Welt dort draußen. In der
letzten Zeit zog sie einfach an ihm vorüber, ohne dass er
selbst teilnahm. Seit einigen Tagen hatte er das Haus
nicht mehr verlassen, er fühlte sich einfach nicht wohl.
Die immer stärker pochenden Kopfschmerzen machten
ihm zu schaffen. Er musste andauernd schmerzlindernde
Medikamente einnehmen, um den Tag überhaupt zu
überstehen. Dazu häuften sich seine Schwindelanfälle,
des Öfteren sogar von Bewusstseinsverlust begleitet.
Deshalb hatte er Sofia seit einiger Zeit nicht mehr gesehen. Er verbrachte die meiste Zeit im Bett, indem er einfach nur vor sich hinschaute, schlief, oder die Decke über
ihm anstarrte. Von der Überdosis an Schmerzmitteln war

sein Verstand völlig vernebelt und er konnte keinen klaren Gedanken fassen. Seitdem er die Arzneimittel schluckte, hatte er keine Träume mehr, oder er konnte sich nicht an sie erinnern. Aus diesem Grund hatte er sich nach einiger Zeit dennoch dazu entschieden, die Medikamente trotz allem abzusetzen und das seit gestern. Er litt heute ungemein den ganzen Tag, dennoch hatte er es bislang geschafft, durchzuhalten. Er hoffte, dass er wieder seine wahren Träume haben würde, nach denen er sich so sehr sehnte. In seiner Traumwelt war es ein Leben ohne Schmerzen und ohne seinen baldigen Tod. Das zweite stimmte nicht ganz, in seinen letzten Traum war er auf eine grausame Art und Weise aus seinem Leben herausgerissen worden. Er hoffte nur, dass es ihm gelungen würde trotz seinem Leiden einzuschlafen.

Er betrachtete nachdenklich, abgeschottet von der Außenwelt durch die verstaubten Fensterscheiben, die vorbeieilenden Menschen. Auf der gegenüberliegenden Straßenseite erschien gerade eine verärgerte junge Mutter, im Schlepptau ein kleines Mädchen, das sich weigerte, mitzulaufen. David lächelte dabei vor sich hin und dachte mit freudigen Erinnerungen zurück an den Tag, an dem er auf Elinor aufgepasst hatte. Es zählte zu einem der schönsten Ereignisse, die er erlebt hatte, seitdem er erkrankt worden war.

Als sie damals unterwegs zum Park den Spielzeugladen aufgesucht hatten, hatte Elinor gewissenhaft lediglich nach den Spielsachen Ausschau gehalten, die für den Bau einer Sandburg notwendig waren, nicht mehr. Bei jedem Spielzeug, ob es sich dabei um eine kleine Schaufel, ein Rechen oder Förmchen handelte, schaute sie mit ihren großen Augen zuerst fragend David an und wartete unsicher auf seine Zustimmung, bevor sie es in den Warenkorb legte.

»Das brauchen wir, um die Türme zu bauen«, sagte sie sehr ernsthaft mit aufgesetzter Überzeugung in ihrer Stimme, als sie zwei Plastikbecher unterschiedlicher Größe hineinlegte. »Wir könnten aber auch nur mit einem auskommen?«

Als David ihre unsicheren Augen erblickte, tat sie ihm irgendwie leid. Sie und Sofia hatten sicherlich nicht viel Geld übrig und Elinor war es gewöhnt, sparsam mit ihrem Spielzeug umzugehen. In dem Augenblick empfand er für sie so viel Mitleid, dass er ihr am liebsten den ganzen Laden gekauft hätte. Geld hätte er dafür genug gehabt. Er musste sich jedoch zurückhalten, sie war nicht seine Tochter und deshalb durfte er sie auch nicht verwöhnen.

»Türme unterschiedlicher Größe fände ich gut«, überlegte er nur scheinbar laut und die strahlenden Augen von Elinor waren ihm als Belohnung mehr als genug.

Er bemerkte auch, wie ihr Blick immer wieder zu dem hinteren Teil des Spielzeugladens wanderte, wo sich eine große hübsche Puppe in einem der oberen Regale befand. Sie traute sich jedoch nicht hinzugehen. Es gehörte nicht zum Werkzeug, um eine Sandburg zu bauen.

Egal, kleine Prinzessin, dachte sich David dabei, *die bekommst du, ob es deiner Mom gefällt oder nicht, die besorgte ich dir zu einem gegebenen Anlass.*

Als Elinor alles zusammengesucht hatte, fragte sie anschließend verlegen. »Ist es nicht zu viel? Wir können auf einige der Sachen sicherlich noch verzichten«. Sie betrachtete ihn dabei erneut mit ihren großen himmelbauen blauen Augen, unsicher und unentschlossen.

David lächelte nur. »Nein, ich glaube, dass wir das alles brauchen, um eine richtige Burg zu bauen. Was meinst du?«

Ihr Gesicht erstrahlte in dem Augenblick wie die Sonne selbst.

Nachdem er das Spielzeug bezahlt hatte, packte der Verkäufer alles in eine Plastiktüte.

»Darf ich es tragen?«, fragte Elinor voller Erwartung.

»Aber natürlich, für mich wäre es sowieso zu schwer, ich habe ja meinen Stock«, erwiderte David zustimmend.

Sie nahm erneut seine Hand und trug stolz mit erhobenem Kopf die gekaufte Ware. Er betrachtete sie verstohlen eine Weile von der Seite, als sie sich Richtung Park und Spielplatz begaben.

Wieso habe ich eigentlich keine Kinder? fragte er sich in dem Augenblick selbst. Das erste Mal in seinem Leben bereute er, dass er keine eigenen Kinder hatte. Er war immer davon überzeugt gewesen, nie ausreichend Geduld dafür aufbringen zu können und er glaubte auch nicht daran, je einen guten Vater abzugeben. Dafür war er immer zu egoistisch und zu selbstsüchtig gewesen, viel zu viel nur mit sich selbst beschäftigt. Jetzt aber, als sich ihre kleine Hand in seiner großen runzeligen befand, wünschte er sich plötzlich auch so eine Tochter zu haben.

Zu spät, meldete sich gleich sein Verstand. Dennoch war der Nachmittag mit Elinor im Park eine wunderschöne Erfahrung.

Auf dem Spielplatz setze er sich in den Sand direkt neben Elinor und beobachtete sie mit Freude, wie sie die Sandburg baute. Sie war völlig in ihrem Element vertieft und erklärte ihm mit ihrem ganzen körperlichen Einsatz alles, was sie gerade tat und warum. Und David fragte immer wieder geschickt nach, einen Unwissenden vortäuschend. Im Grunde war es aber keine richtige Täuschung, er hatte nie im Sandkasten gespielt, auch als Kind nicht und konnte sich nicht daran erinnern, je in seinem Leben eine Sandburg gebaut zu haben. Elinor hatte sich gefreut, dass jemand aufmerksam ihr Vorhaben verfolgte.

Es ist so faszinierend, ging David dabei durch den Kopf, *wie Kinder einfach abschalten und sich der Gegenwart vorbehaltlos widmen können. Und wenn wir erwachsen werden, verlieren die meisten Menschen diese wunderbare Fähigkeit im Hier und Jetzt zu leben, ohne die Last der Vergangenheit oder der Zukunft. Schade eigentlich.*

Und so wurden sie auch von Sofia vorgefunden. Elinor tief im Sand vergraben, gerade dabei eine riesige Burg zu Ende zu bauen und der alte Mann direkt neben ihr auf dem Sand sitzend, aufmerksam zuhörend, was ihm ihre Tochter in dem Augenblick erklärte. Sie hatte sich sehr bemüht, ihren Job so schnell wie möglich zu erledigen, um wieder zurück bei ihrer Tochter zu sein. Auch wenn sie dem alten Mann irgendwie vertraute, hatte sie ein mulmiges Gefühl in der Magengrube gehabt. Sie kannte ihn ja gar nicht.

Als sie jedoch die beiden im Sandkasten sah, Elinor, wie sie ihm konzentriert und mit strahlenden Augen beschrieb, was sie gerade tat und ihn, wie er einfach neben ihr auf dem sandigen Boden saß, beide vom Sand verschmutzt, was ihnen jedoch offensichtlich in dem Augenblick völlig egal war, machte ihr Herz einen Satz. Sie blieb nicht weit weg von ihnen stehen und beobachtete sie eine Weile. Erneut hatte sie das Gefühl, diesen Mann von irgendwoher zu kennen.

Oder er erinnert mich nur an jemanden? fragte sie sich selbst.

Plötzlich spürte sie einen stechenden Schmerz in der Brust. Auch wenn sie alles versuchte, konnte sie einen Vater nicht ersetzen. Sie war sich in dem Augenblick auch ihrer Einsamkeit bewusst und Tränen stiegen ihr in die Augen. Und es war schön, ihre Tochter so glücklich zu sehen. Fast verspürte sie eine leichte Eifersucht, die sie jedoch gleich wieder verdrängte. Sie wischte sich schnell ihre feuchten Augen ab und ging, diesmal nicht mehr so eilig, zum Sandkasten.

David schenkte Elinor all das Spielzeug, das sie zusammen gekauft hatten. Sofia wollte es zuerst nicht annehmen und wollte es sogar bezahlen. Er bestand jedoch darauf.

»Was soll ich mit all dem Spielzeug?«, fragte er nur lächelnd.

»Für Ihre Enkelkinder?«, antwortete Sofia fraglich.

In dem Augenblick wurde David ernst. Er senkte seinen Kopf und betrachtete Elinor eine Zeitlang schweigend. »Ich habe keine Kinder«, sagte er schließlich, »und auch keine Enkelkinder.«

Sofia schaute ihn leicht verwirrt an. Sie war gerade dabei sich zu entschuldigen, aber der alte Mann winkte nur mit der Hand, schaute sie fest an und fügte hinzu. »Ich habe irgendwie nie die Zeit dafür gehabt«.

Ein müdes Lächeln umspielte seine Lippen, als sich ihre Blicke kreuzten. »Deshalb habe ich für das Spielzeug keine Verwendung und es einfach wegzuwerfen, wäre ja schade, oder?« und er drehte seinen Kopf zu Elinor. Sie schaute flehend zu Sofia.

»Mom, bitte. Liam braucht es nicht, oder?«

»Liam?«, fragte Sofia verblüfft.

David lächelte breit. »So war es für uns einfacher, miteinander zu kommunizieren« und er zwinkerte dabei Elinor zu. Sie lächelte ihm entgegen.

Sofia schüttelte nur den Kopf. »Na gut, aber ich muss mich bei Ihnen irgendwie revanchieren.«

»Aber das haben Sie bereits«, antwortete David mit funkelnden Augen.

Sofia schaute ihn verständnislos an. »Und wie?«

»Ich durfte ja auf Ihre Tochter aufpassen. Es war für mich eine willkommene Abwechslung, ich habe hier keine Freunde und habe auch keine Verwandte, ich...«

In dem Augenblick verzogen sich Davids Gesichtszüge schmerzhaft. Er fasste sich an den Kopf und beendete schlagartig das Gespräch. »Ich ..., ich muss jetzt gehen« und er drehte sich von Sofia weg.

»Geht es Ihnen gut?«, fragte sie besorgt.

»Es ist nichts«, antwortete der alte Mann unbestimmt. »Es ist nur... Wir sehen uns ja wieder.« Er machte ein paar Schritte, dann drehte er sich halbwegs zu Sofia um, seine Hand an der Stirn. Ohne sie anzusehen, fügte er hinzu. »Und ich mache es gerne wieder, falls Sie jemanden brauchen, der auf Ihre Tochter aufpassen soll. Ich habe sowieso sonst nichts zu tun ... Auf Wiedersehen.«

Bevor sie etwas antworten konnte, hatte er sich bereits umgedreht und entfernte sich mit leicht unsicheren Schritten, die eine Hand an der Stirn, mit dem Dauen und den Fingern beide Schläfen drückend, die andere Hand stützte sich auf seinen Stock, an den er sich schwer anlehnte. Er tat ihr leid und sie wollte zuerst fragen, ob sie ihm nicht helfen konnte, überlegte sich das jedoch anders. Sie hatte nicht vor, ihn damit zu belästigen und offensichtlich wollte er kein Mitleid. Deshalb murmelte sie nur leise vor sich »Auf Wiedersehen«, sammelte mit ihrer Tochter das Spielzeug und beide begaben sich anschließend nach Hause.

***

David schaute weiterhin aus dem Fenster. Ein leichtes Lächeln umspielte seine Lippen, als er sich die Erinnerung an Elinor im Sandkasten und an Sofia zurückgerufen hatte. Seine Kopfschmerzen hatten dabei sogar nachgelassen. Die junge Frau auf der gegenüberliegenden Straßenseite war längst verschwunden. Es war erst früh am Abend, weil er jedoch die Nacht zuvor die Augen fast gar nicht zugetan hatte, entschied er sich dennoch, ins Bett zu gehen.

V.

Der Geschäftsmann

Die Kutsche holperte über die schlechte Straße und schwankte ständig hoch und runter, hin und her. Die Reise war dadurch sehr unangenehm und anstrengend. Bei jedem Schlagloch wurden die Passagiere, die sich drinnen befanden, durcheinander gerüttelt. Unter diesen Umständen konnte er nicht einschlafen, auch wenn er es die ganze Zeit versucht hatte. Sie waren bereits seit mehreren Stunden unterwegs gewesen, auf der Flucht, um dem Mob und dem Aufstand zu entfliehen. Paris war gerade zu einem brodelnden Kessel geworden, so dass sich niemand mehr sicher gefühlt hatte. Auf dem Lande schien dagegen die Situation jedoch entspannter zu sein, hier war es noch nicht so weit gekommen.

Das Einzige, was seine Reise ein wenig angenehmer zu gestalten vermochte, war das verliebte junge Paar, das ihm gegenüber saß. Insbesondere die Frau. Sie war um die zwanzig und er konnte nicht einmal behaupten, dass sie besonders hübsch aussah. Dazu war sie eigentlich nicht einmal sein Typ, blonde Haare, schmales Gesicht und sehr blasse Haut. Er bevorzugte exotische Frauen, dunkelhaarig und dunkelhäutig, mit großen sinnlichen Lippen, herausfordernd und leidenschaftlich. Sie schien ihm trotzdem etwas Besonderes zu sein. Ihre Augen, blau wie das tiefste Meer mit einem Hauch grün, faszinierten ihn. Als sich ihre Blicke begegneten, lächelte sie ihm freundlich zu und schaute ihm unbefangen in die Augen. Er hielt ihrem Blick schließlich nicht stand und musste wegsehen.

Nur Kinder oder Menschen mit reiner Seele sind in der Lage, jemanden so anzusehen, kam ihm dabei in den Sinn. Er machte wieder seine Augen zu und versuchte erneut einzuschlafen. Wie erwartet, gelang es ihm nicht. Ein oder zwei Mal sprang die Kutsche so hoch, dass das Gepäck, das über ihren Köpfen verstaut war, durch die Luft flog.

Die Straßen um Paris herum wurden in der letzten Zeit gar nicht gepflegt und befanden sich in einem deutlich schlechteren Zustand, als es noch ein paar Jahre zuvor der Fall gewesen war. So konnte man auf keinen Fall schlafen. Nach einer Weile hob er seine Augenlieder leicht an, um die junge Frau gegenüber unbemerkt erneut anzusehen. Sie drehte gerade den Kopf zu ihrem Geliebten und streichelte sanft seine Wange. Die Art, wie sie ihn ansah, verriet ihm, dass sie unsterblich verliebt war. Der junge Mann stellte einen ansehnlichen Kerl dar, schlank, groß und breitschultrig, mit regelmäßigen Gesichtszügen. Trotzdem fand er ihn ein wenig arrogant. Sie dagegen …, er konnte es nicht einmal richtig beschreiben, je länger er sie jedoch beobachtete, desto interessanter und attraktiver fand er sie. Die Art, wie sie sich benahm, ihre kleinsten Bewegungen, wie sie die Haare und die Wange ihres Geliebten streichelte, wie sie ihn ansah, das alles fand er irgendwie faszinierend.

So eine Frau hätte er sich auch gerne gewünscht. Es war ihm jedoch nicht vergönnt. Er war bereits zweimal verheiratet gewesen, doch beide Ehen waren kläglich gescheitert. Er hatte nie viel Glück, was Frauen betraf. Die Schuld trug er jedoch selbst. Er hatte sich sein Leben lang egoistisch und skrupellos verhalten. Damit hatte er sich zwar immer durchsetzen und gutes Geld verdienen können, menschliche Beziehungen waren für ihn jedoch nie wichtig genug gewesen. Anfängliche Gewissensbisse hatte er längst tief in seinem Inneren vergraben. Er war stets rastlos und auf der Suche, doch wusste er nicht warum und wonach. Und er würde sicherlich nicht noch einmal heiraten. Lieber vergnügte er sich in den Frauenhäusern, so wie er es immer getan hatte.

Seine Augenlieder wurden mit der Zeit schwerer und schwerer, bis er schließlich, trotz dem ständigen Schaukeln und Rattern, einschlief. Er hatte dabei einen seltsamen Traum.

Er sah diese junge Frau in einem prachtvollen Kleid und mit hochgestecktem Haar, wie sie vor ihm auf einem Thron saß, nur anstatt blondes hatte sie ein schwarzes Haar, so dunkel, wie die Nacht. Sie stand über ihn, beugte sich gerade nach vorn und lächelte ihm freundlich zu. Es war jedoch ein besorgtes Lächeln und ihre Augen strahlten eine tiefe Traurigkeit aus. Er kniete vor ihr auf dem mit Steinplatten gepflasterten Boden, in einer riesigen Halle, Kopf nach unten, zusammen mit anderen Kriegern, die unter seinem Kommando standen, und wartete ihre Befehle ab. Sie waren hier, um sie zu beschützen, um für ihre Sicherheit zu sorgen. Der Feind hatte bereits die äußere Mauer der Stadt überwunden und war auf dem Weg zum Palast. In seinem Kopf schwirrte nur ein einziger Gedanke

herum. Er muss sie von hier wegbringen, egal was es kostet,
egal wie viele Leben, einschließlich seines Eigenen, er dafür op-
fern sollte ...

Plötzlich wurde er unsanft aus seinem Schlaf gerissen. Die Kutsche blieb abrupt stehen und er machte überrascht die Augen auf. Alle Insassen schauten sich verängstigt um. Die Straßen waren nicht mehr sicher und niemand wusste, wer sie aufgehalten hatte. Er spähte vorsichtig aus dem Fenster. Draußen standen einige Männer in schäbigen und zerrissenen Uniformen. Es waren nicht die Rebellen, sondern die königlichen Soldaten, ohne jegliche Kontrolle und diese Umstände waren sogar noch schlimmer. Man hörte von vielen Grausamkeiten, die sie verübt hatten. Männer wurden brutal ermordet, Frauen vergewaltigt und getötet oder als Huren ohne jegliche Rechte zur Vergnügung der Soldaten gehalten. Sie überlebten diese Tortur meist nicht lange. In diesen unerfreulichen Gedanken vertieft, betrachtete er voller Sorge die wunderhübsche junge Frau, die ihm gegenüber saß. Ihre Augen wurden durch die Angst noch größer und leuchteten wie zwei blaugrüne Smaragde. Auch ihr Freund schien verängstigt zu sein. Sie hielt fest seine Hand und zitterte vor Furcht am ganzen Körper. Unter normalen Umständen hätten sie keine Chance. Er hatte zwar Geld dabei und könnte sie bezahlen. Somit würde es ihm vermutlich gelingen, seine Haut zu retten, doch wusste er, dass er sie damit nicht aufhalten konnte. Er würde damit womöglich nur sein eigenes Leben freikaufen.

Vielleicht könnte ich damit aber auch ein wenig Zeit schinden, kam ihm schließlich in den Sinn.

Er musste sich etwas einfallen lassen. Er würde auf keinen Fall zulassen, dass diesem reinen Wesen ihm gegenüber etwas zustieß, nicht so lange er lebte. Über diese selbstlosen Gedanken war er selbst überrascht.

»Wartet drinnen«, sagte er schließlich, schaute dabei jedoch nur die junge Frau an und lächelte ihr mit Zuversicht zu.

»Alles wird gut, keine Angst«.

Sie versuchte zurückzulächeln, es gelang ihr jedoch nur bedingt. Sein selbstsicheres Verhalten hatte sie dennoch ein wenig beruhigt.

So ist es brav, Prinzessin, dachte er sich dabei und musste sofort vor sich hin grinsen, als ihm bewusst wurde, dass er sie gerade in seinem Kopf als Prinzessin bezeichnet hatte. Er stieg hochmütig aus der Kutsche und ging langsam zu den Soldaten.

»Was ist hier los?«, fragte er mit befehlshaberischer Stimme, um sie ein wenig einzuschüchtern. Es gelang ihm auch teilweise. Die Soldaten zögerten ein wenig. Sie wussten nicht, mit wem sie es zu tun hatten. Sie sahen vor sich einen älteren, gepflegten, fein angezogenen Herrn mit guten Manieren. Für sie offenbar adliger Herkunft.

»Warum wurden wir aufgehalten?", fuhr er mit forscher Stimme fort. "Ich bin ein Vertrauter des Königs. Lasst uns sofort weiterfahren!«

Die Soldaten schauten sich gegenseitig an. Eine leichte Unsicherheit wurde plötzlich in ihrem Verhalten bemerkbar. Dann sagte jedoch einer von ihnen, der ganz vorne stand und der am wenigsten beeindruckt war, offensichtlich der Anführer.

»Und wer ist noch in der Kutsche?«

»Niemand, nur einige meiner Begleiter und ...«, fügte er hinzu, »... es geht euch außerdem nichts an.«

Der Anführer grinste nur mit einer bösen Miene. »Es sollen alle aussteigen!«

Der Geschäftsmann überlegte fieberhaft, wie er aus diesem Schlamassel am besten herauskommen konnte. Wenn die anderen aussteigen würden, wäre alles vorbei. Sie würden sich die junge Frau sofort schnappen und er würde nichts dagegen tun können. Schließlich fiel ihm etwas ein.

»Gleich, aber vielleicht sollte ich euch zuerst die Empfehlungsbriefe des Königs zeigen, die ich in einer Truhe, die sich oben auf dem Dach der Kutsche befindet, aufbewahre?«

Und er schaute die herumstehenden Männer mit hochgezogenen Augenbrauen fragend an.

»Eine Truhe?«, äußerte sich einer der Soldaten und schaute den Anführer mit gierigen Augen an.

Ohne auf die Zustimmung zu warten, sagte er anschließend. »Na gut, ich hole sie gleich herunter«.

Er kehrte zu der Kutsche zurück und stieg die Stufen hinauf, die vorne zum Sitz führten, um die Truhe vom Dach herunterzuholen. Als er neben dem Kutscher stand, der ebenfalls vor Angst wie versteinert dasaß und mit verängstigten Augen die Soldaten beobachtete, flüsterte er. »Wenn ich 'los' schreie, fahren Sie los und werden nicht anhalten, egal was passiert. Haben Sie mich verstanden?«

Der Kutscher schaute ihn eine Weile ungläubig an, dann nickte er jedoch unmerklich.

Sehr gut, dachte er sich dabei, holte die kleine hölzerne Truhe herunter und begab sich zögerlich zum

Anführer. Er wandte sich dabei leicht von der Kutsche ab und näherte sich ihm in einen kleinen Bogen, so dass er sich von dem Wagen entfernen konnte, soweit es ihm möglich war, ohne dabei Verdacht zu erregen. Als er weit genug von der Kutsche stand, stolperte er mit Absicht und fiel zu Boden. Dabei öffnete er die Truhe und warf sie so weit wie möglich von sich weg, Richtung Straßenrand. Als sie von dem harten Boden der Straße abprallte, flog ihr gesamter Inhalt und damit auch sein Erspartes in alle Richtungen. In dem Moment warfen sich die herumstehenden Soldaten, samt deren Anführer, auf das Geld, sogar der Mann, der vorne die Pferde hielt. Immer noch auf dem Boden liegend, drehte der Geschäftsmann seinen Kopf zum Kutscher und schrie so laut er konnte.

»Los!«

Im gleichen Augenblick, getrieben durch die Angst, schlug der Kutscher die Pferde hart mit seiner Peitsche und der Wagen schoss nach vorn. Als die Kutsche vorbeifuhr, erblickte er im Fenster das verängstigte Gesicht der jungen Frau, die ihn mit großen Augen voller Schrecken ansah. *Sie war gerettet,* ging ihm durch seinen Kopf. Das erste Mal in seinem Leben hatte er nicht zuerst an sich gedacht, sondern das Schicksal einer anderen Person war für ihn im Vordergrund gestanden. Er lächelte amüsiert vor sich hin. Aus diesen Gedanken wurde er gewaltsam herausgerissen, als ihm jemand mit voller Wucht in die Seite trat. Er rollte stöhnend auf den Rücken. Der Anführer der Banditen stand über ihm völlig außer sich vor Wut und trat ihn erneut mit seinen dreckigen Stiefeln und mit hassverzerrter Miene, diesmal in den Bauch. Er biss die Zähne zusammen.

Und was jetzt? fragte er sich.

Als der Schmerz ein wenig nachgelassen hatte und er den Anführer abermals ansah, wurde ihm sofort klar, was als nächstes passieren würde. In der Abenddämmerung glänzte ein langer Degen, den der Mann in der Hand hielt. *Das ist das Ende,* dachte er sich, jedoch ohne Reue. *Na schön, wenigstens eine gute Tat habe ich in meinem Leben vollbracht. Diese besondere junge Frau werden sie nicht bekommen.* Er grinste dem Anführer verächtlich ins Gesicht, als der Degen auf ihn einstach.

***

David wachte erneut verschwitzt in seinem Bett auf. Es war gegen Mitternacht. In weiter Ferne konnte er sogar die Kirchenglocken gedämpft läuten hören. Er faste sich vorsichtig an die Brust. Der stechende Schmerz mehrerer Messerstiche war immer noch deutlich zu spüren und er fühlte sogar noch die Tritte, die ihm der Anführer der Banditen verpasst hatte.

Und wieder bin ich in meinem Traum gestorben, ging ihm durch den Kopf.

Auch wenn der Traum nur einen kurzen Abschnitt eines anderen Lebens erfasste, konnte sich David noch lebhaft auch an andere Ereignisse seines Lebens, nicht seines, sondern die der anderen Person in seiner Traumwelt, ins Gedächtnis zurückrufen. Er erinnerte sich an seine beiden Ehefrauen, wie sie ausgesehen hatten, wie er sich in sie verliebt hatte und wie durch seine Schuld, seine Unbeständigkeit und Rastlosigkeit, beide Ehen zugrunde gegangen waren. Er hatte ebenfalls Erinnerungen an seine Kindheit, die andere Kindheit des Mannes, der auf so unglückliche Weise dahingeschieden war, ermordet irgendwo am Rande einer Straße.

Niemand würde zu seinem Begräbnis kommen und er würde vermutlich nicht einmal ein Grab haben, waren seine nächsten traurigen Gedanken. War es tatsächlich nur ein Traum oder waren es vielleicht doch Erinnerungen an ein anderes, sogar sein früheres Leben?

Falls es tatsächlich so war, wäre es wirklich schön, dachte er sich dabei.

Das würde dann bedeuteten, dass seine Reise hier und jetzt nicht zu Ende wäre, sondern woanders, in einer anderen Welt oder einer anderen Zeit und einem anderen Leben weiterginge. Er glaubte jedoch immer noch nicht daran. Doch diese seltsamen, sehr luziden Träume brachten ihn jedes Mal ins Grübeln.

David versuchte erneut einzuschlafen, es gelang ihm jedoch nicht mehr. Seine Kopfschmerzen, die während des Traumes ganz verschwunden waren, kamen umso heftiger wieder zurück. Er hielt es ohne die Medikamente nicht mehr aus und nahm einige ein, jedoch nur so viel, um sein Leiden ertragen zu können. Dadurch schaffte er es, doch noch einzudösen, wenigstens für eine kurze Zeit. Als er erneut aufwachte, setzte bereits die Morgendämmerung an. Die Nacht war vorüber und auch seine weiteren erfolglosen Versuche, erneut einzuschlafen. Deshalb stand er mühsam auf, machte sich im Bad ein wenig frisch und begab sich in die Küche, um für sich ein kleines Frühstück vorzubereiten. Gestern Abend hatte er wegen der Kopfschmerzen nichts herunterwürgen können. Als er den Kühlschrank aufmachte, stellte er fest, dass dort nichts Essbares mehr zu finden war. Die letzten Tage hatte er sich nicht sehr wohlgefühlt und hatte nicht einmal seine Wohnung verlassen. Er schaute auf die Uhr. Zum Einkaufen war es noch zu früh, *der Bäcker um die Ecke, müsste jedoch bereits offen haben,* kam ihm jedoch in den Sinn.

Plötzlich bekam er Lust auf ein paar frische Brötchen oder ein Croissant. Er zog sich an und begab sich zu dem besagten Bäcker. Der hatte jedoch geschlossen, warum, konnte David nicht herausfinden. Aufgeben und mit leeren Händen nach Hause zurückkehren wollte er jedoch nicht. Deshalb setzte er seinen morgendlichen Spaziergang fort, zu einem anderen Bäckerladen, der jedoch deutlich weiter entfernt lag. Er fühlte sich schwach und musste sich schwer an seinen Stock stützen, weil er sich nicht ganz sicher auf den Beinen halten konnte. Es schien, als ob der Tumor jetzt irgendwie auch das Gleichgewichtsorgan beeinflusste. Oder es waren die häufigen Schwindelgefühle, die ebenfalls durch den Hirntumor verursacht wurden. Es dauerte eine Weile, bis er schließlich seinen Zielort erreicht hatte, aber er wurde schließlich belohnt. Der zweite Bäcker hatte glücklicherweise offen.

Auf dem Rückweg quälten ihn unerfreuliche Gedanken. Einerseits dachte er viel über diese seltsamen luziden Träume nach, andererseits spürte er, dass er es nicht mehr lange durchhalten würde. Vor ein paar Wochen war er bei seinem behandelnden Arzt gewesen, der ihm die Medikamente verschrieben hatte. Er hatte ihm wie das letzte Mal noch eine Kombitherapie empfohlen, eine Mischung aus Strahlen- und Chemotherapie, um das

Wachstum des Tumors und die Begleitsymptome, insbesondere seine Kopfschmerzen, zu mäßigen. Einen erneuten chirurgischen Eingriff hatte er ihm nicht mehr angeboten, weil der Tumor bereits gestreut hatte. Aber auch diese Metastasierung könnte damit verlangsamt werden. David hatte zuerst gar nichts davon hören wollen. Was würde es bringen, wenn er ein paar Wochen oder Monate dazugewänne, es ihm aber durch die Kombinationstherapie wiederum so schlecht ginge, dass er die ganze Zeit im Krankenhaus verbringen müsste? Der Arzt hatte ihm jedoch erklärt, dass es so dosiert werden könne, dass er keinen stationären Aufenthalt bräuchte. Das hatte David irgendwie gereizt. Er könnte wenigstens noch ein wenig mehr Zeit mit Sofia verbringen.

Nein, nicht verbringen, schoss ihm durch den Kopf. Er war mit ihr ja nicht zusammen. *Aber ich könnte ihre Anwesenheit noch ein wenig länger genießen*, und er lächelte schwach vor sich hin.

Und gerade als er über sie nachdachte, die Augen auf den Gehsteig gerichtet, um nicht zu stolpern, hörte er plötzlich vor sich eine angenehme Stimme, die er so gut kannte.

»Guten Morgen, Herr Davidoff«, gefolgt von einer kindlichen Stimme »Guten Morgen.«

Aus seinen Gedanken herausgerissen, hob er überrascht seinen Kopf. Vor ihm stand Sofia mit ihrer Tochter. Leicht verdutzt antwortete er. »Ich wünsche Ihnen ebenfalls einen schönen guten Morgen, Frau Weiß.«

Sofia blieb stehen, Elinors Hand in ihrer. »Wir haben Sie lange nicht mehr gesehen, geht es Ihnen gut?«

David überlegte kurz, bevor er schließlich ihre Frage bedacht beantwortete.

»Ich bin ein wenig krank gewesen, es geht mir aber wieder besser. Danke der Nachfrage.«

Er wollte sich nicht festlegen und er hatte auch nicht vor, Sofia von seinem Krebsleiden zu erzählen. Er bedürfte kein Mitleid.

Aus Höflichkeit fragte er dann selbst. »Und Ihnen?«

Er beantwortete die Frage jedoch gleich selbst. »Sie sehen beide sehr gut aus und ausgesprochen schick.« Er lächelte schwach. Es war doch ein langer Spaziergang bis zu dem anderen Bäcker gewesen und er spürte diese Anstrengung bereits deutlich in seinen Beinen.

Sofia lächelte. »Elinor hat am Nachmittag in der Schule eine kleine Feier, der ich mich später auch anschließen möchte.«

David nickte nur verständnisvoll. Dann schaute er nach unten zu Elinor. »Du siehst wirklich sehr hübsch aus. Das Kleid steht dir sehr gut. Du wirst eines Tages sicherlich genauso schön sein, wie deine Mutter. Dein Geschmack ist ausgezeichnet.«

»Das Kleid hat meine Mom ausgesucht«, antwortete Elinor leicht verlegen aber mit strahlendem Gesicht.

»Deine Mutter hat einen hervorragenden Modegeschmack, wie man sieht«.

David schaute zu Sofia hinüber. Er bemerkte sofort, dass sie ihn wie bereits zuvor wieder einmal sehr nachdenklich betrachtete.

Nur nicht übertreiben, schoss ihm sofort durch den Kopf. Auch wenn er recht hatte. Beide waren sehr geschmackvoll angezogen und Sofia sah eigentlich immer elegant und schön aus, egal was sie trug. Aber er war sicherlich voreingenommen und wollte nicht, dass sie dachte, er sei ein alter Spinner.

»Ich will Sie aber nicht aufhalten, ich wünsche Ihnen noch einen schönen Tag«, fügte er hinzu und setzte sich wieder in Bewegung. Als er die beiden gerade passierte, sah er im Augenwinkel, dass Elinor ihre Mutter nach unten zog und ihr etwas leise ins Ohr flüsterte. Er bemerkte ein leichtes Erstaunen in Sofias Gesicht. Er beachtete sie jedoch nicht mehr und ging weiter seiner Wege. Bevor er ein paar Schritte gemacht hatte, hörte er wie Sofia seinen Namen rief. Es dauerte einen Augenblick, bis er wahrgenommen hatte, dass er für Sie »Davidoff« hieß und drehte sich überrascht zu ihr um.

»Herr Davidoff?«, wiederholte Sofia seinen Namen.

»Ja?«

»Haben Sie übermorgen Nachmittag etwas vor?«

David betrachtete Sofia verdutzt eine Weile, bevor er den Kopf schüttelte. »Warum?«

Sofia schaute zuerst hinunter auf ihre Tochter, bevor sie ihren Blick wieder hob und sagte. »Wir veranstalten nämlich in zwei Tagen eine kleine Geburtstagsparty und Elinor würde Sie gerne dazu einladen.«

David verstand jetzt, warum sie so überrascht gewesen war, als sie sich zu Elinor nach unten beugte, genauso wie er selbst. Auf der einen Seite erfreute es ihn und er würde gerne hingehen. Somit könnte er wieder einmal ihre Nähe genießen. Auf der anderen Seite wollte er sie jedoch nicht belästigen. Für sie war er ein völlig Fremder, ein alter kranker Mann und er wollte ja kein Mitleid.

»Vielen Dank für die Einladung, aber ich glaube nicht, dass ich ein unterhaltsamer Gast wäre. Und wir kennen uns ja gar nicht. Dennoch freut es mich sehr, dass du mich einladen möchtest, Elinor«. Mit dem letzten Satz richtete er seinen Blick auf ihre Tochter. Er lächelte ihr dankbar zu, dann seufzte er leicht, drehte sich wieder um und setzte seinen Weg nach Hause fort.

Sofia schaute ihm nachdenklich nach. Der alte Mann tat ihr erneut leid. Er hatte ja selbst erzählt, dass er niemanden hatte, keine Kinder und, so viel er bislang preisgegeben hatte, auch keine Verwandten. Und sie konnte einfach nicht den Gedanken loswerden, dass sie ihn von irgendwoher kannte. Sein Verhalten, wie er sprach und lächelte, die Funken in seinen Augen, das kam ihr alles bekannt vor. Sie dachte zurück, aber der Name Davidoff sagte ihr gar nichts. Sie wusste nicht einmal, wie alt er war.

Sechzig? Siebzig? Vielleicht weniger? Es war schwer abzuschätzen, weil er fast schulterlange, völlig weiße Haare und einen weißen Vollbart hatte. Er sah auch sehr ausgezehrt aus, sein Gesicht oft schmerzlich verzogen, als ob er viel litt oder gelitten hatte.

Sie blickte zu ihrer Tochter. Elinor schaute hinter dem alten Mann her, dann hob sie den Blick zu ihr. Ihre Augen waren traurig und die Enttäuschung spiegelte sich deutlich in ihrem Gesicht wider. Es war sehr selten, dass ihre Tochter jemanden in ihr Herz schloss, dazu jemanden, den sie fast gar nicht kannte. Sie konnte es nicht so stehen lassen.

»Warte hier«, sagte sie kurz zu ihrer Tochter und lief los.

Als David erneut seinen Namen hinter sich hörte, blieb er überrascht stehen und wandte sich mit hochgezogenen Augenbrauen um. Sofia stand dicht hinter ihm, leicht außer Atem.

»Herr Davidoff, bitte, kommen Sie doch zu der Geburtstagsparty. Elinor würde sich wirklich sehr freuen. Sie haben auf sie aufgepasst, als ich es dringend brauchte. Ich würde mich dafür gerne einfach revanchieren.«

Sie bemerkte seine unentschlossene Miene und fügte noch schnell hinzu. »Es würde mich auch freuen, wenn Sie kommen würden. Ich meine es ernst.«

David betrachtete sie eine Weile nachdenklich, ohne zu antworten. Sie hatte einen sehr ernsten Gesichtsausdruck und meinte es sicherlich so, wie sie es gesagt hatte. Er fand sie in dem Augenblick sehr schön und anmutig. Dazu fiel ihm plötzlich noch eine Sache andere Sache ein. Sie ähnelte irgendwie der Frau in der Kutsche aus seinem letzten Traum. Nicht dass sie exakt so ausgesehen hätte, aber ihr Ausdruck, wie sie ihn ansah, wie sie sich bewegte, einfach ihr ganzes Verhalten. Sie ähnelte sogar auf eine Weise der schönen Priesterin, der er in einem seiner früheren luziden Träume bei einem Sturz aufgefangen und hoch geholfen hatte. Wäre es möglich, dass sie sich in seinen Träumen projizierte, weil er sie sehr mochte? Weil sie vielleicht sogar liebte? Der Gedanke hatte ihn selbst überrascht. Könnte es sein, dass er sich in diese wunderschöne Frau tatsächlich verliebt hatte? Er war sein Leben lang rastlos gewesen und als seine Uhr fast abgelaufen war, war sie die Einzige, an die er gedacht hatte, nach der er sich sehnte. Dabei waren sie nie wirklich zusammen gewesen, nicht als Paar. Dennoch war sie ihm für immer im Gedächtnis geblieben. Vor ihm stand jetzt kein junges Mädchen mehr, sondern eine reife Frau, dennoch wunderhübsch und unvergesslich in ihrer Erscheinung.

Es war ihm plötzlich wieder bewusst, dass Sofia immer noch vor ihm stand und seine Antwort abwartete. Er war völlig in seine Gedanken vertieft gewesen und hatte sie warten lassen. Diesmal konnte er nicht ablehnen, deshalb antwortete er schließlich umsichtig.

»Falls es Sie tatsächlich nicht belästigen würde, komme ich selbstverständlich gern. Wo findet die Geburtstagsparty überhaupt statt?«, fragte er anschließend.

»Bei uns zu Hause. Wissen Sie, wo wir wohnen?«

David wusste es zwar genau, diese Kenntnis wollte er jedoch nicht offenbaren. Sie könnte sich noch denken, dass er ein alter Spanner war und könnte ihn dann sogar meiden.

»Ich glaube dritter oder vierter Hauseingang von dem Haus, wo ich selbst wohne, oder?«

»Es ist die Nummer 37, die dritte Eingangstür von Ihnen, im vierten Stock«, antwortete Sofia mit freudiger Stimme.

»Na gut, abgemacht, ich werde da sein«.

»Vielen Dank«, sagte Sofia und lächelte ihm freundlich zu. Dann drehte sie sich um, um zu ihrer Tochter zurückzukehren. Nach zwei Schritten blieb sie jedoch stehen und schaute über die Schulter zu ihm herüber.

»Ich habe fast vergessen, es ist um 16:00 Uhr.«

David nickte nur, dass er verstanden hatte und Sofia eilte zurück zu Elinor. Er beobachtete sie, wie sie ihre Tochter erreichte und ihr mitteilte, dass er doch zu ihrer Party käme. Er sah noch, wie das Gesicht von Elinor plötzlich erstrahlte. Mit fröhlicher Stimmung kehrte er dann wieder um und setzte seinen mühseligen Weg zurück nach Hause fort.

VI.

Der Krieger
und die Prinzessin

»Prinzessin! Wach auf! Wir müssen gehen.«

Sie öffnete langsam und nur unwillig ihre Augen. Sie wollte in dem schönen Traum, wo sie sich gerade in Sicherheit wiegte, weiterhin verweilen. Als sie sein Gesicht erkannte, lächelte sie ihm nur verträumt zu, ohne sich jedoch zu rühren. Er streichelte ihre langen schwarzen Haare, dann fuhr er mit der Hand zärtlich über ihre nackte Schulter, über die schlanke, verführerische Taille bis zu ihrem Oberschenkel. Er bewunderte ihre wunderschönen, weiblichen Kurven. Schließlich beugte er sich vor und küsste sanft ihre Hüfte. Sie seufzte leicht und zog ihn an sich.

»Komm zu mir ins Bett, Liebster, bitte. Es ist noch zu früh, wir haben noch Zeit.«

Dabei berührte sie leicht mit ihren Fingern sein Gesicht. Eine lange Narbe zog sich von der linken Augenbraue über seine Wange bis zum Kiefer. Er war kein Schönling, dennoch hatte er regelmäßige Gesichtszüge.

Sie mochte insbesondere seine Augen und wie er sie ansah. Sie strahlten stets eine leichte Traurigkeit aus, doch waren sie gütig und sie konnte sich immer auf ihn verlassen. Sie kannte ihn eigentlich ihr Leben lang. Er hatte sich von klein auf um sie gekümmert, sie beschützt und auch unterrichtet, insbesondere in der Kriegskunst und sie war später zu einer ausgezeichneten Schwertkämpferin geworden. Wann immer sie in Schwierigkeiten geraten war, hatte sie ihn aufgesucht und er hatte ihr auch sofort geholfen, ohne zu fragen. Es war eine schöne und sorglose Zeit gewesen. Als die Barbaren gekommen waren und den Palast gestürzt hatten, war er mit ihr geflohen. Er hatte ihrem Vater versprochen, dass er sie mit seinem Leben beschützen würde, dass er ihr nie von der Seite weicht. Und seitdem waren sie auf der Flucht vor dem alten Kaiser gewesen, dem Anführer der Barbaren, der sie erbarmungslos die ganze Zeit jagte, um sie zu Strecke zu bringen.

Er betrachtete sie eine Zeitlang nachdenklich, dann küsste er sie sanft auf ihre sinnlichen Lippen und flüsterte bedrückt.

»Wir müssen los, ich fühle mich hier nicht wohl und habe ein ungutes Gefühl. Ich traue dem Wirt nicht über den Weg.«

»Du machst dir viel zu viele Sorgen«, entgegnete sie auf seine Äußerung, »wir haben seit Wochen nicht mehr in einem richtigen Bett geschlafen. Lass uns die Zeit noch ein bisschen genießen.«

Bei dem letzten Satz lächelte sie ihm verführerisch zu. »Die gestrige Nacht war wunderschön, wir sollten so etwas öfters wiederholen.«

Sie stütze sich auf die Ellbogen und küsste ihn leiden-schaftlich auf den Mund. Er erwiderte ihren Kuss, dann schob er sie jedoch Widerwillen von sich weg.

»Bitte, Prinzessin, wir dürfen uns keinen Fehler erlauben. Wir brauchen nur noch ein paar Tage und dann sind wir in den Bergen, sobald wir die andere Seite erreicht haben, sind wir in Sicherheit. Es wäre töricht, jetzt, so kurz vor unserem Ziel, nicht vorsichtig genug zu sein und zu verlieren.«

Sie sagte nichts, sondern lächelte ihm nur zu. Ihre Augen glänzten auf eine besondere Weise, als sie ihm, ohne auf seine Bedenken zu antworten, das Hemd auszog und ihn erneut küsste. Ihre Schönheit lag außerhalb seiner Vorstellungskraft, er konnte einfach nicht mehr wider-stehen, zog sie endlich an sich und erwiderte ihren Kuss. Dann küsste er sie auf den Hals und seine Küsse bahnten sich ihren Weg weiter nach unten. Er hörte sie leicht auf-stöhnen, als er ihren Bauch und dann den Unterleib er-reichte. Seine Sehnsucht nach ihr war unersättlich.

Sie lagen auf dem Bett, eng ineinander verschlungen. Ihr Kopf befand sich auf seiner Brust und er streichelte sanft ihre Haare.

Nie hätte er gedacht oder gehofft, dass er sie eines Tages in den Armen halten würde, kam ihm gerade in den Sinn.

Sie war für ihn stets etwas Besonderes. Er lächelte vor sich hin, als er sich daran erinnerte, wie sie als kleines Mädchen immer wieder weinend zu ihm gekommen war. Einmal, weil sie einen kleinen Vogel gefunden hatte, der sich den Flügel gebrochen hatte, oder jemand ihre Blumen zertrampelt hatte. Sie sorgte sich stets um die ganze Welt, um die Menschen um sie herum aber auch um Pflanzen und Tiere. Sie war sehr empfindlich und gefühlsreich. Und alles, was sie empfand, spiegelte sich in ihren Augen wider. Sie war zu einer wunderhübschen und anmutigen jungen Frau herangewachsen. Er liebte sie mit ganzem Herzen und hätte jederzeit sein Leben für sie hergegeben. Und jetzt hielt er sie tatsächlich in den Armen. Soviel Glück hätte er sich nie zu erträumen gewagt. Dass er ihr nicht würdig war, war ihm von vornherein bewusst. Er war deutlich älter als sie und niederer Geburt. Sie dagegen war eine Prinzessin, reinen Blutes, für etwas Höheres bestimmt. Als der alte Kaiser mit der Horde seiner wilden Krieger aus dem Norden zum Hof gekommen war und sie das erste Mal erblickt hatte, hatte er sie sofort besitzen wollen. Und er musste immer alles haben, was er begehrte. Er hatte bei ihrem Vater unverzüglich um ihre Hand angehalten, war jedoch abgewiesen worden. Dieser Anführer der Barbaren akzeptierte jedoch keine Absage und war außer sich vor Wut. Er war ein Sadist, grausam und unberechenbar. Er hatte dem alten König auch sofort mit dem Einmarsch seiner Soldaten gedroht. Um einen Krieg zu verhindern, hatte ihr Vater schließlich nachgegeben und sie war ihm versprochen worden. Das letzte Wort hatte der König jedoch in ihre Hände gelegt und Sie hatte trotz allem abgelehnt. Der barbarische Kaiser war danach außer sich vor Wut gewesen und als Antwort, die einzige Antwort die er je kannte, war er mit seiner ganzen Armee angerückt, um sie auch gegen ihren Willen zu holen. Es war ihnen jedoch gelungen zu fliehen und seitdem befanden sie sich auf der Flucht.

Der erfahrene Krieger schob sie nach einer Weile sanft beiseite, stand auf, ging zum Fenster und schaute durch die beschlagenen Glasscheiben bedächtig hinaus. Alles schien sicher und ruhig zu sein, viel zu ruhig nach seinem Geschmack.

Er drehte seinen Kopf zu ihr. »Prinzessin, wir müssen diesen Ort unverzüglich verlassen. Der Wirt hat sich gestern seltsam verhalten und die Sonne steht bereits hoch über dem Horizont. Wir sollten hier nicht weiter unnötig verweilen. Lass uns aufbrechen.«

Sie betrachtete ihn eine Weile schweigend, dann lächelte sie ihm zu und nickte zustimmend. »Du hast natürlich recht, lass

uns zusammenpacken und unsere Reise fortsetzen.«

Auch sie stand schließlich auf und zog sich schnell an. Nach ein paar Minuten waren beide zum Aufbrechen bereit. Sie verließen eilig das Zimmer, er als erster, und stiegen leise die Treppen hinunter in die Schenke. Niemand stand hinter der Theke, der Wirt und seine Frau waren nirgendwo zu sehen. Langsam bekam der Krieger ein mulmiges Gefühl.

Hier stimmt etwas nicht. Sie bahnten sich schnell ihren Weg durch den Raum zwischen den Tischen zu der Haustür, die in den Hof führte und öffneten sie vorsichtig, zuerst nur einen Spalt breit, und spähten hinaus. Die Luft schien rein zu sein. Er ergriff ihre Hand und beide liefen so schnell sie konnten zu den Stallungen. Es standen dort nur ihre Pferde. Ohne Zeit zu verschwenden, holte er die Reitsättel.

Gerade als er das zweite Pferd sattelte, vernahm er ein leises metallisches Klirren. Dieses Geräusch war ihm bestens vertraut. Er zögerte keinen Augenblick und drehte sich blitzschnell um. Im Eingangsbereich der Stallung standen plötzlich drei junge Krieger mit gezogenen

Schwertern. Auch er zog unvermittelt sein Schwert und machte ein paar kleine Schritte nach vorn, um sich ihnen zu stellen. Die Prinzessin schrie laut auf, als sie die kaiserlichen Krieger ebenfalls bemerkt hatte.

In dem Moment hob einer der Soldaten das Schwert hoch und griff ihn an. Er lächelte nur vor sich hin. Angst verspürte er keine. Sie hatten keine Chance, dafür waren sie zu unerfahren und zu langsam. Innerhalb weniger Augenblicke lagen alle drei reglos auf dem staubigen Boden der Stallung. Er kehrte zurück und packte schnell die Zügel beider Pferde in einer Hand, mit der anderen ergriff er die Hand der Prinzessin und stieß bedrückt hervor.

»Schnell, wir müssen uns beeilen!«

Als sie aus der Stallung herauskamen, blieb er nach einigen Schritten plötzlich stehen und drehte seinen Kopf zu ihr hinüber. Ihre Augen waren weit aufgerissen und sie schaute entsetzt zu ihm hoch. Sie hatten verloren. Er lächelte ihr wehmütig zu, um ihre Furcht zu lindern. Dann ließ er sie stehen, trat nach vorn und sah sich aufmerksam um.

Sie waren von mindestens einhundert Soldaten umzingelt, die sich in einem Halbkreis vor dem Eingang der Stallung aufgereiht hatten. Ganz vorne stand Yang-Chi, der neue Berater des alten Kaisers, sein ehemaliger Freund und Rivale, der ihn jetzt abgrundtief hasste. Ein selbstsicheres Grinsen verzerrte seinen schmalen Mund zu einer böswilligen Grimasse. Sie waren zusammen aufgewachsen und waren beide der Palastgarde beigetreten. Stets hatten sie wettgeeifert, wer von ihnen der bessere Kämpfer gewesen war und wer am Ende der Kapitän der Garde sein würde. Schließlich hatte er selbst durch sein zurückhaltendes Verhalten und Ehrenhaftigkeit gewonnen. Yang-Chi war ein skrupelloser Mann, der nur seiner eigenen Karriere nachstrebte. Er war immer auf seinen Erfolg eifersüchtig und auch darauf, dass die Prinzessin ihn bevorzugte, nicht Yang-Chi.

Ein leichtes Lächeln umspielte die Lippen des erfahrenen Kriegers, erreichte jedoch nicht seine Augen. Die waren hart wie der Stahl seines Schwertes. Hier würde er nicht lebend herauskommen, das war ihm klar, stellte er ruhig fest, als er sich umschaute. In der Zwischenzeit machte die Prinzessin ebenfalls einige Schritte nach vorn und stand jetzt direkt neben ihm. Ihr Gesicht war blass wie Kreide, sehr ernst aber gefasst. Sie hatte ihre Entscheidung getroffen, schaute ihn ernsthaft an und nahm seine Hand.

»Wir werden hier gemeinsam sterben«, sagte sie ohne eine Spur der Aufregung, »ich gehe nicht zurück.«

Er betrachtete sie von der Seite. So wie sie da stand, entschlossen mit ihm in den Tod zu gehen, sah sie so anmutig und wunderschön aus, dass ihm der Atem stockte und das Herz stehen blieb. *Nein, Prinzessin, du wirst hier nicht mit mir sterben, das lasse ich nicht zu.*

»Warte hier, ich möchte zuerst mit dem Anführer sprechen.«

Er ging langsam, doch entschieden und in sich im Reinen, ohne jegliche Spur von Angst zu zeigen, zu Yang-Chi. Als er sich bloß einige Schritte vor ihm befand, wich Yang-Chi plötzlich zurück und seine Soldaten stellten sich vor ihn. Der alte Krieger musste lächeln. *Ein Feigling bis du sogar geworden?*

»Ich will nur reden«, sagte er bedacht und stecke sein Schwert langsam wieder zurück in die Scheide. »Ich halte immer mein Wort, das müsstest du längst wissen«, fügte er hinzu.

Yang-Chi betrachtete ihn eine Weile schweigsam, dann schob er die Soldaten beiseite und kam nach vorn.

»Was willst du«, fragte Yang-Chi verächtlich, »du weißt, dass du keine Chance hast. Du bist ein toter Mann.«

»Das mag schon sein«, sagte er zustimmend, »glaubt du aber, dass ich Angst vor dem Tod habe?«, er grinste breit und legte die linke Hand auf den Griff seines Schwertes. In dem Augenblick wichen Yang-Chi und die Soldaten wieder einen Schritt zurück.

»Keiner von euch ist so ein guter Schwertkämpfer wie ich, nicht einmal du, das ist dir bewusst, oder? Wenn ich kämpfen sollte, werde ich viele von euch, dich eingeschlossen, mit in den Tod reißen.«

Er musterte Yang-Chi eine Zeitlang, bevor er langsam und bedacht weitersprach.

»Ich hätte jedoch ein Angebot für dich, das du nicht ausschlagen kannst. Es macht dich berühmt und niemand wird heute sterben müssen."

Er drehte sich um und schaute kurz zu seiner Prinzessin hin. Ihre Miene war besorgt, sie konnte nicht hören, worüber sie gerade sprachen.

»Ich ergebe mich und gehe freiwillig mit dir, aber unter einer Bedingung. Der Prinzessin wird nichts geschehen und ihr bringt sie unversehrt zu eurem Kaiser.«

Er sah diesmal nicht Yang-Chi an, sondern drehte seinen Kopf zur Seite und sprach direkt zu dem Kommandanten der Soldaten, der in der Nähe stand.

»Du bist Xuan-Chei, der Sohn von Gang-Chei, nicht wahr?«

Der Betroffene nickte kurz.

»Dein Vater war ein ehrenwerter Mann. Ich hoffe, du bist es genauso. Versprichst du mir beim Namen deines Vaters, dass der Prinzessin nichts geschehen wird?«

Xuan-Chei drehte zuerst unentschlossen seinen Kopf zu Yang-Chi, dann sah er jedoch wieder zu dem einsamen Krieger hin, der vor ihm stand. Er hatte ihn immer bewundert. Nur wegen ihm und seinem Vater hatte er zur Palastgarde gewollt und er schätze auch jetzt seinen Mut in dieser aussichtslosen Situation. Dieser Krieger war immer sein Vorbild gewesen. Er spürte Ehrfurcht vor dem Mann, der ohne mit einer Wimper zu zucken in den Tod gehen würde und sein Leben gerade, ohne zu zögern, für die Prinzessin hergab.

»Ich verspreche es bei dem Namen meines Vaters«, sagte schließlich Xuan-Chei förmlich.

»Dein Wort reicht mir«, sagte der Krieger und in dem Augenblick zog er sein Schwert aus der Scheide. Einige Soldaten nahmen ebenfalls ihre Schwerter in die Hand und alle machten abermals einen weiteren Schritt zurück, Yang-Chi eingeschlossen. Nur Xuan-Chei blieb stehen.

Er ist der Einzige, der weiß, was ich vorhabe, dachte sich der alte Krieger amüsiert. Er nahm sein Schwert in beide Hände, kniete nieder, senkte den Kopf und strecke seine Arme mit dem Schwert nach vorn. Xuan-Chei machte einige Schritte nach vorn und nahm das Schwert zögerlich entgegen.

"Es ist mir eine Ehre", sagte der Kommandant leicht verlegen und mit beklommener Stimmer.

In dem Augenblick schrie die Prinzessin hinter ihm verzweifelt laut auf.

Es ist vorbei meine Liebe, das, woran es ankommt, ist, dass du am Leben bleibst. Das ist das einzige, was zählt, alles andere ist unwichtig, dachte er sich dabei und lächelte vor sich hin. Er hatte sich mit seinem Schicksal bereits abgefunden. Es war ihm bewusst, was ihn jetzt erwartet, dennoch verspürte er keine Angst. Das Los wurde gezogen.

»Warum hast du das getan?«, frage ihn die Prinzessin mit weinender Stimme.

Sie saß am Rande einer schmalen Gefängnispritsche und hielt fest seine große Hand in ihren kleinen seidigen Händen. Ihre Tränen konnte sie nicht zurückhalten, als sie ihn dort liegend sah, blutverschmiert, mit unzähligen Wunden und Abschürfungen.

»Um dein Leben zu retten, Prinzessin, das weißt du«, antwortete er mühsam.

Er konnte sich kaum bewegen. Sie hatten ihn den ganzen Weg zum Palast hinter dem Pferd geschleppt. Als er nicht mehr laufen konnte, wurde er einfach mitgeschleift. Es war ein Wunder, dass er das überhaupt überlebt hatte. Dennoch war aus seinem Mund kein einziger Laut entwichen.

»Ich wäre mit dir, Seite an Seite, ohne zu zögern und ohne Reue, in den Tod gegangen!«, konterte sie vehement und leidenschaftlich.

»Das ist sehr nobel von dir, Prinzessin. Das meine ich ernst und ich schätze es auch sehr, aber wem würde diese Tat nutzen?«

»Wenn mich der alte Lüstling anfasst, bringe ich mich eigenhändig um! Das schwöre ich!«, sagte sie völlig aufgebracht. »Oder ich bringe zuerst ihn um! Für das, was er dir angetan hat!«

Der alte Krieger nahm alle seine Kraft zusammen, um sich mühsam, Stück für Stück, auf seine Ellbogen hochzustemmen. Es dauerte eine Weile, doch schließlich war es ihm gelungen. Er schaute sie danach an und versuchte zu lächeln. Sein Gesicht verzerrte sich jedoch nur zu einer schmerzhaften Grimasse.

»Nichts dergleichen tust du, Prinzessin. Oder willst du, dass mein Tod umsonst ist?«

Ihre Stimme wurde plötzlich leise und schwermütig. »Nein, aber ich will gar nicht, dass du stirbst. Ich liebe dich.«

»Ich liebe dich auch, Prinzessin, mehr als mein eigenes Leben."

"Das sehe ich", sagte sie leise und trotzig, wie ein kleines Mädchen.

Er musste lächeln, trotz den ständigen Schmerzen, dann fuhr er mühsam fort. "Hör mir zu, Prinzessin. Verzweifle nicht! Wir sind nur ein Teil des Ganzen. Weniger als ein Sandkorn im Auge des Universums. Doch jeder von uns spielt seine Rolle im Lauf der Dinge. Du überlebst, ich sterbe, das ist unser Los, das wir bei der Geburt gezogen haben. Ich bereue nichts."

Er atmete tief durch, um sich seine Kräfte zu sammeln und fuhr mühsam fort. «Und du wirst den alten Kaiser heiraten und wirst ihm gefügig. Das ist dein Schicksal. Er wird nicht mehr lange leben. Dann wirst du die Kaiserin sein. Mit deiner Güte und deiner Weisheit wirst du alles Böse, was er getan hatte, gerade anstellt und noch tun wird, wieder in Ordnung bringen. Du wirst dem Volk, den Menschen hier im Lande, helfen. Das ist jetzt deine Bestimmung.«

Er verschluckte sich und fing an zu husten.

»Hab jedoch keine Angst um mich, wir werden uns wiedersehen, im nächsten Leben. Ich werde dich finden, so wie ich es immer getan habe. Meine Aufgabe ist es, dich zu beschützen, so wie ich es bereits in früheren Leben getan habe, werde ich es auch in den zukünftigen Leben tun, bis wir den Kreislauf des Lebens durchbrechen. Erst dann werden wir frei sein.«

Er musste sich wieder sammeln und einige Male tief durchatmen, bevor er schließlich fortfahren konnte. Das Sprechen und all seine Erklärungen, um die Prinzessin zu überzeugen, hatten ihn fast seiner letzten Kräfte beraubt.

»Versprich es mir, Prinzessin.«

Sie betrachtete ihn eine Weile schweigend, es widerstrebte ihr sehr. Der alte Krieger stütze sich erneut auf und wiederholte.

»Versprich es, sodass ich in Frieden sterben kann!«

Sie seufzte, senkte ihren hübschen Kopf und dann sagte sie leise. »Ich verspreche es.«

Er fiel zufrieden wieder zurück auf die harte Liege.

»Ich danke dir, Prinzessin. Ich bereue nichts, es war eine wunderschöne Zeit und diese Erinnerungen werde ich mit mir tragen ... Für alle Zeiten.«

Der Krieger bemühte sich aufrecht zu knien, verdrängte den Schmerz und schaute sich langsam um. Er befand sich auf einem kleinen Podest im Innenhof des Palastes. Wonach er jedoch suchte war seine Prinzessin. Zuerst konnte er sie nicht finden, doch dann erblickte er ihre zierliche Gestalt direkt bei dem alten Kaiser. Sie saß neben ihm auf einem Thron und betrachtete ihren geliebten Krieger mit einem scheinbar ausdruckslosen Gesicht.

Nur ihre Augen sprachen Bände. Als sich ihre Blicke begegneten, schaute sie zu Boden, um ihre Tränen zurückhalten zu können.

Es ist gut so, Prinzessin, dachte er, *zeige keine Gefühle für mich, nicht vor den anderen. Du bist stark, lass dir nie etwas anmerken. Gönne ihnen nicht diese Freude.*

Er drehte den Kopf zur Seite und schaute seinem Henker fest in die Augen. Dann nickte er leicht und senkte seinen Kopf. Er war bereit. Als das Schwert niederfiel, schloss er die Augen und lächelte vor sich hin.

Wir werden uns wiedersehen, Prinzessin, waren seine letzten Gedanken.

***

Dunkelheit und eine vollkommene Leere, dennoch schien etwas anwesend zu sein. David fühlte eine Präsenz, auch wenn er nicht wusste, was es zu bedeuten hatte. Er lag im Bett und betrachtete die Decke über ihn. Es war früh am Morgen und draußen wurde es langsam hell. Auch wenn David nicht mehr einschlafen konnte, blieb er dennoch weiterhin liegen und versuchte nachzudenken. Er war in seinem Traum wieder einmal gestorben. Diesmal war es jedoch anders. Als man ihm den Kopf abgetrennt hatte, war er nicht sofort aufgewacht. Er hatte in einem Zustand der Leere geschwebt, er war tot, dennoch war es irgendwie wieder nicht so, als ob er ganz aufgehört hätte zu existieren. Diese Erfahrung hatte ihn irritiert. Und auch das, was der Krieger der Prinzessin in seinem Traum gesagt hatte.

Wir werden uns wiedersehen, im nächsten Leben. Ich werde dich finden, so wie ich es immer getan habe. Meine Aufgabe ist es, dich zu beschützen, so wie ich es bereits in früheren Leben getan habe, werde ich es auch in den zukünftigen Leben tun, bis wir den Kreislauf des Lebens durchbrechen. Erst dann werden wir frei sein.

... im nächsten Leben ... sollte das bedeuten, dass es die Seelenwanderung tatsächlich gab? Der Krieger hatte auf jeden Fall fest daran geglaubt. Und das nächste ... *Ich werde dich finden, so wie ich es immer getan habe ...* Was sollte das bedeuten? Wie konnte er sie in einem anderen Leben wiederfinden. Sie würden beide vermutlich ganz anders aussehen. Wie könnte er sie dann erkennen? Und wie würde er überhaupt wissen, dass er sie suchen sollte? Doch der Krieger glaubte daran, er war sogar davon überzeugt, dass er sie bereits gefunden hatte und dass er sie wieder aufspüren würde. Wie sollte das bloß gehen?

Zu viele Fragen und keine sinnvollen Antworten, dachte sich David dabei. *Es ist an der Zeit, aufzustehen.* Dennoch verblieb er weiterhin im Bett. Seine Kopfschmerzen meldeten sich wieder und bei der kleinsten Bewegung kam es ihm vor, als ob jemand mit dem Hammer gegen seinen Schädel schlagen würde oder als ob tausende Nadeln in sein Gehirn hineingestochen werden würden. Aus diesem Grund blieb er reglos liegen, machte seine Augen wieder zu und versuchte an nichts zu denken.

... Ich werde dich finden, so wie ich es immer getan habe ..., schwärmte ihm dennoch weiterhin durch den Kopf. Er würde sie finden, seine Prinzessin. Was hatte sie für ihn in diesem einen Leben in seinem Traum bedeutet? Sie war etwas Besonderes.

Etwas Besonderes? Genauso, wie für ihn jetzt Sofia etwas Besonderes war. *Muss ich vielleicht stets nach einer besonderen Frau in meinem Leben suchen? Und warum? Was soll das Ganze überhaupt bedeuten?* fragte sich David verzweifelt, *vermutlich gar nichts.*

Nach einer Weile zwang er sich endlich aufzustehen und nahm wieder seine Medikamente, um die Schmerzen im Zaum zu halten. Heute war es ein erfreulicher Tag und David musste noch etwas erledigen. Nachmittags gab es nämlich die Geburtstagsfeier von Sofias Tochter und er würde die beiden wiedersehen. Er wusste ganz genau, was er als Geschenk für Elinor besorgen würde. Trotz den immer noch anhaltenden Kopfschmerzen umspielte ein fröhliches Lächeln seine Lippen.

VII.

Die Abschiedsparty

David stand in der Nähe des Fensters, angelehnt an eine Kommode, die an der Wand stand und beobachtete mit Freude das Getue in der kleinen Wohnung von Sofia. In der Hand hielt er ein Glas Wasser, von dem er jedoch kaum etwas getrunken hatte. Es war schön, den Kindern beim Spielen zuzusehen, unbekümmert, ohne Vorurteile, völlig vertieft in ihrem Element. Für sie war das Spiel in dem Augenblick die einzige gegebene Realität. Es waren viele der eingeladenen Gäste nicht gekommen, wie er erfahren hatte. Somit befanden sich bei der Party nur drei weitere Kinder, zwei Mädchen mit ihren Müttern und ein Junge mit seinem Vater. Sofia hatte angedeutet, als er sich mit ihr kurz unterhalten hatte, dass sicherlich nicht alle kommen würden, aber so wenige, damit hatte sie auch nicht gerechnet. Ihre Tochter war zurückhaltend und hatte nicht viele Freunde. Sofia wollte mit dieser Geburtstagsparty den Freundeskreis ihrer Tochter erweitern. Es führte offenbar nicht gerade zum Erfolg. Anfangs war Elinor enttäuscht gewesen, aber wie Kinder sind, vergaß sie das schnell, als sie mit denen, die gekommen waren, zu spielen begann. Auch Sofia war enttäuscht, sie ließ es sich jedoch nicht anmerken. David sah ihr jedoch an, dass sie angespannt war. Dennoch lächelte sie die ganze Zeit und spielte eine perfekte Gastgeberin. Sie sah umwerfend und anmutig aus, wie sie sich bewegte, wie sie die Leute bediente, wie sie mit den Kindern sprach, sie aber auch tadelte, wenn sie sich unangemessen verhielten, einfach alles, was sie tat, fand er irgendwie anziehend. Als er sie dabei beobachtete, umspielte ein leichtes Lächeln seine Lippen und sein grimmiger durch den ständigen Schmerz gezeichneter Gesichtsausdruck bekam eine freundlichere Erscheinung. Sie schaute auch immer wieder zu ihm herüber und lächelte ihm zu.

Insbesondere ihre Tochter war aus dem Häuschen, als er ihr zum Geburtstag die große Puppe, die sie in dem Spielzeugladen immer wieder sehnsüchtig angesehen hatte, schenkte. Sofia war sehr überrascht und wollte so ein exklusives Geschenk gar nicht annehmen. Als sie jedoch den Ausdruck im Gesicht von Elinor erblickte, akzeptierte sie es schließlich und bedankte sich immer und immer wieder. Sie war sehr verlegen, weil sie wusste, dass sie sich diese teure Puppe selbst nicht hätten leisten können. Sie wollte auch niemandem etwas schuldig sein. Es war nicht ihre Art und David wusste es. Dieses Verhalten mochte er ebenfalls an ihr. Sie versuchte unter allen Umständen alleine zurechtzukommen und nahm fremde Hilfe nur ungern und zögerlich an.

»Machen Sie sich keine Gedanken darüber, Frau Weiß«, sagte er, um ihr zuvorzukommen, nachdem sie sich erneut bei ihm bedankt hatte. »Ich habe es gern getan. Ich wollte ihrer Tochter einfach nur Freude bereiten.«

»Aber woher wussten Sie?«, fragte Sofia verwirrt.

David lächelte nur. »Ich sah Ihre Tochter in dem Spielzeugladen in der Nähe der Parkanlage, als wir einige Sachen für den Sandkasten gekauft haben. Sie war von der Puppe sehr angetan, auch wenn sie versuchte, es zu verbergen.«

Sofia nickte nur verständnisvoll. »Dennoch, diese Puppe ist sehr teuer, es…«.

David unterbrach sie mit einer Handbewegung und zeigte auf Elinor. Sie spielte zwar mit den anderen Kindern, die Puppe ließ sie jedoch nicht aus der Hand.

»Schauen sie hin«, betonte er, »ist sie nicht glücklich? Das ist alles, was zählt, oder?«

Sie betrachtete ihn nachdenklich, leicht verwirrt. David fügte deshalb noch hinzu. »Frau Weiß, machen Sie sich keine Sorgen. Das meine ich ernst. Geld spielt für mich keine Rolle, davon habe ich zur Genüge und ich habe Ihnen bereits erzählt, dass ich keine Kinder und auch keine Verwandten habe. Es hat mir wirklich Freude bereitet, glauben Sie es mir einfach.«

Und um sie weiter zu beruhigen, beendete er seine Erklärung, indem er ihr erneut versicherte, sie schulde ihm gar nichts. Sie bedankte sich dennoch erneut, beließ es aber dabei. Dennoch behandelte sie ihn die ganze Zeit wie einen prominenten Gast. David hatte nichts dagegen und genoss ihre Aufmerksamkeit sehr.

Als er sie eine Weile auf diese Weise beobachtet hatte, wie sie sich um die anderen Gäste kümmerte, ihre Wangen leicht gerötet, ihre Haare hinten zu einem Pferdeschwanz zusammengebunden, kam ihm plötzlich eine Erinnerung zum Vorschein, ein längst vergessenes Ereignis, das vor mehr als zwanzig Jahren stattgefunden hatte.

Es war ihre Abschiedsparty bei der Firma, wo sie bei ihm als Praktikantin gearbeitet hatte. Auch wenn es bereits so lange her war, sah sie fast genauso aus, ein wenig unsicher und verlegen, dennoch, oder gerade deswegen wunderschön, weil ihr diese Mischung eine besondere Note verlieht.

***

David stieg langsam die Treppe hinauf. Die Abschiedsparty fand im obersten Stockwerk der Firma statt, wo sich ein großer Aufenthaltsraum für Konferenzen befand. Eigentlich hatte er keine Lust hinzugehen, doch freute er sich auf Sofia. Es war ihr letzter Tag, ihr Praktikum ging zu Ende und er würde sie vermutlich nie wiedersehen.

Er fand es irgendwie schade, weil sie ihm in der letzten Zeit ans Herzen gewachsen war. Ihr zuliebe hatte er deswegen auch versprochen zu kommen. Sie und noch eine weitere Studentin, die in einer anderen Abteilung ebenfalls ein Praktikum absolvierte, organisierten zusammen eine kleine Abschiedsfeier. Das passte ganz gut, wenigstens musste Sofia das Fest nicht alleine vorbereiten. Als er vor der Glastür, die in den besagten Aufenthaltsraum führte, stehen blieb, stellte er fest, dass er noch viel zu früh gekommen war.

Es waren noch nicht viele Menschen anwesend. Sofia und die Studentin bemühten sich gerade, die letzten Vorbereitungen, Essen und Getränke, herzurichten. Als David hineinkam, lächelte sie ihm leicht zu. Sie schien sichtlich nervös zu sein, weil sie diese Art von Veranstaltung ebenso wenig mochte wie er.

David blieb plötzlich unsicher stehen und fasste schnell in seine hintere Hosentasche, dann trat er mit zufriedener Miene in den Konferenzraum ein. Sein Zettel war da, er hatte ihn nicht vergessen. Den ganzen Nachmittag hatte er an seiner Abschiedsrede gearbeitet und, soweit er es selbst beurteilen konnte, war sie ihm ganz gut gelungen. Er wollte frei vorsprechen, war jedoch nicht in der Lage, sich die genaue Wortwahl zu merken und die fand er bei der heutigen Rede besonders wichtig. Deshalb hatte er die wichtigsten Punkte auf einen Zettel aufgeschrieben. Als er es für sich selbst in seinem Arbeitszimmer laut vorgetragen hatte, überfiel ihn plötzlich eine Welle von Traurigkeit. Das hatte ihn überrascht und gleichzeitig auch verblüfft. Er war sonst nur selten sentimental, meist war er egoistisch und selbstsüchtig. Doch Sofias Abschied machte ihm irgendwie zu schaffen. Er wollte sich das zwar nicht eingestehen, aber sie würde ihm sicherlich fehlen.

Ich hoffe nur, dass ich mich bei meiner Ansprache nicht blamiere, ging ihm durch den Kopf, *das wäre wirklich peinlich. So kennen mich die Kollegen nicht und diese Seite an mir sollen sie auch nie entdecken.* Er schaute sich um und begrüßte mit einem Kopfnicken einige bekannte Gesichter. Dann entdeckte er Lydia und, weil noch keiner seiner engeren Mitarbeiter anwesend war, gesellte er sich zu ihr. Während sie sich unterhielten, kamen weitere Gäste und auch ein paar andere Praktikanten und Praktikantinnen. Insgesamt waren es deutlich über dreißig Leute. David beobachtete ab und an unauffällig Sofia. Er konnte ihre Nervosität deutlich erkennen, weil er sie bereits gut kannte, die anderen bemerkten jedoch bestimmt gar nichts. Sie unterhielt sich zwischendurch hin und wieder mit einigen der jungen Kollegen, mit denen sich in der Firma zu tun hatte.

Angezogen war sie schlicht, dennoch elegant. Sie hatte einen engen schwarzen Rock an, der kurz über dem Knie endete und eine schicke weiße Bluse. Beide Teile hoben ihre weiblichen Kurven deutlich hervor. Um den Hals trug sie einen schwarzen, halb durchsichtigen Schal. Ihre Haare waren hinten kunstvoll verflochten und lagen ihr seitlich vorne über die rechte Schulter. Ein Teil ihrer dunkelbraunen Haarpracht war jedoch frei und fiel ihr bei der Vorbereitung der Abschiedsparty immer wieder ins Gesicht, wenn sie sich vorgebeugt oder den Kopf nach vorne geneigt hatte. Sie versuchte sie immer wieder hinter das Ohr zu streichen, was ihr jedoch meistens nicht gelang. David fand sie in dieser Aufmachung sehr hübsch und attraktiv. Nie hatte sie ihm so gefallen wie an diesem letzten Tag. Er versuchte sich ihr Bild einzuprägen. Ab morgen würde er ohne sie auskommen. David kam es vor, als ob ihre Präsenz die anderen Anwesenden irgendwie überstrahlen würde. Das war jedoch nur sein persönlicher Eindruck. Dennoch musste er vor sich hin lächeln.

Was ist los mit dir? fragte er sich selbst. *So hast du noch nie empfunden.*

Schließlich ging die Abschiedsfeier los. Die Sektgläser wurden aufgefüllt und nach und nach an die Anwesenden verteilt. David drängte sich nach vorn und gesellte sich zu Sofia. Als sie ihn neben sich bemerkte, lächelte sie ihm von der Seite schwach zu. Um sie zu beruhigen und aufzumuntern, flüsterte er ihr ins Ohr.

»Hab keine Angst, ich bleibe in deiner Nähe. Ich lasse dich nicht allein.«

Ihr Lächeln wurde breiter und ihre Augen bekamen einen freundlichen Glanz. Sie musste nichts sagen. David wusste, dass sie dankbar dafür war.

Als Erster trat der Betreuer der anderen Praktikantin vor und lobte ihre gute Arbeit und Zuverlässigkeit. Es war nur eine kurze unvorbereitete Ansprache. Anschließend bedankte sich die Studentin wiederum für die Betreuung und die netten Kollegen. Im David stieg langsam die Nervosität auf, was ihm nur selten passierte. Unter den Mitarbeitern zählte er nicht gerade zu den nettesten Menschen und nur selten wurde er aus der Fassung gebracht.

Dann kam er an die Reihe. Er machte ein paar Schritte nach vorn, drehte sich zu Sofia und den versammelten Kollegen und zog seinen zusammenfalteten Zettel aus seiner hinteren Hosentasche heraus.

»Ich möchte gerne ein paar Worte zu Sofia sagen, eine kleine Ansprache, die ich heute Nachmittag vorbereitet habe«.

Er entfaltete seinen Zettel, um bei Bedarf nachsehen zu können und fing an zu sprechen. »Sie wissen, dass sich Frau Weiß von uns heute verabschiedet und einige von uns werden sie sicherlich auch vermissen.«

Diese Worte galten allen Anwesenden. Dann richtete er seinen Blick direkt auf Sofia, bevor er fortfuhr.

»Wenn ich an die Anfänge denke, war es sicherlich für dich nicht leicht. Ich kann jedoch mit gutem Gewissen behaupten, dass du dich sehr schnell mit unserem Büroalltag angefreundet und die ganze Zeit eine sehr gute Arbeit geleistet hast. Ich war dir als Mentor und Betreuer zugeteilt und ich muss ehrlich zugeben, dass ich am Anfang skeptisch gewesen war und nicht geglaubt hatte, dass du wirklich eine Hilfe für mich sein würdest. Doch du hast dich richtig ins Zeug gelegt, hast stets alles hinterfragt und hast immer versucht, dein Bestes zu geben. Dazu warst du die ganze Zeit freundlich, zuvorkommend und hilfsbereit. Einige der kleinen Projekte, die ich dir aufgetragen habe, waren sicherlich nicht einfach, insbesondere für jemanden, der auf diesem Gebiet noch keine Erfahrung hatte. Es gab immer wieder Schwierigkeiten und Probleme, die gelöst werden mussten. Es gab deswegen auch viele Überstunden. Du hast dich aber nie beschwert und hast alle deine Aufgaben stets zu meiner völligen Zufriedenheit erledigt.«

David machte eine kleine Pause, bevor er weitersprach. »Und dafür hab meinen Dank.«

Er bemerkte gleichzeitig, dass Sofia langsam anfing zu schluchzen. Sie hat offensichtlich mit so einem Lob von ihm nicht gerechnet. Als er sie sah, überkam ihn ein mulmiges Gefühl. Er konnte sich nicht daran erinnern, dass jemals jemand bei seiner Ansprache geweint hatte.

Ich habe mich an deine Anwesenheit irgendwie gewöhnt und werde dich auf jeden Fall vermissen, schoss ihm dabei durch den Kopf.

Diese Gedanken taten seinem Gemüt nicht gerade gut. Er raffte sich schließlich auf und sprach weiter, spontan, diesmal ohne seinen Zettel. Den hatte er zusammengeknäuelt und wieder in die Hosentasche gesteckt.

»Du hast nicht nur eine hervorragende Arbeit geleistet, die unserer Firma zu Gute kam, sondern bist aus meiner Sicht auch eine außergewöhnliche Persönlichkeit, was ich hiermit besonders hervorheben möchte.«

Er stellte fest, dass Sofia in der Zwischenzeit ein Taschentuch herausgeholt hatte, um sich die Nase zu putzen und die Tränen, die ihre Augen füllten, wegzuwischen. Ihr Seufzen war jetzt deutlich zu hören. Sie tat ihm leid. Ihr Gefühlsausbruch nahm ihn sichtlich mit.

»Ich gebe ehrlich zu, dass ich die Zeit mit dir genossen habe und es macht mich deshalb traurig, dich gehen zu sehen, aber so ist das Leben.«

Er verstummte und holte tief Luft. Als er sich umsah, bemerkte er, dass ihn seine Kollegen, insbesondere Lydia, mit er eine kurze Affäre gehabt hatte, seltsam und verstört ansahen. Es war ihm jedoch egal. In dem gleichen Moment fasste er seinen Entschluss, dass er fortgehen würde. David verscheuchte seine Gedanken und richtete seinen Blick wieder auf Sofia, die unbeholfen ihre Tränen nicht mehr zurückhalten konnte. Sie liefen ihr die Wangen herab. Auch sie beachtete die anderen nicht, sondern schaute nur ihn an. Wie in einem Bann, fuhr er einfach fort. Er sprach jedoch nicht mehr über sie, sondern auch von sich selbst.

»Man muss immer entscheidende, neue Schritte wagen, um vorwärts zu kommen und ich möchte dir dabei viel Glück wünschen. Vergiss jedoch eins nicht. Im Leben wird es nicht nur Erfolge, sondern auch Misserfolge geben. Diese Misserfolge sollten jedoch nicht als Rückschläge hingenommen, sondern mehr als eine Art Prüfung betrachten werden, die uns bestätigen, dass wir uns auf dem richtigen Weg befinden. Wie man so schön sagt, was uns nicht umbringt, macht uns nur stärker, oder? Und wie sollen wir wissen was für uns gut ist, wenn wir das Böse nicht erlebt haben? Ich bin überzeugt, wenn du beständig bleibst, dass sich alle deine Wünsche erfüllen.«

Dann machte er eine kleine Pause und holte einen zweiten zusammengefalteten Zettel aus seiner Hosentasche heraus. Dabei lächelte er Sofia leicht zu. Große Tränen liefen ihr weiterhin über ihre Wangen, die durch die Umstände rot wurden. Es war ihr offensichtlich peinlich, dass die anderen sie so sahen.

Es ist nicht peinlich, sprach David zu ihr in seinem Kopf. *Das zeigt nur wie einzigartig du bist. Verglichen mit den anderen unscheinbaren Wesen hier, die keine wahren Gefühle zu besitzen scheinen, bist du eine strahlende Fee, ein glänzendes Licht, das diese Schattenwesen um das Tausendfache überstrahlt,* beendete er seinen Gedankenfluss. Lächelnd, doch mit traurigen Augen, fuhr er schließlich fort.

»Ich bin kein Dichter, das gebe ich offen zu, es sind mir dennoch einige Worte eingefallen, die ich gerne loswerden möchte«, und er begann laut vorzutragen:

>*Die Welt ist ständig im Wandel und so sind auch wir Menschen, jeder von uns auf der Suche nach seinem heiligen Gral.*
>*Sobald jedoch der Kelch gefunden wurde, wird er zu Staub, um durch einen anderen Gral ersetzt zu werden.*
>*Somit sind wir stets in Bewegung, rastlos und in Angst etwas zu versäumen.*
>*Wir geben und nehmen, finden und verlieren, begegnen und verlassen, wir heißen willkommen und wir verabschieden uns.*
>*Alles, was wir dennoch erreichen, verliert mit der Zeit an Bedeutung.*
>*Am Ende sind es nur Erinnerungen, die übrigbleiben. Sie sind die einzige Konstante in unserem eifrigen Leben. Und deshalb sollten wir uns immer und gerne erinnern.«*

Es hatte ihn selbst überrascht, als ihm diese Worte ein paar Stunden zuvor eigefallen waren. Er war nie ein Dichter oder ein Poet gewesen und nur selten überhaupt sentimental. Er verließ sich meist auf seinen klaren Verstand und ergab sich der Realität, auch wenn er ab und an träumte, wie jedermann, schrieb er dieser Träumerei nie viel Bedeutung zu.

David machte nach seiner Ansprache eine kleine Pause, schaute Sofia mit einem traurigen Lächeln an und fügte schließlich hinzu. "Und ich hoffe, dass du dich auch gerne an unsere gemeinsame Zeit erinnern wirst."

Sie wollte etwas sagen, die Worte wurden jedoch durch ihr Schluchzen völlig unverständlich. Dennoch konnte er von ihren Lippen ablesen: »*Das werde ich*« und das reichte ihm völlig.

Er beugte sich anschließend theatralisch leicht vor und sagte: »Vielen Dank.«

Es herrschte zuerst eine bedrückende Stille, dann fing jemand an zu klatschen und die anderen gesellten sich begeistert dazu. Am Ende folgte ein starker Beifall seiner Ansprache. Es interessierte ihn jedoch nur wenig. Er trat sofort an Sofia heran. Sie schaute ihn von unter ihren langen Wimpern mit verweinten Augen an und lächelte ihn nur verlegen zu. »Das wollte ich nicht. Ich war selbst überrascht, dass mich deine Ansprache so stark aus der Fassung brachte. Es ist mir so peinlich.«

David neigte seinen Kopf zu ihr, so dass nur sie ihn hören konnte und sagte. »Es ist nicht peinlich, es zeigt nur, wie besonders du bist. Du brauchst dich dafür gar nicht schämen.«

»Danke«, sagte sie nur und wischte sich die Tränen aus dem Gesicht ab.

David stellte sich neben sie und streichelte leicht über ihren Rücken. »Kümmere dich nicht um die anderen, die können dir egal sein. Du brauchst sie nicht.«

Sofia hatte sich zwischenzeitlich ein wenig beruhigt und bedankte sich ebenfalls mit ein paar Worten, hauptsächlich bei David, für seine Hilfe, seine Unterstützung und seine hervorragende Betreuung. Als er ihre Dankesrede hörte, wurden seine Augen plötzlich feucht.

Verdammt, dachte sich David dabei, *ich fange noch an zu heulen! Wie ein alters Weib! Wie peinlich.*

Sofia bemerkte seine feuchten Augen und es verschlug ihr für einen Moment sogar die Sprache. Sie lächelte ihm aber verständnisvoll zu. Er schaute lieber weg und mied dabei auch die Blicke seiner Kollegen, weil er gar nicht wissen wollte, was sie gerade von ihm dachten. Es war ihm einfach nur peinlich.

Später als sich sein Blick mit dem von Lydia kreuzte, bemerkte er jedoch einen nachdenklichen Ausdruck ihn ihrem Gesicht, was ihn irgendwie überraschte. Es schien sogar, dass sein Gefühlsausbruch etwas Positives mit sich brachte. Es kümmerte ihn jedoch nicht im Geringsten, er hatte sich bereits entschieden und dessen war er sich auch ganz sicher. Innerhalb der nächsten Wochen würde er fortgehen. Es hielt ihn hier nichts mehr fest.

Es gab erneut einen kleinen Applaus und einer nach dem anderen holte sich anschließend von dem vorhandenen Buffet etwas zum Essen und setzte sich an die herumstehenden Tische. David verspürte jedoch keinen Hunger und nahm nur etwas zum Trinken. Er wäre gerne bei Sofia geblieben, sie saß jedoch mit der anderen Praktikantin und ein paar jungen Kollegen an einem

Tisch und es gab dort keinen freien Platz mehr. Aber vielleicht war es sogar besser so. Er gesellte sich zu anderen bekannten Gesichtern, mit denen er gerade an einem Projekt arbeitete, und unterhielt sich mit ihnen, mit dem Rücken zu Sofia. Es verging eine Weile, ohne dass er Sofia überhaupt ansah. Einer der Kollegen gratulierte ihm sogar zu seiner, wie er sich äußerte »bewegenden«, Ansprache, und bemerkte nebenbei, dass Sofia eine außergewöhnlich schöne Frau sei. Es müsse sicherlich sehr angenehm sein, mit ihr gearbeitet zu haben und er verstünde, dass er sie vermissen würde. In seinen Augen und in dem Unterton, mit dem er die letzten Worte betonte, erkannte David, dass der Kollege davon überzeugt war, dass er mit ihr ein Verhältnis hatte. Das reichte ihm, er hatte keine Lust mehr, sich in dieser Richtung zu unterhalten. Ohne Umschweife stand er auf, um sich etwas zum Trinken zu holen, diesmal jedoch etwas Alkoholisches, und er hatte auch vor sich eine andere Gesellschaft zu suchen. Es war an der Zeit, sich zu betrinken, um zu vergessen.

Er schaute sich um, sah jedoch nur verschiedene nichtalkoholische Getränke.

Wenigstens Bier müsste hier irgendwo sein, dachte er sich verzweifelt. Erst nachdem er nichts finden konnte, blickte er zu Sofia hinüber. Ihre Wangen glühten rot und auch wenn sie sich rege unterhielt, erkannte David aus ihrem Verhalten, dass sie sich nicht ganz wohlfühlte. Sie schaute plötzlich hoch und begegnete seinem Blick, ein wenig verlegen, dennoch mit Freude. Ihre Augen waren durch die Umstände und ihren Gemütszustand, wie so oft, besonders groß und strahlten wie zwei Juwelen. Er nickte nur und begab sich auf die Suche nach etwas

Vernünftigem zum Trinken, fand jedoch gar nichts. Dann schaute er leicht verzweifelt erneut zu dem Tisch, wo Sofia saß. Sie fixierte ihn weiterhin mit ihren großen grünblauen Augen.

Sie bemerkte, dass er nach etwas suchte.

»Brauchst du etwas, David?«, fragte sie laut von ihrem Platz aus.

»Ich suche nach etwas Vernünftigem zum Trinken«, antwortete er mit leichtem Grinsen, »ein Bier vielleicht?«

Sofia sprang sofort auf.

»Ich bringe dir 'was«, sagte sie ohne zu zögern.

»Ich finde es selbst, sag mir nur, wo ihr es versteckt habt, du musst nicht aufstehen.«

»Doch«, erklang ihre kurze, aber überzeugende Antwort, »es gibt noch einige Vorräte draußen auf der Terrasse, ich zeige es dir.«

Sie gesellte sich zu ihm und beide gingen nach draußen, wo sich zwei Kisten Bier befanden und noch weitere nichtalkoholische Getränke. David griff in den Bierkasten, entnahm zwei Biere und öffnete die eine Flasche geschickt mit einem Griff, indem er den Deckel der anderen geschlossenen Flasche verwendete, die er dann wieder zurückstellte. Er bemerkte dabei, dass ihm Sofia dabei mit leichter Bewunderung beobachtete. Sie kehrten wieder zurück und stellten sich neben den Buffettisch.

»Möchtest du ein Glas, David?«, fragte Sofia sorgenvoll.

David lächelte nur vor sich hin. »Nein, danke, ich trinke ein Bier lieber aus der Flasche.«

Er nahm einen tiefen Schluck und schaute anschließend Sofia in die Augen. Sie stand direkt vor ihm, so nah, wie lange nicht mehr und erwiderte ungezwungen seinen Blick, ohne etwas zu sagen. David schwieg ebenfalls und so schauten sie sich gegenseitig eine Zeitlang in die Augen. Er spürte eine aufsteigende Sehnsucht, sie an sich zu reißen und sie zu küssen. Doch es war nur ein Traum, so etwas würde er nie wagen.

Und morgen, dachte er sich dabei grimmig, *bist du für immer aus meinem Leben verschwunden.*

Sie senkte kurz ihren Blick, bevor sie ihm erneut in die Augen schaute und ein paar einfache Worte ausgesprochen hatte, die David noch einige Tage danach in den Ohren klangen.

»Danke, dass du immer für mich da warst.«

Dabei schaute sie ihn mit ihren übergroßen grünblauen Augen aus nächster Nähe an. Ihr Gesicht strahlte Dankbarkeit aus. Sie meinte völlig ernst, was sie da sagte und das vom ganzen Herzen. Auch wenn das vielleicht banal klang, rührte David dieser kurze Satz mehr, als alle Dankesreden, die er bislang gehört hatte.

Wie schnell die Zeit verflogen ist, dachte er sich dabei. *Und wieso habe ich sie nicht besser genutzt?* wirbelte weiterhin durch seinen Kopf. *Und was würde das wohl bringen?* fragte er sich anschießend.

Als er ihren Blick eine Zeitlang erwiderte, wurde ihm in der Magengegend nach und nach immer mulmiger und sein Innerstes füllte sich plötzlich mit unerwarteter Leere. Erneut bekam er eine unbändige Lust sie zu küssen. *Halt ein, du Trottel*! schalt er sich selbst und leerte mit einem kräftigen Schluck die Bierflasche.

Willst du den gleichen Fehler machen, wie bereits so oft zuvor? Er hatte sich meistens genommen, was er begehrte, insbesondere, was Frauen betraf und machte sich nie Gedanken darüber, ob es angebracht war, bis jetzt wenigstens. So etwas wollte er jedoch Sofia nicht antun.

Sie hat mich verändert, stellte er überrascht fest. *Irgendwie, ohne dass ich es gemerkt habe. Zum Guten? Das wird sich noch herausstellen,* lächelte er grimmig vor sich hin.

»Ich hole mir noch ein Bier«, sagte er schließlich, anstatt ihr dafür etwas Nettes zu erwidern. *Du Arschloch!* Er hasste sich für sein ungehobeltes Benehmen.

»Nein, warte, ich hole es dir!« Und bevor er etwas einwenden konnte, war sie schon an der Tür zur Terrasse und im Nu wieder zurück.

»Aufmachen wie du kann ich es leider nicht, aber hier ist irgendwo ein Öffner.« Sie fand ihn auch nach einer Weile, öffnete die Flasche und reicht sie ihm.

»Danke«, antwortete David schlicht.

Weil er immer noch nicht wusste, was er sagen sollte, hüllte er sich weiterhin in Schweigen. Er, der im Grunde nie wortkarg gewesen war, wusste plötzlich nicht, wie er sich in ihrer Anwesenheit verhalten sollte.

»Du möchtest sicherlich wieder zurück zu deinem Tisch«, verließ schließlich seinen Mund, »ich will dich nicht aufhalten.«

Besser sie loszuwerden, bevor ich irgendeine Dummheit begehe oder etwas Falsches sage, dachte er sich dabei.

Zu David Überraschung schüttelte sie nur leicht den Kopf und ließ dabei ihren Blick nicht von ihm ab. Er schaute lieber weg und nahm noch einen Schluck aus seiner Flasche, die er in der Hand hielt.

»Und freust du dich bereits wieder auf die Uni?«, fragte er schließlich, um das Schweigen zu brechen.

Sie nickte, lächelte ihn breit an und ihr ganzes Gesicht erstrahlte. Er wusste nicht, was er noch sagen sollte, doch Sofia fing selbst an zu reden und schilderte ihm begeistert, was sie an der Universität noch zu tun hatte und welche Fächer sie noch zu belegen beabsichtigte. David stellte immer wieder zwischendurch eine kurze Frage, was sie zu weiterer Darstellung ihres Lebens an der Uni veranlasste. Sie freute sich unheimlich, dass er sich dafür interessierte. Es war ihm jedoch egal, es war ihm sogar gleich, was sie gerade erzählte. Es reichte ihm, sie zu betrachten, wie sie sprach, ihr strahlender Gesichtsausdruck und wie sie ihre Erklärungen mit den Händen begleitete, wie sie sich dabei bewegte und wie ihre langen Haare um den Kopf herumflogen.

Ich wusste immer, dass du etwas Besonderes bist, dachte sich David dabei, *wieso habe ich es erst jetzt erkannt?*

Sofia erzählte ihm gerade, dass einer der Mitarbeiter der Firma sie zu der baldigen Weihnachtfeier eingeladen hatte, aber dass sie dazu keine Lust hätte.

»Du musst ja auch nicht hingehen«, bemerkte David resolut. »Du hast immer noch Probleme mit deinen Prioritäten. Wenn du nicht willst, gehe einfach nicht hin. Du brauchst die Leute hier nicht und bist auch niemandem etwas schuldig.«

Er machte noch einen kleinen Schritt zu ihr, so dass er direkt vor ihr stand und fuhr fort. »Wieso machst du dir deswegen überhaupt Sorgen?«

»Weil ich zugesagt habe«, antwortete sie verlegen.

»Na und? Trotzdem musst du nicht hingehen. Wenn man dich tatsächlich deswegen fragen sollte, dann sagst du einfach, dass dir etwas dazwischen gekommen ist, fertig. Denke nicht an die Vergangenheit, sondern richte deinen Blick in die Zukunft. Ab morgen bist du wieder zurück an der Uni und ein neuer Lebensabschnitt fängt für dich an. Konzentriere dich darauf und vergisst diese Leute hier, die sind nur Geschichte. So einfach ist es.«

Und ich ebenfalls, dachte er sich dabei wehmütig. »Oder hast du vor, nach deinem Studium dich hier zu bewerben?«, fragte David neugierig.

Sofia zögerte eine Zeitlang, dann schüttelte sie den Kopf und sagte leicht verlegen. »Nicht wirklich.«

»Na, siehst du, dann mach dir deswegen keine Gedanken.«

»Du hast recht«, antwortete sie nach kurzer Überlegung. »Ich werde nicht hingehen.«

»Siehst du, so ist es richtig.«

Schließlich kehrten sie zu Sofias Tisch zurück. Es gab jedoch immer noch keinen freien Platz für David, deshalb wollte er sich wieder zu seinem Tisch begeben. Sofia, setzte sich jedoch nicht hin, sondern blieb stehen und unterhielt sich weiterhin mit ihm.

Du willst dich gar nicht zu den anderen dazugesellen, oder? kam ihm in den Sinn und er lächelte vor sich hin. *Du würdest dich lieber mit mir unterhalten. Das finde ich wirklich süß.* In dem Augenblick begriff er, dass er in seinem Leben noch nie so einer Frau begegnet war.

Sofia zeigte ihm gerade, was sie in einem der Glückskekse, die auf den Tischen herumlagen, fand. Interessanterweise passte das Niedergeschriebene perfekt zu ihr, ihrem Gemüt und ihrer Rückkehr an die Universität.

»Hast du auch einen Glückskeks geöffnet?«, fragte sie mit einem neugierigen Gesichtsausdruck.

»Ja, aber ich habe gar nicht nachgesehen, was darauf stand. Warte kurz, ich hole es.«

David ging rasch zu seinem Tisch, griff nach dem schmalen Papierstreifen, der zwischen den Gläsern lag und kehrte wieder zurück.

Sofia schaute neugierig auf den Zettel in seiner Hand und fragte erwartungsvoll.

»Was steht bei dir drauf?«

Sie wartete seine Antwort aber gar nicht ab, sondern nahm den Zettel aus seiner Hand und las laut vor.

»*Du musst die Ketten der Zeit sprengen, die dich binden, um den Fluch zu brechen und deine Bestimmung zu finden.*«

Sie schaute ihn mit weit geöffneten Augen an. »Das ist sehr seltsam, was kann das bedeuten?«

»Ich habe keine Ahnung«, sagte David wahrheitsgemäß nach einer kurzen Überlegung. Als er jedoch den Zettel selbst erneut aufmerksam durchgelesen hatte. Es klang verwirrend, doch spürte er irgendwie, dass dieser Spruch eine tiefere Bedeutung hatte und dass es ihn unmittelbar betraf.

Was für ein Blödsinn, schoss ihm nachhinein durch den Kopf.

Die andere Studentin, die ebenfalls Abschied nahm, gesellte sich in dem Augenblick zu ihnen und fragte Sofia etwas über das Studium. Sie beantwortete die Frage und fing dann an, sich mit ihr und mit David zu unterhalten. Sie wurden auf diese Weise in ein Gespräch zu dritt verwickelt.

David überfiel nach einer Weile plötzlich eine Welle von Schwermut und Unlust. Er wollte weg, am liebsten alleine sein. Wenn Abschied, dann lieber gleich. In dieser Hinsicht kannte er sich selbst bereits gut genug und hatte das Gefühl, wenn er noch länger in ihrer Nähe bliebe, würde er etwas anstellen, was er anschließend bereuen würde.

Deshalb legte er nach einiger Zeit seine Hand sanft auf ihre Schulter. »Sofia?«

»Ja?«, sie drehte ihren hübschen Kopf zu ihm und blickte ihn neugierig an.

David schaute ihr nachdenklich in die Augen und suchte vergeblich nach geeigneten Wörtern, bevor er schließlich ganz trocken veräußerte.

»Ich möchte mich verabschieden.«

»Jetzt schon?«, fragte sie sehr überrascht und sichtlich enttäuscht.

»Du weißt ja, dass ich mehr oder weniger ein Einzelgänger bin und die meisten Leute hier mag ich nicht besonders, genauso wie viele von denen mich ebenfalls nicht ausstehen können.«

Dann neigte er sich plötzlich zu ihr und flüsterte ihr schalkhaft ins Ohr. »Und mit dir alleine kann ich ja nicht sein, oder? Nicht einmal neben dir sitzen, es gibt hier ja keinen freien Platz?«

Dabei grinste er scherzhaft. Dennoch meinte er es genauso, wie er es sagte. Er wollte sie jedoch nicht in Verlegenheit bringen.

»Aber viele werden bald gehen«, wandte sie fast flehentlich mit einem deutlich traurigen Unterton ein, »und dann können wir unter uns bleiben.«

Sie sah in dem Augenblick so verloren aus, dass er dagegen etwas unternehmen musste. »In Ordnung, ich brauche nur ein wenig frische Luft zum Durchatmen, ich komme aber in spätestens einer Stunde wieder zurück, einverstanden?«

Ein strahlendes Lächeln war ihre eindeutige Antwort. »Soll ich dich begleiten?«, fragte sie spontan, meinte es jedoch offensichtlich ernst.

Es erstaunte David. Ja, das hätte er sich wirklich gewünscht. Doch anstatt zuzustimmen, lächelte er zurück und fuhr sanft mit seiner Hand über ihren Rücken. »Nein, aber danke, ich möchte lieber alleine sein.«

Er drehte sich auf der Stelle um und verließ umgehend, ohne sich umzudrehen, die Feier.

Als David nach einer Stunde zurückkehrte, waren tatsächlich viele Kollegen und andere Mitarbeiter bereits fort, die restlichen Anwesenden saßen allesamt an einem Tisch.

In dem Augenblick, als er den Konferenzraum wieder betrat, hieß ihn Sofias breites Lächeln willkommen. Er nickte nur und wollte sich zu ihr gesellen. Es gab jedoch immer noch keinen freien Platz in ihrer Nähe, deshalb ließ er sich am anderen Ende des Tisches nieder und unterhielt sich ein wenig mit den Menschen dort.

Sein Gemüt hatte sich wieder verbessert. Der Grund dafür war der Alkohol. Er fühlte sich bereits ein wenig angetrunken, was jedoch meistens seine Laune anhob. Nachdem er die Abschiedsparty verlassen hatte, war er eine Zeitlang durch die Straßen umhergestreift, um nachzudenken.

Seine Gedanken kreisten jedoch die ganze Zeit stets um Sofia, was ihm noch zusetzte. Um dieser trübsinnigen Grübelei zu entkommen, war er schließlich in einer naheliegenden Bar gelandet, wo er sich ein paar Drinks genehmigt hatte und das hatte seine Laune deutlich verbessert. Er hatte sich wieder auf Sofia gefreut und war zurückgeeilt.

David schaute von der anderen Seite des Tisches immer wieder zu Sofia hinüber. Sie sprach mit einem der Kommilitonen, der ihr schräg gegenüber saß. Dennoch drehte sie immer wieder ihr Kopf in seine Richtung und lächelte ihn an.

An diesem heutigen Abend erscheinst du mir seltsamerweise in einem ganz besonderen Licht, dachte er sich dabei, als er sie beobachtete.

Er fand sie heute während des ganzen Abschiedsfestes, insbesondere seitdem sie bei seiner Ansprache angefangen hatte zu weinen, sehr reizvoll und anziehend. Auch ihr Verhalten ihm gegenüber war wie früher. Sonst war sie in der letzten Zeit meist zurückhaltend und es war oft schwer abzuschätzen, was sie gerade dachte. David stellte fest, dass er sie so am liebsten hatte, mädchenhaft, verlegen, zerbrechlich und hilflos. Am Ende ihres Praktikums war sie bereits selbstbewusster und auch selbständiger geworden, als zu Beginn. Anfangs hatte sie ihn sehr häufig um Hilfe gebeten, was er sogar ganz schön lästig fand, er gewöhnte sich jedoch schnell daran und ihre Anwesenheit störte ihn später nicht mehr. Das alles wurde ihm erst jetzt bewusst.

Schließlich wurde endlich ein Platz neben Sofia frei. Als sie wieder einmal in seine Richtung blickte, brach er einfach sein Gespräch mit einem Kollegen ab, stand auf und ging sofort zu ihr.

»Darf ich mich zu dir setzen? So, dass ich mich mit dir auch ein wenig unterhalten kann?«

Sofia lächelte ihm nur freundlich von der Seite zu und nickte. Man sah ihr an, dass sie sich wirklich freute, dass er sich zu ihr gesellte, was gleichermaßen David erfreute. Anschließend unterhielten sie sich über alles Mögliche. Es war ein reges Gespräch, das David überraschenderweise genoss, auch wenn es oft Themen gab, mit denen er nicht viel anzufangen hatte.

Die Zeit verging wie im Flug, weitere Leute gingen und die Unterhaltung wurde allgemeiner. David wäre jedoch am liebsten mit Sofia alleine geblieben. Es blieben nur noch wenige Menschen übrig und Sofia fühlte sich wieder wohl in ihrer Haut und unterhielt sich rege mit jedem am Tisch. David sprach nicht mehr viel, sondern beobachtete ab und an Sofia von der Seite. Umso mehr trank er aber, was für ihn gar nicht gut war. Er spürte bereits deutlich die berauschende Wirkung der Betrunkenheit.

Du willst doch nichts Blödes anstellen, oder? kam ihm plötzlich in den Sinn und deshalb entschied er sich, lieber nach Hause zu gehen, solange er noch wusste, was er tat.

»Sofia?«, sagte er schließlich. Er spürte bereits, wie seine Zunge schwerer wurde.

»Ja?«

»Ich möchte mich verabschieden. Es war ein schöner Abend …«, sagte er. In Gedanken fügte er noch hinzu.

Aber nur durch dich. Heute warst du für mich eine kleine Fee aus dem Märchenland, strahlend und zauberhaft. Durch deine Erscheinung heute werde ich mich gerne an diese Abschiedsparty erinnern … Stopp! Hör auf mit dem Blödsinn! tadelte er sich plötzlich in Gedanken selbst.

Nur schnell weg von hier. »… ich bin bereits Müde und …«, gab er offen zu, »… habe bereits Einiges getrunken, was ich langsam zu spüren bekomme«.

»Ich verstehe«, sagte sie, nachdem sie ihn eine Weile nachdenklich betrachtet hatte, »und nochmals vielen, vielen Dank …"

Bevor sie weitersprechen konnte, unterbrach er sie, indem er aufstand.

Keine Dankesreden mehr!

Er stand beklommen da und wusste plötzlich nicht, wie er sich richtig verabschieden sollte. Deshalb streckte er ihr einfach die Hand entgegen. Sie lächelte ihm jedoch nur auf eine besondere Art zu, richtete sich ebenfalls auf, nahm jedoch nicht seine Hand entgegen, sondern umarmte ihn plötzlich.

David stand eine Zeitlang wie versteinert da, dann aber, als er ihren Körper und ihre Wärme voll wahrgenommen hatte, legte er seine Arme um sie und zog sie noch fester an sich. Sie ließ es zu und legte einfach ihr Kopf auf seine Schulter. Er fühlte ihre Haare in seinem Gesicht und es war ihm vorher gar nicht bewusst gewesen, wie gut sie roch und wie angenehm und aufregend es sich anfühlte, sie in den Armen zu halten.

Er wusste gar nicht, wie lange sie so da standen, als er sich jedoch umsah, bemerkte er, dass sie die restlichen Anwesenden ein wenig seltsam anstarrten. Er streichelte deshalb noch leicht ihren Rücken und dann ließ er sie los. Sie machte einen kleinen Schritt zurück und schaute ihn von unter ihren halb geschlossenen Augenliedern durch ihre langen Wimpern an. Ihre Wangen waren leicht gerötet.

So außergewöhnlich und schön, dachte sich David, *und ich habe es erst jetzt erkannt.*

Er lächelte sie noch leicht an, dann drehte er sich auf der Stelle um und verließ mit schnellen Schritten den Konferenzraum Richtung Treppenhaus.

***

»Herr Davidoff? Herr Davidoff!«

Sofia betrachtete ihn nachdenklich. Sie konnte das Gefühl einfach nicht loswerden, dass sie diesen Mann von irgendwoher kannte. Sein Gesicht kam ihr einfach vertraut vor.

Aber woher? fragte sie sich selbst, war jedoch nicht in der Lage, ihn zuzuordnen.

Und auch der Name sagte ihr gar nichts. Dennoch spürte sie eine Art Zuneigung zu ihm, auch wenn sie nicht wusste, warum. Er lächelte gerade verträumt vor sich hin und sein Gesicht, das die meiste Zeit schmerzhaft verzerrt wirkte, war freudig erleuchtet. Er schien seine Umgebung gar nicht wahrzunehmen, auch Sofias Anwesenheit nicht. Sie sprach ihn erneut an und berührte leicht seine Schulter.

David war sich plötzlich einer Berührung bewusst und auch, dass ihn jemand angesprochen hatte. Es passierte ihm in der letzten Zeit immer häufiger. Nicht nur, dass er diese seltsamen luziden Träume hatte, er konnte außerdem auch sehr intensiv tagträumen und, wenn er sich an etwas erinnerte, waren diese Erinnerungen viel stärker und emotionaler, als je zuvor. Und nicht nur das, es kam ihm sogar vor, als ob er diesen Lebensabschnitt, an den er sich gerade erinnerte, erneut erleben würde. Die Umgebung verschwand und er durchlebte das alles noch einmal. Er war dabei sogar einige Male gestürzt oder gegen einen Gegenstand gestoßen, ohne es zu bemerken. Nicht nur, dass ihn Schwindelanfälle des Öfteren aufgesucht hatten, es hatte sich noch der Wahrnehmungsverlust bei seinen Erinnerungen dazugesellt.

Er zwang sich mühsam, in die Realität wieder zurückzukehren. Erst nach einer Weile wurde ihm bewusst, dass Sofia direkt vor ihm stand und ihre Hand auf seiner Schulter lag.

»So ..., Frau Weiß?«, *verdammt,* fast hätte er sich verraten.

»Sie haben mich gar nicht gehört.«

»Ja, es tut mir leid, ich war gerade in Gedanken woanders«, sagte David entschuldigend.

»Das habe ich mir gedacht. Es waren offensichtlich schöne Erinnerungen, sie haben dabei gelächelt«, erwiderte Sofia mit leichtem Lächeln.

»Da haben Sie vollkommen recht, es waren tatsächlich sehr schöne Erinnerungen«, antwortete David wahrheitsgemäß.

Er betrachtete weiterhin Sofia, ohne etwas hinzufügen. Sie war genauso schön wie damals. Ein wenig reifer, nicht mehr so naiv, dennoch für David hatte sie sich fast gar nicht verändert. Auch sie beobachtete ihn nachdenklich, mit leicht zusammengezogen Augenbrauen. Auf diese Weise blickten sie sich eine Weile stillschweigend in die Augen.

Schließlich unterbrach Sofia das Schweigen. »Sind wir uns nicht bereits früher begegnet? Kennen wir uns vielleicht nicht von irgendwoher?«

Davids Gesichtszüge versteinerten und er musste langsam tief durchatmen. *Jetzt nur keinen Fehler begehen,* schoss ihm durch den Kopf.

»Ich glaube nicht«, sagte er nach einer Weile vorsichtig, »an so eine schöne Frau würde ich mich sicherlich erinnern«. Dann fügte er noch hinzu, ohne viel nachzudenken, weil er sich mit dem Thema die letzte Zeit viel beschäftigt hatte. »Vielleicht sind wir uns aber in einem anderen Leben begegnet?«

Das hatte er mehr aus Spaß gesagt, um das Gespräch woandershin zu lenken. Er bereute es jedoch gleich danach wieder. Er hatte vollkommen vergessen, dass Sofia daran wirklich glaubte.

»Was? Was haben Sie gesagt?«, fragte sie bestürzt und überrascht.

David lächelte nur beruhigend. »Ich sagte, wenn nicht in diesem, dass wir uns möglicherweise in einem früheren Leben begegnet sind. Das war aber nur so eine Redensart, mehr nicht.«

Sofia musterte ihn mit hochgezogenen Augenbrauen. »Glauben Sie nicht daran?«

David seufzte leicht.

»Früher nicht, in der letzten Zeit fange ich langsam an, daran zu glauben. Und Sie?«

Sofia lächelte plötzlich breit. »Für mich ist es die einzige vernünftige Erklärung, die unserem Leben einen Sinn gibt.«

Jetzt lächelte auch David. »Vielleicht haben Sie ja recht, es ist jedoch schwierig, sich so etwas vorzustellen, meinen Sie nicht auch?«

Sie schüttelte nur den Kopf. Dann fragte sie neugierig. »Was hat Sie überhaupt dazu veranlasst, an so etwas zu glauben? Nicht viele Menschen sind nämlich von einer Seelenwanderung überzeugt.«

Soll ich? fragte sich David selbst und überlegte eine Weile. *Warum eigentlich nicht?*

Es hatte ja mit ihm und Sofia direkt nichts zu tun.

»Ich habe in der letzten Zeit häufig seltsame Träume, als ob ich mich an ein früheres Leben erinnern würde. So kam es mir wenigstens vor.« Mehr wollte er dazu nicht sagen.

Ihre Augen erweiterten sich und erstrahlten wie zwei grünblaue Diamanten. Sie waren voller Neugier und Begeisterung. »Tatsächlich? Ich … .«

In dem Moment erklang ein kurzer schriller Aufschrei, gefolgt von einem dumpfen Schlag und dem Klang von zerbrochenem Glas. Sofia drehte sich überrascht um.

»Mom!«, rief im nächsten Augenblick ihre Tochter.

Sofia drehte sich blitzartig um. »Entschuldigen Sie, Herr Davidoff«, sagte sie über die Schulter. »Ich hoffe, wir können dieses Gespräch irgendwann vorsetzen.«

»Gerne«, erwiderte David, »jederzeit.«

Es kam jedoch nicht mehr dazu. Sofia war mit ihren Gästen und den Kindern beschäftigt und der einzige väterliche Elternteil, der anwesend war, schien auf sie zu stehen und versuchte sie stets zu umschwärmen. Dazu wurden seine Kopfschmerzen wieder stärker und er hatte keine Medikamente dabei.

Deshalb verabschiedete er sich kurz darauf. Elinor wollte, dass er noch zur Nachspeise blieb, aber David konnte nicht mehr. Sein Kopf begann im Rhythmus seines Herzen zu pochen, immer stärker, immer stechender. Nur mit größter Mühe, gelang es ihm überhaupt, sich zu konzentrieren.

Sofia bemerkte, wie der alte Mann plötzlich sehr blass wurde, den Griff seines Stocks fest umklammerte und sein Gesicht sich schmerzhaft verzog.

Etwas stimmt mit ihm nicht, dachte sie sich, es war nicht das erste Mal, dass sie ihn so erlebt hatte. Dazu war sein

Gesicht, seitdem sie ihn kannte, die meiste Zeit traurig und ausgezehrt, als ob er unter etwas oder innerlich litt. Aus diesem Grund hielt sie ihn nicht zurück, verabschiedete sich und bedankte sich noch einmal für das großartige Geschenk für Elinor.

VIII.

Die Schandtat

Als David nach Hause kam, was ihm nur mit größter Mühe gelang, warf er sofort seine Pillen ein und legte sich hin. Er wartete geduldig, bis ihre Wirkung eintrat und versuchte dann einzuschlafen. Es war jedoch viel zu früh. Er hätte gerne wieder geträumt, doch unter dem Einfluss der schmerzlindernden Mittel besuchten ihn seine luziden Träume nicht oder er konnte sich nicht mehr an sie erinnern. Er ertrug jedoch die Schmerzen in seinem Kopf ohne die Medikamente gar nicht mehr. Das war sein Dilemma. Weil er nicht mehr imstande war, wieder einzuschlafen, stand David schließlich auf, setzte sich in seinen alten Sessel und schaltete den Fernseher an. Er machte es sich gemütlich, lehnte sich zurück und deckte sich mit einem Plaid zu. In der letzten Zeit fror er des Öfteren, auch wenn die Heizung in der Wohnung voll aufgedreht war. Eine Hand auf der Sessellehne, in der anderen die Fernbedienung, wechselte er gedankenlos von einem Sender zum Nächsten. Ab und an machte er die Augen zu. Auf einem der Kanäle gab es eine Party mit Kindern und auf einem anderen lief eine TV-Serie, wo einer der Schauspieler, der einen Firmenboss spielte, gerade eine Abschiedsparty gab.

Beides erinnerte David wieder an die Geburtstagsparty von Elinor und auch an die Abschiedsparty von Sofia, damals als Praktikantin, und er lächelte leicht vor sich hin. Sie kam ihm tatsächlich genauso schön vor, wie vor mehr als zwanzig Jahren. Die gleiche Ausstrahlung, die gleiche leichte Verlegenheit, die gleichen anmutigen Bewegungen. Genauso hatte er sie in Erinnerung bei der schicksalshaften Abschiedsparty, wo er sie das letzte Mal gesehen hatte. Sein Lächeln erfror ihm auf den Lippen und wurde durch einen grimmigen, schmerzverzerrten Gesichtsausdruck ersetzt. Ja, auf der Party war damals noch alles in Ordnung gewesen, aber danach, nachdem er die Feier verlassen hatte.

Diesen Teil hatte er versucht seit der Zeit sein Leben lang aus seinem Gedächtnis zu verdrängen und nicht daran zu denken.

Das was er getan hatte, was er ihr angetan hatte, war einfach unverzeihlich.

Diese furchtbaren Erinnerungen kämpften sich jetzt unaufhaltsam ihren Weg wieder an die Oberfläche, er konnte sie nicht mehr zurückhalten und sie erschienen mit einer noch stärkeren Intensität als je zuvor.

***

Als er sich auf der Abschiedsparty von Sofia so unerwartet verabschiedet hatte, suchte er noch schnell die
Waschräume auf, um sich zu erleichtern. Er hatte sich
noch kaltes Wasser ins Gesicht gespritzt, um sich zu
erfrischen und die Alkoholwirkung ein wenig zu verdrängen. Als er wieder herausgekommen war, bog er
gleich zum Ausgang des Konferenzraums ab, machte die
Glastür auf und blieb auf dem Treppenabsatz wie erstarrt stehen. Vor ihm stand Sofia mit ihrem kurzen Mantel und ihrer Handtasche.

»Sofia? Was machst du hier?«, fragte er verblüfft.

»Ich warte auf dich, ich gehe auch nach Hause«, sagte
sie schlicht.

»Warum?«

»Es ist bereits fast Mitternacht und ich habe keine
Lust mehr zu bleiben«.

David wusste nicht, wie er sich dazu äußern sollte
und betrachtete sie nur sprachlos. Sofia erwiderte seinen
Blick, weil er jedoch nichts stillgeschwiegen hatte, ergriff
sie schließlich das Wort.

»Gehen wir?«

David nickte nur und beide gingen schweigend die
Treppen hinunter. Draußen vor dem Gebäude blieb Sofia
zögernd stehen und schaute ihn kurz an.

»Ich muss in diese Richtung«, sagte sie leise und
zeigte mit der Hand die Straße entlang.

David nickte nur. »Ich muss da lang…«, er machte mit
dem Kinn eine Geste in die andere Richtung. Weil er sich
bereits verabschiedet hatte, fügte er lediglich zögerlich
hinzu »…ich wünsche dir einen schönen Abend.«

Was für eine Sch …, schoss ihm durch den Kopf, gleich
nachdem diese stupiden Worte seinen Mund verlassen

hatten. Er wandte sich ab und ging langsam in die entgegensetzte Richtung. Es war das Beste, was er tun konnte. Er kannte sich bereits gut genug. Als er sich abwandte, bemerkte er im Augenwinkel das enttäuschte Gesicht von Sofia.

Geh weiter, versuchte er sich zu überzeugen, *geh einfach weiter, dreh dich nicht um!*

Man ist jedoch nicht immer der Herr seiner Sinne. Er sah die ganze Zeit vor seinem inneren Auge ihr trauriges Antlitz. Nach und nach verlangsamte er seine Schritte, bis er stehenblieb. Dann drehte sich um und schaute Sofia nach. Sie ging mit gesenkten Kopf den Gehsteig entlang und entfernte sich von ihm mit jedem Schritt, bald würde sie um die Straßenecke biegen und für immer aus seinem Leben verschwinden.

Nein!

Er setzte sich in Bewegung, zuerst langsam, dann immer schneller, bis er hinter ihr herrannte.

»Sofia?«

Sie drehte sich überrascht um. Als sie David erblickte, wurden ihre Augen groß.

»David? Was…?«

»Es ist bereits spät, man weiß ja nie. Ich begleite dich lieber nach Hause. Es sei denn, du hast etwas dagegen?«

Sie schüttelte nur ihren hübschen Kopf und ihr Gesicht erstrahlte in einem freudigen Licht.

»Nein, David, es würde mich freuen.«

David gesellte sich zu ihr und sie gingen eine Zeitlang still Seite an Seite weiter. Schließlich unterbrach Sofia das Schweigen.

»Ich weiß, dass du es nicht gerne hörst, ich möchte mich dennoch noch einmal für die schöne Zeit bei euch bedanken, hauptsächlich dank dir. Ich weiß, dass dich viele in der Firma nicht mögen. Sie behaupten, dass du mürrisch bist, unfreundlich und egoistisch. Ich hatte am Anfang wirklich Angst, als ich dich als meinen Mentor bekommen habe, eine höllische Angst. Ich dachte, ich würde es nicht lange durchhalten. Es war für mich alles ganz neu und ich kann nicht so gut unter starkem Druck arbeiten. Ich fühle mich dann immer hilflos und weiß nicht, was ich tun soll.«

Sie machte eine kleine Atempause und schaute ihn von der Seite an. David spazierte mit gesenktem Kopf neben ihr, ohne sie anzusehen und Sofia fuhr fort. »Du warst jedoch ganz anders, egal wie du dich deinen Kollegen gegenüber verhältst, mir gegenüber warst du immer nett und zuvorkommend. Du standst stets hinter mir und hast mich die ganze Zeit unterstützt. Ohne dich hätte ich es in der Firma nie durchhalten können.«

Erneut machte sie eine Pause und suchte nach den richtigen Worten. »Dafür möchte ich mich bei dir von ganzem Herzen bedanken. Und auch für deine schöne Ansprache, die mich ganz schön aus dem Konzept gebracht hat.«

Sie lächelte leicht verträumt vor sich hin.

David schwieg zuerst, dann sagte er einfach nur schlicht. »Gern geschehen«.

Dennoch umspielte ein kleines Lächeln seinen Mund. Es war sehr schön, was sie gesagt hatte, und es erfreute ihn wirklich ungeheuerlich, auch wenn er es sich nicht eingestehen wollte.

Weil er nichts weiter hinzufügte, fuhr Sofia fort. »Ich bin noch nie so einem Menschen wie dir begegnet. Und egal, was die anderen von dir denken, ich bin davon überzeugt, dass du ein guter Mensch bist, mit einem großen Herzen. Du versteckt es einfach nur sehr tief in dir drinnen. Vielleicht ist dir in der Vergangenheit etwas Schlechtes widerfahren, das dich zu dem gemacht hat, was du jetzt bist. Du bist aber nicht böse, auf jeden Fall nicht für mich.«

David musste breit lächeln. Ihre Aussage hatte ihn überrascht und zutiefst berührt. Sie war oft sehr direkt, aufrichtig und sagte geradeaus, was ihr durch den Kopf schwirrte.

In dieser Hinsicht sind wir und ähnlich, dachte er sich dabei. Schließlich ging er auf ihre Äußerungen ein.

»Es stimmt wohl, dass ich dir viel geholfen habe und du glaubst vielleicht, dass ich es auch für andere Menschen getan hätte, aber das stimmt wiederum nicht. Als du zu uns kamst, warst du für mich ein nettes und wunderhübsches Mädchen, das sich viel zu viele Sorgen um alles macht, was es tut. Ich fand es amüsant und am Anfang vielleicht sogar ein wenig lästig. Ich mag es nicht besonders, andere zu betreuen oder mich um andere Menschen kümmern zu müssen. Nach und nach jedoch, als ich dich besser kennengelernt habe, stellte ich schließlich fest, dass du etwas Besonderes bist. Um die Wahrheit zu sagen, habe ich noch nie so eine Frau wie dich getroffen.«

David war sehr überrascht, dass er seine Gefühle Sofia gegenüber zugegeben hatte. Er unterhielt sich jedoch gerne mit ihr und er glaubte auch, er könnte sich mit ihr über alles reden. Sie würde ihn verstehen, davon war er sogar überzeugt. Er fuhr zögerlich fort.

»Du warst sehr offen zu mir, deshalb möchte ich auch ehrlich zu dir sein. Ich will noch einmal verdeutlichen, dass du eine außergewöhnliche Frau bist und ich gebe zu, dass ich noch nie jemandem wie dir begegnet bin. Nicht nur, dass du sehr hübsch bist, deine Persönlichkeit ist für mich ebenfalls etwas Besonderes. Warum, das kann ich selbst nicht erklären. Bleib einfach so, wie du bist und ich hoffe, dass dich die grausame und gefühlslose Welt nicht verdirbt, wie mich zum Beispiel, und dass dir nie etwas Schlechtes wiederfahren wird. Das würde ich mir für dich wünschen.«

Damit beendete er seine Lobesrede. Es hatte ihn selbst in Verlegenheit gebracht. Deshalb schwieg er fortan.

Davids Äußerung brachte Sofia völlig aus der Bahn. Sie war sehr überrascht, als er sagte, dass er sie schön fände. Er hatte sich noch nie zuvor zu ihrem Aussehen geäußert. Sie selbst fand sich nicht besonders hübsch. Und er sagte auch, dass sie etwas Besonderes sei. Alles, was David gesagt hatte, fand sie sehr schön und es hatte sie unheimlich gefreut.

Sie wusste jetzt nicht, was sie darauf antworten sollte. Deshalb blieb sie ebenfalls still und so brachten sie den Rest des Weges zu ihrem kleinen Apartment hinter sich, ohne ein weiteres Wort zu wechseln, jeder in seinen eigenen Gedanken vertieft.

Vor dem Haus, wo Sofia wohnte, blieben sie schließlich stehen. In dem Augenblick fing es an zu regnen. Es waren bereits zuvor ein paar Tropfen gefallen, sie waren jedoch nur vereinzelt gekommen. Als jedoch David und Sofia die Eingangstür erreicht hatten, fing es richtig an zu schütten. Im Nachhinein war er davon überzeugt, dass es das Schicksal sein musste, dass der Himmel ihn zu prüfen versuchte, der Teufel ihm eine Falle stellte und er kläglich versagte.

Sofia lief schnell zur Haustür und schloss sie auf. Als sie sah, dass David stehen blieb, rief sie ihm nach. »Komm, schnell, sonst wirst du noch ganz nass! Der Regen ist hoffentlich bald vorbei.«

Ihrer Aufforderung folgend, betraten beide den schmalen Flur im Eingangsbereich. Die schwere Tür fiel laut hinter ihnen zu. Sie war mit einem dekorierten vergitterten Glas ausgefüllt, so dass sie drinnen genug Licht hatten und weiterhin verfolgen konnten, ob es draußen noch regnete. Sofia betrachtete den Regen durch die gläserne Haustür und veräußerte sich nach einer Weile leicht verträumt.

»Ich mag Regen, ich finde das Prasseln auf die Dächer und Fensterscheiben irgendwie beruhigend. Wenn man selbstverständlich im Trockenen ist«, ergänzte sie ihre Äußerung mit einem leichten Lächeln und nach innen gekehrtem Blick.

Sie stand seitlich zu David, ihr Gesicht nach außen gerichtet, ihre Schultern berührten sich leicht. Sie kam ihn in dem gedämmten Zwielicht fast unnatürlich schön vor. Sie war so begehrenswert, dass David sie am liebsten umarmt und geküsst hätte.

Nur noch nichts falsch machen, schoss David durch den Kopf, er hatte durch sein unüberlegtes Handeln, insbesondere unter Alkoholeinfluss, bereits so manches Ärgernis verursacht.

»Sofia«, sagte er schließlich mühsam mit schwerer Zunge, »du musst nicht mit mir hier warten. Sobald der Regen nachlässt, renne ich los. Es kann jedoch noch einige Zeit dauern.«

»Wirklich?«, fragte Sofia verlegen. »Ich würde gerne mit dir hier warten, aber …«, sie zögerte ein wenig und schaute nachdenklich auf die Uhr, »… es ist nur so, dass ich morgen sehr früh aufstehen muss und es ist bereits nach Mitternacht«.

»Na siehst du«, sagte David fast erleichtert. »Ich kann morgen ohne Weiteres erst später in die Arbeit gehen, mir macht es nichts aus.«

Sie schwankte immer noch, dann gab sie schließlich nach. »Gut, lass uns noch verabschieden« und in dem Moment drehte sie sich zu ihm, zögerte ein wenig und umarmte ihn schließlich erneut, wie auf der Abschiedsparty.

David blieb den Bruchteil einer Sekunde regungslos stehen, dann jedoch legte er seine Arme um ihre schlanke Taille und zog sie an sich. So verblieben sie eine Zeitlang und Sofia legte ihren Kopf sanft an seine Schulter. Auf einmal fing David an, ihren Rücken zu kosen. Die Wärme ihres kurvigen weiblichen Körpers fühlte sich berauschend an. Sie löste sich leicht von ihm, legte ihren Kopf in den Nacken und schaute ihm aus nächster Nähe direkt in die Augen.

»David, wenn du möchtest, w…«.

Weiter kam sie nicht. Sein Verlangen nach ihr überwältigte ihn so plötzlich, dass er sie in dem Augenblick einfach haben musste. Sein Verlangen nach ihr war unüberwindlich. Sein Verstand schaltete sich ab und seine Begierde übernahm die Oberhand.

Und sie will es ja auch, dachte er sich. Eigentlich dachte er gar nicht richtig nach, sein animalischer Trieb, sie zu nehmen, sie zu besitzen, überwältigen ihn in diesem Augenblick vollständig. Er senkte seinen Kopf und küsste zuerst sanft ihren sinnlichen und leicht geöffneten Mund. Sie erwiderte fast unmerklich den Kuss.

Später wurde ihm klar, dass sie es nur aus Höflichkeit getan und weil er sie damit überrascht hatte. Eine spontane Reaktion, mehr war das nicht und es war dazu nur ein kleiner harmloser Kuss.

Aufgrund seines Rausches, des Alkohols und seines unstillbaren Verlangens nach ihr war es jedoch damals für ihn eine klare Bestätigung gewesen, dass sie ihn auch wollte. Er presste seine Lippen hart auf ihre und küsste sie leidenschaftlich. Ab diesem Augenblick hatte er Sofias Reaktion nicht mehr richtig wahrgenommen. Er fuhr mit seinen Küssen fort und steckte gleichzeitig seine rechte Hand unter ihr Hemd, um ihren nackten Rücken zu streicheln. Er stieß dabei an ihren BH, dessen Verschluss er beiläufig löste. Er spürte zwar, wie sich Sofia verspannte und sich von ihm zu lösen versuchte, das war ihm in dem Augenblick jedoch egal. Er führte seine Hand nach vorn. Ihre Brüste waren fest und passten genau in seine Handfläche. Es war ein schönes Gefühl und er verspürte, wie es ihn erregte. Er drückte sie an die Wand des Flures und seine andere Hand griff nach ihrem wohlgeformten Hintern und weiter nach unten, bis er den Rand des Rocks erfasste und ihn hochzog. Er nahm weiterhin wahr, wie sich Sofia gegen ihn aufzulehnen versuchte, beachtete es jedoch gar nicht. Im nächsten Augenblick glitt seine Hand an der Außenseite Ihres Oberschenkels hinauf. Er fühlte ihren feinen Slip, den sie darunter trug. Ohne Nachzudenken riss er ihn entzwei und ließ ihn zu Boden fallen. Mit der anderen Hand machte er den Gürtel seiner Hose frei und öffnete den Reißverschluss. Bevor Sofia etwas unternehmen konnte, drückte er sie noch fester an die rohe Wand des Hausflurs und drang mit seinem Glied in sie hinein. Sie schrie leise auf. Damals betrachtete es David als ihre erregte Reaktion und stieß zu. Er presste sich mit dem ganzen Körper gegen sie und stieß immer wieder hart zu.

Seine Wange an ihrer, spürte er plötzlich etwas Kaltes und Salziges. Er neigte seinen Kopf leicht nach hinten und schaute ihr ins Gesicht.

In dem Moment erstarrte er in seiner Bewegung und glotzte sie fassungslos an. Sofia weinte. Sie wehrte sich nicht mehr, sondern sah ihn nur mit ihren übergroßen Augen an. Riesige Tränen liefen ihr herunter und befanden sich auch an Davids Wange und in seinem Mund, wo sie so salzig geschmeckt hatten.

Der kalte Geschmack ihrer Tränen brachte ihn wieder zur Besinnung und ließ sein Verlangen gänzlich vergessen. Er ließ sie los und machte zwei kleine Schritte zurück, die ihm seine heruntergelassene Hose erlaubte. Er starrte sie weiterhin an, wie sie da stand, in der aufgeknöpften und zerknitterten Bluse, ihre linke Brust enthüllt, ihren Rock hochgezogen und ihr zerrissener Slip zwischen ihren Knöcheln auf dem Boden liegend.

Erst jetzt begriff David in vollem Umfang, was er getan hatte. Er hatte sie vergewaltigt! Die außergewöhnlichste Frau, der er je in seinem Leben begegnet war, die einzige Frau, die ihm etwas bedeutete, hatte er missbraucht und geschändet!

Er verstand jetzt, was sie ihm hatte sagen wollen, nicht, dass sie ihn gewollt oder mit ihm zu schlafen beabsichtigt hätte, sondern dass sie mit ihm noch gewartet hätte! Er fiel auf die Knie und versteckte sein Gesicht in den Händen.

Schänder! Vergewaltiger! hallte fortan unaufhörlich in seinem Kopf. *Was habe ich nur getan!* Er wusste in dem Augenblick nicht, was um ihn herum geschah.

Plötzlich hörte er ihre Stimme. Sie war sehr leise. Sofia kämpfte um Fassung.

»David, ich … habe … einen Freund«. In ihrem Ton erklang kein Groll, kein Verdruss, sondern bloß Enttäuschung und Fassungslosigkeit.

Er blickte zu ihr auf. Sie versuchte gerade den hochgerollten Rock wieder herunterzuziehen und schob die Bluse über ihre entblößte Brust. David hielt es nicht mehr aus. Das was er getan hatte, war unverzeihlich. Er sprang mit einem Ruck auf die Beine, zog in Windeseile seine Hose hoch und lief davon. Er rannte durch die Straßen, bis er nicht mehr konnte. Der kalte Regen tat gut, die Alkoholwirkung verflog und seine Sinne wurden wieder klar. Das Einzige, was er jedoch vor seinem inneren Auge sah, war Sofia, wie sie entblößt vor ihm dastand und ihre verweinten unheimlich traurigen und fassungslosen Augen. Dieses Bild bekam er einfach nicht aus seinem Kopf.

Er suchte deshalb die nächste Bar auf, bestellte gleich einen Doppelten und dann noch einen und noch einen, bis er sich in die Bewusstlosigkeit getrunken hatte. Vermutlich war er noch in anderen Bars oder Kneipen abgestiegen, er wusste es nicht mehr, er wollte nur noch vergessen.

Am nächsten Tag erwachte er mit einem schrecklichen Kater in einem fremden Bett neben einer Frau, an deren Namen er sich nicht einmal erinnern konnte. Und ansehnlich war sie auch nicht gerade. Er verfluchte sich, stand leise auf, um sie nicht zu wecken, packte seine Klamotten und verschwand aus der fremden Wohnung.

Es dauerte eine Weile, bis er sich orientieren und herausfinden konnte, im welchen Stadtteil er sich überhaupt befand. Er wollte kein Taxi rufen und deshalb begab er sich zur nächsten U-Bahnstation, auch wenn es deutlich länger dauern würde. In Eile war er nicht gerade. Mit so einem riesigen Kater konnte er sowieso nicht in der Arbeit erscheinen. Er würde ihn in aller Ruhe ausschlafen und sich dann am nächsten Tag entschuldigen, dass er sich nach der Abschiedsparty nicht wohlgefühlt hatte. Im Grunde war es ihm aber egal. Er beabsichtigte sowieso zu kündigen. Die frische, kühle Luft tat ihm gut und seine Kopfschmerzen, verursacht durch den furchtbaren Kater, ließen allmählich nach.

Mit der Ausnüchterung waren jedoch seine Erinnerungen an den vorigen Tag wieder zurückgekehrt. Plötzlich erschien vor seinem inneren Auge wieder Sofia, wie sie im Flur vor ihm stand, entblößt und geschändet!

Oh, Gott! Was habe ich getan! schoss David in dem Augenblick erneut durch den Kopf.

Er versuchte das Bild von Sofia zu verdrängen, es gelang ihm jedoch nicht. In der U-Bahn wurde ihm schlecht und er musste an der nächsten Station aussteigen. In einer kleinen, verwahrlosten Gasse übergab er sich ausgiebig. Es war jedoch nur dunkle Flüssigkeit vermischt mit Magensaft, weil er gestern nicht viel gegessen hatte. Endlich erkannte er auch die Gegend, wo er sich gerade befand. Deshalb entschied er sich lieber weiter zu Fuß nach Hause zu gehen. Es waren sicherlich mehrere Kilometer, er wusste jedoch bereits die Richtung. Je nüchterner David wurde, umso klarer sah er das Bild der geschändeten Sofia vor sich. Auch in der zerknitterten aufgeknöpften Bluse und hochgezogenem Rock sah sie irgendwie anmutig und würdevoll aus. *Unglaublich,* dachte sich David, *und ich ...?*

Er konnte es nicht mehr ertragen und beschleunigte seine Schritte, um nicht nachdenken zu müssen. Es half jedoch nur bedingt. Als er in eine breitere Straße abbog, sah er links von ihm eine unscheinbare Bar mit dem Schild »Happy Life« und darunter »durchgehend öffnet«. Er passierte sie zuerst und ging weiter, als jedoch die Vision von Sofia erneut zurückkehrte, drehte er auf der Stelle um und leitete seine Schritte unweigerlich zu der zwielichtigen Bar, die er gerade passiert hatte. Und sie hatte tatsächlich um diese frühe Stunde offen!

Die Inneneinrichtung war schäbig und klein, mit einer kurzen, abgenutzten Theke, hinter der ein alter, stämmiger Barkeeper mit langen, vergrauten, fettigen Haaren, die am Hinterkopf zu einem Pferdeschwanz zusammengebunden waren, und einem buschigen, ebenfalls grauen Vollbart, stand. Es gab hier auch ein kleines Tanzparkett und um herum einige Tische. Die Bar war fast leer, nur in der hinteren Ecke saß ein offenbar verliebtes, junges Paar und unterhielt sich leise, eng ineinander verschlungen.

David setze sich direkt an die Theke und bestellte einen Doppelten. Der Barkeeper betrachtete ihn eine Weile verdächtig, ohne sich zu rühren. Ich sehe vermutlich nicht gerade einladend aus, dachte sich David dabei. Er zog sein Portemonnaie aus der hinteren Hosentasche und legte es auf die verschmutzte Theke. Erst dann setzte sich der ältere Mann in Bewegung und brachte ihm das Getränk. David musste jedoch sofort bezahlen.

Ein Drink und ich gehe gleich weiter, dachte er sich dabei. Es gab jedoch noch einen Drink und dann noch einen und, wenn der Barkeeper ihn früh nachmittags nicht herausgeschmissen hätte, wäre er dort sturzbetrunken umgefallen. Weil er kaum noch auf den Beinen stehen konnte, ließ er sich ein Taxi bestellen und sich nach Hause bringen.

Wie er nach Hause kam, wusste er nicht mehr. In seiner Wohnung fiel er so wie er war, angezogen, auf das kleine Sofa im Wohnzimmer und schlief sofort ein. Das Einzige, was er abstreifte waren seine Schuhe und Jacke, die er auf den Fußboden schmiss.

Er träumte davon, das Telefon klingeln zu hören, er war aber nicht imstande, aufzustehen. Später stellte sich heraus, dass das Telefon tatsächlich mehrere Male geklingelt hatte und dass sich auch einige Nachrichten auf seinem Anrufbeantworter befanden.

Das Läuten der Türklingel und ein heftiges, sich wiederholendes Schlagen gegen die Wohnungstür rissen ihn schließlich aus seinem Schlaf. Es fühlte sich an, als ob jemand mit dem Hammer auf seinen Schädel hämmerte.

Lasst mich in Ruhe! schrie sein Bewusstsein. Es hörte jedoch nicht auf. Er wurde wach und stellte schließlich fest, dass tatsächlich jemand an seine Tür hämmerte.

»Lasst mich in Ruhe!«, brüllte er mit heiserer Stimme verärgert auf und drehte sich auf die Seite, um weiterzuschlafen.

Die Türklingel läutete erneut und jemand schlug abermals mit der Faust gegen die Tür.

»Ich sagte, lasst mich in Ruhe, ich bin nicht zu sprechen!«, fauchte er aus voller Lunge.

»Polizei! Machen Sie die Tür auf!«, ertönte eine tiefe, gedämmte Stimme aus dem Treppenhaus vor seiner Wohnung.

Das hatte David regelrecht erschreckt und er wurde von einem Augenblick auf den anderen unmittelbar wach.

Polizei? fragte er sich selbst. *Habe ich etwas verbrochen, von dem ich nichts weiß?* Und dann fiel es ihm wieder ein. *Ja, ich habe ein unverzeihliches Verbrechen verübt. Ich habe eine wunderschöne Frau, die mir viel bedeutet, vergewaltigt!*

Und sie hatte ihn angezeigt. *Klar, was sonst.* Das hatte er verdient. Er würde ins Gefängnis gehen. Anders verdiente er es gar nicht und er würde auch alles gestehen. *Ja, ich habe sie genötigt, ich habe sie vergewaltigt, geschändet, ich gestehe meine Schuld.*

Er setzte sich langsam auf und seufzte leicht. Ein trauriges Lächeln umspielte seine Lippen als er sich schwerfällig aufrichtete und Richtung Tür rief. »Ich komme gleich.«

Es war vorbei. Sein Leben war vorbei.

Du hast es nicht anderes verdient, sprach David zu sich selbst. *Du bist immer ein Arschloch gewesen und jetzt zahlst du endlich die Zeche.*

Er ging noch schnell ins Bad, wusch sich das Gesicht, kämmte sich mit der Hand seine Haare glatt und steckte sein Hemd in die Hose. Er atmete tief durch und ging mit langsamen, doch entschlossenen Schritten zur Tür. *Schuldig in allen Punkten der Anklage, Euer Ehren*, schoss ihm durch den Kopf, als er die Tür öffnete.

Vor der Tür standen zwei Polizeibeamten. Bevor David etwas sagen konnte, fragte der ältere der beiden. »Sind Sie David Hauser?«

»Ja«, antwortete er gefasst und streckte seine Arme leicht nach vorn, so dass sie ihm die Handschellen anlegen konnten.

Die beiden Polizisten schauten ihn leicht irritiert an und der Ältere fuhr schließlich fort. "Sie wurden als vermisst gemeldet. Wir waren bereits gegen Mittag hier, ohne Erfolg. In der Arbeit waren Sie auch nicht.« Der Beamte machte eine Pause und schaute ihn mit zusammengezogenen Augenbrauen verdächtig an. »Wo waren Sie überhaupt den ganzen Tag? Wir haben überall nach Ihnen gesucht, dennoch konnten wir Sie nirgendwo finden.«

David war sichtlich überrascht, zog verlegen seine ausgestreckten Arme wieder zurück und steckte seine Hände in die Hosentaschen, weil er nicht wusste, was er mit denen gerade anfangen sollte.

Er war verwirrt. *Werde ich nicht verhaftet? Als vermisst gemeldet? Was soll überhaupt das Ganze?*

»Wieso vermisst?«, fragte er schließlich. »Ich musste am Vormittag etwas erledigen und sonst war ich die ganze Zeit zu Hause. Und wer hat überhaupt nach mir gesucht?« *Wenn nicht gerade wegen meinem furchtbaren Verbrechen,* fügte er wortlos hinzu.

»Eine Ihrer Arbeitskolleginnen wollte Sie sprechen, aber Sie waren nicht zu erreichen, nicht am Telefon, nicht an ihrem Handy, Sie waren nicht in der Arbeit erschienen und auch nicht zu Hause«, erklärte ihm der ältere Polizist geduldig, dennoch mit einem bedenklichen Unterton.

Vermutlich rochen die beiden Beamten sogar den Alkohol, den er noch ausatmete und er sah nicht gerade frisch aus, unrasiert und in zerknitterten Klamotten. David überlegte eine Zeitlang, was er dazu antworten sollte. Er könnte sich stur stellen und einfach behaupten, dass er niemandem etwas schuldig sei und er müsse sich auch nicht gleich melden, wenn er alleine sein wollte. Trotzdem riss er sich zusammen und antwortete höfflich.

»Es tut mir leid, ich habe mein Handy zu Hause vergessen und als ich zurückkehrte, fühlte ich mich nicht ganz wohl …, deshalb habe ich ein paar Pillen gegen die Kopfschmerzen genommen und legte mich schlafen. Ich habe nichts gehört, kein Telefon und auch kein Läuten.«

Er hatte ja sein Handy ausgeschaltet gehabt und jetzt wurde ihm auch bewusst, dass während des Schlafes vermutlich auch das Telefon mehrere Male geklingelt hatte. Er war so sturzbetrunken gewesen, dass er sowieso nichts gehört hätte.

Wer könnte ihn jedoch als vermisst gemeldet haben? Jemand von der Arbeit? Der Chef? Das konnte er sich nicht vorstellen. *Lydia? Aber warum?* Deshalb fragte er die Polizeibeamten bedacht.

»Darf ich vielleicht erfahren, wer nach mir gesucht hat? Wer mich als vermisst gemeldet hat?«

Der ältere Polizist schaute mit leicht hochgezogenen Augenbrauen zu dem jungen Burschen neben ihm und der griff in seine Brusttasche, zog ein Notizbuch heraus und blätterte drinnen eine Weile. »Es war, …, warten Sie, … ja, hier …, ich hab's, … Frau Sofia Weiß.«

Er schaute zu ihm auf. »Kennen Sie diese Frau?«

David wurde blass und musste sich zusammenraffen. Er hoffte nur, die Beamten hatten es nicht bemerkt. Er atmete tief durch, bevor er schließlich seine Antwort preisgab.

»Ja, sie war …, sie ist meine Kollegin«. Mehr wollte er nicht verraten.

Die beiden Polizisten schauten sich gegenseitig an und der Ältere nickte schließlich. »Na gut, das hat sich jetzt erledigt. Wir haben Sie gefunden. Sie sollten aber auf jeden Fall ihre Kollegin anrufen. Sie machte sich wirklich Sorgen und war sehr überzeugend. Sonst hätten wir nämlich bis zum nächsten Tag gewartet, bevor wir mit der Suche nach Ihnen angefangen hätten.«

David nickte nur. »Das mache ich bestimmt.«

Die beiden Polizisten verabschiedeten sich und er machte die Tür wieder zu. Anschließend lehnte er sich mit dem Rücken gegen das Türblatt, rutsche nach unten, setzte sich schwerfällig auf den kalten Fußboden und verbarg sein Gesicht in den Händen. Das hatte ihm den letzten Stoß gegeben. Er hatte Sofia vergewaltigt und sie, anstatt ihn anzuzeigen, hatte sich sogar Sorgen gemacht, dass ihm etwas hätte passieren können.

Wieso? Wieso tust du das? fragte er sich selbst. Vermutlich wollte sie ihn wegen gestern Nacht zur Rede stellen. Oder wollte sie doch mit ihm zur Polizei gehen? Er wusste es nicht und war völlig ratlos. Anrufen würde er Sofia jedoch sicherlich nicht, auf keinen Fall. Das Einzige, was er machen konnte, was er machen würde, war weiterzuziehen, einfach wegzulaufen. Einfach verschwinden, so wie er es bereits früher getan hatte und das so schnell wie möglich.

***

David saß völlig verkrampft in seinem Sessel und starrte gedankenlos, voller Groll und Scham, den Fernseher an, es gab nur noch Rauschen, das er jedoch gar nicht richtig wahrnahm. Diese furchtbare Erinnerung an das, was er Sofia angetan hatte, hatte ihn erneut bis ins Mark erschüttert. Und wie beispiellos sie sich verhalten hatte. Nicht nur, dass sie ihn nicht angezeigt hatte, was er zweifellos verdient hätte, sie hatte sich sogar Sorgen um ihn gemacht, ob ihm nicht etwas passiert wäre. Das hatte ihm damals Lydia erzählt, als er am nächsten Tag in der Arbeit aufgetaucht war. Sofia hatte dort nach ihm gesucht. Den Grund hatte sie nicht genannt. Auch an folgenden Tagen hatte sie ihn noch angerufen und sogar einige Nachrichten auf seinem Anrufbeantworter hinterlassen, weil sie ihn hatte sprechen wollen. David hatte sich jedoch ihre Nachrichten nicht einmal zu Ende angehört und hatte das ganze Telefon einfach gegen die Wand geschmissen. Er hätte ihr nie von Angesicht zu Angesicht begegnen können, nicht nachdem, was er ihr angetan hatte. Wenn sie ihn angezeigt hätte und er verurteilt worden wäre, hätte er es akzeptiert und wäre ihr deswegen nicht einmal böse gewesen. Er hätte es verdient. Aber ihre Güte, ihre Selbstlosigkeit und ihre unglaubliche Anmut hatten ihn fast um den Verstand gebracht. Gleich am dritten Tag nach seiner verhängnisvollen Tat hatte er den Job und auch die Wohnung gekündigt und war verschwunden, ohne ein einziges Mal mit ihr zu sprechen, ohne dass er sich dafür, was er getan hatte, wenigstens zu entschuldigen. Seine schändliche Tat verfolgte ihn jedoch fortan sein Leben lang, bis zum heutigen Tag.

Und nun ist es viel zu spät, dachte er sich dabei traurig.

David stemmte sich mühsam von seinem Sessel hoch und ging schwermütig zu Bett. Es war bereits sehr spät, längst nach Mitternacht. Seine Kopfschmerzen waren zwar vorhanden, diesmal jedoch noch zu ertragen. Deshalb versuchte er ohne seine Medikamente einzuschlafen. Seine Gedanken kreisten die ganze Zeit um Sofia und um seine furchtbare Schandtat, bis er schließlich einschlief.

IX.

Der Diener
und die Sklavin

Er schaute sich erschrocken um. Es war ihm gar nicht bewusst, dass er sich in diesen Teil des Marktes verlaufen hatte. Er mied sonst diese Gegend. Doch heute kam es ihm vor, als ob das Schicksal ihn hierher geführt hätte. So empfand er wenigstens im Nachhinein. Er war gerade unterwegs, um für seinen Herrn einige Einkäufe zu erledigen. So, wie er es immer getan hatte. Er ging entlang der Markstände, suchte das Notwendige aus, das er brauchte und handelte geschickt den Preis herunter, soweit es ihm möglich war.

An diesem schicksalshaften Tag ging er, in seine Gedanken vertieft, einfach weiter, bis er sich, ohne diese Umstände überhaupt wahrzunehmen, in der alten Gegend des Marktes befand, wo schwarze Geschäfte geführt wurden und auch der Sklavenhandel. Er näherte sich gerade einer Plattform, auf der einige männliche Sklaven zum Verkauf angeboten wurden. Vor dem Podest versammelten sich bereits eine Menge Menschen, meist reiche Geschäftsleute, Land oder Hausbesitzer, die Sklaven für untergeordnete Arbeiten suchten, aber auch Schaulustige. Die Sklaven hatten keinerlei Rechte, sie zu misshandeln oder sogar zu töten blieb ohne jegliche Konsequenzen.

Er wusste nicht wieso, aber er blieb einfach stehen und verfolgte eine Weile das Geschehen auf dem Sklavenmarkt. Die männlichen Sklaven wurden schnell verkauft, insbesondere die Jungen und Kräftigen. Einige davon hatten wirklich eindrucksvolle athletische Körper, die man nur bei den Negern, wie sie auch genannt wurden, sehen konnte. Er mochte jedoch ihre Gesichter nicht besonders. Sie sahen für ihn mehr affenartig als menschlich aus, übergroße angeschwollene Lippen, breite flache Nase und meist kurze, schräg nach hinten verlaufende Stirn. Sie nahmen ihr Schicksal immer scheinbar gleichgültig entgegen.

Gerade als er weiter gehen wollte, bemerkte er, dass die weiblichen Sklaven hervorgeführt wurden. Sie waren alle nackt. Er blieb wieder stehen und betrachtete die Körper der Frauen. Sie waren ausnahmslos jung, zwischen zwölf und achtzehn Jahren, mit dunkler fast schwarzer Haut und breiten Nasen, auch wenn sie kleiner waren, als bei den Männern, der Mund viel zu groß, die Lippen voll und ihre Augen dunkel wie die Nacht.

Er hatte genug gesehen und wollte gerade zu seinen Einkäufen zurückkehren, als er *sie* erblickte. Sie befand sich fast am Ende der Reihe der Sklavinnen. Er stand wie angewurzelt da und konnte seinen Blick nicht von ihr lassen. Sie unterschied sich deutlich von den anderen jungen Frauen. Ihre Haut war heller als bei den gewöhnlichen Sklavinnen. Sie selbst war sehr schlank und groß und ihr Körper schien perfekt zu sein. Aber das war nicht das, was ihn an ihr so faszinierte. Es war der Umstand, wie sie dastand und wie sie sich bewegte. Und ihr Gesicht war die Krönung ihrer ganzen Erscheinung. Die Lippen waren nicht so geschwollen, wie bei den anderen Frauen, ihre Nase war kleiner und ihre Augen hatten eine besondere Farbe, heller, etwas zwischen grau und grün. Mehr konnte er aus der Ferne nicht erkennen. Er musste näher heran. Deshalb mischte er sich unter die Geschäftsleute vor der Plattform und drängte sich nach vorn, bis er in die vorderste Reihe kam. Inzwischen wurden die ersten jungen Frauen verkauft. Soweit er beurteilen konnte, waren die Käufer meistens entweder Besitzer der Frauenhäuser, oder alte reiche Männer. Ihre Absichten waren offensichtlich. Nach einer Weile kam diese sonderbare Frau an die Reihe. Er konnte sie jetzt aus der Nähe betrachten. Sie sah noch eindrucksvoller aus. Ihre gesamte Erscheinung war ausnahmslos auffallend. Sie stand würdevoll da, nicht gebrochen oder gebückt, wie die meisten anderen Sklavinnen. In ihrem Gesicht spiegelte sich Stolz und gleichzeitig auch Anmut, ihr Ausdruck dagegen zeigte nur Verachtung. Sie schaute entweder in die Ferne oder direkt auf die versammelten Menschen vor der Plattform. Doch ihre Augen verrieten sie, sie waren voller Angst. Er hatte noch nie in seinem Leben so eine außergewöhnliche Frau gesehen. Sie schien besonders zu sein. Sie passte irgendwie gar nicht in diese grausame und gefühllose Welt. Es kam ihm vor, also ob sie aus einem Land der Märchen und Mythen entfliehen würde.

»Schauen Sie sich diese wunderschöne, junge Frau an«, rief der Sklavenhändler gerade aus, »ihre Haut ist glatt wie bei einem Säugling und ihre Figur ...«, in dem Augenblick fasste er die Sklavin an den Hintern, sie zuckte und erzitterte, zeigte sonst jedoch keine Regung, »... ist ein Traum. Ich schätze dreitausend Drachmen sind für dieses Prachtstück ein fairer Preis!«

Der Diener hörte ein zufriedenes Murmeln um sich herum.

»Dreitausend!«, rief gleich einer der Geschäftsleute neben ihn auf.

»Dreitausendfünfhundert!!

»Viertausend!«

»Viertausendfünfhundert!«

Er wunderte sich, wie schnell der Preis in die Höhe schoss. Der letzte, der gerufen hatte, war ein dicker, hässlicher Mann, nur vom Aussehen her beurteilend und wie er die Sklavin mit seinem Blick musterte, sicherlich ein Lustmolch. *Oh, Gott,* dachte sich der Diener, *wenn dieser Lüstling sie in die Hände bekommt....* Er wollte sich das lieber gar nicht vorstellen.

»Fünftausend!«

Die versammelte Menge schaute ihn misstrauisch an. Er wusste nicht wieso, aber er selbst hatte den Preis genannt. Es war ihm bewusst, dass er nicht wie ein reicher Geschäftsmann aussah, deshalb fügte er hinzu.

»Ich verhandle im Namen meines Herrn.«

Mehr musste er nicht preisgeben, diese Erklärung hatte vollkommen gereicht.

»Fünftausendfünfhundert!«

Der hässliche Lustmolch wollte diese Frau unbedingt haben.

»Sechstausend!«

»Siebentausend!«

Das war ein ordentlicher Preis, da konnte er gar nicht mithalten.

Überhaupt, was tue ich da? dachte er sich dabei erschrocken.

»Zehntausend!«

Alle richteten verblüfft ihre Blicke auf ihn. Zehntausend Drachmen war ein sehr stolzer Preis für eine Sklavin, egal wie sie aussehen vermochte. Es herrschte eine Zeitlang völlige Stille, niemand sagte ein einziges Wort. Er selbst zitterte am ganzen Körper. Nur einhundert Drachmen mehr und er wäre verloren gewesen. Das wusste jedoch niemand. Voller Angst betrachtete er den fettleibigen Lüstling. Der schaute ihn eine Weile reglos an, dann verzog er jedoch das Gesicht, drehte sich um und verließ umgehend den Marktplatz.

»Zehntausend Drachmen!«, rief der Sklavenhändler erneut aus und schaute sich um. Dann nickte er und sah zu dem Diener nach unten.

»Diese wunderschöne Sklavin gehört Ihnen, mein Herr.«

Die junge Frau schaute zu ihm herüber, ihr Blick war verängstigt, dennoch mit einem Funken Hoffnung, kam ihm wenigstens vor. Sie wurde abgeführt und der Diener folgte dem Sklavenhändler in eine kleine Holzhütte hinter der Plattform. Nach einem kurzen Zögern trat er ein. Er befand sich in einem kleinen schäbigen und stickigen Raum ohne Fenster. Bald erschien auch der Händler mit der Sklavin, gefolgt von einem weiteren Mann. Dieser Bursche war ein Riese mit dicken muskulösen Oberarmen und großen schwieligen Händen.

»Hier, Ihre Ware mein Herr«, und er grinste breit. Beide wussten, dass der Preis viel zu hoch war.

»Und jetzt das Geld.«

Bei diesen Worten erstarrte der Diener vor Angst. Erst jetzt wurde ihm klar, was er getan hatte und dass er das Geld ja gar nicht dabei hatte! Er benahm sich die ganze Zeit, als ob er in einem Traum gefangen wäre.

»Ich habe das Geld nicht bei mir«, fing er nach einer kurzen Überlegung zögerlich an.

»Ohne Geld, keine Ware«, erklärte der Sklavenhändler mit verzogener Miene und zusammengekniffenen Augen. Er wandte sich an den Riesen. »Bringt sie weg!«

»Wartet«, schrie der Diener verzweifelt auf und dachte schnell nach.

»Mein Herr wollte mir so viel Geld nicht anvertrauen. Ich muss es erst holen.«

»Ohne Geld, keine Ware«, wiederholte der Händler und nickte zu dem Mann, der die junge Frau an der Kette hielt.

Der Diener beobachtete unterdessen die Sklavin. Sie schaute zu ihm, wie es ihm schien, in Hoffnung und Vertrauen auf, als ob sie lieber mit ihm gehen würde, als hier bei diesen barbarischen Männern weiter zu verweilen. Sie musste sicherlich bereits Einiges miterlebt haben. Er konnte sie ihnen auf keinen Fall überlassen, seine Entscheidung stand fest.

»Wartet doch!«

Es kam ihm plötzlich eine Idee.

»Ich habe hier ein wenig Geld, sagen wir als eine Art Anzahlung«.

Und er holte alle Drachmen heraus, die er für seine heutigen Besorgungen erhalten hatte. Sein Herr vertraute ihm und gab ihm immer mehr Geld als nötig, um alle Einkäufe für ihn ohne Verzögerung erledigen zu können.

Der Sklavenhändler nahm die Drachmen entgegen, zählte sie ab und blickte den Diener von seinem Tisch aus mit zusammengezogenen Augenbrauen immer noch unentschlossen an.

»Das Haus von meinem Herrn ist nicht weit weg, ich bin mit dem restlichen Geld spätestens in einer Stunde wieder zurück«, fügte der Diener überzeugend hinzu. Er hoffte nur, dass der Sklavenhändler die Verzweiflung in seiner Stimme nicht gemerkt hatte.

Nach kurzem Zögern nickte schließlich der Sklavenhändler.

»Eine Stunde, wir werden warten.«

Der Diener wandte sich zum Ausgang, um schnell nach Hause zu laufen. An der Türschwelle blieb er jedoch stehen. Der Gesichtsausdruck der beiden Männer und wie sie sich gegenseitig angesehen hatten, gefiel ihm gar nicht.

»Mein Herr will eine unversehrte Ware!«, betonte er mit einer kalten Stimme, die ihn selbst überraschte. »Sonst gibt es gar kein Geld.«

Der Sklavenhändler grinste verachtend. "Ich warte genau eine Stunde, nicht länger, sonst ist unsere Abmachung hinfällig.«

Der Diener lief los und rannte und rannte. Er schaffte den ganzen Weg, atemlos, ohne anzuhalten, bis zu sich nach Hause. Als er ankam, begab er sich unverzüglich zu seinem Zimmer.

»Gut, dass du da bist, der Herr hat nach dir bereits gefragt.«

Er blieb zuerst wie angewurzelt stehen, dann drehte er sich überrascht um. Eine ältere Dienerin stand direkt hinter ihm. Es erschreckte ihn über alle Maße und er grübelte fieberhaft, wie er sich am besten herausreden konnte.

»Ich habe etwas auf dem Markt vergessen«, sagte er nach kurzer Überlegung, "ich muss noch einmal hin. Ich bin aber gleich wieder zurück.«

Er machte eine kleine Pause und dann fügte er mit leiser Stimme hinzu.

»Bitte.«

Die mollige Dienerin beobachtete ihn eine Weile mit zusammengezogenen Augenbrauen, schließlich stimmte sie zu. »Na gut, aber beeile dich. Du bekommst sonst jede Menge Ärger.«

»Das weiß ich, mach dir um mich keine Sorgen, ich bin gleich wieder da. Verrate mich bitte nicht!«

Er lief die Treppe hinauf bis zu seinem Zimmer, trat hastig hinein und machte sorgfältig die Tür hinter sich zu. Dann ging er zu einem kleinen Unterschrank an der hinteren Wand, schob ihn zur Seite, kniete nieder und hob eines der Bodenbretter vorsichtig an. Darunter befand sich ein kleiner Hohlraum, wo er seine Ersparnisse aufbewahrte. Er entnahm den gesamten Inhalt, versteckte ihn unter seinen Kleidern, stellte alles wieder auf die ursprüngliche Position und lief zurück zum Sklavenmarkt. Er hätte es fast nicht geschafft. Völlig außer Atem und mit zitternden Beinen betrat er die Holzhütte. Er konnte in dem dunklen Raum zuerst niemanden entdecken. Angst und Zweifel überfluteten ihn plötzlich. Schließlich entdeckte er eine Person im hinteren Eck des schäbigen Zimmers. Der Sklavenhändler war immer noch da.

»Wo ist die Frau?«

»Das Geld?«

Er holte den Beutel mit all seinen Ersparnissen heraus und zeigte ihn dem Händler. Der rief laut aus und die Sklavin wurde vorgeführt. Der Diener untersuchte sie aufmerksam mit forschendem Blick. Sie schien unversehrt zu sein. Er zählte anschließend die restlichen Drachmen ab und übergab sie dem Sklavenhändler, der das Zählen des Geldes mit gierigen Augen verfolgte. Er nickte dann zu dem Riesen und der übergab dem Diener mit einem bösartigen Grinsen die Kette.

»Und was ist mit Kleidung? Ich will sie nicht den ganzen Weg zu meinem Herrn nackt hinter mir herschleppen!«

Weil er bemerkt hatte, dass sich die Männer gar nicht regten, sprach er weiter. »In dem Preis für die Sklavin, der, wie wir beide wissen, viel zu hoch war, ist ein einfaches Kleid wohl noch enthalten?«

Um dem Sklavenantreiber noch ein wenig Ansporn zu geben, fügte er hinzu. "Wenn die Sklavin meinem Herrn gefällt und ich ihm erzählen kann, was für gute und zuvorkommende Händler ihr seid, kommen wir beim nächsten Mal vielleicht wieder ins Geschäft."

Er lächelte dabei vor sich hin. *Es wird kein nächstes Mal geben.*

Der Sklavenhändler musterte den Diener eine Zeitlang, dann stand er schließlich auf und ging in den hinteren Teil des Hauses. Nach einer Weile kam er mit einer abgetragenen alten Robe zurück und schmiss sie dem Diener ins Gesicht.

»Und jetzt verschwinde«, waren seine letzten Worte, bevor er sich umdrehte, mit der Absicht den Raum zu verlassen.

»Noch nicht, wir sind noch nicht fertig. Die Ketten!«

»Was?«

»Ich sagte, die Ketten!«

Der Diener schaute dabei dem Händler fest in die Augen, ohne zu blinzeln. Es kostete ihn viel Überwindung und er war selbst von seinem eigenen Mut überrascht. Der Mann betrachtete ihn eine Weile, dann grinste er jedoch verächtlich und nickte erneut dem riesigen Kerl zu, der anschließend der Sklavin die Ketten abnahm.

»Ich hoffe, sie läuft dir weg.«

»Das tut sie nicht«, antwortete er mit einer Zuversicht, die ihn selbst erstaunte und schaute die junge Frau an.

Sie erwiderte seinen Blick und betrachtete ihn mit einem verblüfften Gesichtsausdruck. Er gab ihr das zerlumpte Kleid und die Sklavin zog es schnell über. Als sie das Haus verließen, drehte sich der Diener zu ihr.

»Bleib nah bei mir, dass du nicht verloren gehst. Weglaufen hat keinen Zweck. Wenn man dich erwischen würde, würde mach dich sofort töten.«

Sie beobachtete ihn eine Zeitlang mit einem verwirrten Blick. Offensichtlich verstand sie seine Sprache gar nicht. Dann nickte sie jedoch. Sie erahnte vermutlich, was er ihr sagen wollte, es kam ihm wenigstens so vor.

Er musste noch ein paar Einkäufe tätigen, um die Besorgungen für seinen Herrn restlos zu erledigen. Diesmal handelte er jedoch gar nicht um den Preis, um Zeit zu schinden. Er musste diese junge Frau noch irgendwo unterbringen. Den ganzen Weg zurück vom Sklavenmarkt dachte er intensiv darüber nach, wohin mit ihr. Nach Hause konnte er sie nicht mitbringen. Das würde sein Herr nie erlauben. Die ganze Zeit in solchen unerfreulichen

Gedanken vertieft, ging er von einem Stand zum nächsten und kaufte dabei die erforderliche Ware. Die Sklavin lief die ganze Zeit widerstandslos hinter ihm her. Es war ihr sehr wohl bewusst, dass dieser Mann ihre einzige Hoffnung darstellte.

Nachdem alle Einkäufe erledigt waren, gingen sie Richtung Hafen. Hier war die Gegend nicht gerade ungefährlich, doch er musste es wagen. Nur hier würde sie sicher sein. Vor einem kleinen schäbigen Haus blieben sie schließlich stehen. Er klopfte einige Male und wartete ab. Die Sklavin stand neben ihm und beobachtete ihn verängstigt von der Seite. Als er es bemerkte lächelte er sie an, um sie zu beruhigen. Sie versuchte zurückzulächeln. Es gelang ihr jedoch nicht besonders, dennoch gab sie sich Mühe. Ihre Augen waren vor Angst noch größer, doch schien sie ihm instinktiv zu vertrauen. Er hatte noch keine Zeit gehabt, sie ausgiebig aus der Nähe anzusehen und konnte jetzt den Blick von ihr nicht abwenden. Sie war so..., er konnte nicht einfach behaupten wunderschön, es gab viel mehr, was er gesehen hatte. Sie war für ihn etwas Besonderes. Ihre Ausstrahlung zog ihn unaufhaltsam in ihren Bann.

Plötzlich hörten sie Schritte aus dem hinteren Teil des Hauses, die sich der Tür näherten.

»Ich komme ja«, erklang gedämpft eine weibliche Stimme.

Dann ging die Tür auf. An der Schwelle erschien ein altes, vom harten Leben gezeichnetes Weib. Es war fast blind, stark nach vorne gebückt und stützte sich auf einem Stock.

»Ich bin es«, sagte der Diener verlegen mit leiser Stimme.

»Mein Junge!«, erfreute sich die alte Frau und ihre Gesichtszüge entspannten sich. »Du bist schon lange nicht mehr bei mir gewesen!«

»Es tut mir leid«, antwortete er beschämt, »ich hatte viel zu tun.«

»Ja, ja«, murmelte die Frau vor sich hin, »das sagen sie alle. Komm doch rein.«

Der Diener zögerte. »Ich ..., ich bin nicht alleine.«

»Ah, du weißt, dass ich fast blind bin. In der Dämmerung sehe ich nichts mehr. Und wen hast du mitgebracht?«

Wieder einmal zögerte der Diener eine Zeitlang. »Eine junge Frau.«

»Oh«, sagte die Alte und lächelte schalkhaft. »Endlich. Es war ja auch an der Zeit, du bist auch nicht mehr der Jüngste.«

»Es ist leider nicht so einfach. Sie ist eine Sklavin, die ich gekauft habe.«

»Eine Sklavin?«, erschreckte sich das alte Weib. »Was ist dir über die Leber gelaufen? Du weißt ja, dass Diener keine Sklaven besitzen dürfen.«

»Ich weiß«, erwiderte er müde. »Ich habe jetzt keine Zeit für Erklärungen. Ich muss zurück zu meinem Herrn. Ich bin sowieso bereits zu spät und bekomme sicherlich jede Menge Ärger. Ich werde dir später alles erklären. Könntest du sie für ein paar Tage bei dir unterbringen? Sie ist sehr nett ... und hübsch ...«.

Die alte Frau lächelte vor sich hin, ohne darauf zu antworten und der Diener fügte noch hinzu. »Sie versteht leider unsere Sprache nicht.«

Die Antwort kam unverzüglich. »Das ist doch gar kein Problem, wir Frauen werden uns schon irgendwie verständigen. Komm rein, meine Liebe.«

Sie winkte mit der Hand, drehte sich um und ging langsam wieder zurück ins Haus.

Der Diener schaute zu der Sklavin hin. Sie verfolgte das Gespräch aufmerksam mit. Auch wenn sie nichts verstanden hatte, ahnte sie offensichtlich, dass sie über sie und ihre Unterbringung gesprochen hatten. Er zeigte ins Haus und deutete an, sie soll der alten Frau folgen. Dann wandte er sich von ihr weg, um schleunigst zu seinem Herrn zurückzukehren. In dem Augenblick ergriff sie seine Hand. Er wirbelte überrascht herum und schaute sie mit verblüffter Miene an. Sie sah verängstigt aus, schüttelte heftig ihren Kopf und deutete an, sie wolle mit ihm gehen.

»Nein, das geht nicht«, antwortete er, auch wenn er wusste, dass sie ihn nicht verstand. »Ich komme aber wieder.«

Er versuchte mit einer Zeichensprache anzudeuten, dass er jetzt weg musste, dass er aber bald wieder zurückkäme. Er wiederholte seine Handbewegungen einige Male. Schließlich schien sie zu verstehen und nickte leicht. Zögerlich ließ sie seine Hand los und ging langsam ins Haus. An der Schwelle blieb sie noch stehen und blickte zu ihm herüber. Ihre Augen hatten dabei einen besonderen Glanz. Der Diener machte ein paar Schritte rückwärts, winkte ihr kurz mit der Hand zu und rannte los, zurück zu seinem Herrn.

Als er das Eingangstor des Herrenhauses geöffnet hatte und den Innenhof betrat, bekam er es plötzlich mit der Angst zu tun. Er war viel zu spät und der Herr des Hauses würde ihn sicherlich bestrafen. Er hatte jedoch keine Ahnung wie. Das Haus wirkte ruhig, er könnte somit gleich zu seinem Zimmer gehen und mit seinem Herrn erst am Morgen sprechen.

Nein, sagte er sich, *da muss ich durch und am besten gleich.*

Nach kurzem Zögern begab er sich direkt zu den Gemächern des Hausherrn. Vor der Tür blieb er kurz stehen, holte tief Luft und klopfte bedacht an. Nach einer Weile erschien eine junge Frau. Als sie die Tür öffnete und den Diener erblickte, sagte sie nur.

»Sie bekommen jede Menge Ärger. Der Herr hat Sie den ganzen Nachmittag gesucht. Er ist sehr verärgert.«

Er nickte nur, »ich weiß, ich möchte zu ihm, jetzt gleich.«

»Na gut«, sagte die junge Dienerin, »das ist sehr mutig von Ihnen.«

Als er vor seinem Herrn stand, erkannte er sofort, dass er den Bogen weit überspannt hatte. Es gab jedoch keinen Weg mehr zurück und er musste da jetzt durch, komme, was wolle.

Er senkte seinen Kopf und sprach leise und bedacht, mit Schuld in seiner Stimme. »Mein Herr, es tut mir leid, ich habe alles besorgt, was Sie mir aufgetragen haben... Und ich musste noch etwas erledigen...«

Er wusste gar nicht, wie er es erklären sollte. Er versuchte deswegen ein wenig Zeit zu schinden.

»...ich habe gute Preise ausgehandelt. Hier ist noch das restliche Geld«, und er legte den Rest seiner eigenen Ersparnisse, der vom Kauf der Sklavin übrig geblieben war, auf den Tisch vor dem Herrn des Hauses.

»Ich dachte schon, du wolltest mit meinem Geld weglaufen«, sagte der Herr scharf, nachdem er ihn eine Zeitlang mit zusammengezogenen Augenbrauen forschend beobachtet hatte. Seiner Stimme nach zu beurteilen, war er sehr verärgert.

»Ich sollte dich auspeitschen lassen! Die alte Medina hat mir gesagt, dass du am Nachmittag bereits hier warst und gleich wieder weggerannt bist!«

Die alte Hexe, dachte sich der Diener. *Sie ist eifersüchtig, weil ich das Vertrauen des Herrn habe und weil er mich immer bevorzugt.*

»Ich habe etwas vergessen«, sagte er nach einem kurzen Zögern, »ich...«.

»Ich will es gar nicht wissen!«, unterbrach ihn sein Herr forsch und fügte hinzu. »Du hast gut getan, dass du gleich zu mir gekommen bist. Du weißt, dass ich dir vertraue. Ich schätze deine Ehrlichkeit und deinen gesunden Menschenverstand. Ich weiß, dass ich mich immer auf dich verlassen kann, auch wenn ich abwesend bin.«

Er machte eine kleine Pause.

»Ich glaube, ich verstehe. Jeder von uns hat mal seine Bedürfnisse. Wenn so etwas jedoch noch einmal passieren sollte, lasse ich dich auspeitschen und du bekommst einen Monat lang keinen Lohn! Haben wir uns verstanden?«

Der Herr des Hauses betrachtete ihn weiterhin mit zusammengezogenen Augenbrauen.

»Ja, mein Herr«, antwortete der Diener leise. »Ich bin Ihnen für Ihre Güte sehr dankbar. Es wird sicherlich nie wieder vorkommen.«

Er denkt, dass ich in einem Frauenhaus gewesen bin, ging ihm durch den Kopf, *aber vielleicht ist es besser so.* Er musste wenigstens nichts erklären.

»Das hoffe ich«, sagte der Mann und seine Gesichtszüge entspannten sich leicht. »Und jetzt verschwinde.«

»Danke, mein Herr«, wiederholte der Diener, beugte sich vor und verließ rückwärts mit gesenktem Kopf die Gemächer des Hausherrn.

Draußen stand die alte Medina, neugierig wie immer und gespannt, welche Strafe ihm auferlegt worden war. Sie freute sich offensichtlich bereits darauf.

»Und, viel Ärger?«, ihre Miene war zu einer böswilligen Grimasse verzogen.

Er lächelte ihr mit leichtem Grinsen zu. »Nein, wieso? Es ist alles in Ordnung.«

Sie schaute ihn ungläubig und völlig verblüfft an. »Das ..., das verstehe ich nicht?«

»Musst du auch nicht«, und er fügte noch hinzu, um sie weiter zu ärgern, »ich war nämlich im Auftrag meines Herrn unterwegs.«

»Was? Das ist unmöglich! Davon wusste ich ja gar nichts.«

»Du musst ja auch nicht immer alles wissen, oder? Ich bin sein Vertrauter, nicht du. Auf mich kann er sich immer verlassen und ...« fügte er noch hinzu »... ich petze auch nie!«

Er drehte sich auf der Stelle um und ging fort. Die eifersüchtige Dienerin stand mit offenem Mund da, unfähig ein einziges Wort herauszubringen.

Ich muss aufpassen, ging ihm unterwegs durch den Kopf, *sie wird mich jetzt nicht aus den Augen lassen.*

Der Diener lag im Bett und betrachtete nachdenklich die Decke über ihm. Trotz der starken Müdigkeit konnte er nicht einschlafen. Die Ereignisse vom heutigen Nachmittag liefen ihm immer und immer wieder durch den Kopf. Erst jetzt begriff er die Tragweite dessen, was

geschehen war und was er getan hatte. Alle seine Ersparnisse waren weg. Er war ein Narr gewesen und hatte alles für eine Sklavin ausgegeben, die er nicht einmal besitzen durfte. Wen es jemand erführe, verlöre er nicht nur
die Sklavin, sondern vielleicht sogar sein eigenes Leben.
Er war nicht mehr der Jüngste und wollte sich irgendwann einmal zur Ruhe setzen. Irgendwo weit weg von
der Stadt ein kleines Häuschen kaufen, mit einem kleinen Garten, wo er gemütlich seine letzten Jahre verbringen könnte. Er war kein Sklave und arbeitete als Diener
bei seinem Herrn aus freien Stücken. Er könnte jederzeit
gehen. So einfach wäre es zwar nicht, aber er hatte es bereits vor einiger Zeit mit seinem Herrn besprochen und
der war einverstanden. Er müsste es ihm nur rechtzeitig
mitteilen und für einen würdevollen Nachfolger sorgen.
Dann wäre er frei.

Und jetzt? fragte er sich selbst. Er hatte nichts mehr.
Doch er könnte noch mehr sparen, vielleicht könnte er
seinen Herrn bei Gelegenheit fragen, ob er für seine Arbeit ein wenig mehr Geld bekäme. Er könnte sogar diese
Sklavin mit in sein kleines Haus nehmen. Wenigstens
wäre er nicht allein. Es war eine wunderschöne Vorstellung und er lächelte dabei vor sich hin. Bis er jedoch wieder genügend Geld für seinen Traum zusammenbringen
würde, würden Jahre vergehen. Und was sollte er die
ganze Zeit mit ihr machen? Jetzt brauchte er darüber aber
gar nicht weiter nachzudenken.

Das, was er getan hatte, konnte nicht mehr rückgängig gemacht werden. Er könnte zwar die Sklavin wieder
verkaufen, mit einem Verlust, aber … diesen Gedanken
verwarf er jedoch sofort wieder. So etwas würde er dieser jungen Frau nie antun. Er wollte sie retten und das

war ihm bislang auch gelungen. Erneut erschienen vor seinem inneren Auge ihre zierliche Gestalt, ihr wunderhübsches Gesicht und ihre großen Augen, als sie ihn voller Angst aber auch voller Hoffnung angesehen hatte. Nein, er hatte das Richtige getan, waren seine letzten Gedanken, bevor er schließlich in die Welt der Träume eintauchte.

Es dauerte mehrere Tage, bis er sich wieder traute, das Haus aus eigenen Stücken zu verlassen und die alte Weberin, die ihn erzogen hatte und wo er die Sklavin untergebracht hatte, ohne Gefahr zu besuchen. Seine Mutter war sehr früh gestorben und seinen Vater hatte er gar nicht gekannt. Er war als Waisenkind aufgewachsen und hatte von klein auf hart arbeiten müssen. Er hatte damals immer wieder auch in der Weberei ausgeholfen und eine der Weberinnen, die dort arbeitete, hatte gerade ihr eigenes Kind verloren. Sie hatte sich schließlich seines angenommen. Es waren schöne Zeiten gewesen und diese alte Frau war bis jetzt für ihn die einzige Vertraute, die er auf dieser Welt hatte.

»Komm doch rein, wir haben schon befürchtet, es sei dir etwas zugestoßen«, sagte die alte Frau, als er endlich mit klopfendem Herzen vor der Tür stand.

»Wie geht es ihr?«, waren seine ersten Worte. »Ist sie in Ordnung?«

»Aber ja, sie ist eine sehr nette und hilfsbereite Person und sie hat auch ständig nach dir gefragt.«

»Nach mir gefragt?«, wiederholte der Diener erstaunt. »Wie? Sie spricht ja unsere Sprache gar nicht.«

»Es gibt andere Wege«, sagte die Weberin mit einem schalkhaften Lächeln.

Sie kamen in eine kleine Küche, die auch als Aufenthaltsort diente.

»Wo ist sie?«, fragte er ungeduldig und schaute sich verängstig um.

In dem Moment öffnete sich die Tür auf der anderen Seite des Raumes und die Sklavin kam heraus. Sie hatte das Klopfen draußen an der Haustür gehört und sich versteckt, um nicht entdecken zu werden, falls es ein Fremder sein sollte. Als sie jedoch seine Stimme erkannt hatte, kam sie sofort heraus. Sie lächelte breit, lief ohne zu zögern direkt zu ihm und umarmte ihn.

Der Diener war völlig verblüfft, sprachlos und wie versteinert. Mit so einer herzlichen Begrüßung hatte er sicherlich nicht gerechnet. Als sie ihn schließlich losließ, schaute er sie an. Sie hatte ein anderes Kleid als das Zerlumpte an und sah darin sehr hübsch und anmutig aus. Ihre Augen strahlten wie zwei Juwelen. In dem gedämpften Licht des Zimmers waren sie grün wie Smaragde. Es war eine unglaubliche Erscheinung.

Er konnte seinen Blick nicht von ihr lassen. Sie stand nur da, wich seinem Blick jedoch nicht aus, sondern schaute ihm unbekümmert in die Augen. Ein leichtes Lächeln umspielte dabei ihre sinnlichen Lippen. Die alte Frau erahnte, was vor sich ging, lächelte freudig und sagte.

»Setzt euch doch ..., setzt euch, ich mache euch beiden einen guten Tee.«

Der Diener nahm die Hand der Sklavin in seine und führte sie zum Tisch. Auch nachdem sie sich gesetzt hatten, ließ er ihre Hand nicht los. Sie wehrte sich nicht dagegen, sondern schaute ihm weiterhin in die Augen und lächelte freundlich.

Dann fing sie plötzlich an zu sprechen. Es war eine seltsame Sprache. Er hatte zwar nichts verstanden, doch sie war sehr melodisch und die Stimme der jungen Frau klang sehr angenehmen. Nachdem sie eine Zeitlang gesprochen hatte, zeigte sie auf sich.

»... Shakeelah.«

Sie wiederholte die Geste und zeigte erneut auf sich.

»Shakeelah.«

Er verstand, dass sie sich vorstellen wollte und dass es offensichtlich ihr Name war. Er musste es einige Male wiederholen, bis er es richtig aussprechen konnte.

»Und ich bin Verus, mein Name ist Verus, V-e-r-u-s«, antwortete er langsam und zeigte auf sich.

Sie nickte lächelnd und wiederholte anschließend seinen Namen.

Verus kam dann fast jeden Tag, um ein wenig Zeit mit ihr verbringen zu können. Meistens saßen sie an dem Küchentisch, schauten sich gegenseitig in die Augen und er erzählte ihr etwas in seiner Sprache, sie in ihrer. Auch wenn sie sich nicht verstanden, störte sie das beide gar nicht. Dennoch wusste der Diener, dass es nicht lange so weiter gehen konnte. Sie war ja die ganze Zeit in dem Haus der alten Weberin eingesperrt. Auch wenn sie sich nicht beschwerte, erkannte er es an ihren Augen. Er muss sie von hier wegbringen. Aber wohin? Er hatte gar kein Geld, um für sie etwas zu organisieren. Hier würde man sie nur als Sklavin behandeln. Das alte Weib wusste über seine Probleme Bescheid und hatte ihm sogar ihre eigenen Ersparnisse angeboten. Es war nicht viel und er würde es von ihr auf gar keinen Fall annehmen. Sie brauchte es selbst. Deshalb hatte er das Angebot mit

Dank abgelehnt. Er könnte einfach mit ihr fortgehen. Aber auch dafür brauchte man Geld, das er derzeit nicht besaß.

Schließlich löste sich dieses Dilemma auf unnatürliche Weise selbst und die Ereignisse überschlugen sich. Er kümmerte sich gerade um einige Sachen im Haus für seinen Herrn, der zurzeit wegen seiner Geschäfte auf Reisen war.

»Verus?«, sprach ihn plötzlich eine der anderen Dienerinnen an.

»Ja?«

»Es ist jemand am Eingangstor, ein Bote.«

»Dann schick ihn wieder weg, der Herr ist gerade nicht da.«

»Der Bote wollte aber dich sprechen.«

»Mich?«

Verus war völlig überrascht. Er bekam sonst nie Botschaften.

Er ging völlig verwirrt und angespannt, mit einem mulmigen Gefühl in der Magengegend, zum Tor. Es war ein kleiner Junge von etwa neun Jahren.

»Was ist?«, fragte Verus kurz.

»Die Weberin schickt mich«, sagte der Junge, »Sie sollen sofort kommen.«

»Was?«

In dem Moment kam ihm Shakeelah in den Sinn und sein Herz machte einen Satz.

Es ist ihr etwas passiert!

Mit größter Eile ließ er alles liegen und folgte dem Jungen umgehend zum Hafen. Seine Nerven waren bis zum Zerreißen gespannt. Als er endlich angekommen war, standen gerade einige Soldaten vor dem Haus der alten Weberin. Verus begann am ganzen Körper zu zittern, bekam plötzlich Atemnot und Schluckbeschwerden. Er wusste nicht, ob es durch seine Angst zustande kam, die ihn in dem Moment erfasste, oder durch den überstürzten Lauf.

Es ist vorbei, dachte er sich.

Man hatte sie wieder eingefangen. Er konnte sie nicht retten. Verzweiflung und Panik verwandelten seinen Magen in einen Eisklumpen.

»Ich habe euch doch gesagt«, hörte er die ruhige Stimme der Weberin, »dass niemand hier ist. Jemand wollte euch nur einen Streich spielen.«

Der Diener atmete tief durch und entspannte sich allmählich. Man hat sie nicht entdeckt, noch nicht. Aber für wie lange? Er blieb abseits und wartete ab, bis die Soldaten endlich verschwunden waren. Dann ging er gleich zu dem alten Weib.

»Was war da gerade los?«, fragte er mit einem Kloß im Hals. Er fügte leise und besorgt hinzu, »und wo ist sie?«

Die alte Weberin lächelte ihm nur zuversichtlich zu. Dennoch konnte er einen besorgten Unterton in ihrer Stimme hören, als sie seine Fragen beantwortete. »Keine Angst, ich habe sie rechtzeitig wegbringen und verstecken können, aber du musst für sie eine andere Zuflucht finden. Bei mir ist sie nicht mehr sicher. Jemand hat uns beobachtet, oder ist dir gefolgt. Die Soldaten wussten nicht genau, wonach sie suchen sollten. Jemand hat ihnen jedoch einen Tipp gegeben.«

Die verdammte alte Medina! Wer sonst? ging ihm durch den Kopf.

»Und wo ist sie jetzt?«, wiederholte Verus seine Frage.

»Rufus!«, rief die alte Weberin laut aus. »Rufus, bist du da?«

Der kleine Junge, der Verus die Botschaft überbracht hatte, erschien wie aus dem Nichts vor den beiden.

»Ich bin hier.«

»Sehr gut«, sagte die alte Frau. »Könntest du Verus hinführen? Du weißt ja wohin.« Sie streichelte den Kopf des Jungen und dann legte sie ihre runzelige Hand auf die Schulter des Dieners.

»Und seid vorsichtig, alle beide!«

Der kleine Junge führte Verus weiter zu den Docks. Nach einer Weile bogen sie in eine schmale, verlassene Gasse, die vor einer alten, verwahrlosten Lagerhalle endete. Durch einen Spalt in der Wand krochen sie hinein und Verus wurde von dem Jungen durch verschiedene Gänge zwischen riesigen Regalen ganz nach hinten, wo sich eine schmale Tür befand, geleitet.

Er zeigte dann auf die Tür, nickte kurz, wirbelte auf der Stelle herum und lief gleich wieder den gleichen Weg zurück, den sie kurz zuvor genommen hatten. Der Diener schaute sich vorsichtig um und dann öffnete er langsam die Tür. Der Raum dahinter hatte keine Fenster, nur durch einige Löcher in der Wand drang ein wenig Licht hinein. Es dauerte eine Weile, bis sich seine Augen an die kargen Lichtverhältnisse angepasst hatten. Das Zimmer war klein und es lagen einige alten Decken und Stofflumpen auf dem Boden, sonst konnte er jedoch nichts anderes erkennen.

»Shakeelah«, sagte er leise, »ich bin es, Verus.«

Zuerst geschah gar nichts, dann regte sich jedoch plötzlich etwas in der dunkelsten Ecke des Raumes und eine zierliche Gestalt sprang auf und lief ihm entgegen. Bevor er etwas sagen konnte, umarmte sie ihn und presste ihren Körper fest an seinen. Die junge Frau zitterte vor Angst. Trotz der außergewöhnlichen Umstände, war es ein sehr angenehmes Gefühl, sie auf diese Weise in den Armen zu halten, ein Gefühl, das er bisher nicht gekannt hatte. Verus streichelte sanft ihre Haare und versuchte sie mit Worten, auch wenn sie ihn nicht verstehen konnte, zu beruhigen. Ihr Zittern ließ langsam nach und sie schien sich wieder zu entspannen. Er verblieb mit ihr noch eine Weile und mit Hilfe der Zeichensprache deutete er ihr an, dass er so oft wie möglich vorbeikommen und dass er für sie bald etwas Besseres finden würde. Sie nickte nur, ließ jedoch ihren Blick von ihm nicht ab.

Und so kam Verus fast jeden Tag, um sie zu trösten und um nachzusehen, ob es ihr gut ging. Der kleine Junge versorgte sie regelmäßig mit Essen und Trinken. Es war nicht leicht etwas anderes für sie zu finden. Die alte Medina wollte ihn nicht aus den Augen lassen. Deshalb wurde es für ihn immer schwieriger, unbemerkt aus dem Haus zu verschwinden. Shakeelah beschwerte sich nicht. Sie wartete geduldig auf seine Ankunft und freute sich jedes Mal unheimlich, wann immer er auch kam. Er nahm entweder ihre Hand in seine oder hielt sie in den Armen und erzählte ihr, was ihm an dem einen oder anderen Tag gerade passiert war. Sie hörte einfach zu, auch wenn sie nicht verstand, worüber er sprach.

Die Tage zogen sich dahin, ohne dass es ihm gelang, eine bessere Unterkunft für sie zu organisieren und

Versus bemerkte langsam, dass es für sie immer anstrengender wurde, hier ganz alleine in dem dunklen Raum zu verweilen. Dazu schien sie ihm jeden Tag ein wenig kränker und schwächer zu werden. Er musste unbedingt eine Lösung finden.

Aber was? Schließlich offenbarte sich ihm ein Ausweg aus diesem Schlamassel. Es war mehr ein Zufall, als er den Mann am Markplatz getroffen und mit ihm gesprochen hatte.

Und jetzt stand ihm eine schwere Entscheidung bevor, er hatte jedoch keine andere Wahl. Es gab nur diese eine Lösung. Schließlich kümmerte er sich um alles Notwendige, um sie zu retten, auch wenn es ihm widerstrebte.

Heute ist es so weit, dachte er sich, als er sich das letzte Mal der Lagerhalle näherte. Ein mulmiges Gefühl kroch in seinen Magen und die Beine wollten ihm nicht gehorchen. *Es gibt nur diesen einen Ausweg,* wiederholte er ständig vor sich hin, um sich den Mut zuzuflüstern.

Sie empfing ihn wie immer mit einem strahlenden Lächeln und einer Umarmung. Doch erkannte sie gleich danach, dass etwas nicht stimmte. Er lächelte ihr nur traurig zu und deutete an, dass sie jetzt warten sollten, bis es dunkel wird, und dann würden sie beide diesen furchtbaren Ort endlich verlassen. Sie war überrascht und so überglücklich, dass sie anfing zu weinen, sie umarmte ihn erneut und küsste ihn sogar auf die Wange. Er hielt sie fest in den Armen und wollte gar nicht mehr loslassen. Sie setzten sich anschließend auf die alten Decken und Stofflumpen in der hintersten Ecke und warteten. Weil er nichts sagte, nahm sie nur seine Hand in ihre, umklammerte sie fest mit ihren beiden kleinen Händen und lehnte ihren Kopf an seine Schulter. Er legte seinen Arm um sie und so verweilten sie schweigend, jeder in seinen Gedanken, bis die Dunkelheit eintrat.

Nach und nach schwand das gedämmte Zwielicht in dem schäbigen Raum, bis die Nacht schließlich hereinbrach und die Sonnenstrahlen des ankommenden Abends durch das fahle Licht des Mondes ersetzt wurden. Danach schlichen sich beide leise aus dem Lagerhaus und begaben sich anschließend zu den Piers. An einer abgelegenen Stelle, wo die Schiffe beladen wurden, blieben sie stehen und warteten ab. Shakeelah war verängstigt und hielt die ganze Zeit seine Hand fest. Immer wieder schaute sie mit ihren übergroßen Augen zu ihm auf. Sie wusste nicht, was hier vor sich ging, dennoch sie vertraute sie ihm jedoch bedingungslos. Nach einer Weile erschien ein elfjähriger, schwarzer Junge mit langen, krausen Haaren.

»Bist du Verus?«, fragte er, nachdem er ihn eine Zeitlang wortlos gemustert hatte.

»Ja«, sagte der Diener kurz, »und das ist der Passagier«, er zeigte dabei auf Shakeelah.

Der Junge nickte nur, dann drehte er sich um und sagte über die Schulter. »Folgt mir.«

Während sie weiter gingen, schaute der Junge immer wieder zu Shakeelah hinüber. Dann, nach einer Weile, sagte er etwas in einer fremden Sprache. Überraschenderweise hatte sie ihn verstanden und beantwortete scheinbar die gestellte Frage. Verus war völlig verblüfft aber auch überglücklich. *Was für ein Zufall! Gerade jetzt, wenn ich mich verabschieden muss, schickt mir das Schicksal jemanden, der ihre Sprache versteht.*

Er war sprachlos und den Tränen nahe.

»Du verstehst ihre Sprache?«, fragte er den Jungen nach einer Weile.

»Ja, meine Mutter stammt aus der gleichen Gegend, wie diese Frau. Es ist für meinen Herrn von Vorteil, wenn ich die Sprache des alten Kontinents beherrsche. Er ist ein Forscher und Wissenschaftler und will über diese Wilden so viel wie möglich erfahren.«

Was für ein Glück, dachte sich Verus erneut.

»Ich werde dich später brauchen, du musst für mich etwas übersetzten.«

»Kein Problem«, äußerte sich der Junge kurz und alle drei setzten stillschweigend ihren Weg fort.

Nach einer Weile kamen sie zu einer Anlegestelle, wo sich ein großes Schiff befand, bereit zum Auslaufen. Ein schmales Brett im hinteren Bereich des Schiffes stellte die einzige Verbindung zwischen Hafenmole und Rumpf dar. Der Junge blieb stehen, wandte sich zu dem Diener und nickte. »Wir sind da.«

Verus drehte sich zu der jungen Sklavin und zeigte auf das Schiff, auf die Brücke und dann auf sie. Damit wollte er ihr andeuten, sie solle auf die andere Seite hinübergehen.

Sie nickte lächelnd, nahm seine Hand und wollte mit ihm zusammen das Brett besteigen, das über das Wasser zum Schiff führte, um es gemeinsam zu passieren. Er ließ sie jedoch, wenn auch zögerlich, los und zeigte ihr, dass sie alleine weitergehen solle. Sie drehte verblüfft den Kopf in seine Richtung. Ihr Gesicht zeigte Verwirrung und Zweifel. Sie verstand nicht.

Sie dachte, dass wir beide fliehen können, ging ihm durch den Kopf und er lächelte traurig vor sich hin. *Es geht leider nicht, meine Teuerste,* seufzte er, *jemand muss ja die Überfahrt bezahlen.*

Er schüttelte nur leicht seinen Kopf. Sie kehrte zurück, blieb vor ihm stehen und sagte etwas resolut in ihrer Sprache. Verus drehte sich zu dem Jungen.

»Was hat sie gesagt?«

»Sie sagte, dass sie ohne dich nirgendwo hingeht. Sie will bei dir bleiben.«

»Sag ihr bitte ...«, Verus überlegte eine Weile, »..., dass ich nicht kann. Es gibt nur einen Platz auf dem Schiff und sie ist hier nicht sicher. Das Schiff wird sie nach Hause bringen.«

Der schwarze Junge übersetzte anschließend die Worte des Dieners.

Sie drehte ihren Kopf zu ihm und schaute ihm eine Zeitlang tief in die Augen. Er hielt dem nicht stand und senkte seinen Blick.

»Sag ihr bitte, dass es keine andere Möglichkeit gibt.«

Nachdem sie die Übersetzung wahrnahm, überlegte sie kurz und dann sagte sie.

»Dann bleibe ich hier als deine Sklavin.«

Er musste vor sich hin lächeln. Er war noch nie in seinem Leben so einer Frau begegnet.

Und ich werde keine andere wie dich je wieder antreffen. Du bist etwas Besonderes, das es nur ein einziges Mal auf der ganzen Welt gibt, kam ihm dabei in den Sinn.

»Es geht leider auch nicht«, widersprach er leise und erklärte ihr wahrheitsgemäß den Stand der Dinge. »Ich bin kein Bürgerlicher, nur ein Diener, wenn auch aus freien Stücken. Trotzdem darf ich keine Sklavin besitzen. Und auch wenn es eine Möglichkeit gäbe, ich habe kein Geld, um für dich und mich zu sorgen.«

Nachdem der Junge seine Erklärung übersetzt hatte, betrachtete sie ihn noch eine Weile. Sie begriff langsam und Tränen stiegen ihr in die Augen, als sie ihn zum Abschied noch umarmte. Dann drehte sie sich um und ging zu der kleinen Brücke, die in das Innere des Schiffrumpfs führte. Kurz davor blieb sie stehen, beugte sich nach vorn zu dem Jungen und sagte ihm leise etwas. Dann warf sie Verus noch einen letzten Blick zu und hob zum Abschied kurz ihre Hand. Große Tränen rollten ihr dabei über die Wangen. Dann drehte sie schließlich sich um, überquerte in Eile die restlichen Meter und verschwand in dem riesigen Schiff.

»Was hat sie gesagt?«, fragte Verus neugierig.

Der Junge überlegte kurz. »Sie bedankte sich erneut bei Ihnen und sagte, dass sie Sie nie vergessen würde und dass sie ihren Kindern und Enkelkindern von Ihrem Heldentum und Ihrer Güte erzählen würde, so dass Sie nie in Vergessenheit geraten werden. Und ... diesen Teil habe ich nicht ganz verstanden ... sie sagte wortwörtlich: 'Wir werden uns im nächsten Leben wiedersehen, davon bin ich überzeugt'. Wie gesagt, ich bin mir nicht sicher, ob ich das Wort ‚im nächsten Leben' richtig verstanden habe«.

Danach drehte sich auch der Junge um und überquerte ebenfalls das schmale Brett, das zum Schiff führte. In der Mitte blieb er jedoch stehen und schaute zu dem Diener herüber.

»Wissen Sie überhaupt, wen sie gerettet haben?«

»Eine Sklavin?«, antwortete Verus unbedacht.

Der schwarze Junge betrachtete ihn eine Weile schweigend, dann sagte er mit nachdenklicher Stimme. »Sie ist keine gewöhnliche Frau, sondern die einzige

Tochter eines mächtigen Stammesführers und eine Prinzessin. Sie wurde auserkoren, die Völker des schwarzen Kontinents zu vereinen.«

Der Junge drehte sich anschließend um und verschwand augenblicklich im Schiffsinneren. Bald darauf legte das Schiff ab.

Verus blieb stehen und beobachtete das sich immer weiter entfernende Schiff, bis dessen Umrisse völlig in der Dunkelheit verschwanden und mit der Nacht für immer verschmolzen. Auch lange danach stand er immer noch wie angewurzelt da, tief in seinen Gedanken vertieft, traurig und verzweifelt. Schließlich drehte er sich schwermütig um und kehrte mit schwerem Herzen langsam wieder zurück in sein trostloses Leben. Das alles kam ihm plötzlich wie ein Traum vor, aus dem er gerade aufgewacht ist.

Der Diener stand in seinem kleinen schäbigen Zimmer im Dachgeschoß des Herrenhauses am Fenster und schaute nachdenklich hinaus auf die Stadt unter ihm. Er konnte die ganze Nacht kein Auge zumachen. Zu viele Gedanken plagten ihn, viel zu viel war in der kurzen Zeit geschehen, was sein ganzes Leben völlig umgekrempelt und verändert hatte. Die Sterne am Himmel verblassten nach und nach und im Osten zeigten sich die ersten Anzeichen der bevorstehenden Dämmerung. Die Stadt erwachte langsam zum Leben.

Vorbei ist mein Traum von einem kleinen Haus, wenn ich in die Jahre komme, dachte er sich trübsinnig.

Er hatte für die Überfahrt der jungen Sklavin einen Kredit aufnehmen müssen. Das war die einzige Möglichkeit gewesen an Geld heranzukommen. Fast sein ganzes

Gehalt der nächsten Jahre würde für die Tilgung aufgebraucht werden. Er würde bis zum letzten Atemzug in diesem Haus verbleiben und das Bett ..., er drehte langsam seinen Kopf und schaute traurig hin ..., würde höchstwahrscheinlich auch sein Sterbebett sein. Dennoch bereute er nichts. Das kurze und einzige Abenteuer seines Lebens würde er nie vergessen.

Und sie war keine gewöhnliche Frau, sie war eine Prinzessin, ging ihm durch den Kopf. *Er hatte eine Prinzessin gerettet!*

In dem Augenblick erschien vor seinem inneren Auge ihr wunderschönes Gesicht mit ihren großen Smaragdaugen und ihrem unvergesslichen Lächeln.

Ich hoffe, dass du heil nach Hause gekommen bist, Prinzessin. Und möglicherweise hast du recht, vielleicht werden wir uns in einem anderen Leben wiedersehen, wer weiß? Ich würde es mir wünschen und Hoffnung ist das Einzige, was mir noch geblieben ist.

***

Als David aufwachte, spürte er, dass seine Augen voller Tränen waren. Er sah das kleine Zimmer des Dieners noch deutlich vor sich, als ob er gerade noch dort stehen würde. Das war das erste Mal, dass er in seinem Traum nicht gestorben war. Erfolgreich war er jedoch auch nicht gerade gewesen. Er musste vor sich hin lächeln.

Bislang war ich in meinen Träumen entweder gar niemand oder ein Sklave, ein Krieger oder ein Diener, ging ich durch den Kopf. *Nie habe ich geträumt, ich sei ein König oder ein mächtiger Mann.* Doch, einmal war er ein erfolgreicher Geschäftsmann. Dennoch, eigentlich war er in seinen bisherigen Traumleben nie richtig glücklich gewesen. Das einzige freudige Ereignis, das er jedes Mal erlebt hatte, war die Begegnung mit einer geheimnisvollen Schönheit, die er zu beschützen oder deren Leben er zu retten versucht hatte. *Seltsam*, kam ihm dabei in den Sinn. All seine Träume hatten bislang diesen gemeinsamen Nenner, er und die mysteriöse Frau, eine Priesterin, Prinzessin oder vielleicht eine Königin. Sie hatte stets etwas Besonderes an sich und jedes Mal hatte er das Gefühl gehabt, als ob er nach dieser außergewöhnlichen Frau gesucht hätte.

Plötzlich musste er breit lächeln. Es war ihm gerade aufgefallen, dass all diese Schönheiten etwas gemeinsam hatten. Sie waren zwar, was das Aussehen betraf, sehr unterschiedlich, mal war es eine dunkelhäutige Frau mit Augen, schwarz wie die tiefste Nacht, mal eine hellhäutige Schönheit mit himmelblauen Augen und blonden Haaren, dennoch, jedes Mal erinnerten ihn all diese Frauen an Sofia.

Wie ist das möglich? Vermutlich spiegeln diese seltsamen, luziden Träume meine Gefühle für Sofia wider, dachte er sich dabei. *Wie könnte es anders sein? Auf der anderen Seite, falls es tatsächlich frühere Leben waren, die ich tatsächlich gelebt habe, wieso dann immer diese geheimnisvolle Frau?*

David wusste es nicht, er wollte so gern daran glauben, dass es seine eigenen Leben gewesen waren. Dann wäre sein baldiger Tod, der in Kürze eintreffen würde, nicht das Ende. Es wäre schön, doch er war immer noch nicht davon überzeugt. Dafür war er ein zu großer Realist. Vermutlich waren es nur die Auswirkungen des ständig wachsenden Tumors in seinem Kopf, die zu diesen seltsamen Träumen führten. Es gibt auch Leute, die schizophren sind und andere Personen sehen, mit denen sie sprechen können. Und für diese Menschen sind sie genauso real, wie Davids luzide Träume. Dennoch, er wollte es glauben, mit seinem ganzen Herzen, bereits aus dem Grund, dass Sofia daran glaubte.

Egal, dachte er sich, *bald wird es vorbei sein und ich werde es herausfinden.*

X.

Abendessen zu dritt

Die letzten Tage war David wieder einmal nicht draußen gewesen. Seine Kopfschmerzen waren stärker geworden und er hatte sogar mehrere Male während des Tages sein Bewusstsein verloren. Einmal wachte er mit angeschlagenem Knie auf dem PVC-Fußboden der Küche auf, ein anderes Mal stieß er sich schmerzhaft den Kopf im Bad an. Er traute sich deshalb gar nicht mehr hinauszugehen. Er ließ jedoch einen Arzt zu sich nach Hause einbestellen. Doch der konnte nichts finden, außer, was ihm David nicht verraten hatte, dass eine riesige Krebsgeschwulst auf sein Gehirn drückte. Wenigstens wurden ihm weitere schmerzlindernde Medikamente verschrieben. Diese Umstände führten dazu, dass er seit der Geburtstagsparty von Sofias Tochter weder sie noch Elinor gesehen hatte.

Er vermisste die beiden unheimlich. Sie waren das einzige Licht in seinem jetzigen trostlosen Leben. Ein einziges Mal bemerkte er die beiden auf der Straße, als er aus dem Fenster sah, und sofort verspürte er unstillbare Sehnsucht, mit Sofia zu sprechen, ihre Stimme zu hören, ihr aus nächster Nähe in die Augen blicken zu dürfen. Das war jedoch zurzeit unmöglich. Er hoffte nur, dass es ihm bald besser gehen würde, um wieder seine Spaziergänge fortführen zu können und dabei Sofia und Elinor zu begegnen.

Noch wenigstens ein paar Wochen, dachte er sich dabei, *nur noch ein bisschen länger, bevor ich mich auf die ewige Reise ins Unbekannte begebe.*

David fühlte sich die meiste Zeit müde und entkräftet und genauso war es auch heute der Fall. Die vorausgegangene Nacht hatte er wieder einmal kein Auge zugemacht. Es war gerade früh Nachmittag und er spürte, wie sich die Müdigkeit langsam hereinschlich, deshalb ging er ins Schlafzimmer und legte sich quer über das Bett hin, ohne sich auszuziehen. Vollgepumpt mit seinen Medikamenten schlief er nach einer Weile ein.

Ein Läuten und ein leises Klopfen an der Tür weckten ihn schließlich auf. Er wusste nicht, wie lange es bereits andauerte oder ob er gleich beim ersten Mal aufgewacht war. Glücklicherweise hatte er sich angezogen ins Bett gelegt. Er richtete sich auf und versuchte schnell aufzustehen, bekam jedoch gleich einen kurzen Schwindelanfall und musste sich wieder setzen. Der Schwindel verschwand jedoch fast augenblicklich wieder.

Als die Klingel erneut geläutet hatte, rief er kurz auf. »Ich komme gleich!«

Er stand vorsichtig auf, holte seinen Stock und ging langsam zur Tür. David fragte sich unterwegs, wer ihn besuchten könnte. Er kannte hier ja niemanden. *Vielleicht der Hausmeister?* Es hatte ihn noch niemand besucht, so lange er hier wohnte. Er glättete noch leicht seine Haare und stellte sich vor die Tür. Dann atmete er tief durch, bevor er sie langsam öffnete. Als er schließlich die Besucher erblickte, die vor ihm im Hausflur standen, war er so überrascht, dass er zuerst kein einziges Wort herausbringen konnte.

»Guten Tag, Herr Davidoff«, erklang die angenehme Stimme von Sofia. Sie war stark befangen und fügte verlegen hinzu, »ich hoffe, ich störe Sie nicht?«

David war immer noch sprachlos und schüttelte nur den Kopf. Schließlich fand er seine Stimme wieder. Anstatt auf ihren Gruß zu antworten, fragte er verblüfft. »Wie haben Sie mich überhaupt gefunden?«

»Es war nicht leicht«, gab Sofia immer noch leicht befangen zu. »Sie haben gar kein Schild an der Tür und auch keins unten an ihrem Briefkasten. Sie haben mir jedoch vor einiger Zeit gezeigt, in welchem Stockwerk sich ihre Wohnung befindet und diese Tür war die einzige, die schließlich in Frage kam.«

Erst jetzt konnte David seine Überraschung überwinden und berichtigte sein Verhalten. »Entschuldigen Sie, Frau Weiß, wie unhöflich von mir. Guten Tag«. Er schaute dann nach unten zu Elinor und versuchte zu lächeln. »Hallo, Elinor.«

Dann richtete er seinen Blick wieder auf Sofia, um sich ihrer Bemerkung zu stellen. »Wegen dem Namensschild tut es mir leid, ich bin irgendwie noch nicht dazu gekommen.«

Im Geiste hatte er jedoch dem Gott dafür gedankt, dass er es noch nicht getan hatte. Sonst hätte er sich ungewollt verraten. Das wäre gar nicht gut.

»Geht es Ihnen gut?«, fragte Sofia anschließend. »Wir haben Sie lange nicht mehr gesehen«.

»Ich habe mich in der letzten Zeit nicht ganz wohl gefühlt«, antwortete David bedacht aber wahrheitsgemäß. Er war neugierig, was Sofia zu ihm führte, deshalb stellte er ihr gleich die Frage. »Warum sind Sie gekommen, Frau Weiß, was kann ich für Sie tun?«

Sofia wurde plötzlich wieder verlegen. »Ich …, Sie sagten, dass Sie sich nicht ganz wohl fühlen …, dann wohl …, nichts, ich …«.

David unterbrach sie mit einem Lächeln. Er war jetzt wieder voll der Herr seiner selbst. »Frau Weiß, bitte, so schlecht geht es mir wiederum auch nicht. Was brauchen Sie?«

Befangen sagte sie leise, als ob es ihr sehr schwer fiel. »Sie haben bereits einmal nach Elinor gesehen … und sie fühlte sich bei Ihnen gut aufgehoben … Ich wollte Sie fragen, ob …«.

David wusste bereits wohin das Gespräch führen würde und lächelte Sofia nur breit an. »Sehr gern, Frau Weiß.«

Sie starrte ihn verwirrt an. »Ich habe Ihnen noch gar nicht gesagt, was ich …«.

»Sie wollten mich fragen, ob ich auf Ihre Tochter aufpassen kann. Sehr gern, es würde mich freuen. Selbstverständlich, falls Elinor damit einverstanden ist?« und er schaute Sofias Tochter mit fragendem Blick an. Elinor blickte wiederum zu ihrer Mutter auf.

»Wissen Sie«, fing Sofia verlegen an, »ich kenne hier nicht viele Menschen. Ich meine, nicht viele, denen ich meine Tochter anvertrauen würde. Ich …, wie gesagt, Sie haben schon einmal auf Elinor aufgepasst und …«.

Sie machte eine kurze Pause und überlegte, wie sie sich am besten ausdrücken könnte. »Ich muss für ein paar Stunden in die Arbeit. Es kam unerwartet, so dass ich niemanden im Voraus organisieren konnte.« Sie schaute ihm fest in die Augen und fügte schließlich hinzu. »Ich …, ich würde Sie dafür auch bezahlen.«

Sie griff auch sofort in ihrer Handtasche und suchte nach ihrem Portemonnaie. David legte seine Hand leicht auf ihren Unterarm, um sie zu stoppen.

»Frau Weiß, bitte. Ich habe Ihnen bereits gesagt, dass ich kein Geld brauche. Davon habe ich mehr als genug. Ich mache es gern. Sie wissen ja, dass ich hier niemanden kenne.«

Er richtete seinen Blick auf Elinor. »Falls es für dich in Ordnung ist?«

Sie schaute unsicher zu ihrer Mom und dann nickte sie zögerlich. David verstand. Es war das eine, draußen im ihr bekannten Spielkasten mit einem Fremden zu spielen und etwas anderes, in seiner ihr unbekannten Wohnung auf ihre Mutter zu warten.

»Keine Angst, komm einfach herein« und er streckte seine Hand nach Elinor aus. Sie nahm, immer noch zögerlich, seine Hand entgegen und folgte ihn langsam in die Wohnung.

Sofia betrachtete ihre Tochter mit leichtem Unbehagen. »Ich bin so schnell, wie ich kann, wieder da.«

Beide, David und Elinor, drehten sich gleichzeitig zu ihr um und nickten in Zustimmung. Im nächsten Augenblick war Sofia bereits auf dem Treppenabsatz und eilte mit großen Schritten die Stufen hinunter. Sie war bereits zu spät und wollte keine einzige Sekunde verschwenden, um so schnell wie möglich wieder zurück zu sein.

Nachdem die Tür hinter ihnen zufiel, standen David und Elinor Hand in Hand unschlüssig in dem engen Flur seiner Wohnung. Sie war sehr still und fühlte sich offensichtlich unwohl.

Dagegen muss ich etwas unternehmen, schoss David durch den Kopf. Dazu hatte er hier auch kein Spielzeug. Er überlegte fieberhaft, womit er sie beschäftigen könnte, dann fiel ihm plötzlich etwas ein.

»Elinor? Glaubst du, du könntest mir helfen?«, fragte er absichtlich mit unentschlossener Stimme.

Sie schaute zu ihm hoch. Ihre Augen verrieten David, dass er ihre Neugier geweckt hatte. Sie nickte. Er führte sie ins Wohnzimmer und lehnte sich an den Türrahmen.

»Schau hin. Siehst du das, was ich sehe?«, stellte er eine erneute Frage an Elinor. »Ich glaube nicht, dass sich hier deine Mom sehr wohl fühlen würde, wenn sie kommt, um dich abzuholen. Was glaubst du? Ich möchte nicht, dass sie hier so ein Chaos vorfindet. Das wäre mir wirklich peinlich.«

Sofias Tochter schaute sich forschend um. Dann schüttelte sie entschieden den Kopf. »Wenn ich so eine Unordnung zu Hause in meinem Zimmer hätte, würde mich meine Mom ganz schön ausschelten. Sie mag es ordentlich, alles muss seinen Platz haben. Ich glaube, sie würde mit dir auch schimpfen, wenn sie das hier sehen würde.«

David lächelte breit. Sie hatte es ernst gemeint, so wie Kinder halt sind. »Das habe ich mir schon gedacht. Mein Problem ist jedoch, dass ich nicht weiß, wie ich das alles am besten aufräumen soll. Ich war nie ein sehr ordentlicher Mensch und ich finde oft die Sachen, die ich bereits eingeräumt habe, nicht mehr wieder.«

Er machte eine kleine Pause, seufzte laut und fügte hinzu. »Ich habe einfach keine Ahnung, wie ich Ordnung in dieses Chaos hier bringen soll. Glaubst du, dass du mir dabei helfen könntest?«

Elinor zog ihre Augenbrauen zusammen, ließ Davids Hand los und spazierte gewissenhaft, mit sehr ernster Miene, durch das Wohnzimmer, ihre Hände in die Hüften gestemmt. »Es wird nicht leicht sein«, sagte sie schließlich und schüttelte dabei ihren kleinen hübschen Kopf. »Aber wenn wir uns beeilen, können wir es schaffen, bevor Mom wiederkommt.«

»Da bin ich aber froh«, sagte David lächelnd und fügte hinzu, »Danke, Elinor.«

Sie nickte nur ernsthaft, wie eine erwachsene Person und beide fingen anschließend an, sein Wohnzimmer und auch seine Küche aufzuräumen. Es dauerte über zwei Stunden, bis sie mit der Arbeit fertig waren. David befürchtete, dass sich Elinor nach einer Weile langweilen würde, aber sie machte es gerne und fühlte sich richtig in ihrem Element. Er ließ sie auch alle Entscheidungen treffen, so dass sie ihn dirigieren konnte. Das gefiel ihr sichtlich. Zu Hause war Sofia, ihre Mom, diejenige, die über die gemachten Haustätigkeiten entschied und hier konnte sie sein wie sie, konnte ihre eigene Erfahrung einbringen. Sofia war zweifellos eine strenge Mutter, sie liebte ihre Tochter jedoch über alles und das wusste Elinor auch. Sie unternahmen immer alles zu zweit und hatten es im Leben sicherlich nicht leicht.

Als sie endlich fertig waren, fragte schließlich Elinor mit einem zufriedenen Lächeln. »Jetzt sieht alles schön ordentlich aus. Meine Mom wird sicherlich nicht mehr mit dir schimpfen.«

»Das freut mich unheimlich und alles nur dank deiner Hilfe. Das kannst du gerne deiner Mutter auch erzählen, dass ich ohne dich ganz verloren gewesen wäre. Sie kann wirklich auf dich stolz sein.«

Elinor lächelte nur breit und ihre Augen strahlten Zufriedenheit aus. Sie wandte sich schließlich an David und schaute zu ihm auf. »Und was machen wir jetzt?«

David überlegte eine Weile. »Kannst du zeichnen?«

»Ja«, antwortete sie neugierig, »warum?«

»Weißt du, es ist bereits sehr lange her, seitdem ich die Schule besucht habe. Du könntest mir zeichnen, wie es bei dir in der Schule aussieht und was ihr so macht.«

Elinor war begeistert. David suchte schnell nach einem Papierblock und ein paar Stiften und legte alles vor ihr auf den Tisch. Elinor fing an zu zeichnen und erklärte ihm dabei, was das sein sollte, wo sie in der Schule saß, welche Fächer sie hatten. Sie zeichnete einige ihrer Lehrer und Lehrerinnen, die sie mochte, wie sie Pause machten, oder wie sie gerade beim Mittagessen waren.

David hörte aufmerksam zu und lächelte dabei vor sich hin. Es waren Zeichnungen von einem Kind, doch für Elinor war das alles so echt, als ob sie eins zu eins der Realität entsprochen hätten. Sie sah das alles in dem Augenblick mit ihrem geistigen Auge vor sich.

Das können nur Kinder, dachte sich David dabei. *Es ist eine Gabe, eine Eigenschaft, die man verliert, wenn man erwachsen wird. Es ist eigentlich Schade.*

Als er die Malerei und Zeichnungen einige Zeit verfolgte, kam ihm dabei plötzlich eine Idee. Er drehte sich zu Elinor und betrachtete sie eine Zeitlang nachdenklich. Sie hörte auf zu malen und schaute ihn mit fragenden Augen an.

»Elinor?«

»Ja?«

»Ich habe eine Idee, wie wir deine Mom vielleicht überraschen und ihr sogar Freude bereiten können. Hilfst du mir dabei?«

Elinor nickte und David erklärte ihr, was er vorhatte. Sie war so begeistert, dass ihre Augen wie zwei kleine Juwelen strahlten und ihr ganzes Gesicht wie die Sonne leuchtete. Weil sie nicht wussten, wann Sofia zurückkommen würde, machten sie sich sofort an die Arbeit. Es gab viel zu tun.

Es war bereits längst nach acht, als Sofia auf dem Weg nach Hause war, deutlich später als sie es eingeplant hatte. Sie fühlte sich unwohl. Elinor befand sich bereits viel zu lange alleine in der Wohnung des alten Mannes. Sie hatte zwar Herrn Davidoff irgendwie vertraut, dennoch kannte sie ihn nur wenig und das erst seit Kurzem. Ein kleines Mädchen in einer fremden Wohnung und dazu noch mit einem fremden Mann. Es könnte alles Mögliche passieren. Ihre Fantasie ging mit ihr durch und die schrecklichsten Szenarien spielten sich vor ihrem geistigen Auge ab. Wenn sie nur daran dachte, stieg in ihr immer größer werdende Panik auf.

Warum habe ich sie überhaupt zu diesem alten Mann gebracht? fragte sie sich verzweifelt.

Wenn ihr etwas zustieß… Sie hätte sich das nie verzeihen können. Diese Vorstellung trieb sie weiter und ihr Magen schnürte sich zusammen. Fast im Laufschritt erreichte sie die Eingangstür des Hauses und lief die Treppe so schnell wie möglich nach oben. Ganz außer Atem stand sie schließlich vor der Wohnung des alten Mannes. Sie atmete einmal tief durch, um die Fassung zu bewahren und nicht so gehetzt auszusehen, bevor sie schließlich ihren Arm hob und mit zitternder Hand die Türklingel betätigte.

Sie vernahm einen leisen Klingelton auf der anderen Seite, doch kein anderes Geräusch. Sie läutete erneut und Panik stieg in ihr erneut langsam auf.

Was habe ich getan! Elinor wo bist du? Und erneut drückte sie die Klingel bis zum Anschlag, immer und immer wieder.

Plötzlich hörte sie einige Geräusche hinter der Tür und gedämpfte Stimmen. Eine davon war hoch, die Stimme von Elinor! Sie wollte gerade erneut klingeln, als die Tür endlich aufging. Vor ihr stand Elinor, Hand in Hand mit dem alten Mann. Er selbst war sehr elegant angezogen, trug einen abgenutzten Anzug, der jedoch sicherlich einst sehr teuer gewesen war. Das konnte man ihm ansehen. Und dazu hatte er eine passende Krawatte. In dieser Aufmachung sah Herr Davidoff sehr passabel aus und jünger als sonst. Ihr Blick schwenkte zu Elinor und ihr stockte plötzlich der Atem. Sie sah wunderschön aus. Ihre Haare waren frisch gekämmt und sie trug eine Haarspange in Form einer Blume. Angezogen war sie in einem wunderschönen Kleid, das ihr wie angegossen passte. Es war ganz neu, sicherlich sehr teuer und es gehörte nicht zu ihren Klamotten!

Sie schaute verwundert zu dem alten Mann hoch. Der lächelte nur geheimnisvoll vor sich hin. Sie wollte gerade etwas sagen, aber ihre Tochter kam ihr vor.

»Mom?«, fragte sie vorwurfsvoll, »wo warst du so lange? Und wieso hast du so viele Male geklingelt?«

»Es tut mir leid, Schätzchen, wirklich, aber ich habe es nicht früher geschafft.« Die zweite Bemerkung ignorierte sie einfach. »Komm, wir gehen jetzt nach Hause.« Das mit dem Kleid würde sie noch klären müssen, dachte sie sich dabei. Sie richtete ihr Blick auf David. »Vielen Dank Herr Davidoff, dass sie auf meine Tochter aufgepasst …«.

Sie wurde plötzlich von Elinor unterbrochen. »Mom! Wir dürfen noch nicht gehen. Ich und …«.

»Elinor!«, die Stimme von Sofia wurde streng. »Wir gehen jetzt!«

»Aber Mom …«, widersprach ihre Tochter weinerlich.

Bevor Sofia dazu noch etwas sagen konnte, unterbrach sie David. »Frau Weiß, bitte, Elinor wollte Ihnen etwas zeigen. Wir haben für sie eine Überraschung vorbereitet«.

Sofia schaute verwundert zu dem alten Mann hin und dann wieder zu ihrer Tochter. Sie bemerkte, dass Elinor den Tränen nah stand. Das verblüffte sie. So schroff wollte sie mit ihr nicht umgehen, das hatte sie nicht verdient.

»Na gut«, lenkte sie schließlich ein. »Aber wir wollen Herrn Davidoff nicht zu lange belästigen.«

Sie bemerkte, dass er etwas sagen wollte, überlegte sich das aber anders. Elinor nahm Sofias Hand und führte sie in die Küche. Der alte Mann folgte langsam nach.

An der Türschwelle zur Küche blieb Sofia wie versteinert stehen und starrte fassungslos den Küchentisch an. »Was…?«

Mehr war sie nicht imstande herauszubringen. Elinors Augen strahlten wieder, als sie antwortete. »Wir haben für dich ein Abendessen vorbereitet.«

Sofia blickte zuerst verwundert zu ihrer Tochter hinüber und dann drehte sie sich mit weit geöffneten Augen zu David. Der lächelte sie nur amüsiert an.

»Wir dachten, dass Sie vermutlich heute keine Zeit haben würden, etwas zum Essen zu besorgen oder zu kochen. Deshalb haben wir uns überlegt, ein kleines Abendessen für Sie vorzubereiten.« Er fügte noch hinzu. »Insbesondere dank Elinor, ich bin kein guter Koch, aber ihre Tochter hat wirklich Talent, insbesondere was die Dekoration betrifft.«

Sofia schaute zurück zu dem gedeckten Tisch und plötzlich schossen ihr heiße Tränen in die Augen.

David stand neben Sofia in der Küche und beobachtete sie nachdenklich. Er bemerkte auch, wie ihr die Tränen hochkamen. Sie wischte sich schnell das Gesicht ab, um David und ihre Tochter nicht in Verlegenheit zu bringen. Deshalb fügte er zu seiner Erklärung hinzu. »Und Elinor erzählte mir auch, dass Sie seit geraumer Zeit nicht mehr ausgegangen sind. Betrachten Sie es einfach als eine Art Einladung zum Essen zu dritt.«

Er schaute zu Elinor hin, blinzelte ihr kurz zu, stellte sich theatralisch vor Sofia und verbeugte sich kurz. »Frau Weiß, darf ich Sie und ihre Tochter zu einem kleinen Abendessen einladen?«

Er verbeugte sich erneut, trat zur Seite, streckte seinen Arm aus und machte eine einladende Bewegung mit der Hand zum Tisch. Sofia zögerte einen Augenblick, konnte jedoch so eine Einladung nicht einfach ausschlagen.

»Na gut«, stimmte sie schließlich zu und nickte mit dem Kopf, »wir bleiben aber nicht lange.«

Elinors Gesicht erstrahlte. Sie nahm Sofias Hand und zog sie zum Tisch. »Komm, Mom, setzt sich.«

David ergriff sofort den Stuhl und schob ihn vom Tisch weg, so dass sie Platz nehmen konnte. Dann half er

Elinor in den Stuhl daneben und setzte sich gegenüber von Sofia. Sie musste sich erneut die Tränen aus den Augen wischen.

»So, zuerst einen kleinen Umtrunk«, sagte David und hob eines der bereits eingeschenkten Gläser mit rotem Wein hoch. Sofia und Elinor hoben ebenfalls ihre Gläser und David fügte feierlich hinzu. »Auf einen netten Abend«. Er nahm einen kleinen Schluck und Sofia und ihre Tochter taten das Gleiche.

In dem Augenblick bemerkte Sofia, dass Elinor dasselbe rote Getränk hatte. »Elinor! Du weißt, dass du keinen Alkohol trinken darfst!«, ihre Stimme war erneut sehr streng und voller Vorwürfe.

»Aber Mom, das ist kein Wein, es ist nur eine Limonade«, sie lächelte dabei schalkhaft. »Wir haben mit Absicht ein Getränk ausgesucht, das eine ähnliche Farbe wie der Wein hat. Ich weiß doch, dass ich keinen Alkohol trinken darf, ich bin noch zu jung!«

Sofia lächelte leicht verlegen und schaute ihre Tochter mit Augen an, die voller Liebe waren. »Es tut mir leid mein Schatz, ich …, ich weiß, dass du keinen Alkohol trinken würdest. Ich bin nur ein wenig durcheinander.«

»Ist schon gut«, antwortete Elinor und lächelte zurück. Dann schaute sie zu David. »Die Vorspeise?«

David nickte nur. »Ich helfe dir.« Als er sah, dass auch Sofia aufzustehen versuchte, hielt er sie zurück. »Sie nicht, Frau Weiß, bitte, bleiben Sie sitzen. Sie sind unser Gast. Ich und Elinor werden Sie bedienen.«

Sofia setzte sich zögerlich wieder und David, insbesondere jedoch ihre Tochter, servierten den ersten Gang. Es war alles sehr schmackhaft angerichtet und weil alle hungrig waren, stürzten sie sich wortlos auf die Speisen.

Dann kam der Hauptgang. Auch der wirkte sehr ausgelesen und Sofia wunderte sich, wo sie das Essen überhaupt her hatten.

»Habt ihr das alles tatsächlich gekocht?«, fragte sie fassungslos.

David schaute verlegen zu Elinor und sie genauso ihn an. »Nicht wirklich«, sagte er schließlich. »Ich bin kein guter Koch. Wir haben zwar einiges eingekauft, um selbst kochen zu können, wir waren jedoch nicht sehr erfolgreich. Zum Schluss haben wir deshalb die meisten Sachen als Fertigessen bestellt.«

»Das stimmt«, gesellte sich Elinor dazu, »Liam ist wirklich ein furchtbarer Koch«. Sie lächelte dabei David an, ihre Augen leuchteten wie zwei kleine Sternchen. Als Sofia Elinor so fröhlich und ausgelassen sah, stiegen ihr erneut Tränen in die Augen. Es war lange her, seitdem sich ihre Tochter in Anwesenheit einer dritten Person so unbeschwert verhalten hatte. Sie musste einige Male tief durchatmen, um sich wieder zu fassen.

Nach dem Hauptgang bereitete Elinor noch die Nachspeise. Als David ihr helfen wollte, sagte sie nur. »Ich schaffe es alleine. Ich bin schon groß! Und du kannst dabei meine Mom unterhalten.«

Beide, Sofia und David lächelten vor sich hin. Elinor benahm sich für ihr Alter erwachsener als sie es tatsächlich war.

»Sie spielt gerne die Erwachsene«, sagte Sofia nachdenklich, ihr Blick nach innen gekehrt. Ein kleines Lächeln umspielte dabei ihre Lippen.

»Sie haben eine beispielhafte Tochter, Frau Weiß. Man sieht, dass Sie sie hervorragend erziehen«, äußerte sich David nach einer Weile dazu.

Sofia schaute ihn leicht verlegen an. »Danke, es ist nicht leicht, ein Kind alleine großzuziehen.«

David nickte nur. Er schaute kurz zu Elinor hin und dann starrte er gedankenverloren die Tischplatte vor ihm an. Sofia betrachtete ihn einen Augenblick forschend.

Woher kenne ich nur diesen Mann? fragte sie sich erneut. Sie konnte sich jedoch nicht erinnern. Dennoch schien es ihr, dass sie irgendwie nah dran war.

»Sie haben mir erzählt, dass Sie keine Kinder haben«, fuhr sie nachdenklich fort, »waren Sie nicht einmal verheiratet?«

David schwieg eine Weile, bevor er zu Sofia aufblickte. Seine Augen waren ernst und nachdenklich. »Doch, ich war verheiratet. Es ist jedoch bereits lange her und die Ehe hielt nicht lange.«

»Was ist passiert?«

Er seufzte leicht und lächelte traurig vor sich hin. »Ich war nicht gut genug, viel zu egoistisch und viel zu viel nur mit mir selbst beschäftigt. Und ich wollte nie Kinder haben. In meinem Inneren war ich immer davon überzeugt, dass ich kein guter Vater gewesen wäre.«

Sofia betrachtete ihn eine Weile verwundert, bevor sie sich zu seiner Aussage äußerte. »Das kann ich mir gar nicht vorstellen. Sie ..., wie Sie sich uns gegenüber ..., ich meine Elinor gegenüber, verhalten.«

Ein trauriges, verbittertes Lächeln umspielte weiterhin Davids Mundwinkel. »Wissen Sie, Frau Weiß, ich war kein guter Mensch ...«

»Das glaube ich Ihnen nicht!«, unterbrach ihn Sofia aufgebracht. »Ich ..., Elinor vertraut Ihnen. Wir ..., sie würde nie jemandem vertrauen, der nicht gut und anständig wäre!«

David sagte dazu zuerst gar nichts, sondern nickte nur leicht einige Male vor sich hin. »Ich ..., ich versuche mich zu ändern. Wenn man alt wird und die eigene Zeit dem Ende naht, begreift man schließlich, was im Leben wichtig ist und was nicht. Ich versuche ...«, er zögerte erneut einen Augenblick, bevor er fortfuhr, »... einige furchtbare Taten, die ich in meinem Leben verübt habe, wiedergutzumachen.«

Er wurde sehr ernst. Die ganze Zeit starrte er nur die Tischplatte an, ohne ein einziges Mal Sofia anzusehen. Erst jetzt hob er seinen Blick und versank in ihren Augen. Sie erwiderte ihn unbeschwert und wartete ab. David senkte schließlich den Kopf, bevor er weitersprach.

»Die ganze Zeit stelle ich mir jedoch die Frage, ob man eine bereits verübte grausame Tat überhaupt wiedergutmachen kann. Und ob der oder diejenige so eine Tat überhaupt verzeihen könnte.«

Erst jetzt reagierte Sofia auf seine Bekundung. Sie war leicht verwirrt.

»Ich verstehe nicht ganz, was Sie damit meinen. Ich glaube jedoch, dass niemand fehlerfrei ist und wenn man eine schlechte Tat, wie Sie sagten, begeht und sie anschließend von ganzem Herzen bereut ...«. Sie suchte nach den richtigen Worten. »... ich glaube schon, dass man so einem Menschen verzeihen kann.«

David blickte erneut zur ihr auf. »Und Sie, wenn jemand Ihnen etwas Schlimmes angetan hätte, glauben Sie, Sie würden ihm verzeihen können?«

Sofia betrachtete David forschend und eindringlich. Sie war sich nicht sicher, wohin so ein Gespräch führen sollte und fühlte sich dabei allmählich mehr und mehr unbehaglich.

»Ich glaube ja«, sagte sie schließlich, »warum auch nicht. Es hängt selbstverständlich davon ab, was für ein Verbrechen derjenige verübt hätte.«

David lächelte vor sich hin. Das Gespräch entwickelte sich in eine unerwünschte Richtung und er hatte damit sogar selbst angefangen.

»Lassen wir lieber meine Vergangenheit ruhen«, sagte er schließlich mit einer heiteren Stimme, in die er sich zwang. »Ich wollte Sie etwas fragen, bereits einige Male zuvor, aber ich weiß nicht, ob diese Frage nicht zu persönlich ist.«

Er machte eine kleine Pause, hob seine Augenbrauen hoch und fuhr schließlich fort. »Was ist überhaupt mit Elinors Vater?«

Als er den Ausdruck in Sofias Gesicht bemerkte, fügte er schnell hinzu. »Sie müssen diese Frage nicht beantworten, wenn Ihnen nicht danach ist. Ich war nur neugierig. Ist ihm etwas zugestoßen? Oder lebt er nicht mehr?«

Sie schüttelte nur leicht den Kopf. David hakte vorsichtig weiter nach. »Ich kann mir aber keinen anderen Grund vorstellen, dass ein Mann so eine wunderschöne und besondere Frau wie Sie verlassen könnte?«

Sofia lächelte verlegen. »Danke für das Kompliment.« Dann verfiel sie in ein Schweigen, das David nicht zu unterbrechen wagte. Schließlich beantwortete sie seine Frage.

»Warum eigentlich nicht. Wissen Sie, ich spreche nicht gerne darüber, aber ich hatte irgendwie Pech mit den Männern. Ich bin keine Frau, die mit jedem zusammen sein will. Ich habe nie nach Abenteuer mit fremden Kerlen gesucht. Ich ..., ich wollte einfach Sicherheit, jemanden auf den ich mich verlassen kann und der der Vater meiner Kinder sein könnte. Vermutlich war ich jedoch nicht gut genug für solche Männer.«

David unterbrach sie fassungslos. »Das kann ich mir gar nicht vorstellen? Ich glaube mehr umgekehrt. Der Mann war Ihrer nicht würdig!«

Sofia lächelte traurig vor sich hin. »Meinen Sie? Keine Ahnung, vielleicht. Auf jeden Fall, als ich den Richtigen gefunden habe ... ich glaubte damals, er sei der Richtige ... er ist auch der Vater von Elinor. Ich war überglücklich und dachte, dass das Leben nicht schöner sein könne. Dann fand ich durch Zufall heraus, dass er eine Affäre mit seiner Sekretärin hatte und das bereits seit geraumer Zeit. Sie war sehr jung und attraktiv und himmelte ihn wortwörtlich an ... Ich habe es nicht einmal gemerkt ... Es wäre mir nie in den Sinn gekommen, dass er mich betrügen könnte.«

Sie seufzte tief, bevor sie ihre Erzählung, ihr Geständnis, schließlich abschloss. David sah ihr an, dass es ihr nicht leicht fiel, darüber zu sprechen.

»Anscheinend war ich ihm gegenüber zu unaufmerksam, vielleicht hätte ich mir mehr Mühe gegeben sollen, mich mehr anstrengen, ihn vielleicht genauso anhimmeln, wie es die junge Sekretärin gemacht hatte? Es war mein Fehler. Er suchte offensichtlich nach etwas, was er zu Hause nicht hatte, was ich ihm offensichtlich nicht geben konnte.«

Sie verfiel in Schweigen und ihre Gedanken, die David nicht zu unterbrechen wagte. Glücklicherweise kam Elinor gerade mit der Nachspeise. Währenddessen und auch danach unterhielten sie sich noch rege über alles Mögliche. David erzählte einige lustige Geschichten, die

er erlebt hatte, um Sofia von den trüben Gedanken abzu-
lenken und es war ihm auch gelungen. Alle lachten und
sie grübelte nicht mehr darüber nach, was sie ihm erzählt
hatte.

Nach einer seiner Erzählungen fing Sofia an, ihn sehr
nachdenklich zu betrachten, ohne jedoch ein einziges
Wort zu sagen. David blickte zurück, nach einer Weile
hob er jedoch eine Augenbraue hoch und fragte mit
leichtem Unbehagen. »Frau Weiß, haben Sie etwas?«

Sie schüttelte nur ihren Kopf und schaute schließlich
weg. »Ich weiß nicht. Ich ...«. Sie schaute ihm erneut in
die Augen. »Bitte, nehmen Sie es mir nicht übel, aber es
scheint mir, als ob wir uns von irgendwoher kennen. Ihr
Gesicht und Ihre Augen kommen mir bekannt vor. Sind
Sie sicher, dass wir uns noch nie zuvor begegnet sind?«

Davids Herz machte einen Satz. Er zwang sich mit aller Mühe, Ruhe zu bewahren. Dann fiel ihm wieder die
geeignete Antwort, die er ihr schon auf der Geburtstagsparty ihrer Tochter gegeben hatte. »Wie bereits gesagt, nicht dass ich wüsste. Aber vielleicht in einem
früheren Leben?«

Er lächelte dabei breit, um seinen Worten das Gewicht wegzunehmen, auch wenn er es ernst meinte.

»Ja, vermutlich haben Sie recht, das haben Sie mir ja
bereits erzählt. Es irritiert mich dennoch. Es gibt nicht
viele Menschen, die tatsächlich an Seelenwanderung
glauben. Die meisten sind ja Christen und ihr Glaube be-
ruht auf Gott und dass ihre Seele in den Himmel kommt.
Das kann ich mir jedoch nicht ganz vorstellen.«

»Um die Wahrheit zu sagen«, meinte David zu ihrer
Äußerung, »ich bin mir auch nicht ganz sicher. Ich würde
es gerne glauben und dazu habe ich diese seltsamen

Träume, die mich hin und wieder in den Nächten verfolgen. Sie sind sehr real und ich träume häufig von einem ganz anderen Leben, anderer Zeit, als ob ich jedes dieser Leben tatsächlich gelebt hätte. Ist das jedoch möglich? Kann man sich an sein früheres Leben überhaupt erinnern?«

David lächelte vor sich hin und machte eine Pause. Es war mehr eine rhetorische Frage gewesen, einfach in den Raum gestellt. Er erwartete darauf keine Antwort. Sofia betrachtete ihn mit erweiterten Augen, fasziniert und begeistert gleichzeitig, wartete jedoch ab, wohin das Gespräch führte.

»Wissen Sie, Frau Weiß, ich war deswegen sogar bei einem Gehirnforscher und bei einem Spezialisten, der sich mit Träumen auskennt, bekam jedoch keine zufriedenstellende Antwort. Im Grunde wussten die Ärzte selbst nicht, warum ich solche Träume habe.«

Den Tumor erwähnte David gar nicht. Er wollte nicht, dass sie sich unnötige Sorgen machte. Aber das war auch nicht nötig. Es hatte ja mit dem, worüber sie gerade sprachen, nichts zu tun.

Jetzt ergriff Sofia das Wort. »Sie wurden von den falschen Menschen beraten«, sagte sie schließlich. »Wissenschaftler oder Ärzte können Ihnen nicht helfen.«

»Nicht?«, fragte David verwirrt. »Aber wieso nicht?«

»Sie sind alle zu sehr an die Realität gebunden. Alles, was sie nicht anfassen oder beweisen können, gibt es für sie gar nicht. Sie müssen zu jemandem, der sich mit der spirituellen Materie auskennt.«

David schnitt eine Grimasse. »Frau Weiß, ich glaube nicht an Gott und glaube auch nicht, dass mir ein Priester irgendwie helfen könnte.«

»Das meine ich nicht«, verteidigte sich Sofia, »es gibt andere Spezialisten, die an solche Dinge glauben und danach auch leben!«

Ihre Stimme war voller Begeisterung und Leidenschaft.

Wie unglaublich schön sie ist, dachte sich David dabei und starrte sie fast unverhohlen an. Sie neigte ihren Kopf leicht zur Seite und erwiderte seinen Blick ohne jegliche Befangenheit. David vergaß in dem Augenblick, was er überhaupt sagen wollte. Schließlich unterbrach Sofia das Schweigen.

»Herr Davidoff? Ist etwas nicht in Ordnung?«

Verdammt! Was soll das Ganze! ermahnte er sich selbst, kam wieder zu Besinnung und stellte endlich die Frage, die er auf der Zunge hatte. »Welche Spezialisten meinen Sie denn?«

»Ich meine damit Leute, die sich mit der indischen Philosophie beschäftigen.«

David war skeptisch. »Meinen Sie Hinduismus oder Buddhismus?«

»Ja und nein«, antwortete Sofia bedacht. »Es handelt sich dabei um sogenannte Veden. Das bedeutet Wissen. Es ist eine Sammlung von religiösen und wissenschaftlichen indischen Texten. Die indische Philosophie glaubt an die Wiedergeburt. Alle großen indischen Philosophen sind und waren davon überzeugt, dass es eine höhere kosmologische Instanz gibt und dass man durch die Unwissenheit über das eigene Dasein oder auch durch die Unvollkommenheit des eigenen Ich in einem Kreislauf der Wiedergeburten gefangen ist. Und nur der Wissende kann diesen Zyklus des Lebens durchbrechen und sich befreien.«

David betrachtete Sofia verwundert. Sie hatte ihn überrascht, wie gut sie sich auf diesem Gebiet auskannte. Sie glaubte nicht nur einfach so, sondern hatte sie ihren Glauben durch die alte indische Philosophie begründet. Es klang plausibel, besser als nur einfach sinnlos zu glauben. David hatte zwar von Buddhismus und Hinduismus bereits etwas gehört, konnte sich damit jedoch nie identifizieren. Für ihn war es einfach nur eine andere Art der Religion und er war sicherlich kein religiöser Mensch.

»Meine Hochachtung, Frau Weiß, dass Sie sich auf diesem Gebiet so gut auskennen!«, lobte David Sofia.

Sie senkte ihren Blick und lächelte verlegen. »So gut kenne ich mich auch wieder nicht aus. Ich interessiere mich dafür, weil ich daran glaube und ich wollte es auch gerne verstehen.«

David nickte nur verständnisvoll. Er fragte nachdenklich, mehr sich selbst als sie. »Glauben Sie, dass man sich, wenn man wirklich daran glaubt, an das frühere Leben tatsächlich erinnern kann?«

Sofia antwortete ernsthaft. »So einfach ist das nicht, doch es gibt bestimmte Techniken und Meditationen, wodurch sich angeblich große indische Yogameister gezielt an ihre früheren Leben erinnern konnten.«

»Tatsächlich? Und wie funktioniert so etwas?« fragte er neugierig.

»So viel weiß ich nicht darüber, man muss jedoch jahrelang, sogar jahrzehntelang hart trainieren, um so etwas zu erreichen.«

David lächelte traurig vor sich hin. »So viel Zeit habe ich leider nicht.«

»Was?«, Sofia schaute ihn verwundert an.

»Ah, nichts. Ich meinte damit, dass ich nicht genug Selbstdisziplin habe, um so etwas durchzuhalten«. Er überlegte weiter laut. »Aber wofür ist das überhaupt gut, sich an seine früheren Leben zu erinnern?«

»Darum geht es gar nicht«, antwortete Sofia wissentlich. »Es geht darum, den Kreislauf des Lebens zu durchbrechen, um endlich frei zu sein. Ein höheres Niveau des eigenen Daseins zu erreichen.«

David hob seine Augenbrauen hoch. »Und wie soll das funktionieren? Wie kann man diesen Kreislauf der Wiedergeburten überhaupt entfliehen?«

»Wie ich bereits gesagt habe, gibt es dazu spezielle Yoga-Techniken, sie heißen Yogasutra, eine Art Leitfaden, wo genau erklärt wird, wie man durch verschiedene Übungen einzelne Stufen nach und nach meistern kann, bis man schließlich die höchste Stufe erreicht und endlich frei wird.«

»Und was muss man dabei machen?«, hakte David neugierig nach.

»Da bin ich überfragt«, gab Sofia befangen zu. »Aber, hier in der Stadt lebt ein alter Yogalehrer. Wenn Sie sich tatsächlich dafür interessieren, kann ich Ihnen die Kontaktinformation geben. Ich war selbst bei ihm in einem Yoga Kurs.«

»Sie betreiben Yoga?«, fragte David überrascht.

»Nein, aber ich …, ich hatte vor einiger Zeit ein paar Probleme, mehr einer psychischer als physischer Art …«. Sie schwieg eine Zeitlang still und überlegte, bevor sie ihre Aussage ergänzte. »Zuviel Stress, Elinor als kleines Kind, die Trennung … und so weiter«, sie blickte kurz über den Tisch zu ihm herüber, schaute dann jedoch gleich wieder weg.

»Ich verstehe«, sagte David, um ihre Befangenheit zu entkräften, fügte er noch hinzu. »Das mit der Kontaktadresse wäre sehr nett. Ich bin wirklich interessiert, mit diesem Yogalehrer zu sprechen.«

Sofia lächelte. »Geht klar, ich werde zu Hause nachsehen und gebe Ihnen seine Adresse.«

Beide blieben dann eine Zeitlang still, jeder in seine Gedanken vertieft.

Plötzlich schaute Sofia auf die Uhr. »Oh je, es ist bereits nach zehn. Elinor, wir müssen gehen. Du musst ja morgen in die Schule! Sonst bist du bereits längst im Bett!«

»Ich bin aber noch nicht müde, Mom!«, äußerte sich ihre Tochter leicht trotzig dazu.

David stellte sich jedoch auf die Seite von Sofia. »Deine Mom hat recht, Prinzessin. Schule ist wichtig. Und wir hatten ja einen schönen Abend, oder? Und man sagt, wenn es am schönsten ist, sollte man aufhören.«

Er sah das traurige Gesicht von Elinor, deshalb fügte er noch hinzu.

»Aber ...«, sie schaute zu ihm mit hoffnungsvollen Augen an.

Sofia zog jedoch ihre Augenbrauen zusammen. David wollte jedoch ihre Autorität nicht untergraben, deshalb fuhr er schnell fort. »... wir könnten so einen Abend auch wiederholen. Wenn du es möchtest und selbstverständlich wenn deine Mom nichts dagegen hat.«

Er schaute dabei Sofia fragend an.

»Ja, ja, das wäre schön, wir sollten es wiederholen!«, rief Elinor laut auf und sprang vom Stuhl.

Sofia hielt sich jedoch bedeckt. »Ja, wir überlegen es uns noch. Aber diesmal laden wir Sie ein.«

Die Augen ihrer Tochter strahlten wie zwei blaue Juwelen. »Ich werde kochen, Mom. Ich weiß jetzt, wie das geht!«

Sofia nickte nur lächelnd und alle drei standen auf. Sie wollte ihm noch schnell beim Aufräumen helfen aber David hatte kategorisch abgelehnt und begleitete beide bis in den Flur vor seiner Wohnung. An der Türschwelle drehte sich Sofia noch einmal um und schaute ihm tief in die Augen.

»Ich möchte mich erneut für alles bedanken, Herr Davidoff. Für den wunderschönen Abend, dass Sie auf meine Tochter aufgepasst haben und auch für das hübsche Kleid, das Sie meiner Tochter gekauft haben. Ich …, sobald ich Geld habe, bezahle ich das Kleid …«.

David unterbrach sie mit einer resoluten Handbewegung und sagte mit leichtem Ärgernis in seiner Stimme. »Frau Weiß, wollen Sie mich beleidigen?« Er bemerkte, wie sich Sofia leicht erschrak. Diesmal hatte er jedoch nichts dagegen. »Ich habe Ihnen bereits einige Male gesagt, dass Geld für mich keine Rolle spielt. Ich habe es gern getan.«

»Na gut«, sagte sie zögerlich und befangen. »Ich weiß nicht, wie ich Ihnen für das alles danken soll. Und ich weiß nicht, wieso Sie ausgerechnet mir … uns … helfen. Ich …«

Erneut unterbrach sie David entschlossen. »Ich will kein Wort mehr darüber hören. Die Anwesenheit von Ihnen und Ihrer Tochter ist mir als Belohnung mehr als genug. Und… warum ich Ihnen helfe? Vielleicht, weil Sie es verdienen? Oder vielleicht war es das Schicksal, das uns zusammenbrachte? Für eine kurze Zeit, bis meine Reise vorüber ist?«

Sie schaute ihn verwirrt an und wollte ihm widersprechen, doch David ließ es nicht zu. »Vergessen Sie es einfach. Ich freue mich bereits darauf, Sie und Ihre Tochter wiederzusehen.«

Er streckte seine Hand aus, Sofia nahm sie entgegen und schüttelte sie leicht. Dann zog sie sie schnell wieder zurück und im nächsten Augenblick eilten beide die Treppe hinunter, schnell nach Hause, um Elinor ins Bett zu bringen.

David schaute ihnen nach und blieb noch eine geraume Weile, angelehnt an den Türrahmen, stehen. Längst war das Echo ihrer Schritte im Treppenhaus verklungen und das automatische Licht ausgegangen, doch er stand immer noch da und starrte vor sich hin. Es war ein wunderschöner Abend gewesen, den er sehr genossen hatte. Er freute sich bereits auf die nächste Begegnung mit Sofia, hatte dabei jedoch ein ungutes Gefühl. Er sollte ihr endlich die Wahrheit sagen, aber wann und wie, das wusste er nicht. Und was passiert dann? Was, wenn sie ihm sein Vergehen nie verziehen hatte und den Kontakt abbrechen oder ihn sogar anzeigen würde? Er entschied sich dennoch, bei der nächsten Gelegenheit ihr die Wahrheit zu offenbaren.

Doch es ist das Schicksal, das die Fäden zieht und die Karten in den Händen hält. Das Blatt sollte sich bald wenden. David überfiel ein erdrückendes Gefühl und er spürte plötzlich, dass sich seine Zeit unweigerlich dem Ende näherte.

XI.

Der Alchemist
und die Königin

Jemand klopfte an die Tür. *Um diese späte Stunde?* fragte er sich. *Das kann nur eine einzige Person sein.* Er hatte sie bereits erwartet. Früher oder später würde sie ihn aufsuchen, davon war er überzeugt. Er gab seine aufrechte Haltung auf und bückte sich, nahm seinen Stock, um sich zu stützen und ging zur Tür. Alle dachten, er sei ein alter Greis. Er wollte ihnen diese Illusion nicht wegnehmen. Somit hatte er wenigstes bessere Chancen, sie falls nötig zu beschützen, weil man ihn unterschätzen würde. Auf diese Weise schien er für niemanden eine Gefahr darzustellen und so sollte es auch bleiben. Eine langwierige Erkrankung und das harte Leben hatten sein Gesicht vorzeitig altern lassen. Er beschwerte sich jedoch nicht im Geringsten. Es war sein Weg, den er beschritten und den ihn zu dem gemacht hatte, was er jetzt war und dieser Weg hatte ihn schließlich auch hierher geführt.

Er öffnete langsam die Tür und schaute mit einem leichten Lächeln, das seine Miene weicher erschienen ließ, zu der Person, die auf der Schwelle stand.

»Darf ich reinkommen?«

»Selbstverständlich, meine Königin, Ihr seid immer willkommen, das wisst Ihr, egal um welche Uhrzeit.«

Er verbeugte sich leicht und trat zur Seite. Die junge Königin schlüpfte herein und sah sich neugierig um. Sie wurde jedes Mal von seinen Räumlichkeiten überwältigt. Er war ein Heiler und ein Alchemist, somit herrschte in dem ganzen Raum scheinbares Chaos. Doch wusste sie, dass es eine bestimmte Ordnung gab, die nur ihm bekannt war. Überall auf den Tischen und Regalen standen Glasgefäße und Flaschen verschiedener Formen, gefüllt mit allerlei Flüssigkeiten, Tiegel und Schalen, Töpfe und andere Gerätschaften und Instrumente, dessen Funktion sie nicht einmal zu erahnen wagte. Sie ging langsam entlang der Tische und schaute sich die Einrichtung wissbegierig an. Für sie, die nichts davon verstand, war das alles eine pure Zauberei.

Schließlich drehte sie sich zu dem alten Mann um und betrachtete ihn eine Weile stillschweigend. Er hatte lange, zerzauste graue Haare und ein verzerrtes Gesicht voller tiefer Falten. Angezogen war er wie immer in einem abgetragenen dunkelgrauen Mantel mit einer Kapuze, die er jedes Mal überzog, wenn er durch die Gänge der Burg wanderte. Als er dort neben der Tür stand und sie mit seinen durchdringenden, grünen Augen fixierte, angelehnt an seinen Stock, musste sie in sich hineinlächeln. Genauso hatte sie sich immer einen wahren Zauberer vorgestellt. Sie mochte besonders seine Augen, sie waren gütig, weise und schienen allwissend zu sein. Auch er sagte nichts und wartete ihre Erklärung, den Grund ihres Besuchs, ab.

Sie kannte ihn bereits seit einigen Jahren. Er war in der Burg gerade um die Zeit aufgetaucht, als ihr Kind schwer krank geworden war. Niemand hatte ihm damals helfen können, bis dieser alte Alchemist gekommen war. Er hatte auf keinerlei Weise den anderen Heilern und Doktoren geglichen, die versucht hatten, ihr liebstes Kind gesund zu pflegen. Und er hatte auch nichts dafür verlangt.

»Ich möchte nichts von Euch, Königin«, hatte er damals verkündet, »und ich kann und will Euch auch nichts versprechen. Ich muss zuerst Eure Tochter untersuchen. Erst dann kann ich Euch sagen, ob sie gerettet werden kann oder nicht.«

Und er hatte sie tatsächlich geheilt, ohne ein einziges Stück Gold dafür zu verlangen. Sie fand Gefallen an diesem Mann und fühlte sich in seiner Gegenwart stets irgendwie geborgen. Deshalb hatte sie ihn schließlich gebeten, als ihr leiblicher Arzt in ihre Dienste zu treten. Er stimmte zu und blieb. Sie vertraute ihm von Anfang an. Sie wusste selbst nicht wieso. Als ob sie ihn schon immer gekannt hätte. Er wurde mit der Zeit ein wahrer Freund, ihr einziger Freund, den sie in der Burg hatte. Sie war noch sehr jung, als sie heiraten musste. Sie wurde dem rücksichtslosen König des Nachbarlandes versprochen, um einen Krieg zu verhindern. Der Ruf ihrer Schönheit eilte ihr stets voraus und sie war schließlich der Preis für den Frieden gewesen. Nur aus diesem Grund hatte sie eingewilligt. Oft verfluchte sie sich deswegen, weil sie lieber hässlich wäre, nur um ein einfaches aber glückliches Leben führen zu dürfen. Das war ihr jedoch nicht gegönnt. Die Burg wurde gleichzeitig auch ihr Gefängnis. Der alte König war sehr eifersüchtig und wollte sie

nur für sich alleine. Sie durfte die Burg deswegen nur selten verlassen und wenn, dann in Begleitung. Des Öfteren
dachte sie sogar daran, sich das Leben zu nehmen, bis sie
schließlich eine Tochter gebar. Sie war ihr Ein und Alles
und der einzige Grund, weiterzumachen. Als ihre Tochter erkrankte und im Sterben lag, war sie völlig verzweifelt. Niemand hatte ihr helfen können, bis schließlich der
Alchemist erschienen war. Seitdem sie ihm das erste Mal
begegnete, fand sie ihn vertrauensvoll und fühlte sich in
seiner Gesellschaft immer wohl. Dieser Umstand hatte
sie selbst überrascht. Bereits nach ein paar Wochen kam
es ihr vor, als ob sie ihn seit einer Ewigkeit kannte. Sie
konnte ihm alles anvertrauen. Er war ein guter Zuhörer
aber auch ein ausgezeichneter Ratgeber.

Die Königin schaute den Alchemisten mit ihren großen blauen Augen an. Sie wirkte verängstigt und er
ahnte den Grund. Er wusste, dass es eines Tages dazu
kommen würde. Er erwiderte ihren Blick und überlegte
dabei, wie diese Angelegenheit zu bewerkstelligen sei.
Die Königin war eine außergewöhnliche Persönlichkeit.
Nur sie war in der Lage, ihm so sorglos in die Augen zu
sehen und er erwiderte ihren Blick genauso. Bei anderen
Menschen schaute er lieber weg und hielt Abstand. Bei
ihr jedoch nicht. Sie schien für ihn etwas Besonderes zu
sein, das war ihm von dem Augenblick an bewusst geworden, als er sie das erste Mal erblickt hatte. Er war
lange Zeit auf der Suche gewesen, sein Leben lang, rastlos und wissbegierig. Er hatte Medizin und Alchemie bei
den größten Meistern seiner Zeit studiert, war ununterbrochen unterwegs gewesen, wanderte von einem Ort
zum anderen und vermochte nirgendwo lange zu

verweilen. Er erlebte unzählige Abenteuer, nahm an vielen Kriegen teil und erfuhr all das menschliche Leid, dass es auf dieser Welt gab. Er hatte sich immer gewundert, wie er all diese Strapazen überhaupt hatte überleben können. Er wusste selbst nicht, wonach er strebte, bis er eines Tages in diese Stadt gekommen war, gerade um die Zeit, als die Tochter der Königin schwer krank wurde. Er meldete sich als Heiler. Für ihn war es lediglich eine Art Herausforderung, wie immer. Schließlich bekam er eine Audienz beim König. Ein alter, barbarischer Mann, gefühllos, hart und brutal. Er ließ ihn schließlich in die Gemächer seiner Gattin führen. Dort erblickte er die Königin das erste Mal, mit ihren traurigen, verzweifelten Augen und langem hellbraunen Haar, das ihr schmales Gesicht umrandete. Eine Schönheit, der nichts glich. In diesem einen Augenblick begriff er, dass seine Suche zu Ende war. Sie stellte genau das dar, wonach er sich sehnte. Es ging nicht darum, wie sie aussah, sondern wie sie auf ihn wirkte. Er war bereits unzähligen Schönheiten begegnet, doch niemandem wie sie. Sie hatte eine besondere Aura, die ihn irgendwie in ihren Bann zog. Ein erster kurzer Blick reichte und sein Herz setzte einen Schlag aus. Er war wie angewurzelt und musste seine gesamte mentale Kraft aufbringen, um sich nichts anmerken zu lassen. Und ab diesem Augenblick hatte er versucht, sich in ihrer Nähe aufzuhalten. Das Angebot der Königin, als Leibarzt für sie zu arbeiten, war die Gelegenheit, die er sich erhoffte und ohne zu zögern sofort ergriff.

Die Königin überlegte eine Weile und spielte dabei mit einem Tiegel, der sich neben ihr auf dem Tisch befand. Dann verkündete sie schließlich mit leiser Stimme.

»Der König weiß es.«

»Das habe ich befürchtet. Ich habe es früher oder später erwartet«, antwortete der alte Mann nachdenklich, »ich habe Euch gewarnt, Königin.«

»Ich weiß, aber ich ..., ich konnte nicht anders. Ich bin so lange alleine gewesen. Ich wollte nur ein wenig Liebe und Zuneigung. Vom König konnte ich so etwas nicht erwarten.«

»Und was ist mit mir?«, fragte der Alchemist und sein Gesicht verzog sich zu einem Grinsen.

Sie lächelte ihm traurig zu und entgegnete. »Du weißt, wie ich das meine. Du bist mein bester Freund und ein ausgezeichneter Ratgeber. Aber ich brauche auch Liebe, Berührung, Liebkosung ...«.

»Ich verstehe«, sagte er schlicht.

Sie seufzte und schaute zu Boden. Dann hob sie ihren Blick wieder und beklagte sich wehmütig. »Der König hat ihn gerade in den Kerker werfen lassen. Ich darf ihn nicht einmal besuchen. Sie werden ihn töten und es ist alles meine Schuld!«

»Und was ist mit Euch, Königin«, fragte der Alchemist bedacht, »Ihr denkt an ihn, aber was wird aus Euch und Eurer Tochter?«

Er betrachtete sie eine Weile stillschweigend, machte dann ein paar Schritte nach vorn und fuhr fort. »Er wird Euch ebenfalls bestrafen lassen.«

»Und wie?«, fragte sie aufgewühlt. »Was kann er mir noch antun? Meinen Geliebten hat er mir bereits genommen und wird ihn töten lassen. Ich werde dabei mit Sicherheit zusehen müssen. So gut kenne ich meinen Gatten bereits. Das lässt er sich nicht entgehen. Will er mich vielleicht auch umbringen? Ich habe keine Angst vor dem Tod. Und eingesperrt bin ich in dieser Burg ja bereits sowieso.«

»Er kann Euch tiefer treffen, als Ihr denkt. Er kann Euch Eure Tochter wegnehmen. Er kann sie fortschicken.«

Ihre Augen weiteten sich und waren plötzlich voller Angst und Schrecken. »Das ..., das würde er nicht wagen!«

»Nein? Ich glaube schon. Und wenn er Eure Tochter hat, kann er mit Euch machen, was immer er möchte. Wegen Eurer Tochter würdet Ihr alle Qualen dieser Welt erdulden und das weiß er. Habe ich nicht recht?«

»Oh, Gott«, entwich aus dem Mund der Königin, »was habe ich nur getan? Was habe ich mir dabei nur gedacht?«

Sie setzte sich völlig verzweifelt auf einen kleinen Hocker neben dem großen Tisch und verbarg ihr Gesicht in den Händen.

Der Alchemist betrachtete sie eine Weile schweigend und dachte intensiv nach. Er wüsste eine Lösung, eine Möglichkeit, die er ihr bereits vor einiger Zeit hatte anbieten wollen, als er erkannt hatte, dass der König sie oft misshandelte. Sie ertrug es stets mit Würde und dafür bewunderte er sie.

Er hatte einen Plan ausgearbeitet, um sie und ihre Tochter von hier wegzubringen. Weit, weit weg, an einen Ort, wo der König sie nie finden würde. Er würde sich um sie kümmern und ihr ein normales, glückliches Leben ermöglichen. Das waren seine Absichten. Und er könnte es immer noch bewerkstelligen. Doch wusste er, dass sie ohne ihren Geliebten nicht fortgehen würde, solange er noch am Leben war.

Ich könnte auch warten, bis es soweit ist, überlegte er. *Nein,* das konnte er nicht tun. Das wäre gegen seine Prinzipien. Sein Plan bedurfte nun einer kleinen Änderung. Er lächelte schwermütig vor sich hin, als ihm die Tragweite dessen, was er vorhatte, bewusst wurde.

Dann soll es so sein, niemand kann seinem Schicksal entfliehen. Wir sind Sklaven unserer Entscheidungen, die uns prägen. Wir sind alle verdammt bis in alle Ewigkeit. Jeder von uns auf seine eigene Weise.

Die Königin verstecke ihr hübsches Gesicht immer noch in den Händen. »Was soll ich nur tun? Ich bin verflucht!«

Er machte noch ein paar Schritte in ihre Richtung, bis er direkt vor ihr stand. Dann hob er seine Hand und streichelte leicht über ihre Haare. Sie richtete sich überrascht auf und schaute ihn verblüfft an. Das hatte er noch nie getan. Es tat jedoch gut und sie ließ es zu. Sie lächelte ihm mit trauriger Miene zu.

Der Alchemist erwiderte ihren Blick jedoch gar nicht, sondern starrte reglos vor sich hin, er war in sich gekehrt. Nach einer Weile schaute er die Königin sehr ernsthaft an und sagte. »Es gäbe vielleicht eine Möglichkeit, Euch, Eure Tochter und auch Euren Geliebten zu retten. Es ist jedoch ein gefährlicher Weg und dessen Ausgang ist ungewiss. Es hängt alles von Euch ab.«

Ihre Augen füllten sich plötzlich mit Hoffnung. »Und was wäre das?«

»Ihr und Eure Tochter müsstet geradewegs von hier fortgehen.«

Sie verzog ihr wunderschönes Gesicht zu einer Grimasse. »Und wie? Ich habe es ein einziges Mal versucht und es ist mir teuer zu stehen gekommen. Und ich

könnte meinen Geliebten nie im Stich lassen, nicht solange es noch die kleinste Hoffnung gibt, dass ich sein
Leben retten kann.«

»Das habe ich mir schon gedacht«, sagte der Alchemist mit ernster Miene. »Wie gesagt, es gäbe eine Möglichkeit, dass sogar ihr alle drei entkommen und zusammen sein könntet. Es ist selbstverständlich gefährlich
und ich kann nicht garantieren, dass es uns überhaupt
gelingt. Wir können es dennoch versuchen. Die Entscheidung liegt bei Euch.«

Sie betrachtete ihn eine Weile schweigend. »Ich vertraue dir, das weißt du. Wenn du glaubst, dass wir eine
Chance haben zu entkommen, will ich sie ergreifen. Entweder es gelingt uns die Flucht oder wir werden gemeinsam zugrunde gehen.«

Ihr Gesichtsausdruck veränderte sich schlagartig. Sie
strahlte jetzt Entschlossenheit und Durchsetzungskraft
aus. Nach einer kurzen Überlegung stellte sie ihm noch
eine Frage. »Aber wo sollen wir hin? Auch wenn uns die
Flucht tatsächlich gelingen könnte, der König würde uns
überall finden.«

Der Alchemist lächelte und fuhr erneut mit seiner
Hand durch ihr Haar. Es schien ihr irgendwie vertraut,
auch wenn sie es sich nicht erklären konnte. Sie fühlte
sich in dem Augenblick trotz der unglücklichen Umstände sorglos und geborgen.

»Ich kenne einen Ort, der sicher ist. Der König wird
Euch dort nie finden. Es ist ein sehr schöner Platz, wie
geschaffen für eine Königin und ihre Tochter.«

Ihr Gesicht erstrahlte und ihre Augen füllten sich mit
Sehnsucht und Hoffnung, als sie ihm zuhörte.

»Und diesen Ort gibt es wirklich?«

»Ja, ich bin bereits dort gewesen.«

Sie betrachtete ihn noch eine Zeitlang nachdenklich, dann stand sie plötzlich auf. »Was muss ich tun?«

Der Alchemist lächelte vor sich hin. Sie hatte sich schnell entschieden. »Wir haben nicht viel Zeit. Ihr müsst umgehend Eure Tochter holen. Nehmt jedoch nichts mit, sonst würdet Ihr nur Verdacht erregen. Kommt gleich wieder zurück, ich kümmere mich um den Rest.«

Sie nickte nur und lief zur Tür. An der Schwelle drehte sie sich noch einmal um.

»Danke«, verließ leise ihre Lippen.

Sie lächelte ihm auf eine Art zu, die sein Herz fast zum Stillstand brachte.

Als sie verschwunden war, überlegte er nicht lange, sondern ging sofort zu dem massiven Holzschrank, der ganz hinten im Zimmer stand, öffnete ihn und schob die hintere Wand zur Seite. Dahinter befand sich eine kleine Kammer. Er stieg hinein und holte alles Notwendige heraus, was er brauchte, einige Essensvorräte, ein paar nützliche Kleinigkeiten und hauptsächlich seine Waffen.

Es dauerte tatsächlich nicht lange und die Königin erschien erneut in der Tür mit ihrer Tochter. Beide waren wie für eine Reise angezogen, hatten jedoch nichts anderes mitgebracht.

»Sehr gut«, sagte er, »ich habe alles dabei, was wir brauchen, lasst uns aufbrechen.«

»Und was ist mit meinem Geliebten, wie…?«

Er unterbrach sie mit einer Handbewegung. »Ich kümmere mich darum, eins nach dem anderen, zuerst Ihr und Eure Tochter.«

Sie rannten los. Der Alchemist führte die Königin geschickt durch die verlassenen Gänge der Burg, stets in eine Richtung. Ein oder zweimal mussten sie sich schnell verstecken, um nicht entdeckt zu werden, sonst jedoch verlief ihre Flucht problemlos. Sie kamen langsam in den alten Teil der Burg an, der wenig bewohnt war.

»Wir sind bald da«, flüsterte er.

Sie mussten nur noch einen langen Korridor passieren. Als sie das Ende fast erreicht hatten, tauchten gerade am anderen Ende zwei Soldaten auf, die offensichtlich diesen Teil der Burg bewachten.

»Wir sind verloren!«, entwich der Königin und sie blickte mit entsetzter Miene zu dem alten Mann auf.

»Keine Angst, einfach weitergehen«, befahl der Alchemist scheinbar unbeeindruckt.

Die Königin hatte sich bereits die ganze Zeit gewundert, wie schnell er auch ohne seinen Stock laufen konnte.

Gemäß den Anweisungen des Alchemisten gingen sie einfach weiter, so wie er es gesagt hatte. Als sie sich bereits kurz vor den Soldaten befanden, wurden sie schließlich entdeckt.

»Halt«, rief einer von ihnen, »was macht ihr hier?«

Dann stockte plötzlich seine Stimme. Er erkannte die Königin.

»Meine Königin? Was…«.

Weiter kam er nicht. In dem Augenblick zog der Alchemist sein Schwert und die Soldaten taten nach kurzem Zögern das Gleiche. Es war ein kurzer, doch für die Gegner aussichtsloser Kampf. Es dauerte nicht einmal eine Minute und beide Männer lagen leblos auf dem Boden. Die Königin starrte den alten Mann ungläubig an. Bevor sie jedoch etwas sagen konnte, hob er nur seine Hand.

»Wir haben keine Zeit für Erklärungen, weiter«, und er rannte los.

Die Königin und ihre Tochter folgten ihm unverzüglich. Nach einer Weile kamen sie an die äußere Mauer der Burg. Nachdem sie einige Zeit entlang des Korridors ihre Reise fortgesetzt hatten, stoßen sie an eine schmale Treppe, die nach unten führte. Die Stufen schienen endlos zu sein. Nach und nach bewegten sie sich tiefer und tiefer, bis sie sich schließlich unter der Erdoberfläche befanden, in den uralten Kellerräumlichkeiten der Burg. Es wurde deutlich kälter, die Luft war feucht, stickig und roch unangenehm nach Moder.

Endlich erreichten sie das Fundament der Burg. Ein niedriger Gang führte sie weiter nach vorn. In den flackernden Flammen der Fackel, die der Alchemist bereits oben auf der Treppe angezündet hatte, glänzte der Felsen an den Seiten grünlichgelb. Das Wasser tropfte von der Decke herunter und auch die Königin musste sich bücken, um vorwärts zu kommen, so niedrig war der uralte Tunnel. Es dauerte nicht lange und der Weg wurde durch eine massive, mit Eisenplatten beschlagene Holztür versperrt.

»Und was jetzt?«, fragte die Königin verzweifelt.

Der Alchemist lächelte ihr nur von der Seite zu. »Keine Angst, meine Königin, ich habe an alles gedacht.«

Er griff unter sein langes Gewand und zog einen alten verrosteten Schlüssel heraus. Er schob ihn in das Schlüsselloch und sperrte das Schloss auf. Die Drehungen des Schlüssels wurden von einem unangenehmen, krächzenden Geräusch begleitet. Anschließend presste er gegen die Tür.

Es geschah jedoch nichts!

Der Alchemist erhöhte seine Kraft, immer noch nichts. Scheinbar hatte diese Tür lange niemand mehr aufgetan. Er stemmte sich erneut mit voller Kraft gegen die Tür. Die Königin sah, wie sich seine Muskeln anspannten. Die Anstrengung zeichnete sich deutlich in seinem Gesicht ab.

Sie war überrascht und gleichzeitig verblüfft, wie viel Muskelkraft dieser alte Mann besaß und dass er auch hervorragend mit dem Schwert umgehen konnte. Sie stellte fest, dass sie ihn eigentlich gar nicht kannte. Er sprach selten über sich selbst und sie fragte nie nach. Sie war meistens mit ihren eigenen Problemen beschäftigt und er hörte immer aufmerksam zu. Nun bereute sie, dass sie so wenig von ihm wusste.

Sobald die Gefahr vorüber ist, werde ich ihn fragen, woher er kommt und wer er überhaupt ist, versprach sie sich.

Plötzlich erklang durch die unterirdischen Gänge ein lautes Knacken und die Tür setzte sich Widerwillen langsam in Bewegung. Sie knarrte und stöhnte, als sie endlich nachgab und sich schwerfällig öffnete. Dahinter befand sich ein weiterer schmaler Korridor, der anscheinend aus der Burg führte. Der Alchemist schloss die Tür hinter sich wieder zu und alle drei setzten ihre Flucht fort. Nach einer Weile schien die Luft besser und frischer zu sein. Der Felsen und die glatte glitschige Oberfläche der Steine, die sie an den Seiten begleiteten, wurden durch einen feuchten Lehm ersetzt.

Auf einmal blieb der Alchemist stehen. »Wir sind da«, sagte er leise, »wartet hier«.

Er machte noch ein paar Schritte nach vorn und schaute dabei vorsichtig nach oben. Dann winkte er ihnen zu, ihm zu folgen. Über ihnen befand sich eine kleine Öffnung. Der Alchemist stützte sich mit den Füssen gegen die Wand, zog sich anschließend durch das Loch hinauf und kletterte weiter nach oben, bis er völlig aus der Sicht der Königin verschwunden war. Nach kurzer Zeit kam er jedoch zurück.

»Die Luft ist rein«, flüsterte er. »Ich helfe Euch hoch, Königin, dann reiche ich Euch Eure Tochter. Geht aber nicht weg, bleibt gleich hinter dem kleinen Felsen, der sich neben der Öffnung befindet.«

Mühelos, was die Königin erneut überraschte, hob er sie hoch, so dass sie den Ausgang nach draußen erreichen konnte. Dann folgte ihre Tochter. Bald standen alle drei im Freien. Sie versteckten sich hinter dem besagten Felsen, der sich etwa hundert Meter von der Burgmauer entfernt befand. Etwa eine Viertel Meile in die andere Richtung lag der rettende Wald.

Der Alchemist spähte vorsichtig von hinter dem Felsen hinaus. Dann drehte er sich zu der Königin.

»Die Burgbrüstung wird bewacht, wir schaffen es nicht, unbemerkt den Waldrand zu erreichen.«

Sie schaute ihn befangen mit ihren erweiterten blauen Augen an.

»Und was machen wir jetzt?«, fragte sie verängstigt. »War unsere ganze Bemühung umsonst?«

Er schüttelte nur den Kopf und antwortete umsichtig mit einem traurigen Gesichtsausdruck. »Ich töte jedoch nur ungern Menschen, wenn sich das vermeiden lässt.«

Anschließend ergriff der alte Mann seinen Bogen, den er mitgebracht hatte, spannte ihn bedacht und zielte einen Moment lang Richtung Burg, dann ließ er den Pfeil los. Im demselben Augenblick spannte er erneut und ein zweiter Pfeil flog unmittelbar hinterher. Zuerst geschah nichts, dann jedoch hörte die Königin einen Aufschrei, gefolgt von einen gedämpften Laut, als ob ein Sack aus großer Höhe auf den Boden fällt und zerschellt.

Der Alchemist drehte sich anschließend zur Königin um. Seine Augen waren traurig und sehr ernst. »Der Weg ist frei, wir müssen uns beeilen, bevor sie merken, dass etwas nicht stimmt.«

Er packte den Rucksack, warf ihn über die Schulter und rannte los, Richtung Wald, die Königin und ihre Tochter folgten ihm unverzüglich. Als sie endlich den Waldrand erreichten, waren sie alle außer Atem. Der Alchemist drehte sich um und beobachtete eine Weile besorgt die Burg.

»Alles ist gut, bislang wurden wir nicht entdeckt«, teilte er der Königin zufrieden mit.

Sie lächelte ihm nur zu und nickte, ohne etwas zu hinzufügen. Sie ruhten sich noch kurz aus und anschließend setzten sie ihre Flucht fort. Die Nacht war klar und voller Sterne. Der Halbmond warf lange Schatten, dennoch gab er ihnen genug Licht, um gefahrlos zwischen den mächtigen Bäumen laufen zu können. Der Alchemist führte sie sicher durch den dichten Wald, bis sie zu einer größeren Felsenansammlung ankamen. Sie bewegten sich eine Weile entlang des Gesteins, dann folgten sie einem schmalen fast unkenntlichen Pfad zwischen den Felsen, bis sie vor einer hohen Felswand stehen blieben. Offensichtlich endete hier ihre Reise.

Der Alchemist schaute sich aufmerksam um, dann griff er in eine schmale Vertiefung links von ihm und drückte gegen den Felsen. Plötzlich fing die Steinplatte an, sich langsam zu bewegen und ließ sich zur Seite schieben. Dahinter befand sich überraschenderweise eine kleine Höhle. Er führte die Königin und ihre Tochter hinein. Es gab hier genügend Gras und Zweige, um daraus ein halbwegs gemütliches Bett machen zu können. Im hinteren Teil der Höhle floss in kleinen   Mengen frisches Bergwasser aus dem Felsen. Die Königin entdeckte in einer versteckten Nische sogar eine große Holzkiste und schaute den Alchemist erstaunt an. Er lächelte ihr nur zu.

»Ich habe vorgesorgt.«

Unglaublich, dachte sie. *Er hat damit gerechnet. Kann er vielleicht die Zukunft sehen?* fragte sie sich selbst. *Ein außergewöhnlicher Mann.* Sie war in dem Augenblick sehr froh, ihm begegnet zu sein.

Der alte Mann untersuchte kurz das Innere der Kaverne, dann drehte er sich zur Königin. »In der Kiste befinden sich Decken und einige Vorräte. Ihr seid hier sicher.«

»Wir?«, fragte sie verblüfft. »Und was ist mit dir? Du bleibst doch bei uns?«

Er betrachtete sie eine Weile nachdenklich, bevor er weitersprach. Sie waren endlich in Sicherheit. *Ich muss nicht mehr zurück,* überlegte er. *Warum sollte ich mein Leben für jemanden riskieren, den ich gar nicht kenne? Der mir nichts bedeutet? ... FÜR SIE,* erklang die eindeutige und überzeugende Antwort in seinem Kopf und der Alchemist seufzte leicht vor sich hin.

Nach einem kurzen Zögern fragte er sie schließlich, um auf dem Punkt zu kommen. »Und was ist mit Eurem Geliebten? Soll ich ihn in der Burg sterben lassen?«

Es fühlte sich wie ein Schlag unter die Gürtellinie an. Sie hatte in dem ganzen Durcheinander ihren Geliebten völlig vergessen.

»Du hast selbstverständlich recht, wir müssen wieder zurück.«

»Wir?«, fragte der alte Mann amüsiert.

»Ja«, war ihre selbstverständliche Antwort. »Ich begleite dich, meine Tochter wird hier auf uns warten. Du hast selbst gesagt, dass wir hier in Sicherheit sind.«

Er äußerte sich zuerst gar nicht zu ihrer Bemerkung und schüttelte nur seinen Kopf. *Wie mutig von Euch, meine Königin,* dachte er sich dabei. Dann lehnte er ihr Angebot jedoch energisch ab.

»Ich gehe alleine, ich werde Euch auf keinen Fall einer weiteren Gefahr aussetzen.«

Er ging zu seinem Rucksack und zog eine Landkarte heraus, die auf einem dünnen Stück feinen Leders gezeichnet war.

»Hier«, sagte er, »eine Karte könnt Ihr doch lesen, nicht wahr?«

Sie nickte nur.

»Wenn mir etwas zustoßen sollte oder ich nicht zurückkomme.«

Die Königin schaute ihn voller Schreck an und wollte protestieren, doch der Alchemist fuhr unbeeindruckt fort.

»Unterbrecht mich nicht, bitte. Hört einfach nur genau zu. Falls ich binnen drei Tagen nicht zurückkommen sollte«, wiederholte er, »geht ihr bis zu diesem Ort« und er zeigte ihn auf der Karte. »Es ist ein kleines Dorf in den Bergen. Dort fragt ihr nach dem alten Baltasar. Ihr sagt ihm, dass ich Euch schicke und Ihr gebt ihm dieses Ding hier.«

Er griff unter sein Gewand und holte einen kleinen Lederbeutel heraus. Er schnürte ihn auf und nahm einen wunderschönen goldenen Ring heraus, den er ihr überreichte. Er war mit feinen Linien oder vielleicht einer Schrift in unbekannter Sprache verziert.

Es ist ein besonderes Werk, dachte sich die Königin, *von einem wahren Meister geschmiedet und sicherlich sehr wertvoll.*

»Fragt nach dem sicheren Ort und sagt, dass ich Euch geschickt habe. Der Ring wird ihnen den Weg weisen. Der alte Baltasar wird es verstehen und wird Euch hinbringen. Habt Ihr mich verstanden?«

Sie nickte nur und betrachtete ihn dabei eindringlich mit ihren großen Augen. Der Alchemist erwiderte eine Zeitlang ihren Blick, dann schaute er über sie hinweg und sagte nachdenklich.

»Dann ist alles geklärt.«

Bevor sie etwas hinzufügen konnte, unterbrach er sie erneut mit einer Handbewegung. »Bitte, sagt nichts, Königin. Ich muss jetzt los. Alleine bin ich schneller und unauffälliger. Lasst das Schicksal entscheiden.«

Er ließ seinen Rucksack liegen und nahm nur seine Waffen mit. Am Eingang zur Höhle blieb er noch einen Augenblick stehen und drehte sich um. Er fixierte die junge Königin mit seinem Blick eine Weile schweigend. Als ob er sich ihr Gesicht einprägen und sich verabschieden wollte, kam ihr im Nachhinein in den Sinn. Seine Augen waren traurig, doch strahlten sie Entschlossenheit und Zuversicht aus.

»Wir sehen uns bald wieder«, sagte ihm die Königin zum Abschied.

Er antwortete nicht, nickte nur leicht, zog seine Kapuze über, verschloss wieder sorgfältig den Eingang in die Höhle hinter sich und verschwand in der Nacht.

Als der Alchemist draußen von dem Felsen stand, atmete er einige Male tief durch, bevor er aufbrach. Es nistete sich in seiner Magengrube ein ungutes Gefühl ein, ein Gefühl der Endgültigkeit, das sich noch verstärkte als er sich der Burg wieder näherte.

Die Königin war sichtlich nervös. Es waren bereits fast zwei Tage vergangen und es gab immer noch keine Spur von ihrem Freund, dem Alchemisten oder ihrem Geliebten.

Hoffentlich haben sie es geschafft, dachte sie sich dabei, *falls nicht… NEIN, sie darf nicht verzweifeln, sie muss an ihre Tochter denken.*

Der Alchemist hatte ihr aufgetragen, dass, wenn er oder ihr Geliebter innerhalb von drei Tagen nicht zurückkommen würde, sie keine Sekunde mehr warten, sondern sich alleine auf die Reise begeben sollten.

Es wurde wieder dunkel und Mitternacht rückte näher. Die junge Königin versuchte zu schlafen, es gelang ihr jedoch nicht im Geringsten. Ihre Tochter schlief zufrieden neben ihr, eng in einer Decke eingewickelt. Sie lächelte leicht vor sich hin.

Ich mache das alles für dich, mein Schatz, schoss ihr durch den Kopf und sie fuhr leicht mit ihrer Hand über ihr Haar, nur sehr seichte, um sie nicht zu wecken.

Auf einmal hörte sie draußen vor der Höhle gedämpfte Geräusche. Sie erfüllten sie mit Hoffnung aber gleichzeitig auch mit Angst. Sie hoffte, dass der Alchemist zurückgekehrt war. Es könnten jedoch auch die königlichen Soldaten sein. Er würde sie jedoch niemals verraten, da war sie sich sicher. Es herrschte eine Weile vollkommene Stille, die an den Nerven der Königin zerrte.

Unmittelbar vor dem Eingang in die Höhle vernahm sie erneut Laute. Auf einmal wurde die Steinplatte zur Seite geschoben und im Eingang der Öffnung erschien eine dunkle Gestalt.

Die Königin erschrak. Das war nicht der Alchemist. Er war nicht so groß, wie der Mann, der gerade vor ihr stand. Sie setzte sich auf, ergriff die Kerze, die neben ihr auf dem Boden stand und hob sie hoch. In dem Moment erkannte sie die Person, die den Eingang versperrte, sprang voller Freude auf und fiel ihr um den Hals. Ihr Geliebter war gerettet worden, der Alchemist hatte das Unmögliche geschafft! Sie küsste ihn, dann ließ sie ihn wieder los und schaute nach draußen.

»Wo ist er Alchemist?«, fragte sie mit glücklicher Miene.

Ihr Geliebter schaute sie nur schweigend an und dann schüttelte er verlegen seinen Kopf.

»Was?«, fragte sie, »aber das ist nicht möglich!«

Sie wollte es nicht glauben.

»Du bist ja da. Er musste dich befreien. Wieso seid ihr nicht beide …?«

Sie beendete den Satz nicht. Sie wurde plötzlich von der Tragweite der Nachricht überwältigt. Ihre Augen füllten sich unaufhaltsam mit Tränen, die ihr über die Wangen herunterliefen.

»Wie …?«

Mehr war sie nicht im Stande auszusprechen, ein dicker Kloss steckte in ihrem Hals.

»Es waren zu viele. Er hat sich geopfert, um mich zu retten. Er hielt sie so lange auf, bis ich entkommen konnte.«

»Vielleicht lebt er noch? Wir könnten versuchen, ihn zu befreien?«

Er schaute ihr trübsinnig in die Augen und schüttelte erneut seinen Kopf. »Ich habe ihn sterben sehen. Vermutlich hatte er damit gerechnet, dass wir so etwas versuchen würden. Sobald ich in Sicherheit war, hörte er einfach auf zu kämpfen. Er wollte sich nicht gefangen nehmen lassen.«

Sie fing an zu schluchzen und verbarg ihr hübsches Gesicht in den Händen.

»Bevor ich ihn verließ, sagte er mir noch eine Sache, die ich nicht ganz verstanden habe«, fügte ihr Geliebter nach einer Weile hinzu. »Er sagte jedoch, dass du es verstehen würdest. Ihr habt euch angeblich darüber bereits einige Male unterhalten.«

Sie hob neugierig ihren Kopf, wischte sich die Tränen aus dem Gesicht und schaute ihn an.

»Was? Was hatte er gesagt?«

»Ich sollte dir von ihm folgendes ausrichten: *Trauert nicht, meine Königin, wir werden uns wiedersehen. So wie wir bereits früher zueinander gefunden haben, werden wir uns erneut begegnen. Man kann seinem Schicksal nicht entkommen.*«

Er schaute sie verwundert an.

»Was hat er damit gemeint?«

»Ich weiß es nicht«, antwortete sie nach einer Weile. Dennoch hörte sie auf zu weinen und lächelte nur traurig vor sich hin.

Weiß sie vielleicht mehr, als sie zugibt? fragte er sich verdutzt. In dem gleichen Augenblick verdrängte er jedoch wieder diesen absurden Gedanken. Er ist frei, er war unbescholten davon gekommen und mit seiner geliebten Königin vereint. Er hatte mehr erreicht als er sich je hätte erträumen können.

**

David machte seine Augen auf und betrachtete eine
Weile die Decke über ihm. Schließlich setzte er sich auf.
Schon wieder war er in seinem Traum gestorben. Diesmal war es jedoch anders. Insbesondere den letzten Teil
seines Traumes fand er sehr seltsam. Er war bereits tot,
doch war er irgendwie immer noch da. Er konnte klar
sehen, wie die Königin in ihrem Versteck, in der Höhle,
ihren Geliebten empfangen hatte. Aber nicht als Person
aus Fleisch und Blut, sondern als etwas anderes. Es war
merkwürdig.

Er konnte sich noch sehr gut erinnern, wie er den Geliebten der Königin befreit hatte, es war nicht leicht gewesen und sie waren schließlich bei der Flucht entdeckt
worden. Als man sie fast umzingelt hatte, war ihm klar
geworden, dass nur einer hier lebend herauskommen
würde. Die Königin hatte jemanden gebraucht, der sie
nicht nur beschützen, sondern auch lieben und sie seine
Liebe erwidert könnte ... ihren Geliebten. Beide würden
es nicht schaffen. Seine Logik hatte nur zu einem einzigen Schluss geführt. *Dann soll es so sein, das Schicksal hat*
für mich entschieden, waren in dem Traum seine Gedanken gewesen. David spürte den Entschluss noch so klar,
als ob er selbst gerade jetzt diese Entscheidung getroffen
hätte. Er erinnerte sich, wie er dem jungen Mann erklärt
hatte, wo die Königin zu finden sei, und ihn fortgeschickt
hatte. Er selbst hatte sich dann den Soldaten gestellt. Sie
waren überrascht gewesen und hatten sogar gelacht, als
sie den alten Mann erblickten, der ihnen den Weg zu

versperren versuchte. Sie kannten ihn nur als einen zittrigen und schwachen Greis mit einem Stock, der mühsam durch die Burg schlich. Das Lachen war ihnen jedoch schnell vergangen, als sie ihn in Gefecht verwickelt hatte und einige bald darauf tot auf dem Boden lagen. Er wusste, dass er nicht gewinnen hatte können, dennoch hatte er so lange durchzuhalten versucht, bis der Geliebte der Königin den Schutz des Waldes erreicht hatte.

Nur noch ein bisschen länger, hatte er sich jedes Mal gedacht, als sie ihn eine weitere Stich- oder Schnittwunde zugefügt hatten.

David war jedes Mal überrascht, wie echt die Gefühle aus seinem Traum gewesen waren. Er hatte deutlich all die Verletzungen gespürt, die ihm die Soldaten zufügten. Er hatte bereits aus mehreren Wunden geblutet und gewusst, dass er ihnen nicht mehr lange widerstehen konnte. Er mobilisierte alle seine Kräfte und griff die Garde des Königs sogar an. Das hatte sie überrascht und er hatte damit weitere wertvolle Zeit gewonnen. Kurz darauf war er jedoch schwer verletzt worden. In dem Augenblick hatte er begriffen, dass seine Zeit gekommen war und warf sich gegen den nächsten Soldaten, der ihn mit dem Schwert angriff. Er blockte seinen Hieb jedoch nicht ab, sondern senkte seine Waffe. Lebendig würden sie ihn nicht bekommen. Er spürte, wie die Spitze des Schwertes seine Brust durchbohrte und ihn aufspießte. Er sank auf die Knie. Zwei weitere Klingen bohrten sich in seinen Körper hinein. Dennoch hob er noch seinen Kopf hoch und grinste die herumstehenden Kämpfer an, bevor er tot zu Boden sackte.

Er spürte für den Bruchteil einer Sekunde, wie ihn die Dunkelheit umschloss, dann jedoch sah er wieder das

Licht. Irgendwie schwebte er über seinem Körper. Er sah sich selbst auf dem kalten Steinboden liegen, durchbohrt von mehreren Schwertern und die Soldaten, wie sie um ihn herumstanden. Niemand schien ihn jedoch wahrzunehmen. Er hatte keinen Körper mehr, keine Substanz, dennoch war er noch da. Er dachte plötzlich an seine Königin, er sorgte sich um ihre Sicherheit. Im nächsten Augenblick befand er sich einfach in der Höhle, wo sich die Königin versteckte und konnte alles mit ansehen und anhören. Er war jedoch für die anderen unsichtbar.

Dann wurde er wach.

XII.

Der Yogalehrer

Seit dem sehr netten Abendessen begegnete David Sofia und ihrer Tochter fast jeden Tag bei seinen Spaziergängen. Sie begrüßte ihn immer sehr freundlich mit einem zauberhaften Lächeln und jedes Mal wechselte sie mit ihm ein paar Worte. Auch Elinor freute sich, ihn zu sehen. David war überglücklich. Mit so viel Glück hätte er nie gerechnet. Ein paar Tage nach dem besagten Abendessen gab sie ihm die versprochenen Kontaktdaten des alten Yogalehrers. Er suchte ihn auch gleich am nächsten Tag auf. Er wollte die Zeit, die ihm noch blieb, nutzen. Seit dem Besuch von Sofia und ihrer Tochter ging es ihm überraschenderweise verhältnismäßig gut, die Kopfschmerzen waren zwar immer noch da, jedoch erträglich. Es irritierte ihn dennoch mehr, als dass es ihn freute. Es fühlte sich wie die Ruhe vor dem Sturm an und, wenn das Gewitter käme, würde es sein letztes sein. Dieses Gefühl ließ ihn die ganze Zeit nicht los.

Die Adresse, die ihm Sofia gegeben hatte, war nicht schwer zu finden. Es handelte sich um ein altes Haus mit abgeschlagenem Putz, vermutlich ein ehemaliges Lager, das zu einer Turnhalle umgebaut worden war. Die Eingangshalle wirkte klein und menschenleer. Rechts von ihm bemerkte er eine weitere Tür. Als er sie öffnete und hineintrat, befand er sich in einem Treppenhaus. Auch hier war niemand zu sehen. David stieg vorsichtig auf die erste Stufe, beugte sich über das Geländer und schaute hinauf. Es waren drei oder vier Stockwerke bis nach oben. Ohne lange zu überlegen, begab er sich langsam hinauf. Das Treppenhaus war relativ dunkel, die hölzernen Stufen waren abgenutzt und knarrten bei jedem Schritt. Im zweiten Stock führte eine Tür nach links und neben der Tür hingen einige Bilder von Sportlern, die einen Kampfsport trieben, entweder Judo, Karate oder eine andere, David unbekannte Art. Auf diesem Gebiet kannte er sich gar nicht aus. Er öffnete die Tür auf diesem Stockwerk spaltbreit, steckte seinen Kopf durch den Spalt und schaute hinein. Er erblickte einen kleinen Empfangsraum mit einem kurzen Tresen. Dahinter stand ein junger Mann mit kantigem Gesicht und einem sehr kurzen Haarschnitt, der gerade am Computer arbeitete.

»Entschuldigen Sie, bitte«, rief David auf, mit dem Kopf immer noch in der Tür, laut genug, um nicht überhört zu werden, »ich suche den Yogalehrer.«

Der junge Mann schaute überrascht zu ihm herüber. »Was?«

»Ich suche den Yogalehrer?«

»Yoga?«, fragte der Angestellte mit einem verwirrten Blick. Dann schien er jedoch zu verstehen und antwortete kurz, indem er mit dem Daumen nach oben zeigte.

»Ach so. Ganz oben.«

»Danke«.

David schloss die Tür hinter sich wieder und setzte seinen Aufstieg bis zum obersten Stock fort. Am Treppenabsatz blieb er kurz stehen und machte eine Atempause. In letzter Zeit kam er schnell aus der Puste. Er schaute sich um. Hier sah es gemütlicher und aufgeräumter aus als in den darunterliegenden Stockwerken. Auf jeden Fall kümmerte sich hier jemand sorgfältig um die Sauberkeit. Am Ende des Treppenabsatzes befand sich massive Holztür mit einem Bild, das eine schlanke und wendige Person in einer Lotusposition darstellte. David ging zu der Tür und machte sich daran, sie zu öffnen. Sie war jedoch verschlossen. Was hatte er eigentlich erwartet? Er kam ohne sich vorher anzumelden. David klopfte einige Male. Nichts. Nach kurzer Überlegung entschloss er sich zu warten. Neben der Tür führten die Treppen weiter hinauf, vermutlich aufs Dach. David setzte sich auf die niedrigste Stufe und lehnte seinen Kopf an die kühle Wand des Treppenhauses. Er fühlte sich müde und schwach. Auch wenn die Kopfschmerzen in letzter Zeit nachgelassen hatten, schlief er nur wenig und es war kein gesunder Schlaf. Was ihn irritierte, war die Tatsache, dass ihn in der letzten Zeit keine der luziden Träume aufsuchten, auch wenn er fast gar keine schmerzlindernden Medikamente einnahm. Es beunruhigte ihn sogar. Er spürte, dass bald etwas geschehen würde. Er wollte jedoch diese Welt noch nicht verlassen, nicht jetzt, wo sich die Beziehung zwischen ihm und Sofia so gut entwickelt hatte. Er dachte bereits darüber nach, ihr die Wahrheit zu sagen. Früher oder später würde er ihr seine wahre Identität enthüllen müssen. Besser, wenn er es ihr selbst zugestünde, als wenn sie es alleine herausfände. Dennoch hatte er Angst davor.

Wird sie mir verzeihen? fragte er sich ständig. *Und wenn nicht?* Dann war es halt so. In Gedanken versunken, schloss er schließlich seine müden Augen, um zu entspannen. Kurz darauf schlief er ein.

Dunkelheit und das unendliche, kalte Weltall. Er bewegte sich durch den leeren Raum zu einem schwachen Licht, das sich vor ihm in weiter Ferne befand und immer heller erstrahlte. Seine Geschwindigkeit war berauschend, dennoch beschäftigte er sich damit gar nicht. Dieses immer heller werdende Licht war seine Bestimmung, sein Ziel und er war bereits nah. Er wusste nicht, wie viel Zeit vergangen war, weil die Zeit für ihn keine Rolle spielte, aber nach und nach konnte er erkennen, dass dieses helle Licht vor ihm aus unzähligen hellen Punkten bestand und es wurden immer mehr. Einige der Lichtpunkte waren in einem weißen Nebel verhüllt. Das ganze Lichtspiel bekam eine spiralähnliche Form, eine Art Diskus mit einem dickeren Wulst in der Mitte. Man konnte bereits einzelne Lichtpunkte deutlich erkennen, es waren Sterne, Milliarden von Sternen. Er näherte sich einer Galaxie und in dieser Galaxie befand sich ein Stern und um diesen Stern kreiste ein kleiner Planet und seine Farbe war blau, ein blauer Planet. Dieser besondere Himmelskörper war sein Ziel. Er spürte in sich eine steigende Aufregung, was ihn selbst immer wieder aufs Neue überraschte. Diese Art von Gefühlen war für ihn noch unerforscht, damit musste er noch lernen zurechtzukommen. Er war zuversichtlich, dass er diesmal auf der richtigen Spur war, dass ...

»Hallo?«

David spürte eine Hand auf seiner Schulter und dass ihn jemand leicht schüttelte. Er wachte auf und schaute sich verwirrt um. Es war bereits spät am Nachmittag und in dem Treppenhaus, wo sowieso nur Zwielicht herrschte, war es noch dunkler geworden. Plötzlich erschien ein Licht, das ihn völlig blendete, jemand hatte die Treppenbeleuchtung angemacht. Es dauerte eine Weile, bis er sich an das helle Licht gewöhnen konnte. Über ihm stand ein alter Mann, indischer Herkunft, kahl rasiert und mit einem langen, dünnen Kinnbart. Er beobachtete David eindringlich.

»Was kann ich für Sie tun, mein Herr, haben Sie sich verlaufen?«, fragte er mit tiefer und ruhiger Stimme.

David antwortete mit einer Gegenfrage. »Sind Sie der Yogalehrer?«

Er war überzeugt, dass dieser Mann der Yogalehrer sein musste. Genauso würde sich David einen asketischen Yogin vorstellen.

»Vielleicht bin ich es, vielleicht auch nicht«, antwortete der alte Inder rätselhaft, »warum suchen Sie nach ihm?«

David spielte das Spiel mit. Auf der anderen Seite war er sich nicht sicher, ob er tatsächlich die richtige Person angetroffen hatte.

»Ich würde ihn gerne etwas fragen«, sagte er leise.

»Und was wäre das?«, erwiderte der Asket.

»Ich habe seltsame Träume über andere Leben, andere Ereignisse und die sind alle so real, als ob ich selbst dort gewesen wäre«, gestand gleich David ohne Umschweife.

Der Yogalehrer nickte nachdenklich und betrachtete David eine Weile schweigend.

»Und jetzt auf der Treppe, haben Sie auch so einen Traum gehabt, nicht wahr?«

»Ja«, gab David verblüfft zu.

»Habe ich mir gedacht«, sagte der Yogin mit leichtem Lächeln, »kommen Sie doch rein.«

Er holte einen großen Schlüssel aus seiner langen, altmodischen Robe und sperrte die Tür auf. Sie gingen anschließend durch einen schmalen Flur bis zum Ende, wo sich auf der rechten Seite ein kleines Büro befand.

Unterwegs fragte David den Yogalehrer. »Woher haben Sie eigentlich gewusst, dass ich draußen auf der Treppe etwas geträumt habe?«

»Ich erkannte es an Ihren Augen«, antwortete der alte Mann beiläufig, als ob es sich dabei um die normalste Sache der Welt gehandelt hätte. »Ihre Augen hatten einen seltsamen Glanz, Ihr Blick wirkte seelenlos. Ihre Seele befand sich offensichtlich weit fort. Deshalb haben Sie eine Weile gebraucht, um zurückzukehren und Ihre Umgebung wieder wahrzunehmen.«

David war über die Aussage des alten Yogins regelrecht erstaunt, gleichermaßen war er jedoch auch erfreut. Vielleicht konnte ihm dieser Mann tatsächlich helfen. Als sie das Büro betraten, räumte der Yogalehrer einige Sachen vom Stuhl, der sich vor einem uralten Holztisch befand und bot David den freigeräumten Platz an. Er selbst setzte sich auf den Sessel hinter dem Tisch.

»Erzählen Sie mir von dem Traum, den Sie gerade hatten.«

David zögerte eine Zeitlang, dann versuchte er jedoch seinen Traum im Treppenhaus so detailgetreu zu erzählen, wie er es konnte und wie er sich daran noch erinnerte. Der Yogalehrer hörte aufmerksam zu und verfiel danach in ein grüblerisches Schweigen, ohne sich dazu zu äußern. Auch David sagte nichts und wartete ab.

Schließlich schaute ihm der indische Yogin direkt in die Augen.

»Was ist mit den anderen Träumen, sind sie genauso, wie der Traum, von dem Sie mir erzählt haben?«

David schüttelte nur den Kopf. »In den meisten Träumen lebe ich ein anderes Leben, vermutlich irgendwann in der Vergangenheit.«

Und wieder forderte ihn der Yogalehrer auf, zu erzählen. David berichtete ihm brav über all seine luziden Träume, die ihn bislang heimgesucht hatten. Danach herrschte eine ausgedehnte Weile nur Stille. David verfiel ebenfalls in Gedanken und dachte erneut über die Träume nach, die er geträumt hatte. Der alte Yogin war gleichermaßen in seinen Gedanken versunken. Schließlich unterbrach der alte Inder das Schweigen.

»Es scheint tatsächlich, dass Sie sich an Ihre früheren Leben erinnern.«

»Und wie ist das möglich?«

»Die meisten Menschen besitzen diese Fähigkeit nicht, sondern vergessen ihr früheres Leben, sobald ihre Seele den nächsten Körper innehat. Es bedarf normalerweise langjähriger Übungen und Enthaltungen, um sich gezielt an frühere Leben zu erinnern und nur wenige schaffen es tatsächlich.«

»Aber wieso kann ich es dann?«, fragte David verzweifelt.

»Vielleicht sind Sie krank und werden bald sterben. Menschen mit todesnaher Erfahrung können sich oft an ein früheres Leben erinnern. Nicht jedoch wie Sie«, erwiderte der alte Yogin bedacht. »Doch es gibt vereinzelt Leute, die einfach diese Gabe besitzen. Was trifft auf Sie zu?«

David atmete tief durch, bevor er antwortete. »Ich bin krank und werde bald sterben.«

»Ich verstehe«, sagte der Yogalehrer nachdenklich.

»Was bedeuten jedoch diese Träume?«, hakte David weiter nach. »Wieso muss ich jedes Mal sterben? Und …«

Der alte Asket unterbrach ihn mit leichtem Lächeln »… was ist mit der Frau, die Sie stets versuchen zu beschützen? Das wollten Sie doch fragen, oder?«

Das war genau die Frage, die David stellen wollte. So hatte es David noch nie gesehen, aber der Yogalehrer hatte recht und fuhr langsam fort.

»Sie ist Ihre verwandte Seele. Sie sind auserkoren worden, so würden es einige Menschen vermutlich bezeichnen, oder auch verdammt worden, so würden es einige anderen ausdrücken, bis in alle Ewigkeit sie zu suchen, zu finden und sie zu beschützen. Den Träumen nach beurteilend, scheint es, dass Ihre Seele bereits seit Tausenden von Jahren auf dieser Erde herumwandert und nach ihr sucht. Erst wenn Sie sie gefunden haben, haben Sie in Ihrem jeweiligen Leben die ersehnte Ruhe gefunden.«

»Bedeutet das, dass, wenn ich jetzt sterbe, ich in einem anderen Körper wiedergeboren und nach ihr erneut suchen werde?«, fragte David verwirrt. »Und was, wenn ich sie nicht finde?«

»Sie haben sie nicht in jedem Ihrer Leben gefunden. In den Träumen erinnern Sie sich nur an die Leben, in denen Ihre Suche erfolgreich war«.

»Und wann wird es je enden?«, fragte David entgeistert.

Der Yogalehrer seufzte leicht. »Wie bereits gesagt, Sie sind bis in alle Ewigkeit verflucht, sie zu finden und wieder zu verlieren, bis sie den Kreislauf des Lebens durchbrechen. Erst dann werden Sie frei sein. Aber nicht nur Sie auch diese Ihnen verwandte Seele muss diesem Kreislauf entrinnen. Wenn es jedoch einer schafft, kann es dem anderen unter Umständen einfacher gelingen oder die eine Seele kann sogar die andere befreien«, er nickte einige Male nachdenklich, »oder es kann auch schlimmer kommen, wenn eine der Seelen zurückbleibt, weil ihr dann unvollständig seid und keine Ruhe mehr finden würdet. Solche Seelen können den Verstand verlieren und bis in alle Ewigkeit sinnlos auf der Welt herumwandern. So etwas ist sehr selten. Ich habe davon zwar Geschichten gehört, aber ich bin noch nie jemandem begegnet, der auf solche Art wie Sie gesegnet ist.«

»Gesegnet?«, fragte David fast verärgert. »Sie sagten selbst verdammt!«

»Es kommt darauf an, wie man es betrachtet«, äußerte sich dazu der Yogalehrer. »Für einige ist es Verdammnis, für andere Segen.«

David dachte darüber nach und erinnerte sich dabei an Sofia. *Was, wenn sie in meinem jetzigen Leben die verwandte Seele ist? Sie muss es sein!* Erst nachdem er sie gefunden hatte, hatte er seine Ruhe gefunden. *Ist sie meine Verdammnis? Mein Fluch? Nein, ich glaube, dass sie mein Segen ist!* Und im nächsten Leben würde er wieder nach ihr suchen müssen. *Verdammt! Wenn es tatsächlich so ist, muss ich dagegen unbedingt etwas unternehmen.*

Er wandte sich nach seiner unschlüssigen Grübelei an den Yogalehrer, der ihn aufmerksam beobachtete, als ob er seine Gedanken lesen konnte. »Nehmen wir an, ich möchte diesen Kreislauf des Lebens durchbrechen, was müsste ich tun?«

»Die, die so etwas anstreben, brauchen jahrzehntelang, oft sogar ihr Leben lang, um es zu bewerkstelligen. Es gibt verschiedene Übungsarten und Stufen, die man erreichen muss, um zu der nächsten und höheren Stufe zu gelangen und so weiter, bis man schließlich das höchste Level erzielt und damit auch die Fähigkeit erlangt, sich zu befreien.«

»So viel Zeit habe ich nicht«, sagte David enttäuscht.

»Sie brauchen vielleicht nicht so lange«, bemerkte der Yogalehrer nachdenklich.

»Nicht?«

»Können Sie sich an den Traum erinnern, von dem Sie mir erzählt haben, wo Sie Ihren Körper verlassen hatten und darüber schwebten? Sie waren sich dieses Zustandes in dem Augenblick bewusst, nicht wahr?«

»Ja, aber wie kann es mir weiterhelfen?«

»Sie haben bereits diese Fähigkeit in sich. Sie müssen nur im richtigen Moment aufwachen.«

»Und wann ist, wie Sie sagten, der richtige Moment?«, fragte David verwirrt.

»In dem Augenblick, wenn Sie sterben. Sie müssen sich ihrer Seele bewusst sein und nicht loslassen. Dann kann es Ihnen vielleicht gelingen. Das ist jedoch nur eine Vermutung. Es gibt nur wenige wie Sie und diese Frau, die Sie zu beschützen versuchen. Ihre Seelen scheinen uralt zu sein, so etwas ist überaus äußerst selten in dieser Welt.«

»Aber warum muss ich sie beschützen und für sie sterben?«, überlegte David laut. »Wieso muss ich sie suchen und nicht sie mich?«

»Vielleicht ist sie etwas Besonderes? Und Sie wurden zu ihrem Schutz auserkoren? Von einer höheren Macht, einem höheren Wesen, vielleicht von einer Gottheit? Vielleicht haben Sie sich selbst dazu entschlossen, als ihr Leibwächter und Beschützer an ihrer Seite zu stehen. Ich weiß es nicht.«

David nickte nur und beide verfielen abermals ins Schweigen. Der Tag war anstrengend und David spürte plötzlich, wie seine Kopfschmerzen stärker wurden. Er musste nach Hause, bevor sie unerträglich werden und er womöglich wieder sein Bewusstsein verlieren würde. Er stand mühselig auf und reichte dem Yogalehrer die Hand. Der stand ebenfalls auf, ergriff und schüttelte sie. Für einen alten Mann hatte er einen ungewöhnlich festen Händedruck.

»Vielen Dank«, sagte David, »für Ihre Hilfe und Ihren Rat.«

»Nein«, antwortete der Yogin, »ich danke Ihnen.«

»Mir?«, schaute ihn David leicht verwirrt an. »Das verstehe ich nicht. Warum?«

»Es war mir eine Ehre, jemandem wie Ihnen zu begegnen. Sie haben meinem Leben einen würdigen Abschluss verliehen.«

David nickte nur leicht verblüfft, verstand jedoch nicht ganz, was der Yogalehrer ihm damit hatte sagen wollen, verabschiedete sich umgehend und begab sich schnell wieder nach Hause. Mit größter Mühe erreichte er schließlich seine Wohnung. Er schaffte es nicht einmal ins Schlafzimmer, sondern stürzte bereits im Flur zu Boden und verlor das Bewusstsein.

Die nächsten Tage meldeten sich seine Kopfschmerzen stärker denn je und David kam ohne seine Medikamente gar nicht mehr aus. Zudem bekam er des Öfteren auch Nasenbluten und hatte stets Probleme mit seinem Gleichgewicht. Er traute sich nicht mehr aus seiner Wohnung. Er hoffte, dass es in ein paar Tagen wieder vorübergehen würde. Seitdem er den Yogalehrer besucht hatte, hatte er Sofia und ihre Tochter nicht mehr gesehen. Sie fehlten ihm. Deshalb entschied er sich trotz allem, nachdem er einige Tage lediglich innerhalb der vier Wände dahinvegetiert hatte, wenigstens einen kleinen Spaziergang zu machen, um Sofia zu treffen, sie zu begrüßen. Früh Nachmittag zog er sich an und verließ die Wohnung, um ihr zu begegnen, gerade um die Zeit, als sie Elinor von der Schule abholte. Als er die Tür hinter sich zuschlug, überfiel ihn ein seltsames Gefühl der Endgültigkeit, er spürte einen komischen Druck in seiner Brust, sein Brustkorb zog sich dabei schmerzhaft zusammen, das Atmen fiel ihm sehr schwer. Er verdrängte jedoch diese Sinnesempfindung und stieg die Treppe langsam hinunter. Er freute sich bereits darauf, Sofia und Elinor wiederzusehen.

XIII.

Der Gottesdiener

Als er sie oben auf dem Scheiterhaufen stehen sah, in zerrissenen Stofflumpen, mit Schmutz und Blut verschmiert, an einen Pfahl angebunden, der sich in der Mitte befand und hoch in den Himmel ragte, begriff er mit schwerem Herzen die Tragweite des Ganzen.

Er hatte vollkommen versagt!

Tränen füllten langsam seine Augen und er versuchte sie vergeblich wegzublinzeln. Egal, wie er sich bemühte, er konnte sie vor diesem schrecklichen Tod nicht erretten. Fast wäre er selbst neben ihr gestanden, so stark hatte er sich für sie eingesetzt. Er hätte auch ohne zu zögern mit ihr getauscht. Diese Möglichkeit gab es jedoch nicht. Er konnte für sie nichts mehr tun.

Er selbst war ein rechtschaffener Mann, ein Gottesdiener aus Überzeugung, der sich sein Leben lang bemühte, nach den zehn Geboten zu leben. Erst als er ihr begegnet war und wegen dem, was ihr angetan worden war, hatte er angefangen zu zweifeln. Wie konnte der liebe Gott zulassen, dass ein so reines Wesen auf dem Scheiterhaufen endete. Er versuchte sich zu überzeugen, dass es Gottes Wille sein musste, um ihre Seele aufzunehmen. Es hatte jedoch nicht viel geholfen. Sie dagegen glaubte nicht an Gott wie er, sondern an Seelenwanderung. Für ihn war es am Anfang bloß Gotteslästerung gewesen. Er war immer davon überzeugt gewesen, dass, je nachdem, wie fromm und gerecht ein Mensch auf dieser Welt lebte und wie er sich benahm, er dann nach seinem Tod entweder in den Himmel aufsteigen und im Paradies fortleben oder in der Hölle landen, wo er bis in alle Ewigkeit schmoren würde. Sie glaubte dagegen, dass die Seele nach dem Tod wieder in einen anderen Menschen übergehen würde. Für ihn war es am Anfang reine Blasphemie gewesen. Als er jedoch später darüber nachdachte, fand er den Gedanken nicht einmal so verwerflich. Es würde sich sogar mit seinem Glauben vereinbaren lassen. Vielleicht reichte ein einziges Leben gar nicht aus, um in den Himmel oder in die Hölle zu gelangen. Es könnte sein, dass man mehrere Leben durchleben und in jedem dieser Leben sich erneut beweisen musste, bis man die Reife erreichte, in das Paradies aufgenommen werden.

Der Bischof und der Markgraf betraten gerade das Podium. Die Hinrichtung sollte somit bald beginnen. Es versammelten sich wie immer bei solch grausigen Veranstaltungen viele Schaulustige. Er selbst hatte zuerst gar nicht dabei sein wollen. Ihr beim Sterben zuzusehen, schien für ihn undenkbar. Sie hatte ihn jedoch darum gebeten, um jemanden dabei zu haben, den sie kannte und dem sie vertraute. Sie wollte nicht alleine sterben.

Was für eine furchtbare Vorstellung, dachte er sich dabei.

Der Adlige und der Bischof, die sich auf dem erhöhten Platz vor dem Scheiterhaufen befanden, waren für ihre Verurteilung und für ihren baldigen grausigen Tod verantwortlich. Der Markgraf wegen seinem verletzten Stolz, weil sie sich ihm verweigert hatte und der Bischof, weil er ein Exempel statuieren wollte.

Sie war viel zu schön, zu rein und viel zu anständig für diese Welt. Dazu hatte sie sich immer allen gegenüber ehrlich verhalten und wollte nicht einmal im Angesicht ihres Todes lügen. Im Nachhinein kam der Gottesdiener sogar zu der Überzeugung, dass sie nicht einmal lügen konnte. Diese Gabe der Verleumdung oder Wahrheitsverdrehung war ihr einfach nicht in die Wiege gelegt worden.

Unglaublich, dachte er sich dabei, *dass so jemand überhaupt existieren kann.*

Zu leugnen wäre für sie die einzige Möglichkeit gewesen, sich zu retten. Er hatte darum gebeten, er hatte sie sogar angefleht, alles zuzugeben, was ihr angelastet wurde. Das konnte sie jedoch nicht, dafür war sie viel zu stolz und von ihrer Wahrheit überzeugt. Sie hatte ja nichts Falsches angestellt und das stimmte ja auch. Es spielte für den Richter jedoch keine Rolle. Wie viele Male hatte er mit dem Bischof und auch mit dem Markgrafen gesprochen, argumentiert und sie beide um ihr Leben angefleht. Nichts hatte geholfen. Sie wollten ihn sogar am Ende als Ketzer verurteilen, wenn er für sie weiter interveniert hätte. Sie hatte es ihm selbst verboten. Sein Leben wegzuwerfen hätte ihr Eigenes auch nicht mehr gerettet. Sie hatte ihn schließlich nur gebeten, ihr bis zum Ende beizustehen.

Und das hatte er auch getan. Jede Nacht hatte er stundenlang Gott angefleht, sie zu erretten, ihm ein Zeichen zu geben, was er noch hätte tun können, ein Wunder zu vollbringen. Seine Gebete wurden jedoch niemals erhört. Und das war das alle erste Mal in seinem Leben, dass er zu zweifeln anfing.

Der Bischof machte einen Schritt nach vorn, schaute sich die Leute, die sich hier versammelt hatten, an und fing an zu sprechen.

»Diese Frau«, er zeigte mit dem Finger auf sie, »hat sich von Gott, unserem Schöpfer, abgewandt und ist mit dem Teufel im Bunde!«

Er machte eine Pause, um seinen Worten mehr Gewicht zu verleihen und fuhr fort.

»Sie ist eine Hexe!«

Die Menschen um ihn herum fingen an zu murmeln, »eine Hexe, sie ist eine Hexe! Verbrennt sie!«

Der Bischof wartete ab und ließ die Leute eine Weile schreien, um ihren Zorn zu entfachen, dann fuhr er selbstzufrieden fort. »Sie hat versucht uns zu täuschen! Schaut sie euch an! Sieht ein ordentliches Weib so aus?«

Und wiederum machte er eine kleine Pause und zeigte erneut mit dem Finger auf die junge Frau auf dem Scheiterhaufen.

»Nur ein Teufel kann eine solche vollkommene Schönheit erschaffen, um unser Fleisch zu prüfen, uns zu verführen und auf den falschen Weg zu bringen!«

Dann zitierte er einen Vers aus der Bibel. »Und der Teufel führte ihn hoch hinauf und zeigte ihm alle Reiche der Welt und sprach zu ihm: Alle diese Macht will ich dir geben und ihre Herrlichkeit; denn sie ist mir übergeben, und ich gebe sie, wem ich will. Wenn du mich nun anbetest, so soll sie ganz dein sein.«

Der Bischof hob seinen Finger hoch über seinen Kopf und verkündete mit donnernder Stimme. »Und Jesus antwortete ihm und sprach: Es steht geschrieben: Du sollst den Herrn, deinen Gott, anbeten und ihm allein dienen!«

Dann zeigte er erneut auf die junge Frau auf dem Scheiterhaufen. »Und sie ist der leibhaftige Teufel, der uns zu verführen versucht! Und auf falsche Gedanken bringt! Nein, sage ich und wiederhole: Nur deinem Herrn, deinem Gott allein, sollst du dienen!«

Die versammelten Leute summten in Zustimmung. Der Gottesdiener selbst war sich die ganze Zeit ihrer besonderen Schönheit bewusst. Sie war schlank und groß, hatte lange goldene Haare mit einem leichten roten Stich, die ihr bis zur Taille reichten und die in der Sonne unter einem bestimmten Blickwinkel wie helle Flammen aufleuchteten. Für die Kirche war rotes Haar immer ein Zeichen der Hexen. Ihre Haut war weiß wie Alabaster und ihre Augen blau, wie der Himmel selbst. Das, was sie ausmachte, war jedoch ihre gesamte Erscheinung. Sie war einfach nicht für diese Welt geschaffen. Für ihn, den Gottesdiener, sah sie schlicht wie ein Engel aus. Als er sie das erste Mal erblickt hatte, war er sofort davon überzeugt gewesen, dass der Herr einen Engel auf die Erde geschickt hatte, um die Menschen zu erlösen.

Der Markgraf, ein Lüstling und ein Weiberheld, wollte sie jedoch ganz für sich alleine. Als sie sich ihm verweigert hatte, hatte er sie als Teufelsweib bezeichnet und er ließ sie in den Kerker werfen. In diesen Tagen reichte nur, dass man einen Menschen schief ansah und man konnte bereits als Ketzer verurteilt werden und auf dem Scheiterhaufen landen.

»Wir haben alles versucht«, fuhr der Bischof fort, »doch sie ließ sich nicht auf den Weg des Herrn zurückbringen, trotz aller unseren Bemühungen und aus diesem Grund erwartet sie nun das einzig gerechte Urteil.«

»Sie soll brennen, lasst sie brennen!«, schrien einige Schaulustige aus der Meute gleichzeitig.

Der Gottesdiener war völlig am Boden zerstört. *Wie konnten sich die Menschen überhaupt so etwas wünschen? Jemanden bei lebendigem Leibe zu verbrennen?*

Er wollte die Tortur so schnell wie möglich hinter sich bringen uns sehnte sich nach einem baldigen Ende dieser Farce. Sie schaute dabei die ganze Zeit nur den Gottesdiener an und er konnte wiederum seinen Blick von ihr nicht abwenden. Sie tat ihm so furchtbar leid und er spürte in dem Moment, wie sich die Tränen unaufhaltsam ihren Weg auf die Oberfläche bahnten, die Augen füllten und seine Wangen herunterliefen. Es kümmerte ihn jedoch nicht im Geringsten.

Sie schien das ganze Geschehen sehr gefasst aufzunehmen, doch ihre Augen verrieten sie, wie immer. Diese Augen konnten genauso wenig lügen wie sie selbst und konnten vor ihm nichts verbergen. Sie waren das Tor zu ihrer Seele, offen und rein wie sie selbst.

Wenigstens eines hatte er dennoch erreichen können. Als er sich von ihr an diesem schicksalshaften Tag verabschiedet hatte, hatte er sie gezwungen, kurz bevor man sie aus dem Kerker zum Scheiterhaufen abgeführt hatte, einen speziellen Trunk zu sich zu nehmen, den er von einer alten Heilerin auf dem Markt besorgt hatte. Es würde ihre Schmerzen lindern, sie würde fast nichts spüren. Ihre Schreie würden sie nicht vernehmen. Dieses Vergnügen würde er ihnen nicht gönnen. Sie würden sicherlich denken, der Teufel stünde ihr bei. Dann sollte es so sein. Es war ihm egal.

Der Bischof drehte sich schließlich zum Markgrafen und dieser nickte mit zufriedener Miene in Zustimmung. Der Soldat, der vor dem Scheiterhaufen stand, bekam seinen Befehl. Er nahm die Fackel, die er die ganze Zeit in der Hand gehalten hatte und steckte sie tief zwischen die gestapelten Hölzer hinein.

Auch in dieser Hinsicht ist dem verzweifelten Gottesdiener eine Sache gelungen, um ihr das Leiden zu verkürzen, wenn er sie schon nicht retten konnte. Er hatte dafür gesorgt, dass ein trockenes Holz verwendet wurde, das sehr gut und schnell brannte.

Das Feuer verbreitete sich blitzschnell und innerhalb von Sekunden schossen die Flammen hoch hinaus in den Himmel. Er betrachtete sie die ganze Zeit, voller Leid und Trauer. In dem Augenblick, als die glühende Hitze der Flammen sie umschloss, glaubte er aus ihrem Mund ein leichtes Aufstöhnen zu hören. Ihre Augen waren weit aufgerissen und voller Angst. Sie biss ihre Zähne zusammen, dennoch wandte sie ihren Blick für keinen einzigen Moment von ihm ab und genau das Gleiche tat auch er. Es war für ihn unvorstellbar, sie so sterben zu sehen. Sein Brustkorb zog sich schmerzhaft zusammen. Für ihn war es die Hölle auf Erden. Am liebsten wäre er weggerannt und hätte Gott für alle Zeiten verflucht. Doch er hatte ihr sein Versprechen gegeben und er hielt aus Prinzip stets sein Wort. Bis zuletzt, solange er sie noch sehen konnte, schaute er ihr in die Augen. Glücklicherweise dauerte es nicht sehr lange. Die Flammen verschlangen sie regelrecht, dennoch entwich kein einziger Schrei aus ihrem Mund. Die Leute starrten die Hinrichtung wie versteinert an. Sogar der Bischof und der Markgraf waren verblüfft und verunsichert. Sie hatten sicherlich ein langes Leiden und qualvolle Schreie erwartet. Sie dachten, nein, sie waren sogar davon überzeugt, dass sie um Gnade flehen würde. Nichts desgleichen war jedoch geschehen. Es ging ihnen viel zu schnell.

Und es ist auch gut so, dachte sich der Gottesdiener dabei. *Wir sehen uns wieder, mein Engel,* ging dem Gottesdiener durch den Kopf, als diese außergewöhnliche junge Frau von den Flammen gänzlich verschlungen wurde, *entweder im Paradies oder in einem anderen Leben.*

***

David wachte auf und spürte, wie ihm heiße Tränen die Wangen hinunterliefen.

Nicht Sie! Warum Sie? Warum nicht ich, wie immer? fragte er sich selbst.

Die Traurigkeit und der Schmerz, verursacht durch ihren gewaltigen und grausamen Tod, wollten ihn nicht loslassen. Er spürte noch die Hitze des Feuers und konnte sogar den Geruch des verbrannten Fleisches riechen. Es war unfassbar. Noch in keinen seiner Träume war die Frau, die er stets versucht hatte zu beschützen, gestorben. Er hatte sie nicht retten können und damit hatte er versagt. Seine Aufgabe als ihr Beschützer hatte er diesmal nicht erfüllen können. Er wollte es immer noch nicht glauben. Dieses Erlebnis war deutlich schlimmer als sein eigener Tod. Zuzusehen, wie sie starb, ohne sie retten zu können, war das Furchtbarste, was er bislang in seinen luziden Träumen erlebt hatte.

Seitdem er mit dem Yogalehrer gesprochen hatte, glaubte er irgendwie vorbehaltlos an die Reinkarnation. Die Art, wie selbstverständlich der alte Yogin darüber gesprochen hatte, als ob es die normalste Sache der Welt wäre, hatte David überzeugt. Und er wusste jetzt, wer all die Frauen in seinen Träumen gewesen waren. Es handelte sich immer nur um eine einzige Frau, um eine einzige Seele, seine Seelenverwandte. Auch wenn sie jedes Mal anders ausgesehen hatte. Und er hegte keine Zweifel mehr, dass Sofia eine von ihnen war. Ihre Ausstrahlung, ihr Verhalten, wie sie lächelte oder ihn ansah, alles an ihr fand er anziehend, unvergesslich und unvergleichbar, sogar irgendwie vertraut. Er verstand auch das Gefühl, dass er sie von irgendwoher kannte. Eigentlich war sie genauso wie die anderen Frauen, denen er in seinen Träumen begegnet war und die er stets beschützen wollte.

David bereute nur, dass er das erst so spät erkannt hatte. Er dachte lange darüber nach, was ihm der alte Yogalehrer erzählt hatte, und je länger er darüber grübelte, desto stärker war er davon überzeugt. Es schien alles irgendwie ineinander zu passen und könnte seine luziden Träume lückenlos erklären. Und nicht nur das. Auch der Umstand, dass er sich sein Leben lang rastlos und ständig auf der Suche befunden hatte.

Er wusste jetzt warum, er suchte nach seiner Seelenverwandten. Ohne sie war er nicht vollkommen, es fehlte einfach ein Teil von ihm. Nur wenn er sie gefunden hatte, war er wieder ganz geworden und hatte seinen Frieden empfunden.

David seufzte und machte schwermütig die Augen auf. Er wurde sich langsam seiner Umgebung bewusst.

Etwas stimmt hier nicht! kam ihm sofort in den Sinn.

Als er sich umschaute, stellte er mit einem riesigen Schrecken fest, dass er nicht in seinem gemütlichen Bett zu Hause lag, sondern dass er sich in einem Krankenhaus befand. Neben seinem Bett stand ein medizinisches Gerät mit Monitor und davon führten einige Schläuche direkt zu David. In dem Moment spürte er auch, dass sie in seiner Nase endeten und ein anderer in seinem linken Unterarm. Es jagte ihm eine Wahnsinnsangst ein.

Wie bin ich hier nur gelandet? fragte er sich fassungslos.

Er konnte sich an nichts erinnern. Verzweifelt suchte er nach Hinweisen in seinen Erinnerungen ... Er hatte die Wohnung verlassen, um einen Spaziergang zu machen, gerade um die richtige Zeit um Sofia zu begegnen ... Er stand draußen an der Straße vor seinem Haus ... An mehr konnte er sich nicht erinnern.

Verdammt! David war fast zum Weinen zumute. *Ich muss hier raus! Sobald der Arzt kommt, lasse ich mich so schnell wie möglich wieder entlassen.*

Er spürte fast gar keine Kopfschmerzen, was ihn gleichermaßen irritierte und erleichterte. Er fühlte sich jedoch müde und das Denken fiel ihm schwer. Vermutlich bekam er starke Schmerzmittel. Nach kurzer Zeit überwältigte ihn schließlich die Müdigkeit und er schlief ein.

Laute Geräusche weckten ihn wieder auf und er schaute sich verwirrt um. Erneut dauerte es eine Weile, bis ihm bewusst wurde, wo er sich überhaupt befand.

»Und wie fühlen sie sich, Herr Hauser?«, begrüßte ihn eine tiefe, unbekannte Stimme.

Erst in dem Moment bemerkte er einen hageren Mann in einem weißen Kittel, mit spitzem, glattrasiertem Gesicht, der neben dem Bett stand. Offensichtlich sein behandelnder Arzt.

»So viel ich selbst beurteilen kann, geht es mir ganz gut. Was ist passiert? Wie bin ich überhaupt hergekommen?«, überschüttete David ihn mit Fragen.

»Sie können sich gar nicht daran erinnern, was Ihnen passiert ist?«

David schüttelte nur seinen Kopf.

»Interessant«, sagte der Arzt nachdenklich. »Man hat Sie bewusstlos auf der Straße gefunden.«

»Und wie lange bin ich bereits hier?«

»Seit vier Tagen«, erwiderte der Arzt und betrachtete ihn eindringlich.

»Ich bin bereits vier Tage hier?«, wiederholte David bestürzt. So lange bewusstlos war er bislang noch nie. »Und wann kann ich wieder nach Hause?«

»Nach Hause?«, fragte der Arzt erstaunt. Er bemerkte Davids verständnislosen Blick, seufzte leicht und fuhr dann bedacht fort. »Sie wissen, dass Sie einen Gehirntumor haben, oder?«

David nickte nur, sagte dazu jedoch gar nicht.

»Sie hätten sich bereits vor geraumer Zeit behandeln lassen sollen.«

»Das habe ich auch getan, ich ging all die Torturen durch, nichts hat jedoch geholfen. Es ist mir bewusst, dass mich der Tumor eines Tages umbringt.«

Der Arzt nickte nur zustimmend, äußerte sich dazu jedoch gar nicht.

»Ist es soweit?«, fragte schließlich David als keine Antwort zu kommen schien.

Der Arzt seufzte leicht und atmete tief ein, bevor er seine Frage beantwortete. »Der Tumor, auch wenn es bei dieser Krebsart eigentlich ungewöhnlich ist, streut seit einiger Zeit, ... im ganzen Körper haben sich bereits Metastasen gebildet ... Es tut mir leid.«

»Ich verstehe«, sagte David ruhig und gefasst. »Wie viel Zeit habe ich noch?«

Das Zucken der Schulter des Mannes war keine eindeutige Antwort. »Ich weiß es nicht, Tage, vielleicht eine Woche. Schwer zu sagen. Es kommt drauf an, wie schnell ihre Organe versagen. Sie bekommen einige Medikamente, die das Fortschreiten der Krankheit ein wenig verlangsamen, aufhalten werden sie das jedoch nicht mehr. Dafür ist es bereits zu spät.«

David nickte einige Male nachdenklich. »Danke für Ihre Offenheit, Herr Doktor.«

»Gern geschehen«, antwortete der Arzt leicht verlegen. Er fühlte sich nicht ganz wohl dabei. »Wenn Sie etwas brauchen, oder wollen, dass Sie jemand besucht, sagen Sie mir oder unserer Krankenschwester Bescheid und wir werden diese Person kontaktieren. Das ist kein Problem.«

»Danke, aber ich habe gar keine Verwandten und auch keine Bekannten«, antwortete David bedacht nach einer Weile.

Der Arzt schaute ihn verwundert an. »Na gut, egal was Sie brauchen, Sie können sich an mich wenden.«

David antwortete nicht mehr und verfiel in seine Gedanken. Der Arzt verließ anschließend leise das Krankenzimmer.

Mit einem traurigen Seufzen schaute sich David in dem Krankenzimmer um. Das war der letzte Ort, den er in seinem Leben sehen würde, hier würde er in ein paar Tagen sterben. Er hatte gewusst, dass dieser Tag kommen würde, und jetzt war es soweit. Er hatte keine Angst zu sterben, hoffte jedoch, dass er noch ein wenig mehr Zeit haben würde. Das Einzige, was er bereute, war, dass er Sofia nie mehr sehen würde, nicht in diesem Leben. Auch wenn sie nach ihm suchen würde oder ihn besuchen wollte, würde sie ihn nicht finden. Sie wusste nicht einmal seinen richtigen Namen.

Er hätte es ihr sagen sollen, er hätte ihr seinen wahren Namen offenbaren und sich für seine schändliche Tat entschuldigen sollen, für das, was er ihr angetan hatte. Ob sie ihn verzeihen würde, wäre egal gewesen. Er hätte wenigstens den Mut aufbringen sollen, ehrlich zu ihr zu sein. Das hätte sie verdient. Jetzt war es bereits zu spät. Anstatt sie zu beschützen, hatte er ihr wehgetan. Das war das Einzige, was er in seinem jetzigen Leben bereute.

Was soll's, versuchte er sich selbst zu besänftigen, *ich werde in meinem nächsten Leben wieder nach dir suchen und dieses Mal mache ich es richtig. Ich werde dich diesmal wieder beschützen.*

Das Problem war jedoch, dass er sich nicht daran erinnern würde, dass er sie finden sollte und sie würde wieder anders aussehen. Dass er sie erkennen würde, wenn sie sich begegneten, da war er sich sicher, er würde aber nicht wissen, dass es die Auserwählte wäre.

Vielleicht würde er mehrere Leben brauchen, um sie zu finden. Und er würde wieder für sie sterben, ohne zu zögern, ohne Reue. Das wollte er aber nicht mehr.

Genug ist Genug! sagte er sich.

Was könnte er aber dagegen tun? Wie sollte er den Kreislauf des Lebens durchbrechen, seinen Fluch der Ewigkeit, um sich nicht mehr zu binden, um zu wissen, wer oder was er ist, wer war und was er zu tun hatte? Plötzlich umspielte ein kleines Lächeln seine Lippen, als er sich an etwas erinnerte. Es war vor mehr als zwanzig Jahren auf der Abschiedsparty von seiner Praktikantin, Sofia, gewesen. Sie hatte ihm den Text auf dem Papierstreifen aus dem Glückskeks vorgelesen:

»Du musst die Ketten der Zeit sprengen, die dich binden, um den Fluch zu brechen und deine Bestimmung zu finden.«

Und genauso war es auch. Er verstand jetzt endlich diese Botschaft.

War es nur ein Zufall oder hatten das Schicksal oder eine höhere Macht ihre Finger im Spiel? Er wusste es nicht, aber bald würde er es herausfinden.

Der Yogalehrer hatte gesagt, dass ein normaler Mensch dafür Jahrzehnte bräuchte und das Ergebnis wäre immer noch ungewiss. Auf der anderen Seite hatte ihm der alte Yogin ebenfalls mitgeteilt, dass er selbst diese Fähigkeit bereits innehatte, weil es ihm in einem der früheren Leben bereits gelungen war, nachdem er gestorben war, sich seiner körperlosen Seele bewusst zu werden. David seufzte tief und schloss wieder seine Augen, er fühlte sich müde und ausgezehrt. Dank der Medikamente, die stets in seinen Blutkreislauf gepumpt wurden, schlief er schließlich ein, ohne Träume, ohne sein eigenes Ich überhaupt wahrzunehmen.

XIV.

Das Erwachen

Sofia blieb kurz vor dem Haus des alten Mannes stehen und schaute zu seinen Fenstern hinauf, bevor sie weiterging. Sie hatte Herrn Davidoff seit einigen Wochen nicht mehr gesehen, was sie irgendwie beunruhigte. Davor waren sie sich in der letzten Zeit fast jeden Tag begegnet. Sie dachte oft auch an den sehr netten Abend, wo er zusammen mit Elinor für sie ein wunderschönes Abendessen vorbereitet hatte. Danach hatten sie sich auf der Straße noch einige Male getroffen und sich auch immer wieder kurz unterhalten. Sie hatte ihm auch die versprochene Adresse von dem Yogalehrer gegeben. Der alte Mann hatte sich bedankt und wollte gleich am nächsten Tag zu ihm aufbrechen. Seitdem hatte sie ihn nicht mehr gesehen. Zuerst war sie sogar froh darüber gewesen, weil sie ihm versprochen hatte, sich für das Essen zu revanchieren und ihn auch einzuladen. Sie war in der letzten Zeit aber knapp bei Kasse und hatte sogar einige Schulden, die sich angehäuft hatten und die sie noch nicht in der Lage war, zu begleichen. Endlich hatte sie ein wenig Geld beiseitelegen können, um ihn wenigstens zu dem versprochenen Abendessen einzuladen. Seitdem war sie ihm jedoch nicht mehr begegnet und sie bemerkte auch, wann auch immer sie bei seinem Haus vorbeiging, dass seine Fenster stets dunkel waren. Sie wunderte sich, wo er sein könnte.

Vielleicht ist er einfach verreist? dachte sie sich zwischenzeitlich.

Dennoch hatte sie ein ungutes Gefühl dabei. Sie konnte sich noch sehr gut daran erinnern, wie blass und ausgezehrt er oft gewesen war. Er schien krank zu sein.

Was, wenn ihm etwas passiert ist? Dieser Gedanke ließ sie in der letzten Zeit nicht mehr los. *Er könnte in seiner Wohnung zum Beispiel hilflos auf dem Fußboden liegen?*

Sie hatte viel zu tun, so dass sie ihre Sorgen um Herrn Davidoff verdrängt hatte. Es war wieder einige Zeit vergangen und erneut hatte es kein Lebenszeichen von ihm gegeben. Als sie eines Tages wieder einmal an der Eingangstür seines Hauses vorbei ging, hielt sie diese Ungewissheit nicht mehr aus und betrat das Haus. Vor seiner Wohnung wurde sie plötzlich nervös.

Was mache ich hier eigentlich? fragte sie sich in dem Augenblick. *Was, wenn er sie gar nicht sehen wollte?*

Sie wollte ihn auch nicht belästigen. Auf der anderen Seite hatte sie jetzt das erforderliche Geld gespart, um ihn zum Essen einladen zu können. Das könnte sie ihm als Grund nennen.

Nach kurzem Zögern betätigte sie schließlich die Klingel. Nichts. Erneut. Kein Geräusch. Sie wiederholte das Läuten mehrere Male, dann klopfte sie auch noch. Sie bildete sich ein, hinter der Tür etwas gehört zu haben. Ihre eigene Vorstellungskraft machte ihr vermutlich nur etwas vor.

Dennoch!

Nach den erfolglosen Versuchen war sie sich immer noch nicht im Klaren, ob Herr Davidoff zu Hause war oder nicht. Vielleicht ging es ihm nicht gut und er konnte die Tür einfach nicht öffnen. Sie stand unentschlossen vor der Tür und überlegte eine Weile, schließlich fasste sie einen Entschluss.

Sie lief mit pochendem Herzen die Treppe hinunter und suchte nach dem Hausmeister. Auch hier musste sie einige Male läuten, bis ein kleiner, stämmiger Mann mit einem runden, unrasierten Gesicht und einer Glatze die Tür öffnete.

»Was ist?«, ertönte eine raue, unfreundliche Stimme.

Er hatte kleine, tiefsitzende Augen, die jedoch sofort aufleuchteten, als er Sofia erblickte. Sein Ton wurde um einiges freundlicher, fast schmieriger, als er wahrnahm, dass eine wunderschöne Frau vor seiner Tür stand.

»Was kann ich für Sie tun gnädige Frau?«, fragte er schließlich mit seiner schmalzigen Stimme.

Der Hausmeister trug einen schmuddeliges weißes T-Shirt und eine alte abgetragene Jogginghose. Seine ganze Erscheinung war Sofia zuwider und am liebsten hätte sie sich sofort wieder umgedreht und wäre weggerannt, doch sie wollte unbedingt in die Wohnung des alten Mannes, um sich zu vergewissern, dass mit ihm alles in Ordnung war. Es kostete sie einige Überwindung, bevor sie ein wunderschönes Lächeln aufsetzte und ihm ihre Bitte erklärte.

»Es tut mir wirklich leid, Sie belästigen zu müssen, aber ich möchte Sie bitten, eine Wohnung im dritten Stock für mich aufzuschließen.«

Der Hausmeister zog seine Augenbrauen zusammen und schaute sie verdächtig an. »Und wieso das?«

Sein unfreundliches Verhalten kehrte unvermittelt wieder zurück. Sofia wusste, dass sie ihren ganzen Charme einsetzen musste, um ihn zu überzeugen. Sie war eine attraktive Frau und auch wenn sie so etwas ungern tat, konnte sie unter Umständen auch sehr überzeugend sein. Es dauerte nicht lange und das Benehmen des Hausmeisters hatte sich wieder verändert und am Ende erklärte er sich bereit, die Wohnungstür für sie aufzusperren. Er verzog sich wieder zurück in seine Wohnung und fuchtelte eine geraume Weile umher, bis er schließlich die richtigen Wohnungsschlüssel gefunden hatte.

»Wer sagen Sie wohnt da?«

»Herr Davidoff«.

»So einen Namen habe ich noch nie gehört. Sind Sie sicher?«, fragte er ungläubig.

Als sie ihn beschrieb, nickte er schließlich. »Ich weiß jetzt, wen Sie meinen. Das ist die Wohnung ohne Namensschild. Ich habe ihn bereits etliche Male darauf aufmerksam gemacht, er solle seinen Namen anbringen. Die Ärzte konnten ihn nie finden und haben dann zuerst immer bei mir geklingelt.«

»Ärzte?«, fragte Sofia überrascht aber auch besorgt.

Der Hausmeister hatte endlich die entsprechenden Schlüssel in der Hand, schlüpfte in ein paar alte Pantoffel und zog die Tür hinter sich zu. Während er sich zum Treppenhaus schleppte, erzählte er weiter.

»Wissen Sie, der Mann war schwer krank. Ich weiß zwar nicht, was ihm fehlte, weil er nie darüber sprach, aber einige Male musste sogar der Rettungsdienst gerufen werden, weil es ihm sehr schlecht ging. Einmal wurde ich von einem der Ärzte sogar aufgefordert, die Tür aufschließen, weil er sich gar nicht meldete. Wir fanden ihn dann bewusstlos auf dem Fußboden in der Küche liegen.«

Er atmete schwer, als er die Treppen hinaufstieg.

»Das war kein schöner Anblick, das kann ich Ihnen versichern«, ergänzte anschließend der Hausmeister seine Erzählung.

Sofia war entsetzt. Dass es um Herrn Davidoff so schlecht stand, war ihr gar nicht bewusst gewesen. »Und wissen Sie, was er hatte? Ich meine, was er hat?«, korrigierte sie sich gleich.

»Nein, leider nicht. Er war ein sehr verschlossener Mensch und nicht gerade gesprächig. Eigentlich war er ein alter Griesgram und ganz schön unangenehm, wenn er wollte. Das können Sie mir ruhig glauben.«

Sie stiegen weiter langsam die Treppen hinauf, eine Stufe nach der anderen. Sofia hätte am liebsten zwei Stufen auf einmal genommen, ihm die Schlüssel aus der Hand gerissen und wäre zu der Wohnung losgerannt. Sie musste sich gedulden, was ihr in dem Augenblick nicht gerade leicht fiel. Inzwischen sprach der schmuddelige Hausmeister weiter.

»Ich weiß gar nicht, was Sie mit ihm zu tun haben, so eine vornehme Frau?«

Er drehte dabei seinen Kopf in ihre Richtung und lächelte sie an. Dabei teilten sich seine massigen Lippen und ein paar gelbbraune Zähne kamen zum Vorschein. Seine Augen erleuchteten dabei wie zwei kleine schwarze Perlen, gierig und lustvoll. Sofia wurde dabei schlecht. Sie wollte gar nicht daran denken, was sich in seinem Kopf gerade abspielte. Sie war im Augenblick vermutlich der Mittelpunkt seiner Begierde. Dennoch zwang sie sich, sein Lächeln zu erwidern. Bevor sie jedoch antworten konnte, fuhr er in seiner Selbstrede ungehindert fort.

»Und ich glaube nicht, dass er Davidoff heißt. So einen Namen habe ich noch nie gehört, er heiß … Etwas mit H …, Haus …, Hauner. Nein, nein, ich glaube, sein Nachname ist Hauner, oder ähnlich. Den Vornahmen weiß ich leider gar nicht.«

Er nickte dabei zufrieden, weil er sich daran erinnern konnte. Sofia war verwirrt, schenkte dem jedoch in dem Moment keine große Beachtung, weil sie gerade das dritte Stockwerk erreichten und endlich vor der Wohnungstür standen. Der Hausmeister fummelte mit seinen Schlüsseln erneut herum und versuchte mit einem der Schlüssel die Tür aufzuschließen, es dauerte jedoch eine Weile und er musste mehrere Schlüssel ausprobieren, bis er schließlich den Richtigen fand. Sofias Nervosität stieg fast bis ins Unerträgliche. Sobald das Schloss klickte und die Tür aufging, stürmte sie hinein.

»Herr Davidoff! Herr Davidoff! Sind Sie da?«

Sie lief durch die Wohnung und warf einen schnellen Blick in jeden Raum.

Nichts!

Er war nicht da. Sie sollte erleichtert sein, weil es ihm vermutlich gut ging. Er lag hier nirgendwo auf dem Fußboden und die Wohnung war mehr oder weniger aufgeräumt. Kein Anzeichen von etwas Ungewöhnlichem. Dennoch fühlte sie in ihrem Inneren eine Enttäuschung. Sie hatte insgeheim gehofft, dass sie ihn finden würde, dass sie mit ihm sprechen könnte. Die Stimme des Hausmeisters riss sie aus ihren Gedanken.

»Ich habe Ihnen ja gesagt, dass er nicht Davidoff heißt, sondern Hauner. Und sie sehen ja, er ist nicht da.«

Der Hausmeister stand mitten in der Küche und schaute sich neugierig um. Dann fügte er noch überlegend hinzu. »Vielleicht ist er im Krankenhaus oder er ist verreist. Er war sehr verschlossen und sagte nie jemandem etwas.«

Sofia ging erneut durch die Wohnung und kehrte dann zurück zu dem Hausmeister. »Sie haben recht. Entschuldigen Sie, dass ich Sie umsonst hergerufen habe. Ich dachte einfach, ihm sei etwas zugestoßen.«

Der schmuddelige und unangenehme Mann lächelte ihr wieder zu und machte ein Schritt in ihre Richtung, so dass er sich ganz nah vor ihr befand. Sie konnte sogar seinen faulen Atem riechen.

Er hat sicherlich Bier oder einen anderen Alkohol getrunken, kam ihr dabei in den Sinn. Seine kleinen Schweineaugen glänzten seltsam, als er ihr gegenüber stand.

»Kann ich noch etwas anderes für Sie tun?«

Sie fühlte sich plötzlich unwohl, trat einen Schritt zurück und bevor der Hausmeister reagieren konnte, machte sie einen breiten Bogen um ihn herum und betrat den schmalen Flur, um die Wohnung schnell wieder zu verlassen. Sie traute diesem Mann nicht über den Weg.

»Warten Sie«, rief er hinter ihr zu, »ich…, wie heißen Sie überhaupt? Vielleicht kann ich Ihnen auf andere Weise helfen?«

Da bin ich mir ganz sicher, schoss Sofia durch den Kopf. Sie konnte sich gut vorstellen, voran er gerade gedacht hatte. Das Einzige, was sie beabsichtigte, war zu verschwinden. Als sie bereits die Eingangstür erreichte, erblickte sie auf einer kleinen Kommode, die an der Wand stand, einige Briefe. Sie nahm gedankenlos einen der Umschläge in die Hand und schaute sich den Empfänger genauer an.

Halblaut las sie vor sich: »David Hauser«.

»Ich habe es Ihnen ja gesagt, sein Name war nicht Davidoff«, erklang in dem Augenblick eine Stimme direkt hinter ihrem Rücken, die sie regelrecht erschreckte. Der Hausmeister stand dicht hinter ihr. Sie konnte sogar seinen Atem auf ihrem Nacken spüren.

Raus hier! war ihr einziger Gedanke. Sie warf den Brief, den sie in der Hand hielt, zurück auf die Kommode und bevor der Hausmeister noch etwas sagen oder tun konnte, war sie bereits im Treppenhaus und lief geschwind hinunter, zwei Stufen auf einmal. Erst vor dem Haus verlangsamte sie ihre Flucht und ging dann normal weiter.

Ihre Gedanken überschlugen sich. Er hieß gar nicht Davidoff, sondern David Hauser.

Warum hatte er sie belogen? Hatte er einen bestimmten Grund dafür? Welche Geheimnisse versuchte er zu verstecken? Hegte er vielleicht doch irgendwelche niederträchtige Absichten, hatte er mit ihr oder sogar Elinor etwas vor? Er war aber stets so nett und seine Augen schienen vertrauenswürdig. Sie hatte ihm vorbehaltlos vertraut, genauso wie ihre Tochter. Wie konnte er sie beide so täuschen?

Während sie sich ihrer Wohnung näherte, grübelte sie weiter darüber nach. Vielleicht hatte er andere Gründe, warum er seinen richtigen Namen geheim hielt. Aber welche?

David Hauser.

Der Name kam ihr irgendwie bekannt vor. *David.* Sie mochte den Namen David. Wenn sie einen Sohn hätte, würde sie sich gut vorstellen können, ihn David zu nennen.

Und plötzlich, wie ein Blitz aus heiterem Himmel, erschien ein bestimmtes Gesicht vor ihrem geistigen Auge. *David Hauser, sie als Studentin und ein Praktikum! ... Es war jedoch bereits vor so vielen Jahren gewesen.*

Jetzt wusste sie aber, warum ihr sein Gesicht so bekannt vorgekommen war. Warum sie stets überzeugt war, ihn bereits irgendwo, irgendwann, getroffen gehabt zu haben. Und sie verstand schließlich auch, warum er seinen Namen verheimlichte.

Warum gerade jetzt? Und war das alles nur ein Zufall?

***

David wollte nur noch schlafen.

Lasst mich bitte in Ruhe, dachte er sich, *lasst mich einfach nur schlafen!*

Die junge Krankenschwester, die sich gerade in seinem Zimmer befand, beugte sich über den alten Mann, überprüfte die Anschlüsse und Schläuche, schaute sich die Monitore an, nickte zufrieden und verließ wieder das Krankenzimmer.

David hörte, wie sie die Tür hinter sich zuschlug. Er machte jedoch nicht einmal seine Augen auf. Bereits diesen einfachen Akt war er außer Stande durchzuführen. Er war froh, dass er keine Schmerzen mehr hatte. Doch, sie waren noch da, in der Tiefe verborgen, er konnte sie immer noch spüren, aber er empfand es mehr als ob er sich selbst außerhalb seines eigenen Körpers befunden hätte. In einem kleinen Teil seines Bewusstseins, das sich dagegen wehrte, wurde ihm bewusst, dass er mit Medikamenten und Drogen vollgepumpt war, die dem Schmerz Einhalt zu gebieten versuchten. Er konnte deswegen auch gar nicht klar denken, war stets müde und schläfrig. Er wusste nicht einmal, wie lange er bereits im Krankenhaus lag, scheinbar eine Ewigkeit. Und erneut, wie unzählige Male zuvor, verfiel er in einen Zustand zwischen Schaf und Bewusstlosigkeit.

Einige Stimmen, die er plötzlich wie aus weiter Ferne wahrgenommen hatte, brachten ihn wieder zurück. Zuerst verstand er gar nichts von dem, was sie sagten, dann jedoch, als er sich mehr anstrengte und konzentrierte, konnte er schließlich die einzelnen Worte verstehen.

»… und wie lange noch?«, fragte eine angenehme weibliche Stimme leise. Man konnte Traurigkeit und Besorgnis in dieser Stimme erkennen. *Es war jedoch nicht die Krankenschwester,* kam ihm in den Sinn.

»Eigentlich ist er längst überfällig. Tut mir leid, dass ich es so ausdrücken muss.«

Das war die Stimme der jungen Krankenschwester, die sich die ganze Zeit um ihn kümmerte.

»Es ist ein Wunder, dass er noch lebt. Seine Organe sind von der Krankheit völlig zerfressen und sein Herz ist so schwach, das es bei jedem Schlag zusammenzubrechen droht. Trotzdem schlägt es immer und immer weiter. Er scheint nur durch seinen Willen am Leben gehalten zu werden. Ich verstehe es nicht. Sogar die Ärzte haben keine Erklärung dafür. Der Diagnose nach hätte er bereits vor Wochen sterben müssen.«

Die Krankenschwester seufzte tief, bevor sie fortfuhr. »Und doch ist er immer noch da. Manche bezeichnen das fast als ein Wunder. Und dazu nach den Torturen der letzten Wochen und den Schmerzen, die wir uns gar nicht vorstellen können. Es ist wirklich ein wahres Wunder, dass er noch am Leben ist. Er tut mir wirklich leid.«

David spürte, dass sich die Schwester über ihn beugte.

»Es scheint mir, als ob er auf etwas oder auf jemanden warten würde.«

»Hat ihn hier niemand besucht?«, fragte die angenehme weibliche Stimme.

»Nein«, antwortete die Schwester, »soviel ich weiß hat er keine Verwandten und auch keine Bekannten. Wir haben ihn am Anfang, als er noch ansprechbar war, gefragt, ob wir jemanden benachrichtigen können, aber er hat uns keine Kontaktdaten gegeben. Er sagte nur, er sei ganz alleine.«

Er spürte plötzlich, dass ihn jemand an der Hand nahm.

»Es tut mir so leid, dass ich so spät gekommen bin und dass ich mit ihm nicht mehr sprechen kann. Ich habe leider erst vor Kurzem davon erfahren«, fügte die angenehme Stimme hinzu.

»Das heißt, Sie kennen ihn?«

»Ja«, sagte sie, überlegte eine Weile und fügte hinzu, »wir sind sehr alte Freunde.«

David spürte die langen schlanken Finger dieser Frau und plötzlich kam ihm ihre Stimme irgendwie vertraut vor.

Ich kenne doch diese Frau, ich kenne sie irgendwoher, ging ihm durch den Kopf.

Es war jedoch so unheimlich schwer sich zu konzentrieren. Sie behauptete, dass sie alte Freunde wären. Er versuchte nachzudenken, doch es gab so viele Lücken in seinem Gedächtnis.

Ich muss mir diese Frau unbedingt ansehen. Er versuchte seine Augen zu öffnen. Es gelang ihm jedoch nicht. Die Augenlider schienen so unheimlich schwer zu sein. Er konzentrierte sich.

Dein Wille ist mehr als dein Körper, sagte er zu sich. *Befreie dein Bewusstsein von dieser schwachen, kranken und zerbrechlichen Hülle!*

In der Zwischenzeit unterhielten sich die anwesenden Frauen weiter.

»Wie lange befindet er sich bereits in diesem Zustand?«, fragte die angenehme Stimme.

»Seit Wochen. Die Ärzte dachten, dass er sich in einem Koma befindet und haben ihn untersucht. Er scheint jedoch noch alles um sich herum wahrzunehmen.«

Er spürte, wie die Finger der Frau seine Hand noch fester umklammerten.

»David?«, hörte er plötzlich. »Ich bin's, Sofia, kannst du mich hören?«

»Es hat keinen Zweck«, sagte die Schwester mit traurigem Unterton. »Das haben bereits die Ärzte etliche Male versucht, alles vergeblich.«

»David?«

Und er spürte, dass jemand seine Haare und seine Wange streichelte. *Wer ist diese Frau? Ich muss sie sehen!*

»Es tut mir leid, aber es ist alles sinnlos. Wie bereits gesagt, Sie sind nicht die einzige Person, die so etwas versucht.«

Er hörte ein leises Seufzen und dann spürte er, dass die Finger seine Hand losließen.

Nein!

»Warten Sie!«, hörte er plötzlich die erstaunte Stimme der Krankenschwester. »Es ist unmöglich! Sehen Sie es auch? Er hat gerade seine Augen geöffnet!«

Das helle Licht war unerträglich und stach in seine Augen wie tausende Messerstiche. Er hielt jedoch stand. Er hatte Angst, dass, wenn er sie jetzt schließen würde, er sie nie wieder öffnen könnte. Seine Augen füllten sich mit Tränen und er nahm die Umgebung nur sehr verschwommen wahr. Dann endlich erblickte er die Frau, die ihn hier besuchte. Sie kehrte zurück, nahm erneut seine Hand in ihre und setzte sich auf den Rand des Krankenbettes.

»Kannst du mich hören, David?«

Er versuchte zu nicken, es gelang ihm jedoch nicht. *Ich muss etwas anderes versuchen,* dachte er sich.

Die Frau schaute erstaunt die Krankenschwester an.

»Er hat meine Hand gedrückt, sehen Sie es?«

»Ja, ich habe es bemerkt«, sagte die Schwester verwundert. »Warten Sie bitte hier, ich hole den leitenden Oberarzt. Er wird es sicherlich auch sehen wollen. Es ist ein Wunder!«

Und die Schwester verschwand im nächsten Augenblick auf dem Korridor des Krankenhauses.

»Hallo David, ich bin es, Sofia. Wie geht es dir?« und sie beugte sich über ihn.

Ihre Gesichtszüge waren immer noch verschwommen und nicht gut wahrzunehmen. Dennoch erkannte er diese langen dunkelbraunen Haare, die ihr hübsches schmales Gesicht umrandeten und ihr auf den Schultern lagen. Und dieser Name, Sofia, war ihm ebenfalls bekannt. Nach und nach kamen die Erinnerungen wieder zurück.

Wie in einem zerrissenen Film erlebte er erneut einzelne Ereignisse, die ihm besonders stark im Gedächtnis hängengeblieben waren. Zuerst die letzten Wochen, als er sie und ihre Tochter in dieser kleinen Stadt fand … wie er sie heimlich beobachtete …, wie sie sich näher kamen … und der Abend bei ihm zuhause, das nette Abendessen … Schließlich kamen auch die alten Erinnerungen wieder zurück …, sie war noch sehr jung …, sie lächelte ihn an und sah ihn auf eine besondere Weise an …, sie blickte ihm unbefangen in die Augen …, er traf sie im Korridor an, sie drehte ihr hübsches Gesicht zu ihm, neigte den Kopf zur Seite und schaute ihn von unter ihrer langen Wimpern an, ihre Augen glänzten …, sie saßen an einem kleinen Tisch, ihr Gesicht befand sich nur wenige Zentimeter von seinem entfernt, sie hatte etwas Besonderes an sich …, sie versuchte ihm etwas zu erklären, voller Leidenschaft …, Abschiedsparty …, sie schaute zu ihm herüber, sie lächelte ihn an, sie erschien ihm in dem Augenblick sehr schön, besonders, außergewöhnlich …, ein Spaziergang durch die Nacht, er begleitete sie nach Hause …, es hatte angefangen zu regnen …, ein dunkler Eingangsbereich eines Treppenhauses, sie stand vor ihm, ihr Gesicht voller Tränen, sie schob gerade den zerknitterten Rock nach unten und versuchte die Bluse über ihre entblößte Brust zu ziehen. Ihre Augen waren unheimlich traurig, fassungslos …

Oh Gott, Nein! Davids Innereien drehten sich um. *Was habe ich nur getan!*

»David, kannst du mich hören?«

Er mobilisierte alle seine Reserven. *Ich bin mehr als mein Körper, ich bin mehr als ein Wesen aus Fleisch und Blut!*

»Sofia?«, formulierten schließlich mühsam seine vertrockneten Lippen, so leise, dass sie ihn kaum wahrnehmen konnte.

»Es tut mir so leid. Bitte verzeih mir. Ich...«, seine Stimme versagte. Es war alles so anstrengend. Er musste aber die Gelegenheit nutzen, es war seine letzte und einzige Chance.

»Es ist in Ordnung, David«, erwiderte Sofia bedacht, aber ohne Groll.

»Nein ..., es ist nicht in Ordnung. Das, was ich dir angetan habe ..., es hat mich mein Leben lang verfolgt. Ich bin vor meiner Tat ... davongelaufen ...«.

David holte tief Luft und sammelte seine Kräfte. Bevor sich Sofia dazu äußern konnte, fuhr er fort.

»... als ich erfuhr, dass ich einen unheilbaren Tumor habe, suchte ich nach dir, um mich zu entschuldigen, um dich um Verzeihung zu bitten ... Nachdem ich dich jedoch gefunden hatte, brachte ich es nicht über meine Lippen, dir die Wahrheit zu sagen ... du und deine Tochter, ihr wart das Beste, was mir je in meinem ganzen Leben passiert ist ... nein, bitte unterbrich mich nicht, lass mich ausreden ... meine Zeit ... ist knapp ... ich muss es loswerden... als ich euch kennengelernt und festgestellt habe, wie besonders ihr beide seid, ich ..., ich konnte es einfach nicht über mich bringen, dir die Wahrheit zu offenbaren. Ich ..., ich war glücklich, wenn ich mit euch zusammen war, ich ..., es war nicht richtig, ich weiß ... es tut mir leid... von ganzem Herzen ..., bitte verzeih mir ...«.

Davids Kräfte schwanden und seine Stimme versagte. Er kämpfte mit allerletzter Kraft darum, bei Bewusstsein zu bleiben.

Sofia betrachtete David mit Tränen in den Augen. Er tat ihr so leid. Sein Vollbart wurde offensichtlich von einer der Krankenschwestern abrasiert und seine Haare kurzgestutzt. Er sah jetzt deutlich jünger aus. Sein Gesicht wirkte jedoch ausgezehrt, aschgrau und seine Wangen waren eingefallen. Das, was ihr David gerade offenbart hatte, hatte sie wirklich überrascht. Dass ihn das, was er ihr angetan hatte, sein Leben lang verfolgt hatte, war ihr gar nicht bewusst. Sie war damals fassungslos gewesen, als er sich auf sie gestürzt hatte und hatte eine Zeitlang gebraucht, um zu begreifen, was er vorhatte. Sie sah ihm anschließend an, wie bestürzt er darüber gewesen war, als er davon lief. Alles ging damals so schnell, dass sie eine Weile benötigt hatte, um sich voll bewusst zu werden, was tatsächlich passiert war. Eigentlich war sie ihm nicht einmal richtig böse, nur furchtbar enttäuscht. Sie wusste auch, dass David an dem Abend viel getrunken hatte. Vermutlich hatte sie ihn durch ihre offene Art dazu irgendwie aufgefordert. Er glaubte offensichtlich, dass aus ihrer Beziehung mehr hätte werden können. Sie mochte ihn auch unheimlich gern und war ihm für vieles dankbar gewesen. Sie hatte jedoch nicht beabsichtigt, mit ihm zu schlafen. Sie dachte nur, dass sie sehr gute Freunde geworden waren und auch weiterhin Freunde bleiben könnten. Sie war noch nie zuvor so einem Mann begegnet, aber als Freund, nicht als Liebhaber oder Lebensgefährten. Sie mochte ihn wirklich sehr, aber das … Vielleicht, wenn er sich bereits zuvor dazu geäußert hätte, dass er mehr von ihr wollte, so dass sie Zeit gehabt hätte, darüber nachzudenken. Aber sicherlich nicht so … nicht in einem schmuddeligen dunklen und kalten Hauseingang. Und dazu hatte sie ja einen festen Freund.

Als sie sich des ganzen Vorfalls voll bewusst geworden war, wollte sie mit ihm sprechen, das alles aufzuklären. Sie konnte ihn jedoch nirgendwo erreichen. Sogar Polizei hatte sie anschließend benachrichtigt, weil sie Angst hatte, ihm wäre etwas zugestoßen oder er hätte sich sogar etwas angetan. Erst viel später hatte sie erfahren, dass David kurz darauf die Stadt verlassen hatte, ohne eine Spur zu hinterlassen. Und seitdem hatte sie ihn nie wieder gesehen, nie wieder etwas von ihm gehört. Es hatte richtig wehgetan und sie hatte einige Zeit gebraucht, um sich damit abzufinden. Das, was sie am meisten schmerzte, war der Umstand, dass er weggelaufen war, ohne sich dem, was er ihr angetan hatte, zu stellen, ohne ihr ein einziges Wort zu sagen.

Sofia betrachtete ihn eine Weile, bevor sie auf seine Bitte antwortete. »Es ist in Ordnung David, wirklich. Ich bin dir nicht böse. Es gibt nichts, was ich dir verzeihen müsste ...«, sie machte eine kurze Pause, atmete tief durch und fügte leise hinzu, »... ich war einfach fassungslos und sehr enttäuscht. Ich konnte einfach nicht begreifen, warum du das getan hast. Ich ..., du ..., du warst betrunken und ...«.

Sie sah ihm an, wie überrascht er war, wie sich jedoch sein angespanntes Gesicht langsam wieder entspannte. »... ich habe damals nach dir gesucht und wollte dich deswegen sprechen, um es aufzuklären. Vermutlich habe ich dich dazu irgendwie ermutigt und es war mir selbst nicht bewusst. Ich war noch jung und naiv ... Wieso hast du meine Anrufe, all meine Bemühungen, dich zu sprechen, ignoriert? Warum bist du weggelaufen?«

Als Sofia David mitteilte, dass sie ihm nicht böse war, fühlte er sich überglücklich. Ein schwerer Stein fiel ihm endlich vom Herzen. Sie fragte ihn, warum er überhaupt weggelaufen war?

»Sofia ..., danke ..., ich ..., du bist etwas Besonderes, das wusste ich immer. Dennoch tut es mir unheimlich leid. Ich..., ich bin weggelaufen, weil ich mich geschämt habe. Ich hätte deinen Blick nicht ertragen können. Wenn du mich damals angezeigt hättest, wäre es für mich erträglicher gewesen, als... dein selbstloses Verhalten. Ich war dumm ..., bitte, verzeih ...«

»David, bitte, sprechen wir nicht mehr darüber. Es ist alles in Ordnung? Du musst dir keine Vorwürfe mehr machen, einverstanden?«

Sie schaute ihn eine Weile besorgt an, bevor sie fortfuhr. »Und wie geht es dir? Es tut mir leid, dass ich erst jetzt komme, aber ich wusste gar nicht, dass du so schwer krank bist.«

Dann fügte sie mit leichtem Vorwurf in ihrer Stimme noch hinzu. »Ich wusste ja nicht einmal deinen richtigen Namen? Sonst wäre ich bereits viel früher gekommen und hätte auch meine Tochter mitgebracht.«

David schnappte schwer nach Luft, seine Augen füllten sich mit Tränen. Anstatt auf ihre Äußerung zu reagieren, sagte er nur. »Danke«.

Sofias Augen waren ebenfalls voller Tränen und sie rang nach Worten. David konzentrierte sich, atmete tief durch und bemühte sich weitersprechen zu können.

»Ich ... habe dich ... nicht erwartet«, sagte er mit ungeheurer Anstrengung, »dennoch, irgendwie ... habe ich ... gehofft, dass du ... mich findest. Ich hoffte darauf ... mich bei dir … noch entschuldigen … zu können, bevor ich … diese Welt … verlasse«.

Er machte eine Atempause und sammelte verzweifelt seine allerletzten bereits schwindenden Kräfte. »Ich … konnte … einfach nicht … gehen, ohne … dich … noch wenigstens ein einziges Mal … gesehen zu … haben.«

»Ich bin ja da«, antwortete Sofia mit weinender Stimme.

»Das ist gut …, sehr … gut …, jetzt … kann … ich … endlich … diese Welt … in … aller … Ruhe … verlass …«.

Davids Augenlider flatterten kurz auf, dann legten sie sich langsam über seine Augen nieder. Es war zu viel. Er hatte alle seine Kräfte aufgebraucht, sein Atem wurde flach und fiel schließlich aus.

»Nein!«, hörte er noch ihren verzweifelten Aufschrei, der plötzlich wie aus weiter Ferne zu kommen schien.

Wie in einem Traum spürte David, wie er unaufhaltsam in einen tiefen Schlaf fiel, immer und immer tiefer. Er tauchte in eine Nacht ohne Träume ein, in die Ewigkeit des Vergessens.

Nein! wehrte sich verzweifelt sein Bewusstsein. *Ich bin mehr als dieser zerbrechliche, sterbende Körper. Ich will noch nicht gehen.*

Nein! Ich werde nicht gehen!

Dann war plötzlich alles vorbei. Er war umgeben von einer vollkommenen Dunkelheit.

Doch er war irgendwie immer noch da!

Es könnte eine Ewigkeit gedauert haben, oder es war nur der Bruchteil einer Sekunde gewesen. Er wusste es nicht. Die Zeit verlor an Bedeutung …

Plötzlich nahm er allmählich das Licht wahr und konnte langsam die Umgebung um ihn herum nach und nach wieder vernehmen. Er befand sich in dem gleichen Krankenzimmer, wie vorher, aber er lag nicht mehr im Bett, sondern über dem Bett, er schwebte irgendwie in der Luft. Das Bett befand sich unter ihm und darauf lag ein sterbender alter Mann.

Nein, nicht sterbend, er war bereits tot!

Und über ihn beugte sich eine schöne Frau mit langen dunkelbraunen Haaren, die ab und an mit Grau durchzogen waren. Ihr Kopf lag auf seiner Brust und sie weinte leise.

Ich bin es, Sofia, ich bin nicht tot, versuchte er ihr mitzuteilen. Niemand konnte ihn jedoch hören. Er besaß keine Form und keinen Körper mehr. Für die Sterblichen war er unsichtbar geworden.

Langsam, nach und nach, kamen all seine Erinnerungen zurück. Erinnerungen nicht nur an sein jetziges Leben, sondern an die unzähligen anderen Leben, die er bereits gelebt hatte ... und an sie.

Wie viele Male sind wir uns bereits begegnet, dachte er sich. *Weine nicht, wir sehen uns wieder.*

Doch sie hörte ihn nicht.

Wann werden wir den verdammten Kreislauf des Lebens endlich durchbrechen? überlegte er grimmig. *Wir sind gefangen in der Ewigkeit und wissen es nicht einmal.*

Und David erinnerte sich plötzlich noch an vieles mehr, nicht nur an die unzähligen Leben, hier auf diesem blauen Planeten, sondern auch an das Leben davor.

Ob man es überhaupt als Leben betrachten kann? fragte er sich dabei selbst.

Und er verstand endlich und wusste, dass er unbedingt ihre Seele erreichen musste, um ihr zu helfen, sich zu erinnern. Das war das allererste Mal, nachdem er sein Bewusstsein einer sterblichen Hülle verliehen hatte, dass er sich seiner ganzen Seele, seines Geistes, seines wahren Wesens bewusst wurde und er erinnerte sich auch seinen wahren Namen, DAH-VID-AH und auch an den Namen seiner Seelenverwandte SOH-FYIH-AHA.

Diesmal nicht, sagte er sich, *genug ist genug. Ich habe die Macht, ich muss nur daran glauben!*

Dah-Vid-Ah fing an sich zu konzentrieren.

Ich habe die Macht, genauso wie du Soh-Fyih-Aha, ich muss es nur wollen, ich muss es in meinem Herzen wollen und darf keinerlei Zweifel haben!

Er konzentrierte sich erneut, sammelte seine Kräfte und dann rief er nach ihr.

»Sofia!«

Nichts. Er konzentrierte sich noch stärker und versuchte es abermals. Sein ganzes Wesen rief ihren Namen. Wieder nichts ... Er wollte bereits aufgeben und schrie mit all seiner mentalen Kraft nach ihr ...

Nichts!

Doch plötzlich hob Sofia ihren Kopf und schaute sich verängstigt um.

»Sofia, kannst du mich hören?« wiederholte er.

Ihr Gesicht war verblüfft und verängstigt.

»Wer ist da?«

Sie kann mich tatsächlich hören!

Das gab ihm einen zusätzlichen Antrieb. Er sammelte sich erneut mit voller Kraft, streckte seinen Geist aus, nahm Energie aus der Umgebung in sich auf, Fähigkeit, die er zuvor nicht kannte, und spürte wortwörtlich, wie seine mentale Macht anstieg.

»Ich bin es David.«

»David?«

Sie schaute entsetzt zu dem toten Körper hinüber.

»Nein, hier am Fenster.«

Sie drehte ihren Kopf in der besagten Richtung und immer noch verwirrt, sagte sie verängstigt. »Ich sehe gar nichts. Bist du es wirklich, David?«

»Ja, ich bin es.«

»Wie ist es möglich, du bist ja tot«, und erneut schaute sie mit leichtem Entsetzen zu der Leiche.

»Du hast ja immer an Seelenwanderung geglaubt? Tust du es nicht mehr?«

»Meinst du es ernst, du …, du hast deinen Körper einfach verlassen?«

»So einfach ist es nicht und nur sehr Wenige vermögen so etwas zu bewerkstelligen. Ich bin jedoch mehr als eine gewöhnliche Seele.«

»Was bist du dann?«

Es herrschte eine Weile nur Stille.

»David? Bist du noch da?«

Sofia schaute sich, immer noch verängstigt, um, sah jedoch gar nichts.

Es ist nur meine Einbildung, versuchte sie sich zu überzeugen. *Es sind nur meine Nerven.*

Dann sah sie erneut Richtung Fenster, wo sie die Stimme zuletzt vernommen hatte, und erstarrte mit leicht geöffnetem Mund, sprachlos und erstaunt …

Sie konnte es zuerst gar nicht glauben.

Eine Illusion? Das kann es nicht sein!

Aus der Luft materialisierte sich plötzlich eine Gestalt. Sie war durchsichtig, als ob sie jemand projiziert hätte. Zuerst hatte sie keine eindeutige Form, nur vage Umrisse, als ob man jemanden in einem dichten Nebel betrachten würde. Allmählich bekam jedoch die Gestalt immer genauere Umrisse und plötzlich erkannte sie David. Er lächelte sie an. Es war jedoch nicht der David, den sie aus der letzten Zeit kannte, sondern David aus der Zeit, wo sie sich das erste Mal kennengelernt hatten, wo sie zusammen gearbeitet hatten.

Es war unglaublich. Sie stand von der Bettkante auf, machte ein paar Schritte zum Fenster und hob ihren Arm mit ausgestreckten Fingern. Sie durchbohrte dieses leuchtende Wesen mit ihrer Hand, ohne auf den kleinsten Widerstand zu stoßen. Diese Gestalt lächelte sie nur breit an und sprach zu ihr.

»Sofia, ich bin es wirklich. Das ist aber nur mein Ebenbild, das ich für dich erschaffen habe. Die Form, die ich in diesem Leben angenommen hatte, die Hülle, die mir diesmal in die Wiege gelegt wurde.«

Er machte eine kleine Pause und dann fügte er hinzu. »Ich kann auch anders, sieh!«

Und die Gestalt, die Sofia mit Erstaunen betrachtete, fing an, sich zu verändern. Sie erblickte einem dunkelheutigen jungen Mann in Ketten, muskulös und halb nackt, offensichtlich ein Sklave. Und wieder veränderte sich die leuchtende Kreatur und sie sah einen Krieger mit einer Narbe auf seiner rechten Backe, dann einen alten Mann mit tiefen Falten im Gesicht, einen Priester, einen noblen Herrn in feinen Kleidern, einen Diener und schließlich erkannte sie wieder David.

»Hast du mich erkannt, … hast du uns erkannt?«, fragte er mit strahlendem Lächeln.

»Wer …?«, sie beendete die Frage nicht und drehte sich zur Tür. Sie hörte plötzlich draußen auf dem Flur Stimmen.

»Das bin alles ich und wir sind uns bereits unzählige Male begegnet.«

Die Tür ging plötzlich auf und der leitende Oberarzt, zusammen mit der jungen Schwester und einem Assistenzarzt, betraten das Krankenzimmer.

Sofia drehte erschrocken ihren Kopf zurück zu David. Die leuchtende Gestalt war jedoch nicht mehr da.

Vielleicht habe ich mir alles nur eingebildet, dachte sie.

In dem Augenblick hörte sie jedoch eine Stimme, die ihr leise ins Ohr flüsterte.

»Ich werde auf dich warten, so wie ich es immer getan habe. Wir sehen uns wieder. Und vergiss eins nicht! Du bist etwas Besonderes im wahrsten Sinne des Wortes. Es gibt im Universum kein anderes Wesen, wie dich. Vergiss das nie …«.

»Was ist hier los?«, fragte der Oberarzt, nachdem er eingetreten war. »Ich habe gehört, dass der Patient aufgewacht ist.«

Sofia schaute ihn nur mit ausdrucksloser Miene an. »Er ist tot.«

Der Arzt untersuchte kurz den Patienten, dann überprüfte er noch die Monitore.

»Sie haben recht, er ist tatsächlich gerade verstorben. Es gibt keine Vitalzeichen mehr und Wiederbeleben hat in seinem Falle keinen Sinn. Wir können hier nichts mehr machen.«

»Aber ich habe wirklich gesehen, dass er sich bewegt hat«, sagte die Schwester verzweifelt und wandte sich an Sofia, die nur in Zustimmung stillschweigend nickte.

Der Oberarzt schien jedoch nicht besonders beeindruckt zu sein.

»Es passiert oft, dass Patienten kurz vor ihrem Tod plötzlich aufwachen und sogar sprechen können. Das ist nichts Ungewöhnliches.«

Dann drehte er sich zu der Besucherin.

»Es ist besser, wenn Sie jetzt gehen. Wir haben hier zu tun.« Dann fügte er mit einem traurigen Unterton hinzu, »und mein tiefstes Beileid.«

Ohne zu antworten, drehte sich Sofia zur Tür und verließ augenblicklich den Raum. Auf dem Korridor schaute sie sich einige Male um, ob sie jemand beobachtete und dann rief sie leise.

»David? Bist du da?«

Sie bekam jedoch keine Antwort. Einige Male drehte sie sich um die eigene Achse, um vielleicht eine Spur von David zu entdecken, nichts. Erneut versuchte sie ihn zu rufen. Wieder nichts.

Plötzlich, wie aus dem Nichts, verspürte sie einen schwachen Windstoß, der leicht ihre Wange berührte, durch ihre Haare fuhr und sich gleich danach wieder legte.

Sie lächelte leicht vor sich hin. *Wir werden uns wiedersehen, davon bin ich jetzt überzeugt,* ging ihr durch den Kopf und sie begab sich mit erhobenem Kopf Richtung Ausgang, nach Hause zu ihrer Tochter.

XV.

Davids Vermächtnis

Es verging etwa eine Woche, seitdem David verstorben war. Sofia musste stets an die Geschehnisse im Krankenhaus denken. An Davids Erscheinung, nachdem er aufgehört hatte zu atmen. Langsam kam ihr das Alles nur wie ein Alptraum vor, eine Illusion, etwas, dass sie sich nur eingebildet hatte.

War das wirklich real? fragte sie sich jede Nacht. Sie hatte immer wieder nach David gerufen, aber er hatte sich nicht mehr gemeldet. *Vielleicht war es tatsächlich nur eine Einbildung?*

Es war spät Nachmittag, kurz nachdem Sofia ihre Tochter aus der Schule abgeholt hatte. Sie stand gerade vor dem Fenster und blicke hinauf in den aschgrauen Himmel. Seit Davids Tod regnete es fast ununterbrochen und die Sonne ließ sich selten und wenn dann nur matt hinter einer dicken Wolkenmasse erahnen.

Gestern hatte seine Bestattung stattgefunden und es hatte den ganzen Tag so stark geschüttet, als ob der Himmel ein Leck gehabt hätte. Sie und Elinor waren die einzigen Anwesenden gewesen, die seiner Beisetzung beigewohnt hatten. Seine Leiche war verbrannt und auf einer Wiese, ohne ein Grabmal, verstreut worden. Beide, Sofia und auch Elinor hatten geweint, auch wenn sie sich selbst fest vorgenommen hatte, es nicht zu tun. Ihre Tochter hatte vermutlich geweint, weil sie sah, wie ihre Mutter selbst die Tränen vergossen hatte. Am meisten hatte sie der Umstand aus der Fassung gebracht, dass David nicht einmal ein Grabmal haben würde. Niemand auf der ganzen Welt würde je wissen, dass er überhaupt gelebt hatte. Das spielte jedoch keine Rolle mehr. Sie wandte sich vom Fenster weg und schaute zurück ins Zimmer. Elinor saß gerade am Tisch, ganz vertieft in ihrer Tätigkeit und zeichnete etwas in ihr Malbuch. Sofia seufzte tief und wollte gerade in die Küche gehen, um etwas zum Abendessen vorzubereiten, als die Türklinge läutete. Das überraschte sie, selten kam jemand um diese Uhrzeit zu ihnen. Mit pochendem Herzen und einem unguten Gefühl öffnete sie die Tür. Es war jedoch nur ein Postbote. Er brachte ein amtliches Schreiben mit, dessen Empfang sie bestätigen musste.

Neugierig setzte sie sich an den Küchentisch, öffnete den Brief und entfaltete das amtliche Dokument. Es handelte sich um eine offizielle Vorladung zu einem Rechtsanwalt. Sofia war verblüfft und bekam es mit der Angst zu tun. Sie wusste, dass sie noch einige Schulden hatte. Sie bezahlte die Raten jedoch regelmäßig, auch wenn oft mit einiger Verspätung.

Ich hoffe nur, es wird nicht noch schlimmer, kam ihr dabei in den Sinn.

Sie wüsste nicht, was sie machen würde, wenn noch weitere Kosten auf sie zukämen. Sie wollte ihre Tochter zu Hause nicht alleine lassen, dennoch würde sie einen zweiten Job annehmen müssen, um ihre Schulden zurückzahlen zu können und um ihrer Tochter ein besseres Leben zu ermöglichen.

Sie ist groß genug, um am Nachmittag oder am Abend auch alleine zu sein, versuchte sie sich zu überzeugen.

Sie würde so etwas nur schweren Herzens tun, doch es bliebe ihr offensichtlich kein anderer Ausweg übrig.

Die ganze Nacht tat sie fast kein Auge zu, in Sorge, was auf sie am nächsten Tag bei dem Rechtsanwalt zukäme.

Als Sofia vor der massiven, verzierten Holztür des Rechtsanwaltsbüros stand, war sie sichtlich nervös. Elinor war in der Schule und sie hatte sich heute frei genommen. Zögerlich klopfte sie. Nach einem kurzen Augenblick hörte sie eine junge, weibliche Stimme, die sie hineinbat. Sie betrat einen geräumigen Vorraum mit hoher Decke, wo sich ein großer länglicher Tisch befand, hinter dem eine attraktive junge Frau saß. Rechts und links standen an den Wänden bequeme Ledersessel und davor kleine Tische mit verdunkelten Glasplatten. Alles sah sehr exklusiv aus. Sofia fühlte sich deutlich unwohl und bekam noch größere Angst davor, was auf sie zukommen würde. Sie zeigte der jungen Sekretärin den Brief, den sie einen Tag zuvor erhalten hatte. Die Empfangsdame blickte kurz hinein, dann in ihr Verzeichnis, das vor ihr auf dem Tisch lag und sagte freundlich.

»Setzen Sie sich, Frau Weiß, Doktor Sandor wird Sie umgehend empfangen. Ich sage ihm Bescheid, dass Sie hier sind.«

Sie stand sofort auf, ging um den langen Tisch herum und klopfte kurz an die Tür gegenüber. Sie machte sie gleich unaufgefordert auf und trat hinein. Sofia ließ sich inzwischen in einem der gepolsterten Sessel nieder. Sie schnappte überrascht nach Luft, als sie unerwartet tief in die Polsterung hineinsank. Bevor sie es sich jedoch bequem und sich weiter Sorgen machen konnte, kam schon die Sekretärin wieder heraus und sprach sie an.

»Kommen Sie, Frau Weiß, Doktor Sandor erwartet Sie bereits.«

Sofia stand wieder auf. Dabei hatte sie einige Schwierigkeiten, aus dem tiefen Sessel hochzukommen und ging schnell zu der jungen Dame hinüber, die sich auf der Stelle umdrehte und das Zimmer des Rechtsanwalts wieder betrat. Sofia folgte der Frau zögerlich. Das Büro von Doktor Sandor war sehr aufwendig eingerichtet. Er selbst saß hinter einem massiven Mahagonitisch und hinter ihm befand sich eine deckenhohe Bibliothek, die die ganze Wand umfasste. Sie war voller Bücher, die sich alle mit dem Rechts und Gesetzeswesen beschäftigten. Sobald sie eingetreten waren, schaute der Rechtsanwalt von seinem Schreibtisch hoch. Als er Sofia erblickte stand er auf, ging um den Tisch herum und streckte die Hand aus. Sofia trat zögerlich ein paar Schritte vor und ergriff sie leicht. Er schüttelte kurz ihre Hand und zeigte auf den Stuhl neben ihm.

»Guten Tag Frau Weiß, setzten Sie sich bitte. Möchten Sie etwas trinken? Einen Kaffee oder Tee? Oder vielleicht nur Wasser?«

»Nein, danke«, antwortete Sofia unbehaglich.

Doktor Sandor drehte sich zu seiner Sekretärin. »Ich brauche auch nichts, vielen Dank.«

Die junge Dame nickte nur leicht und verließ umgehend sein Arbeitszimmer.

Sofia setzte sich inzwischen auf den Rand von dem ihr ausgewiesenen Stuhl und legte die Hände in den Schoß, um ihre Nervosität zu verbergen. Ihr Herz raste, sie bereitete sich auf das Schlimmste vor. Der Rechtsanwalt nahm wieder hinter seinem Tisch Platz und blätterte kurz durch seine Unterlagen. Sofia beobachtete ihn angespannt. Er war ein kleiner Mann, vermutlich Mitte fünfzig, mit einem runden, glatt rasierten Gesicht und kurzen Haaren, die oben an den Seiten der Stirn weiter nach hinten zurückfielen. Auf der schmalen, hakenförmigen Nase trug er eine große Brille, sicherlich mit vielen Dioptrien, die seine Augen größer erscheinen lassen. Dennoch sah er auf den ersten Blick nett und sympathisch aus.

»So, Frau Weiß«, fing Doktor Sandor an und schaute von seinen Unterlagen zu ihr hoch. Er betrachtete sie eine Weile eindringlich, ohne zu seinen einleitenden Worten etwas hinzuzufügen. Es schien, als ob er versucht hätte, sie irgendwie einzuschätzen. Mit wild schlagendem Herzen und Befürchtungen, was jetzt auf sie zukommen würde, erwiderte Sofia seinen Blick.

Erst nach einer Weile sprach er schließlich weiter. »Kennen Sie Herrn Hauser?«, er korrigierte sich sofort, »entschuldigen Sie, kannten Sie den Herrn Hauser, David Hauser? Er ist ja kürzlich verstorben und vorgestern fand seine Bestattung statt.«

»Ja«, antwortete Sofia zögerlich, »wir waren alte Freunde.«

»So?«, fragte er mit hochgehobenen Augenbrauen. »Wissen Sie, warum ich Sie hierher bestellt habe?

Sofia schüttelte nur leicht ihren Kopf.

»Na gut«, sagte er mehr zu sich selbst als zu Sofia, blätterte erneut kurz in seinen Unterlagen, dann zog er einen Briefumschlag heraus, entnahm ihm ein gefaltetes Blatt Papier, schlug es auf und ergriff es mit seinen beiden Händen. Er ging schnell die Zeilen durch, ohne etwas zu sagen und dann warf er seinen Blick Sofia zu.

»Es spielt ja auch keine Rolle, ich habe hier ein Testament von Herrn David Hauser. Er hat mich vor Kurzem zu sich in die Klinik einbestellt, als er noch bei vollem geistigen Bewusstsein war. Er hat mir genaue Anweisungen gegeben, wie ich vorgehen soll und hat mir einen Brief für Sie diktiert. Er wollte, dass ich ihn Ihnen nach seinem Begräbnis selbst vorlese.«

»Ein Testament?«, fragte Sofia ungläubig.

»Ja. Sie wissen, dass er keine Familie und auch keine Verwandten hatte. Er wollte jedoch unbedingt, ich wiederhole, das war seine Bedingung, dass ich Ihnen diesen Brief vorlese, bevor ich zu dem eigentlichen Testament übergehe. Sind Sie bereit?«

Sofia nickte nur verblüfft und der Rechtsanwalt räusperte sich noch kurz, bevor er schließlich anfing, den Inhalt des Briefes vorzulesen.

»Liebe Sofia,

wenn du diese Zeilen hörst, bin ich nicht mehr am Leben. Den alten Mann, den du als Herrn Davidoff gekannt hast, gab es nie. Mein richtiger Name war David Hauser. Vermutlich bist du jetzt geschockt, nachdem du meinen wahren Namen erfahren hast. Ich hätte es dir selbst sagen sollen und ich hatte es auch vor. Als ich jedoch dich und deine Tochter kennengelernt hatte, konnte ich es nicht. Ihr wart beide so besonders und außergewöhnlich, dass ich nicht den Mut dazu aufbringen konnte. Ich fühlte mich in eurer Nähe stets sehr glücklich.

Wenn du jedoch erfahren hättest, wer ich wirklich war, hättest du den Kontakt zu mir sicherlich sofort abgebrochen. Ich wollte dir jedoch helfen und dich unterstützen, wenigstens in der kurzen Zeit, die mir noch blieb. Das war das Wenigste, was ich für dich tun konnte. Deshalb habe ich geschwiegen und dir meinen wahren Namen nicht verraten.

Ich möchte mich mit diesem Brief bei dir in aller Form entschuldigen, für das, was ich dir angetan habe (du weißt, wovon ich spreche). Diese Tat hat mich mein Leben lang verfolgt. Ich bin wie ein Feigling davongelaufen. Dennoch habe ich meine schändliche Tat nie vergessen können. Als ich erfahren habe, dass ich sehr schwer krank bin, einen unheilbaren Tumor habe und mir nur wenig Zeit zum Leben bleibt, war mein einziger Gedanke, dich zu finden, um dich um Verzeihung zu bitten und um dich zu unterstützen, falls du es mir erlauben würdest.

Als ich dich endlich gefunden hatte, war es um mich geschehen. Es war mir sofort klar, dass du die einzige Frau in meinem Leben warst, die mir wirklich etwas bedeutet hatte. Mein Bekenntnis überrascht dich vermutlich. Ich war nie ein sehr emotionaler Mensch, ich war eigentlich stets egoistisch, selbstgefällig und dachte eigentlich immer nur an mich selbst. Doch von dem Augenblick an, als ich dich mit deiner Tochter kennengelernt habe, hatte ich begriffen, wieviel du mir bedeutest und wie besonders du bist.

Sofia, ich wiederhole erneut, ich möchte mich hiermit bei dir vom ganzen Herzen für meine Schandtat entschuldigen. Bitte, verzeih mir. Bis zu meinem letzten Atemzug ist kein einziger Tag vergangen, in dem ich es nicht bereut hätte.

Weil ich in meinem Leben die Möglichkeit versäumt habe, dir zur Seite zu stehen und ich meine grausame Tat nicht rückgängig machen kann, bitte ich dich inständig, meinen Nachlass anzunehmen. Es ist das Mindeste, was ich tun kann, um wenigstens ein wenig das wiedergutzumachen, was ich dir damals angetan habe.

Bitte, nimm mein Erbe an. Wen nicht für dich selbst, dann wenigstens wegen deiner Tochter. Ich habe sonst niemanden. Ich wiederhole, du bist und warst das Einzige in meinem Leben, das mir etwas bedeutete.

In Liebe David

PS: Die Vergangenheit und Zukunft sind verflochten in der Zeit und meine Seele ist für alle Zeiten verdammt, dich zu finden, um Trennung zu widerfahren und aufs Neue zu suchen, um zu ergründen, wer wir sind, sein werden und wer wir waren. Dem Schicksal verflucht sind wir auf ewig zu trotzen, sich endlos zu quälen und unzählige Wandel vollziehen, mit dem Wunsch, den Kreislauf des Lebens endlich zu durchbrechen. Es bleibt uns nur die Hoffnung, dass der Tag mal kommen wolle, an dem wir unsere Ketten sprengen, die uns binden, um zu erwachen und endlich zu erfahren, wer wir wirklich sind und unsere wahre Bestimmung zu offenbaren.

Auf Wiedersehen, meine Seelenverwandte.

Der Rechtsanwalt hob seinen Blick und schaute Sofia fragend an. »Soll ich es Ihnen noch einmal vorlesen?«

Er betrachtete den Text des Briefes nachdenklich und schüttelte nur schweigend seinen Kopf. Insbesondere der letzte Teil des Briefes war für ihn ein spanisches Dorf. Er hatte nicht einmal ansatzweise verstanden, was damit Herr Hauser meinte oder was er damit überhaupt ausdrücken wollte.

Bereits bei den ersten Zeilen waren Sofia heiße Tränen in die Augen getreten und ihr die ganze Zeit die Wangen hinuntergerollt. Sie musste die ganze Zeit laut schluchzen. Doktor Sandor reichte ihr inzwischen auch ein Taschentuch.

»Sie haben den Inhalt des Briefes verstanden, nehme ich an?« fragte er dann laut.

Er hob seine Augenbrauen und betrachtete sie eine Zeitlang eindringlich. »Insbesondere den letzten Teil?«

Sofia nickte nur, sie konnte immer noch kein einziges Wort über ihre Lippen herausbringen. Auch wenn sich die letzten Zeilen auf den ersten Blick sehr verwirrend angehört hatten, glaubte sie sie irgendwie zu verstehen. *Nicht mit dem Verstand, sondern mit ihrem Herzen.*

Der Rechtsanwalt fuhr mit zusammengezogenen Augenbrauen fort. »Ich selbst habe die letzten Zeilen gar nicht verstanden. Es handelt sich vermutlich um eine Art Seelenwanderung, Reinkarnation oder etwas Ähnliches, oder?«

Sofia hörte in seinem Ton, dass er selbst nicht daran glaubte. Sie lächelte nur vor sich hin, ohne zu antworten und wischte sich die Tränen aus den Augen. Weil Doktor Sandor Sofia keine Antwort entlocken konnte, fuhr er schließlich fort.

»Na gut, wie gesagt, spielt ja keine Rolle. Ich muss Sie jetzt offiziell fragen, ob sie das Vermächtnis von Herrn David Hauser annehmen? Das war seine Bedingung. Ich sollte Ihnen zuerst den Brief vorlesen und dann Sie fragen, nein, ich sollte Sie bitten, genauso hat es Herr Hauser formuliert, das Erbe anzunehmen.

Sofia überlegte eine Weile. Normalerweise würde sie so etwas nie tun. Aber der Brief war so bewegend und ein wenig Geld konnte nicht schaden, nicht für sie selbst, sondern für ihre Tochter. Sie nickte schließlich.

»Ja, ich nehme sein Vermächtnis an.«

»Sehr gut, dann möchte ich Sie bitten, einige Dokumente zu unterschreiben.«

Er legte ihr einige amtliche Papiere vor und Sofia unterschrieb, ohne nachzudenken.

»Ich brauche dann noch ihre Bankverbindung.«

Auch das gab sie ihm ohne nachzudenken. Sie war immer noch verstört und in ihren Gedanken bei diesem Brief.

David schrieb, dass sie ihm sehr viel bedeutet hatte, ging ihr dabei durch den Kopf. *Warum hatte er es mir eigentlich nie gesagt?*

»So, das wäre dann alles. Sie bekommen alle diese Unterlagen die nächsten Tage per Post zugeschickt«, sagte der Rechtsanwalt.

Sofia nickte nur erneut und reichte ihm die Hand, schüttelte sie kurz und wandte sich der Tür zu. Auf dem halben Weg drehte sie sich jedoch noch um.

»Könnte ich vielleicht den Brief haben?«, fragte sie verlegen.

»Aber natürlich!«, antwortete Doktor Sandor, suchte kurz zwischen den Dokumenten und zog dann das gefaltete Schreiben aus seiner Mappe wieder heraus. Sofia kehrte zurück und nahm den Brief entgegen. Sie bedankte sich und ging wieder zur Tür.

Als sie die Hand an die Klinke legte und den Raum verlassen wollte, erklang noch einmal die Stimme des Rechtsanwalts.

»Einen Augenblick noch.«

»Ja?«, sie wandte sich zu ihm.

»Sie haben nicht einmal gefragt, was Ihnen Herr Hauser vererbt hat.«

Sofia lächelte, »Sie haben vollkommen recht, in dem ganzen Durcheinander habe ich es völlig vergessen. Wie viel ist es eigentlich? Ich hoffe nur, dass ich keine Schulden geerbt habe«.

Sie erwartete höchstens ein paar tausend Euro. Die Wohnung und die Art, wie David die letzten Tage gelebt hatte, sprachen nicht von viel Geld.

Doktor Sandor lächelte heiter. »Nein, Sie können ganz beruhigt sein, sie haben keine Schulden geerbt. Einen Moment bitte.«

Er machte erneut seine Mappe auf und blätterte schnell durch, »ah, hier. Sie haben siebenhundertdreißigtausend Euro und noch ein wenig Kleingeld dazu geerbt.«

Sofia starrte ihn fassungslos an. »Bitte?«, sie dachte, sie hatte sich verhört.

Der Rechtsanwalt blickte zu ihr auf. Ein kleines Lächeln umspielte dabei seine dünnen Lippen. »Sie haben richtig gehört, Herr Hauser hat Ihnen über siebenhunderttausend Euro hinterlassen. Er war eigentlich ein sehr vermögender Mann. Sie können sich glücklich schätzen.«

Sofia stand an der Tür wie versteinert. Sie konnte es nicht glauben. Die Welt um sie drehte sich plötzlich und sie musste sich in den Sessel neben der Tür setzen. Sie atmete einige Male tief durch, bevor sie ihren Blick wieder auf Doktor Sandor richtete.

»Das kann ich nicht annehmen, das geht nicht. Das ist einfach zu viel Geld!«

Der Rechtsanwalt nickte nur nachdenklich und lächelte sie jetzt ganz breit und völlig amüsiert an.

»Ich glaube, dass David Hauser damit gerechnet hatte. Sie haben bereits unterschrieben. Es gehört alles Ihnen und ich bin von ihm beauftragt worden, auf keinen Fall Ihre Zustimmung zu widerrufen. Sie können es verschenken, wenn Sie das Geld nicht haben wollen.«

Er machte eine Pause und betrachtete sich eindringlich. »Denken Sie aber an Ihre Tochter.«

Sofia stand draußen auf der Straße, wie in einem Rausch. Sie wusste nicht einmal wie sie das Büro von Doktor Sandor und das Gebäude überhaupt verlasen hatte. Sie konnte es immer noch nicht glauben. David vermachte ihr so viel Geld, sie war reich.

Oh, David. Warum gerade ich, wir kannten uns ja kaum. Sie schaute in den Himmel und flüsterte leise, »danke.«

Sie freute sich unheimlich. Sie war plötzlich alle ihre Sorgen los, sie konnte ihrer Tochter ein besseres Leben ermöglichen und das war alles, was wirklich zählte.

Sofia seufzte leicht, wischte sich die Augen ab und begab sich mit einem leichten Lächeln, das ihre Mundwinkel umspielte und verträumten Augen nach Hause zu ihrer Tochter, glücklich und zufrieden, wie seit langem nicht mehr.

XVI.

Die Erkenntnis

»Mom. Mom?«

»Ja?«

»Du hast mich gar nicht gehört!«

»Doch, ich habe dich gehört, meine Liebe, ich war nur in Gedanken vertieft«, antwortete Sofia nach einer Weile.

Sie ruhte in einem bequemen Polstersessel mit hoher Lehne und schaute mit leichtem Lächeln zu Elinor hinüber. Ihre Tochter saß gegenüber auf dem Sofa und betrachtete sie eindringlich. Sofia dachte gerade über ihr Leben nach, es war jedoch viel mehr ein Zustand zwischen Traum und Wirklichkeit. Das passierte ihr in der letzten Zeit immer häufiger.

Es waren schöne und glückliche Gedanken. In ihrer Gedankenwelt war Elinor wieder ein kleines Mädchen, das sie mit ihren großen Augen herausfordernd oder flehentlich anstarrte. Daran hatte sie sich immer am liebsten erinnert. Auf der Couch gegenüber saß jedoch gar kein Kind mehr, sondern eine reife Frau in den besten Jahren, die selbst zwei eigene Kinder hatte, eine Tochter, die ebenfalls Sofia hieß, und einen Sohn, den sie nach dem alten Mann, dem sie alles zu verdanken hatten, David, benannt hatte.

»Mom, hast du deine Medikamente genommen?«

»Medikamente?«

Elinor schien besorgt zu sein. »Du weißt ja, dass du regelmäßig deine Pillen nehmen musst.«

»Mir geht es aber gut«, widersprach Sofia.

»Das glaub' ich dir auch, Mom, aber du weißt sehr wohl, was der Arzt gesagt hat. Noch einen Herzinfarkt würdest du nicht überleben. Dein Herz ist schwach. Deshalb musst du regelmäßig deine Medikamente einnehmen, egal ob du dich gerade gut fühlst oder nicht. Hast du mich verstanden?«

»Ja, ja, meine Liebe, ich werde sie noch nehmen« und Sofia winkte mit der Hand ab.

»Mom, versprich es mir«, Elinor ließ nicht locker, fixierte sie mit ihrem Blick und wartete ihre Antwort ab. Sie kannte ihre Mutter. Sie war ja selbst genauso dickköpfig wie sie.

»Ich verspreche es, Elinor, ich verspreche es, ich meine es auch ernst«, betonte Sofia sanft, um ihre Tochter zu beruhigen. Sie fühlte sich die letzte Zeit so müde. Immer wieder verfiel sie in Schlummern. Die Tage vergingen wie im Flug.

»Na gut, ich muss wieder gehen«, sagte Elinor schließlich, »um für meinen Mann und die Kinder ein Abendessen vorzubereiten, sonst plündern sie wieder den Kühlschrank, du kennst sie ja. Oder versuchen selbst etwas zu kochen und das endet meistens in einer Katastrophe.«

Sofia lächelte Elinor zu. »Geh nur, lasst dich nicht von einer alten Frau aufhalten.«

»Mom«, antwortete ihre Tochter fast aufgebracht, »du hältst mich nicht auf, das weißt du ja. Ich komme gerne zu dir. Ich habe jedoch Angst, dass dir etwas zustoßen könnte. Insbesondere nach dem letzten Vorfall und wegen deinem Herzen.«

Sofia nickte nur, sagte jedoch gar nichts dazu.

»Wieso ziehst du nicht zu uns? Wenigstens wärst du nicht ganz alleine. Du weißt, dass du bei uns immer willkommen bist. Wir haben genügend Platz.«

»Das weiß ich, mein Schätzchen, ich möchte euch jedoch nicht zur Last fallen und ich bin gerne hier. Es ist mein Zuhause.«

Sofia betrachtete ihre Tochter nachdenklich. Sie hatte es weit gebracht, dank Davids Vermächtnis hatten sie keine Sorgen mehr und Elinor hatte studieren gekonnt, was immer sie auch wollte. Sie hatte stets sehr gute Noten, hatte sich schließlich für Medizin entschieden und das Studium auch erfolgreich abgeschlossen. Sie war eine gute Ärztin und ihr Mann, der ebenso einen ärztlichen Beruf ausübte, war in Ordnung. Sofia fand ihn zwar ein wenig arrogant, aber das waren ja viele Ärzte. Elinor konnte jedoch sehr gut mit ihm umgehen und er liebte sie und das war das Wichtigste.

»Dann könnten wir für dich wenigstens eine Pflegerin organisieren, was sagst du?«, fragte ihre Tochter weiterhin besorgt, jedoch ohne Hoffnung auf Erfolg. Es war nicht das erste Mal, dass Elinor ihre Mutter wegen einem Pflegedienst gefragt hatte und sie wusste, wie dickköpfig ihre Mom war.

»Nein, danke für deine Fürsorge, ich mag keine fremden Menschen in meinem Haus. Ich komme alleine zurecht«. Um ihre Tochter noch weiter zu beruhigen, fügte sie hinzu. »Und ich werde aufpassen und regelmäßig meine Medikamente einnehmen. Versprochen … und jetzt geh schon.«

Elinor nickte leicht und stand schließlich auf. Sie betrachtete Sofia immer noch mit Sorge. »Ich komme morgen wieder. Und am Wochenende kommst du zu uns. Wir holen dich am Freitag ab.«

Sie sah, wie ihre Mutter die Augenbrauen hob. Bevor sie jedoch widersprechen konnte, fügte Elinor resolut hinzu. »Keine Ausreden, Mom, es ist bereits beschlossen und deine Enkelkinder freuen sich schon auf dich. In Ordnung?«

Sofia seufzte leicht, bevor sie leise antwortete. »Gut, einverstanden und jetzt ab nach Hause.«

Elinor lächelte vor sich hin, beugte sich über ihre Mutter, küsste sie auf die Wange, streichelte leicht ihre grauen Haare und verließ mit eiligen Schritten das Haus. Bevor sie mit dem Auto losfuhr, schaute sie sich das Haus noch einmal an. Sie hatte ein ungutes Gefühl. Ihre Mutter war ernsthaft krank, aber sie wollte es einfach nicht wahrhaben.

Als die Tür hinter Elinor zufiel, lehnte Sofia ihren Kopf zurück und schloss ihre Augen. Sie war müde und erschöpft, obwohl sie den ganzen Tag fast nichts gemacht hatte. Sie dachte in der letzten Zeit viel über ihr eigenes Leben nach. Das Geld von David hatte ihr ganzes Leben verändert. Sie hatte sich ungestört ihrer Tochter widmen können, hatte dann später einen anderen Job gefunden, der ihr mehr Spaß machte, und hatte schließlich auch einen netten Mann kennengelernt. Er war deutlich älter als sie gewesen und war bereits vor einigen Jahren gestorben. Dennoch waren es schöne Jahre gewesen, an die sie gerne zurückdachte. Im Grunde hatte sie ein erfülltes Leben gehabt und musste nichts bereuen. Eine Sache tat ihr dennoch leid, dass sie sich bei David nie dafür bedanken konnte, was er für sie am Ende getan hatte. Auch über ihn musste sie oft nachdenken. Über den alten Mann und auch über David, als sie bei ihm als Praktikantin gearbeitet hatte.

In der letzten Zeit führten sie ihre Gedanken immer öfter auch zu dem einen Abend, als sie David im Krankenhaus besucht hatte und er vor ihren Augen gestorben war. Heiße Tränen erschienen, wie damals, in ihren traurigen Augen. Sie erinnerte sich an die Erscheinung am Fenster, diese Stimme, die zu ihr gesprochen hatte und diese durchsichtige Gestalt, die sich einige Male verändert und verschiedene Personen gezeigt hatte.

Plötzlich spürte sie ein scharfes Stechen in der Brust. *Verdammt,* ging ihr mit Schrecken durch den Kopf, *ich sollte die Medikamente nehmen.* Sie bekam es mit der Angst zu tun. Und erneut verspürte sie einen Druck in ihrem im Brustkorb, begleitet mit leichtem Schwindelschwindelgefühl.

Werde ich jetzt sterben? schoss ihr durch den Kopf.

»NEIN, NOCH NICHT«, erklang auf einmal eine Stimme aus dem Nichts.

Sofia schlug erschrocken ihre Augen auf. »Wer ist da?«, fragte sie verängstigt. Keine Antwort. Sie schaute sich um, es war jedoch niemand da, sie war ganz alleine. Sofia atmete erleichtert auf. Es war nur eine Einbildung. Sie lehnte sich wieder zurück und versuchte sich zu entspannen. Und erneut fühlte sie ein schmerzhaftes und unangenehmes Gefühl in der Brust. Es wurde ihr dazu noch schwindelig, in Begleitung einer leichten Übelkeit. Genau die gleichen Symptome hatte sie bereits zuvor gehabt und das hatte zu ihrem ersten Herzinfarkt geführt. Ihr Puls beschleunigte sich, sie verkrampfte und rang nach Luft.

»ENTSPANN DICH UND ATME TIEF EIN UND AUS.«

Mit erstarrtem Gesicht schaute sie sich wieder um. Es war jedoch niemand da. Doch die Stimme klang klar und deutlich.

»ATME, SOFIA, ATME LANGSAM UND REGEL-MÄSSIG!«

Die Stimme klang beruhigend, fast hypnotisierend. Sie erlaubte keine Widerrede. Sofia versuchte einige Male tief ein und auszuatmen. Der stechende Schmerz in der Herzgegend ließ allmählich nach und sie konnte sich entspannen. Sie schaute sich aufmerksam um und fragte erneut. »Wer ist da?«

Eine Weile herrschte völlige Stille. Sofia dachte bereits, dass sie sich das alles nur eingebildet hatte, doch dann vernahm sie diese seltsame Stimme, die plötzlich aus allen Richtungen zu kommen schien, wieder.

»DU WEISST, WER ICH BIN.«

Sie schluckte zuerst, um ihre Kehle freizubekommen, bevor sie die eine Frage stellte. »David? Bist du es?«

»...JA«.

»Wo bist du die ganze Zeit gewesen? Wieso hast du dich nie gemeldet? Ich dachte mit der Zeit, dass ich mir das alles nur eingebildet hatte.«

Es herrschte eine ausgedehnte Stille, ehe die Stimme schließlich antwortete.

»ICH BIN IMMER BEI DIR GEWESEN. ICH HABE AUFGEPASST, DASS DIR ODER DEINER TOCHTER NICHTS GESCHIEHT.«

Diese Aussage überraschte Sofia ungemein, sie suchte nach Worten. »Aber wie? Ich …«.

»KANNST DU DICH NOCH AN DEN AUTOUNFALL DEINER TOCHTER ERINNERN?«

»Ja«, antwortete sie verlegen. Dieses Schreckensereignis hatte sie lange verfolgt. Ihre Tochter hatte damals nur durch ein Wunder überlebt. »Aber wie?«

»ES SPIELT KEINE ROLLE. ICH HABE MICH BEMÜHT, DAS ZUSTANDE ZU BRINGEN, WAS ICH ALS WESEN AUS FLEISCH UND BLUT NICHT IMSTANDE GEWESEN WAR, DIR EINEN AUSREICHENDEN SCHUTZ ZU GEBEN.«

»Aber wieso hast du dich nie gemeldet?«, beharrte Sofia auf ihrer Frage. Die Stimme schwieg zuerst, bevor sie bedacht erwiderte.

»ICH WOLLTE NICHT IN DEIN LEBEN EINGREIFEN. DU SOLLTEST EIN ERFÜLLTES LEBEN FÜHREN, SO WIE DU ES DIR GEWÜNSCHT HAST. ICH HABE GEWARTET, BIS DEINE ZEIT GEKOMMEN IST.«

Diese Aussage schreckte Sofia auf. »Bedeutet das, dass ich jetzt sterbe?«

Die Antwort der Stimme erklang teilnahmslos, was ihr noch mehr Angst einjagte.

»NICHT GLEICH, ABER BALD.«

Um Sofia jedoch nicht zu beunruhigen, fuhr die Stimme fort.

»DU MUSST JEDOCH NICHTS BEFÜRCHTEN, SOFIA, FÜR DICH IST DAS NICHT GAR KEIN ENDE,

SONDERN DIE RÜCKKEHR ZU DEINEM WAHREN WESEN.«

»Wie soll ich es verstehen?«, sie war verwirrt. Dann fügte sie noch hinzu.

»David, kannst du dich zeigen, wie das letzte Mal? Es ist mir irgendwie unangenehm, mich mit einem leeren Raum zu unterhalten.«

Zuerst geschah nichts und die Stimme gab auch keine Antwort. Dann jedoch materialisierte sich etwas direkt vor ihr. Es war zuerst nur ein schimmerndes Licht aus dem sich nach und nach eine Form, eine Gestalt herausbildete. David. Nicht als der alte Mann, sondern so, wie sie ihm das erste Mal begegnet war. Seine Form war immer noch durchsichtig und schimmerte leicht, wie die ersten Sonnenstrahlen in einem morgendlichen Nebel. Dennoch war es eindeutig David. Sofia lächelte, es war schön, ihn wiederzusehen.

»David!«

Er lächelte ihr zu. »Hallo, Sofia. Ich weiß nicht, wie lange ich diese Form aufrechterhalten kann. Es ist sehr anstrengend und verlangt Unmengen an Energie.«

Sofia lächelte ihm entgegen. »Es ist schön dich wiederzusehen.«

Dann fragte sie plötzlich. »Was wird mit mir passieren, wenn ich sterbe?«

Sie hatte immer noch Angst davor. David schaute sie an, aber es sah so aus, als ob er durch sie hindurch blicken würde.

»Ich werde dir helfen, dass du nicht verloren gehst und ich helfe dir auch, dich zu erinnern.«

»Woran?«

»Daran, wer du wirklich bist.«

»Und wer bin ich?«

Nach einer kurzen Pause erklärte David. »Du bist etwas Besonderes, Sofia. Es gibt im ganzen Universum keine andere wie dich.«

Sofia betrachtete ihn mit aufgerissenen Augen eine Weile ungläubig. »… besonders … im ganzen Universum … Wie ist so etwas möglich?«

»Wenn die Zeit gekommen ist, wirst du es begreifen und auch den Grund, warum du diese abgelegene Galaxie und diesen unscheinbaren blauen Planeten aufgesucht hast.«

Für Sofia klang das alles unfassbar und unverständlich… diese Galaxie … Was sollte das bedeuten? Dann fiel ihr noch etwas ein. »Ich wundere mich, ob auch andere Seelen in der Lage sind, sich zu zeigen wie du oder mit den Menschen zu kommunizieren?«

David schüttelte nur bedacht seinen Kopf. »Wir zwei sind fast die einzigen Wesen unserer Art auf diesem Planeten.«

Sie schaute ihn erneut verwundert an. »Wir zwei?«

»Ja, es gibt noch ein paar andere, die ebenfalls die Form aus Fleisch und Blut angenommen haben. Sie sind jedoch genauso verdammt, wie wir es gewesen sind. Es ist nicht leicht und es gelingt nur sehr schwer, dem Kreis des Lebens zu entfliehen.«

»Aber dir ist es doch gelungen, David, oder?«

Er nickte nur nachdenklich. »Ich habe dafür jedoch über fünftausend Jahre gebraucht.«

»Was?«, Sofia blickte entsetzt zu ihm hinüber.

»Wie ich dir bereits erzählt habe, wenn die Zeit gekommen ist, werde ich es dir zeigen und dann wirst du alles begreifen.«

Sofia dachte eine Zeitlang nach. »Wenn wir etwas Besonderes sind, was ist mit den Seelen der anderen Menschen, die gibt es doch auch, oder? Ich meine zum Beispiel meine Tochter, meine Enkelkinder. Die haben doch auch eine Seele, oder?«

David nickte zustimmend bevor er mit seiner Erklärung anfing.

»Es gibt Seelen und Seelen. Wir zwei gehören zu einer uralten Art, die beinahe vom Anfang des Universums an existiert, doch wir werden immer weniger und auch korrupter.«

Er seufzte leicht, bevor er fortfuhr. »Wir, die alten Seelen, passen uns nur sehr langsam an. Die anderen, die neuen Seelen, entstanden dagegen erst in der Neuzeit, bezogen auf das Alter der Welt. Jedes Lebewesen besitzt eine Art von Bewusstsein, das man auch als Seele bezeichnen kann, sogar Tiere. Dieses Bewusstsein ist jedoch nur gering entwickelt und unzertrennlich an das Wesen aus Fleisch und Blut gebunden. Es kann nicht ohne einen Körper überleben.

Als sich die Humanoiden weiterentwickelt haben, entwickelte sich auch deren Bewusstsein. Es wurde selbstständiger, eigenständiger und konnte sogar außerhalb des Körpers überdauern. Nicht jedoch für sehr lange. Deshalb versuchen diese Seelen, einen anderen Wirt zu finden, sonst gehen sie verloren. Die existierenden Körper aus Fleisch und Blut haben jedoch bereits ein Bewusstsein, das nicht ohne Weiteres zu verdrängen ist. Insbesondere die Erwachsenen besitzen bereits ein ausgeprägtes Bewusstsein. Es ist deshalb fast unmöglich ihn zu verdrängen und für sich zu vereinnahmen. Der einzige Körper, der noch einzunehmen oder zu besetzten ist, ist der von Neugeborenen. So kommt auch die Seelenwanderung zustande. Wie ich jedoch bereits gesagt habe, nicht alle Menschen, respektive das Bewusstsein nicht von allen Menschen ist in der Lage, diesen Körperwechsel erfolgreich zu vollziehen. Und sehr Wenige erlangen schließlich die Fähigkeit, außerhalb des Körpers zu überdauern und den Kreislauf des Lebens zu durchbrechen.«

Sofia starrte ihn verwundert an. David, oder das Wesen, das hier vor ihr saß, sprach davon so selbstverständlich, als ob es die normalste Sache der Welt wäre.

»Wenn es tatsächlich so ist, wie du es mir erzählt hast…«, sie holte tief Luft, »…und ich glaube dir. Wieso können sich diese Seelen, ich meine das Bewusstsein, nicht an das alte Leben erinnern?«

Die Erscheinung von David lächelte amüsiert.

»Die Antwort ist relativ einfach. Das Bewusstsein, oder auch Seele, wenn du es so willst, hat außerhalb des Körpers nur begrenztes Empfindungsvermögen. Es hat ja keine Augen, keine Ohren, kann nicht sprechen. Wenn der neue Körper von dem Bewusstsein besetzt wird, kommen alle Wahrnehmungen, wie das Sehen, Hören, Riechen und auch all die Empfindungen des Fleisches auf einmal wieder zum Vorschein. Und diese neuen Sinneseindrücke überfluten das Bewusstsein und verdrängen das alte Leben vollständig. Es kommen neue Gefühle, neue Erinnerungen und das alte Leben wird vergessen.«

»Und wie ist es bei dir … und bei mir, wie du sagst. Wieso sind wir anders?«

»Wir sind körperlose Wesen aus purer Energie, die während der Geburt des Universums entstanden sind.

Wir sind ohne Körper, wir brauchen eine Hülle aus Fleisch und Blut nicht. Wir können jedoch bei Bedarf auch einem Körper innewohnen. Es geschieht mit uns jedoch genau das Gleiche, wie mit den neuen Seelen, wir vergessen unser eigentliches Dasein. Wir sind verdammt bis in alle Ewigkeit von einem Körper zum anderen zu wandern. Die Zeit zwischen dem Wechsel der Körper reicht nicht aus, um sich zu erinnern. Es geschieht zwangsläufig, unbewusst, unkontrolliert. Wir vergessen völlig, wer wir sind und wer wir waren und suchen uns nach dem Verfall des Fleisches gedankenlos einen anderen Körper.«

»Wie ist es dir dann gelungen, dich zu befreien?«

»Ich weiß es nicht ganz genau. Vielleicht habe ich durch die vielen Leben dazugelernt und es wurde mir irgendwie bewusst, dass ich mehr als nur ein Körper aus Fleisch und Blut bin. Ich habe dafür ja auch fünftausend Jahre gebraucht.«

»Und was ist mit mir?«, fragte Sofia beklommen. »Was ist, wenn ich es nicht schaffe, mich zu befreien? Werde ich dann wieder in einem anderen Körper aufwachen, ohne mich dabei an dich und an das alles hier erinnern zu können?«

Die Erscheinung von David betrachtete sie eine Weile, bevor sie schließlich antwortete. »Ich werde dich leiten und deine Seele festhalten. Ich werde bei dir sein, wenn es zu Ende geht und werde dir den richtigen Weg weisen.«

Sie nickte nur. »Wie ist es, ohne Körper zu sein?«

»Anders?«, antwortete David leicht zögerlich. »Auf der einen Seite ist es die Rückkehr zur Normalität, auf der anderen Seite ... ich habe mich an dieses, wenn auch oft unbarmherziges, Leben voller Gefühle und Leid irgendwie gewöhnt. Es hat mich geprägt und es hat mich zu dem gemacht, was ich jetzt bin. Ich bereue es nicht. Ich glaube, es hat mich stärker gemacht, widerstandfähiger, anpassungsfähiger. Ich habe keine Angst mehr vor dem Rat.«

»Dem Rat?«, fragte Sofia verwirrt, aber neugierig.

»Wenn die Zeit gekommen ist, werde ich …«.

»Nein, bitte«, unterbrach sie ihn, »ich will nicht warten. Erzähle mir wenigstens etwas von dem, was wir sind.« Sie schaute ihn eindringlich mit ihren großen blauen Augen an.

Für David war sie genauso schön wie vor fünfzig Jahren. Seine Wahrnehmung erfasste mehr, als die eines gewöhnlichen Menschen. Er sah sie als eine Frau aus Fleisch und Blut, Alt und Jung gleichzeitig, aber auch als das außergewöhnliche Wesen, nach dem er so lange gesucht hatte und welches er die ganze Zeit zu beschützen versuchte.

»Bitte«, wiederholte Sofia flehend.

»Na gut«, sagte David schließlich, »ich nehme dich auf eine kleine Reise mit.«

Seine Erscheinung fing plötzlich wieder an zu schimmern und verschwand.

»David? Wo bist du?«, fragte Sofia verängstigt und schaute sich besorgt um.

»Ich bin immer noch da«, erklang seine Antwort nach einer Weile fast direkt neben ihrem Ohr, sie sah jedoch niemanden.

Die Stimme sprach weiter. »Schließ deine Augen und entspann dich. Ich werde dir einen Teil meiner Erinnerungen offenbaren, den Teil, als du verschwunden warst, was zu deiner Flucht geführt hatte und warum ich auf die Suche nach dir aufgebrochen war.«

Sofia wollte etwas fragen, überlegte sich das jedoch anders. Sie gehorchte einfach, schloss ihre Augen und lehnte sich in ihrem Sessel zurück. Sie wurde plötzlich von einer seltsamen Empfindung vereinnahmt, als ob jemand in ihr Bewusstsein eindränge. Sie verspannte sich zuerst und versuchte sich automatisch dagegen zu wehren.

»Ruhig, Sofia, widersetze dich nicht. Es wird nicht wehtun, versprochen.« Die Stimme erklang diesmal innerhalb ihres eigenen Kopfes. Sie entspannte sich erneut und ließ sich fallen.

Die Umgebung um sie herum verschwand und sie schien zu stürzen immer schneller und immer tiefer in einen scheinbar unendlichen Abgrund.

XVII.

Die alten Seelen

Sofia befand sich plötzlich nicht mehr in ihrem Haus, sondern irgendwo im Weltall. Um sie herum, in weiter Ferne, erkannte sie einige Sternhaufen und in der Nähe nahm sie seltsame elektromagnetische Felder wahr. Es waren die Wesen, von denen David sprach. Sie wusste es einfach, weil sie sich in den Erinnerungen von David, nein nicht David, er hatte einen anderen Namen, den man mit menschlichen Stimme gar nicht aussprechen konnte. Wenn man es versuchen würde, würde es vermutlich wie Dah-Vih-Dah klingen.

»Habt ihr sie gefunden?«

Keine Antwort. Alle Anwesenden verharrten in reglosem Schweigen.

»Sie kann nicht einfach verschwinden, ohne irgendwelche Spuren zu hinterlassen, oder?«, fragte Xhi-Laan-Whyr aufgebracht.

Sein Energiefeld brodelte vor Wut. Er pulsierte mit steigender Geschwindigkeit und streckte sich dabei in die Weite. Die Wesen, die sich in der unmittelbaren Nähe befanden, wurden von seinen elektromagnetischen Wellen erfasst und erschüttert.

»Sie ist die Einzige, die der Aufgabe, die der Rat ihr auferlegt hat, gewachsen ist. Ihr müsst sie unbedingt finden, koste es, was es wolle.«

Bah-Khar-Dhar, der die Suchaktion leitete, beantwortete schließlich zögerlich die Frage des Ratsmitglieds. Sein Energiefeld streckte sich vorsichtig entgegen dem des Xhi-Laan-Whyr.

»Wir haben überall nach ihr gesucht, wir haben das ganze bekannte Universum durchforstet, ohne jedoch den kleinsten Hinweis zu entdecken. Fall sie noch da wäre, müssten wir ihre Anwesenheit spüren, oder ihre Gedanken empfangen. Es gab jedoch keine einzige Spur, gar nichts.«

»Das ist aber unmöglich«, vibrierte das Energiefeld von Xhi-Laan-Whyr, »sie kann nicht einfach verschwunden sein!«

Er dachte eine Weile intensiv nach. *Wie ist es nur möglich, dass man sie nicht finden kann?* Keines der Wesen wagte es, ihn bei seinen Überlegungen zu stören.

»Was ist mit den Gravitationsfallen? Was, wenn sie dort hinabgestiegen ist, um ihr Dasein zu beenden?«, äußerte sich mit leichter Vibration eines der anderen Energiefelder bedächtig.

»Das würde sie nie tun«, antwortete Xhi-Laan-Whyr überzeugt, »dafür kenne ich sie viel zu gut. Sie würde sich nie etwas antun oder ihr Dasein auf diese Weise beenden.«

Es herrschte danach eine bedrückende Stille, alle Energiefelder pulsierten nur sehr schwach vor sich hin und verhielten sich ganz still.

Sie alle gehörten zu den uralten Wesen aus purer Energie, die vom Anbeginn der Zeit an das Universum formten und gestalteten.

Dah-Vih-Dah, eines dieser Wesen, kümmerte der ganze Umstand und die Aufregung des Rates wegen dem einen verschwundenen Urwesen nur wenig. Er hatte keine Angst vor dem Rat, lange nicht mehr. Und seine Gedanken waren seit Kurzem endlich nur sein Eigentum, er musste sich nicht mehr fürchten, dass der Rat jederzeit wusste, was er dachte oder beabsichtigte, wann immer ihm danach war. Es hatte am Anfang unzählige Wesen wie ihn gegeben, in dem ganzen Universum verstreut. Sie hatten sich bereits hier befunden bevor sich die Planeten und die Sonnen gebildet hatten, bevor die Galaxien entstanden waren und bevor überhaupt das erste mickrige Leben erschienen war. Niemand wusste woher und wieso und niemand machte sich Gedanken darüber. Sie waren einfach da. Mit der Zeit wurden es jedoch immer weniger, deutlich weniger, als kurz nach der Entstehung des Universums. Aber auch darüber dachte keines dieser Energiefelder ernsthaft nach. Zeit und Raum spielten für diese Wesen keine Rolle.

Dah-Vih-Dah stellte nach einiger Zeit fest, dass er irgendwie anders war. Er denke stets viel zu viel nach, wurde ihm oft vorgeworfen. Und an der Vernetzung der Urwesen beteiligte er sich nur selten und ungern. Bei allen wichtigen Entscheidungen streckten die Ratsmitglieder, die ältesten und mächtigsten dieser Wesen, ihre Gedanken aus und vernetzten alle in Reichweite, so dass bei Bedarf unter Umständen viele Energiefelder zu einem überdimensionalen Superhirn wurden. Auf diese Weise wurden alle wichtigen Maßnahmen über die Gestaltung des Universums überlegt, Vorkehrungen getroffen und notwendige Schritte eingeleitet. Die Entscheidungsgewalt lag jedoch immer bei den Ratsmitgliedern.

Dah-Vih-Dah war damit nie einverstanden und er teilte auch ungern seine Gedanken mit den anderen. Er spürte immer mehr, dass er anders war und diese Unterschiede, die am Anfang kaum zu merken gewesen waren, entwickelten sich allmählich weiter und wurden immer deutlicher, was auch dem Rat nicht entgangen war. Solche Wesen, die sich widersetzten oder von der Masse zu stark abgewichen waren oder gefährlich werden konnten, wurden unter Umständen sogar ausgelöscht. Ihr Energiefeld wurde durch die Einwirkung der Ratsmitglieder einfach aufgelöst. Dies konnte Dah-Vih-Dah auch zustoßen, falls er nicht aufpassen würde. Er strebte deshalb an, etwas dagegen zu unternehmen. Es hatte jedoch lange gedauert, eine Ewigkeit in Augen eines Sterblichen, bis er die entsprechende Lösung gefunden hatte. Schließlich fand er den alten Gah-Dir-Bah, der sich aus der Gesellschaft und aus der gemeinsamen Vernetzung zurückzuziehen vermochte. Er war das erste Wesen gewesen, das die Fähigkeit erworben hatte, seine Gedanken abzuschirmen. Das war sonst nur den Ratsmitgliedern vorbehalten. Der alte Gah-Dir-Bah war jedoch ebenfalls in der Lage, sein ganzes Energiefeld unsichtbar zu machen, so dass er nur sehr schwer aufzuspüren war. Dah-Vih-Dah war es eines Tages schließlich gelungen, ihn zu finden. Er hatte seit einer Ewigkeit nach ihm gesucht. Dennoch stellte er sich immer wieder die Frage, ob es überhaupt sein Verdienst gewesen war, oder ob Gah-Dir-Bah ihn selbst gefunden hatte. Das spielte jedoch keine Rolle. Er hatte ihm beigebracht, seine Gedanken vor den anderen zu verstecken und gleichermaßen offenbart, dass es noch andere Wesen wie ihn gab, die diese Fähigkeit besaßen, doch es waren angeblich nur sehr wenige. Nicht alle Energiewesen waren in der Lage, so etwas zu Stande zu bringen. Gah-Dir-Bah hatte ihm jedoch nicht verraten, welche das waren.

Vielleicht gehört das verlorene Wesen, nach dem sie suchten, zu denen, die sich abzuschirmen vermochten und deshalb konnte man es nicht aufspüren, überlegte Dah-Vih-Dah oft bei der erfolglosen Suche. Aber er glaubte nicht richtig daran. Er was sich gar nicht sicher, ob der Rat über solche Wesen und diese besondere Fähigkeit überhaupt Bescheid wusste. Vermutlich nicht. Oder sie schrieben dem keine große Bedeutung zu. Während seiner Überlegung fiel ihm plötzlich etwas anderes ein.

Es gibt noch eine andere Möglichkeit, sich vor der Gemeinschaft der höheren Wesen zu verstecken, kam ihm in den Sinn. Ein gefährliches Unterfangen, das die Energiewesen stets mieden und selten davon sprachen.

Er fing mit seinem Energiefeld an, schneller zu vibrieren, um die Aufmerksamkeit auf sich zu lenken und beide Ratsmitglieder richteten ihre Energiefelder neugierig, gleichzeitig aber auch gereizt, in seine Richtung. Während er in seinen Gedanken versunken war, war noch ein zweites Ratsmitglied erschienen, ein Umstand, den er gar nicht bemerkt hatte.

»Es gibt noch eine andere Möglichkeit, wie sie sich vor uns verstecken könnte«, übermittelte er schließlich dem Rat.

»Und die wäre?«

Das Energiefeld von Dah-Vih-Dah pulsierte eine Weile leise vor sich hin, bevor er schließlich seine Idee veräußerte.

»Geschöpfe aus Fleisch und Blut.«

»Was?«

»Sie gab vielleicht ihren Geist, ihre Seele einem humanoiden Wesen.«

Es herrschte eine Weile vollkommene Stille. Nur eine leichte Resonanz, verursacht durch die fortlaufende Dehnung des Universums, war zu spüren. Erst nach einer Weile äußerte sich das erste Ratsmitglied nachdenklich, doch dem Gedanken nicht ganz abgeneigt. Es wäre wenigstens eine vernünftige Idee, die erste, seitdem die Suche nach ihr angefangen hatte.

»Es ist eine nicht zu verwerfende Möglichkeit. Nehmen wir an, Sie haben recht. Die Frage, die sich jedoch stellt ist, warum sollte sie das tun?«, überlegte Xhi-Laan-Whyr laut. »Sie weiß, dass sie damit ihr höheres Bewusstsein verliert. Sie wird nicht mehr wissen, wer sie ist und woher sie kommt. Einige haben sogar ihre Identität gänzlich vergessen und ihr Energiefeld wurde ausgelöscht. Warum sollte sie so etwas beabsichtigen?«

Dah-Vih-Dah vibrierte verächtlich, versuchte dennoch seinen Unmut zu verstecken, indem er seine Pulsation durch komplizierte Modulationen überdeckte. Schließlich gab er den Ratsmitgliedern eine mögliche Erklärung. »Um sich um jeden Preis vor euch zu verstecken? Vielleicht will sie nicht das tun, was von ihr verlangt wird?«

Falls davor eine weitgehende Ruhe geherrscht hatte, war es gar nichts gegen die Stille, die jetzt folgte. Alle anwesenden Wesen richteten ihre Energiefelder auf ihn aus. Es war unerhört, wie er sich den Ratsmitgliedern gegenüber verhalten hatte. Er könnte dafür hart bestraft werden. Doch das war ihm egal. Und er wusste, dass er recht hatte. Und der Rat war sich dessen ebenfalls bewusst. Niemand wagte jedoch, es laut auszusprechen.

Soh-Fyih-Aha war ein besonderes Wesen. Es gab nicht viele wie sie. Man könnte sogar behaupten, dass sie einzigartig war. Von Zeit zu Zeit gab es unter Umständen auch eine Erneuerung der uralten Energiewesen, um der ständigen Minderung entgegenzuwirken. Einige lösten sich einfach nach einer gewissen Zeit auf oder verschwanden spurlos. Es wurden deshalb bei Bedarf auch neue Wesen erschaffen. Dieser Prozess war jedoch sehr kompliziert und somit selten. Die Entstehung der neuen Wesen wurde vom Rat streng kontrolliert und überwacht. Erst nachdem mehrere Wesen ausgelöscht worden waren oder sich aufgelöst hatten, wurden die Überreste aufgefangen und sorgfältig aufbewahrt, bis genügend Energie zur Verfügung stand, um aus den Überresten die Entstehung eines neuen Wesens einzuleiten. Eine Art Tod und Wiedergeburt, nur dass aus den Fragmenten vieler der alten Energiewesen ein neues Bewusstsein entstand.

Uns so war eines Tages auch das Wesen Soh-Fyih-Aha auf die Welt gekommen. Ihr Energiefeld war jedoch von Anfang an anders, als das der anderen. Sie schien fast unbegrenzte Macht zu besitzen. Sie war in der Lage, mit ihrem Willen ganze Planeten, Sonnen und vielleicht sogar ganze Galaxien zu formen, wenn sie es beabsichtigen würde. Dieses Unterfangen war normalerweise nur dem Rat vorbehalten, weil sie die mächtigsten Wesen unter den Energiefeldern darstellten. Und dazu mussten sie bei solchem Vorgehen ihr Bewusstsein miteinander verbinden. Bei größeren Vorhaben wurden noch andere Energiewesen einbezogen, so viele, wie notwendig, um die Aufgabe zu bewältigen. Soh-Fyih-Aha war jedoch in der Lage, das alles ganz allein zu bewerkstelligen. Die Grenzen ihrer Macht waren noch unerkundet und die Absichten des Rats waren eindeutig, herauszufinden, wie weit ihre Fähigkeiten überhaupt reichten. Sie wollte so etwas aber gar nicht. Sie wollte nie ihre Kräfte gegen jemanden einsetzen oder sie missbrauchen und aus jeder Auseinandersetzung zog sie sich immer zurück.

Dah-Vih-Dah war ihr bislang nur ein einziges Mal während seines Daseins begegnet. Diese Begegnung war für ihn jedoch überwältigend gewesen. Er hatte so etwas vorher noch nie empfunden und spürte sofort, dass ihr Energiefeld etwas ganz Besonderes war. Ihre Vibrationen waren anders gewesen, ihr ganzes Wesen hatte auf ihn eine ungeheure Auswirkung gehabt.

Erst nachdem er ihr begegnet war, hatte er sich entschieden, den alten Gah-Dir-Bah aufzusuchen. Der einzige Grund, warum der Rat nach ihr suchte, war ihre Fähigkeiten zu nutzen, um eine neue Ordnung des Universums zu schaffen. Sie wehrte sich jedoch dagegen.

Dah-Vih-Dah verstand ihre Bedenken vollkommen und, dass sie sich lieber verstecken wollte, als ein Spielzeug des Rats zu werden. Sie konnte, wie die meisten Energiewesen, ihre Gedanken nicht verbergen, so wie er es gelernt hatte. Aber sie wollte es nicht einmal. Sie äußerte immer gerade heraus, was sie dachte. Sie hatte nie ihre Gedanken zu verstecken gebraucht. Dafür war sie viel zu geradlinig. Es hatte deswegen auch stets viel

Streiterei und Spannungen mit dem Rat darüber gegeben, was sie zu tun hätte, was man von ihr erwartete und was sie machte oder machen sollte, bis sie eines Tages schließlich verschwunden war ...

XVII.

Die Suche

Xhi-Laan-Whyr überlegte eine Weile, nachdem er sich die Berichte der einzelnen Suchtrupps angehört hatte.

»Dann ist es wahr«, äußerte er schließlich laut seine Gedanken.

»Ja, alles spricht dafür, dass sich ihr Bewusstsein in einem sterblichen Wesen aus Fleisch und Blut befindet«, sagte Bah-Khar-Dhar, »die Sterblichen bezeichnen so ein Bewusstsein als eine Seele und den Wechsel der Körperhüllen, als eine Seelenwanderung.«

Er machte eine Pause, ordnete seine Gedanken und fuhr schließlich fort.

»Wir haben ihre letzten Begegnungen, Gespräche und Aufenthaltsorte verfolgt. Kurz bevor sie verschwunden ist, hat sie sich eingehend über das Leben der Seelen in einem Körper aus Fleisch und Blut erkundigt. Wir haben danach alle Planeten mit menschlichen Wesen, die sich in der Nähe befinden, aufgesucht. Wir konnten dennoch keine Spur von ihr entdecken. Wir müssten unsere Suche auf entfernte Galaxien erweitern. Es gibt zwar nicht viele

Planeten, wo höheres Leben entstanden ist, es gibt jedoch zu viele lebende Objekte, in denen sie stecken könnte. So lange sie sich in einem der Körper befindet, können wir sie nicht orten. Zuerst müssten wir sie befreien und sie diesen Wesen aus Fleisch und Blut entreißen. Dafür müssten wir sie jedoch alle töten, oder den gesamten Planeten auslöschen.«

Xhi-Laan-Whyr pulsierte eine Weile unruhig. »Wartet, ich vernetze mich mit den anderen Ratsmitgliedern«.

Bah-Khar-Dhar und die anderen Energiefelder, die sich an der Suche beteiligt hatten, inklusive Dah-Vih-Dah, warteten geduldig auf die Entscheidung des hohen Rats. Die Mitglieder waren als die Einzigen in der Lage, ihre Gedanken von den anderen abzuschirmen, falls sie dem bedurften.

Der Leiter der Suchtrupps, Bah-Khar-Dah, machte sich nie Gedanken darüber, warum er bestimmte Aufgaben, die der Rat beschloss, durchführen sollte. Er akzeptierte diese Tatsachen einfach so, wie sie kamen. Es war für ihn einfach der Lauf der Welt.

Dah-Vih-Dah fand es dagegen nicht in Ordnung. Er war zwar seit Kurzem ebenfalls in der Lage, seine Gedanken zu verbergen, trotzdem waren die Ratsmitglieder gegenüber den anderen Energiewesen im Vorteil. Er selbst beteiligte sich auf der Suche aus anderen Gründen. Er wollte Soh-Fyih-Aha helfen und mehr über sie und ihre Fähigkeiten erfahren. Er wollte sie dem alten Gah-Dir-Bah vorstellen. Vielleicht könnte er ihr auch beibringen, nicht nur ihre Gedanken, sondern auch ihr Energiefeld abzuschirmen. Dann müsste sie sich nicht in einem verderblichen Fleisch verbergen und ihr eigenes höheres Bewusstsein vergessen, sondern könnte sich verstecken, wann immer sie es wollte, um dem Rat aus dem Weg zu gehen.

Das Energiefeld von Xhi-Laan-Whyr gab schließlich seine Abschirmung auf und er wandte sich zu Bah-Khar-Dhar und den anderen.

»Eine Option, die wir in Betracht ziehen würden, wäre die Auslöschung des gesamten Planeten. Dann wird ihr Bewusstsein wieder frei. Sie ist noch nicht lange in einer menschlichen Hülle, deshalb wäre ein potentieller Schaden unerheblich. Ein längerer Aufenthalt in so einem Körper aus Fleisch und Blut könnte jedoch eventuell ihre Fähigkeiten negativ beeinflussen.«

Das Feld von Dah-Vih-Dah fing an wild umher zu pulsieren.

»Das kann der Rat doch nicht ernst meinen? Wegen einer einzigen Seele so viele Menschen zu ermorden?«

»Es ist kein Mord«, erwiderte Xhi-Laan-Whyr kühl, »alle Seelen und deren Bewusstsein werden frei und die, die stark genug sind, können sich uns unter Umständen anschließen, oder auf einem anderen Planeten neue Körperhüllen in Besitz nehmen. Diese Wesen aus Fleisch und Blut sind sowieso zum Verderb verurteilt. Es ist nur eine Frage der Zeit.«

Und die Restlichen und die Schwachen? fragte sich Dah-Vih-Dah, *die werden alle einfach ausgelöscht.*

Er wusste auch bislang von keinem einzigen Fall, in dem ein neues Bewusstsein in den Bund den alten Urwesen aufgenommen worden war, dass es überhaupt möglich wäre. Deshalb bezweifelte Dah-Vih-Dah die Behauptung des Ratsmitglieds. Es muss ihnen ungeheurer wichtig sein, sie zu finden, wenn sie dafür bereit wären, einen ganzen Planeten zu vernichten.

Bah-Khar-Dhar rettete schließlich die ganze Situation und vermutlich auch Dah-Vih-Dah, der sich dem Rat widersetzen wollte. Es könnte sogar seine eigene Auslöschung bedeuten.

»Das Problem ist jedoch«, äußerte er sich bedächtig, »dass wir nicht einmal wissen, auf welchem Planeten sie sich befindet. Und alle Planeten mit den Sterblichen auszulösen wäre ja pure Verschwendung.«

Xhi-Laan-Whyr dachte eine Weile nach. »In diesem Punkt muss ich dir recht geben. Nimm so viele von unseren Wesen, die du brauchst und versuche herauszufinden, auf welchem Planeten sie sich befindet. Wir schreiten nur dann ein, wenn wir uns sicher sind, welchen Planeten sie sich ausgesucht hat«.

Und so begaben sich unzählige Energiewesen, ohne Gewissen und jegliches Mitleid, auf die Suche nach dem Planeten, wo sich die verlorene Seele von Soh-Fyih-Aha befinden könnte.

Bislang war die Suche nach dem verlorenen Wesen Soh-Fyih-Aha erfolglos gewesen. Niemand hatte herausfinden können, auf welchem Planeten sie sich befand, auch wenn bereits viele bewohnte Planeten aufgesucht und untersucht worden waren. Auf jedem solcher Planeten befanden sich jetzt einige Energiewesen, die sie bewachten, in der Hoffnung, eine Spur von ihr zu erhaschen, um die potentielle Zerstörung einzuleiten.

Dah-Vih-Dah überlegte lange und sorgfältig, welchen Planeten sie sich wohl aussuchen würde. Es müsste ein Planet sein, auf dem sie der Rat nie vermuten würde. Anstatt, wie die anderen Energiewesen, die Planeten zu durchstöbern, insbesondere die in der Nähe, versuchte er so viel wie möglich über Soh-Fyih-Aha zu erfahren, um sich in sie hineindenken zu können. Seine Recherchen ergaben, dass sie tatsächlich ein außergewöhnliches und einzigartiges Energiewesen war. Es gab Planeten mit unzähligen Sterblichen, oder hoch entwickelten Zivilisationen, wo das Leben einer Seele einfach und sicher wäre. Dort könnte sie sich gut verstecken, weil man nicht alle Menschen dort untersuchen könnte, und müsste auch nicht befürchten, sich in diesen Wesen aus Fleisch und Blut gänzlich zu verlieren.

Sie glaubte sicherlich nicht, dass der Rat in der Lage wäre, den ganzen Planeten zu vernichten, um sie zu finden. *Oder vielleicht doch?* Während seiner Nachforschungen über Soh-Fyih-Aha fand er heraus, dass sie den Rat und ihre Mitglieder gut kannte und auch wessen sie fähig waren. Sie musste in Betracht ziehen, dass der Rat im Stande wäre, wegen ihr unter Umständen den gesamten Planeten auszulöschen. Deshalb, suchte sie sich vermutlich einen Planeten aus, der am wenigsten für die Ratsmitglieder in Frage käme. Er erforschte deshalb die abgelegensten Ecken des Universums und schließlich glaubte er diesen einen Planeten gefunden zu haben. Dieser Planet war noch jung und die humanoiden Spezies dort hatten erst angefangen, sich zu entwickeln. Es war ein schöner blauer Planet mit Unmengen von Wasser und nur einem Drittel von Land. Es gab dort nur wenige Menschen, nicht einmal ein paar hunderttausend. Und diese sterblichen Wesen aus Fleisch und Blut waren ungemein grausam zueinander. Jede Seele, die sich auf diesem Planeten befand, war bis in alle Ewigkeit verdammt, die Qualen des menschlichen Daseins zu erdulden, Folter und Unterdrückung, Hunger und Not. Sein Gefühl sagte ihm, dass sie sich auf diesem Planeten befinden musste. Hier würde sie der Rat nie vermuten. Die Wahrscheinlichkeit, dass sie hier ihr Bewusstsein für immer verlieren würde, oder dass sie, ohne sich an ihr wahres Ich zu erinnern, stets von einem Körper zum anderen zu wandern verflucht wäre, war am höchsten. Und er wusste bereits, wie er sie aufspüren konnte. Sie war außergewöhnlich, etwas Besonderes. Somit würde sie auch als menschliches Wesen aus der Masse herausragen und auf diese Weise würde er sie finden. Egal wie lange es dauern sollte, wie viele Leben er durchleben müsste, er würde sie finden, beschützen und dann würde er sie aus dem Kreislauf des Lebens und der sterblichen Hülle aus Fleisch und Blut befreien.

Es war ihm bewusst, dass auch er verdammt sein würde, fortan sein höheres Bewusstsein zu vergessen, eingeschränkt durch die sterbliche Hülle, ohne jegliche Erinnerung an seine frühere Existenz und seinen eigenen Ursprung. Seine Seele würde verdammt sein, von einem Menschen zum anderen zu wandern, ständig auf der Suche nach der Seele von Soh-Fyih-Aha. Er würde sie sogar finden, ohne es jedoch zu wissen, um sie dann wieder zu verlieren und erneut nach ihr suchen. Doch Dah-Vih-Dah war überzeugt, dass er es eines Tages schaffen würde, einen Weg zu finden, sich zu erinnern, um seine Aufgabe zu vollbringen, sie zu befreien und vor dem Rat zu verstecken.

Zeit spielte für ihn keine Rolle. Er hatte ja die Ewigkeit auf seiner Seite.

Da-Vih-Dah ahnte in dem Augenblick noch gar nicht, dass viele Jahrtausende vergehen werden und dass sich ihre Seelen in unterschiedlichen Menschen über die Zeit immer und immer wieder begegnen würden, verdammt bis in alle Ewigkeit sich zu finden, um sich wieder zu verlieren. Es war ihm damals noch nicht bewusst, dass er sehr viel Leid ertragen müsse, bis es ihm gelingen würde, sich aus dem Kreislauf der unzähligen Leben zu befreien, um sich schließlich an seine wahre Identität zu erinnern.

Dah-Vih-Dah konnte nur hoffen, dass sein Vorhaben eines Tages Früchte tragen würde.

***

»Wie geht's dir, Mom?«, fragte Elinor besorgt, als sie neben ihrer Mutter auf dem Krankenbett saß.

»Es geht mir gut, Elinor, mach dir keine Sorgen«, erklang die schwache Stimme von Sofia.

»Das muss ich aber!«, antwortete ihre Tochter aufgebracht mit zittriger Stimme. »Du hattest erneut einen Herzanfall, weil du vergessen hast, wie so oft, deine Medikamente zu nehmen. Warum nur? Ich habe dich doch gewarnt!«

Sofia lächelte sie nur an, schluckte langsam und atmete tief durch, bevor sie sich dazu schließlich äußerte. »Ich bin alt, Elinor. Jeder muss mal sterben und meine Zeit ist langsam gekommen.«

Elinor schossen plötzlich heiße Tränen in die Augen. »Aber, Mom, du bist noch nicht so alt!«

Sofia griff nach der Hand ihrer Tochter und drückte sie leicht.

»Du musst dich um mich keine Sorgen machen. Es ist nicht das Ende«.

»Wie meist du es?«, fragte Elinor verwirrt.

»Ich habe keine Angst zu sterben, wenn ich weiß, dass es dir gut geht und dass du versorgt bist. So einfach ist das«, antwortete Sofia ausweichend, ohne auf ihre Äußerung kurz zuvor einzugehen.

»Mom, bitte!«, Elinor wischte sich die Tränen aus den Augen.

»Keine Angst, meine Teuerste«, flüsterte Sofia beruhigend. Das Gespräch mit ihrer Tochter hat sie mehr angestrengt, als sie es sich zugeben wollte. Sie fühlte sich erschöpft und wollte nur noch ihre Augen wieder schließen. »Und jetzt geh nach Hause, ich bin müde, ich möchte schlafen.«

»Na gut«, Elinor betrachtete sie eine Weile mit fürsorglichen Augen. »Ich komme aber morgen gleich nach der Arbeit wieder.«

»Gut«, antwortete Sofia mit leichter Anstrengung, »dann bis morgen.«

Sie schloss ihre müden Augen und schlief fast sofort ein. Sie träumte von dem unendlichen Weltraum, von Wesen, die ihr David gezeigt hatte, die nur aus purer Energie bestanden und von den verlorenen Seelen, die, verdammt bis in die Ewigkeit, verzweifelt nach neuen Körpern suchten.

Plötzlich, mitten in der Nacht, wachte sie mit einem stechenden Schmerz in der Brust auf. Sie versuchte zu atmen und rang nach Luft, konnte jedoch fast keinen richtigen Atemzug vollbringen.

»Oh, Gott! Ist es so weit?«

Auch wenn sie es laut ausgesprochen hatte, war sie kaum zu hören, ihre Stimme versagte. Eine unvorstellbare Angst stieg in ihr langsam auf. Als die Stille um sie herum und die aufkommende Furcht fast unerträglich geworden waren, vernahm sie auf einmal wieder die ihr so vertraute Stimme.

»JA ... ES TUT MIR LEID SOFIA, DEINE ZEIT IN DIESER HÜLLE AUS FLEISCH UND BLUT NEIGT SICH DEM ENDE ZU ... BIST DU BEREIT?«

Sie zögerte, bevor sie schwermütig und leise über die Lippen brachte. »Ich habe Angst.«

»DAS MUSST DU NICHT. WIE ICH DIR BEIREITS ERZÄHLT HABE, DAS IST NICHT DAS ENDE, SONDERN EIN NEUER ANFANG. ICH WERDE DICH LEITEN. DU WIRST SEHEN, WIE WUNDERSCHÖN ES IST, SICH WIEDER ZU ERINNERN, WER DU WIRKLICH BIST, SOH-FYIH-AHA. ICH HABE SEHR LANGE AUF DIESEN MOMENT GEWARTET.«

»Wird es wehtun?«

»NEIN, NICHT IM GERINGSTEN. AM ANFANG WIRD ES FÜR DICH VIELLEICHT VERWIRREND SEIN, WENN ALL DEINE ALTEN ERINNERUNGEN WIEDER ZURÜCKKEHREN. DANACH WIRD FÜR DICH JEDOCH ALLES WIEDER KLAR UND DU BEGREIFST SCHLIESSLICH, WER UND WAS DU IN WAHRHEIT BIST.«

»Na gut«, flüsterte Sofia beklommen mit kaum hörbarer Stimme, »ich bin bereit.«

Epilog

»Denkst du wirklich, dass sie es geglaubt haben?«, fragte Soh-Fyih-Aha unsicher durch ihre einzigartigen Vibrationen.

»Ich bin davon sogar überzeugt«, erwiderte Dah-Vih-Dah ohne zu zögern, »sie wussten über deine Vorliebe für diese Wesen aus Fleisch und Blut und dass du für sie alles tun würdest, um sie zu retten.«

Er machte eine kleine Pause, dann fügte er noch hinzu. »Und sie haben gesehen, wie du dich dem Gammablitz der Supernova, der von dem Rat direkt auf den Planeten gerichtet worden war, entgegen gestellt hast, um ihn zu retten. Sie werden glauben, dass du bei dem Versuch umgekommen bist.«

»Hoffentlich hast du recht«, überlegte sie vor sich hin, immer noch nicht ganz überzeugt.

»Und was machen wir jetzt?«, fragte Dah-Vih-Dah nach einer Weile. »Wir müssen uns auf jeden Fall von dem Rat fernhalten.«

»Ich habe eine Idee«, sagte sie geheimnisvoll, »ich weiß, wo wir uns verstecken können und wo uns sicherlich niemand suchen würde.«

»Und wo?«

Sie pulsierte eine Zeitlang vor sich hin, ohne sich zu äußern. Erst nach einer Weile fuhr sie schließlich fort.

»Ich habe am anderen Ende des Universums einen sehr interessanten Planeten entdeckt und dort leben humanoide Kreaturen, die den Menschen auf dem blauen Planeten sehr ähneln. Er wird dir sicherlich gefallen.«

»Nicht schon wieder«, sagte das andere Energiewesen voller Unmut. »Wie viele Male muss ich wieder sterben, bis ich dich finde und wir wieder frei sein dürfen?«

Das Energiefeld des anderen Wesens pulsierte erfreulich. »Diesmal wird es anders sein.«

»Tatsächlich? Und wie?«

»Lass dich einfach überraschen.«

»In Ordnung, dann lass uns aufbrechen«, äußerte sich Dah-Vih-Dah zu ihrer Behauptung.

Dann fügte er noch hinzu. »Auch wenn es unglaubwürdig klingt, sehne ich mich irgendwie wieder danach, einen menschlichen Körper zu besitzen, um dich wieder berühren und umarmen zu können.«

Soh-Fyih-Aha's Energiefeld schlang sich langsam um seines herum, bevor sie sich dazu in einem sehr komplizierten Vibrationsmuster äußerte. »Ich auch.«

»Dann lass uns die Reise antreten, worauf warten wir noch?«

»Du hast recht, lass uns aufbrechen.«

Und beide Energiefelder verschwanden so plötzlich, wie sie erschienen waren. Nur das kalte und gefühllose Weltall war der Zeuge, ein Beobachter ohne Gewissen und ohne Reue. Ein scheinbar leerer Raum voller Geheimnisse, eine Ewigkeit ohne Zeit, ein Anfang ohne Ende.

***

Die Zeit ist ein trügerischer Gefährte.
Sie gibt sich als der beste Freund aus,
hilft zu vergessen, heilt unsere Wunden,
bringt uns zu Vernunft und lehrt uns Geduld.
Doch sie nagt fortan an unseren Knochen,
nimmt uns alles was uns lieb ist
und am Ende lässt sie uns verspüren,
dass wir weniger als ein Staubkorn
im Antlitz des Universums sind
und alles was wir je erreicht haben
zu Staub zerfällt und nichtig erscheint
im Angesicht der Ewigkeit.

***